wiener Himmelfahrt

Personen und Handlungen sind frei erfunden. Eventuelle Übereinstimmungen oder Ähnlichkeiten mit lebenden oder verstorbenen Menschen und wirklichen Ereignissen sind, soweit diese nicht historisch belegt sind, rein zufällig und nicht beabsichtigt.

Impressum:
ISBN: 978-3-903113-44-2

Media Quarter Marx 3.2
A-1030 Wien, Maria-Jacobi-Gasse 1

Produktion: Ilse Helmreich
Layout: Elisabeth Waidhofer
Lektorat: Regina Moshammer
Umschlagbild: iStock by Getty Images
Herstellungsort: Wien

Besuchen Sie uns im Internet:
www.echomedia-buch.at

ANDREAS PITTLER

wiener Himmelfahrt

Roman

echomedia
BUCHVERLAG

Sich bewegen
heißt leben, sich in Worte fassen
heißt überleben.

Fernando Pessoa

WIENER TRIPTYCHON

III. TEIL: HEUTE

Prolog

Der schlimmste Moment im Leben ist der, in dem man erkennt, dass alles sinnlos ist. Ich blicke zurück auf eine Existenz von über drei Jahrzehnten, und ich muss mir eingestehen, dass mir nichts, aber auch überhaupt nichts geglückt ist. Nirgendwo habe ich reüssiert, nirgendwo eine Spur hinterlassen, und wenn mich eines Tages der grimme Schnitter holt, so wird es niemandem auffallen. Mein Sein wird einfach verklungen sein, unbeweint und unbesungen.

Das Leben ist weiter nichts als eine schier endlose Zeit in einem Wartezimmer. Mitunter erwecken neu Eintretende für einen kleinen Moment Aufmerksamkeit. Man beobachtet sie, fragt sich, was sie hierhergeführt hat, wer sie sind, was sie bewegt. Doch auf all diese Fragen gibt es keine Antworten, da die Fragen stumm im eigenen Kopf gestellt werden. Und mangels konkreter Erkenntnis gibt man irgendwann auf, sich mit der anderen Existenz zu beschäftigen. Es wird wieder langweilig. Man blickt auf die Uhr, ist mehr oder weniger erstaunt, wie viel Zeit vergangen ist, und mutmaßt, wann es schließlich so weit sein wird, dass man diesen Raum verlassen kann, um in den nächsten zu gehen.

Ja, das Leben ist tatsächlich so banal. Es besteht ausnahmslos aus Warten. Man vertreibt sich die Zeit, so gut es eben geht. Blättert in Illustrierten, die einen eigentlich gar nicht interessieren. Zappt durch TV-Kanäle, um Nachrichten zu hören, die einem rechtschaffen egal sind. Und wirft erneut einen Blick auf die Uhr. Wie lange es wohl noch dauert?

Dabei betritt man dieses Wartezimmer, das Leben heißt, zumeist mit einem gerüttelt Maß an Optimismus. Man wartet ursprünglich nicht darauf, dass das Warten vorbei ist, nein, man wartet auf die großen Ereignisse, die einem durch Eltern, Schule, Politik, also durch die Gesellschaft als solche, versprochen worden sind. Die Gesellschaft, das ist eine einzige große Werbeagentur. Sie preist das Leben in den allerhöchsten Tönen an, behauptet, es ist das Beste, Schönste, Kostbarste. Man müsse es einfach haben, nichts sei ihm gleich. Doch dann sitzt man im Wartezimmer mit unzähligen Anderen und stellt fest, die Werbung, die hat wieder einmal gelogen.

Ich erinnere mich an einen dummen Spruch, den mir meine Volksschullehrerin vor einem halben Jahrhundert auf den Weg mitgegeben hat: Lerne, leiste, spare was, dann kannst du, bist du, hast du was. Was für eine zynische Verarsche! Ich sehe mich um und erkenne, ich bin von Trotteln umgeben, die genau dieses Leben bekommen haben, das mir versprochen worden ist. Genau diejenigen, die nie etwas gelernt oder geleistet haben, sie bilden die Spitze der Gesellschaft. Sie werfen das Geld mit beiden Händen zum Fenster hinaus, und das können sie umso leichter tun, als es nicht ihres, sondern meines ist. Ich habe dafür gespart, dass die Nichtslerner und Nichtsleister es mir wegnehmen und verpulvern für Projekte, von denen niemand, aber auch schon wirklich niemand, etwas hat. Und anstatt ein weiteres Mal auf die Uhr zu blicken, ertappe ich mich bei der Erkenntnis: Was war ich blöd!

Anpassen und mitmachen! Das waren die zwei zentralen Anforderungen, die einem auf den Weg mitgegeben wurden. Hielte man sich an diese Maxime, dann würde man auch belohnt werden, hieß es. Dann würde man auch dazugehören dürfen. Jetzt erst erkenne ich, das war alles ein riesiger Betrug! Durch Anpassung und Mitmachen hielt ich still, ließ die Nichtslerner und Nichtsleister in Ruhe ihre Karriere machen. Ich spielte mit, machte mich an deren Verbrechen mitschuldig, und ich hatte noch nicht einmal etwas davon. Die Erkenntnis, dass es kein richtiges Leben im falschen gibt, die kam zu spät.

Ich frage mich, ob mein Leben anders verlaufen wäre, wenn ich mich beizeiten dagegen gewehrt hätte, Opfer zu sein. Wenn ich, anstatt mich anzupassen und mitzumachen, protestiert und laut geschrien hätte. Oder wenigstens ausgestiegen wäre. So wie jene, die uns seit Jahrzehnten unterdrücken, einfach gar nichts mehr leisten. Sich nur noch die Sonne ins Gesicht scheinen lassen, in Ruhe an einem Strand sitzen und aufs Meer schauen. Meine Existenz würde dann zwar auch völlig unbemerkt verlöschen, doch wenigstens hätte ich nicht jahrzehntelang vor bösen Menschen gekatzbuckelt und mich krumm gemacht für Arschlöcher, für die man nur Verachtung empfinden kann.

Das Alter bringt offenbar tatsächlich Weisheit. Doch zu erkennen, dass alles sinnlos war, weil a priori alles sinnlos ist, hilft einem auch nicht weiter. Es löst nur unendliche Trauer aus. Ja, man tut sich selbst leid. Und zu Recht. Denn das Leben, das man gelebt hat, war verschwendet. Weil man nach deren Regeln gespielt hat. Obwohl man es eigentlich hätte besser wissen müssen. Doch da ist immer diese törichte Empfindung, die sich Hoffnung nennt. Immer wieder redet man sich ein, wenn man sich dieses eine Mal noch wohlverhält, dieses eine Mal noch kuscht, dieses eine Mal noch sich selbst verleugnet, dann wird man schließlich doch noch belohnt.

Doch das Leben ist Betrug. Man belügt. Andere, vor allem aber sich selbst. Und man wird belogen. Systematisch und unausgesetzt. Es gibt keine Belohnung für Wohlverhalten. Im Gegenteil. Das eigene Schweigen dient nur dazu, dass die Anderen ihre Schweinereien in aller Ruhe begehen können. Unser Stillhalten ist deren Triumph.

April 1983

Victor „Wickerl" Bielohlawek konnte seine Überraschung nicht verbergen. Für einen Moment schienen seine Augen größer als sein Mund, denn ausgerechnet Arthur „Turl" Strecha trat wenige Minuten vor 7 Uhr früh in das kahle Zimmer des Schulgebäudes in der Geblergasse, in welchem die Sprengelwahlkommission untergebracht war. „Turl, was machst denn du da?", verlieh Wickerl seinem Erstaunen nun auch verbal Ausdruck.

Der so Angesprochene zuckte nur mit den Schultern. „Die Wawrinek ist krank, und da haben s' halt mich gfragt, ob ich in die Wahlkommission gehen kann. Na ja, das frühe Aufstehen bin i gwohnt, also bin i da." Wie selbstverständlich setzte er sich neben seinen alten Schulkollegen und harrte der Dinge, die da kommen mochten.

Wickerl und Turl führten seit fast einem Jahrzehnt das beschauliche Leben von Pensionisten. Als sie Mitte 50 gewesen waren, hatte die Partei, mit der sie ihr ganzes Leben lang auf die eine oder andere Weise gerungen hatten, einen glanzvollen Sieg an den Wahlurnen errungen, und Bundeskanzler Kreisky gelang es in der Folge, das Land tatsächlich von Grund auf zu verändern. Mit jedem Tag, den der Alte am Ballhausplatz saß, wurde Österreich ein klein wenig gerechter, moderner und weltoffener, was beide, Wickerl und Turl, erstaunte. Aus demselben Grund übrigens. Beide hatten in Kreisky einen Exponenten des rechten Parteiflügels gesehen, einen, der sich, wie seinerzeit Helmer, Schärf und Pittermann, der Großen Koalition mit der ÖVP verschrieben hatte und der daher auch nur ans Verwalten denken würde, wie seine diversen Vorgänger. Doch Kreisky legte vom ersten

Tag seiner Kür zum Parteichef an ein ganz anderes Tempo an den Tag. Und auch wenn Wickerl und Turl bewusst war, dass die meisten Reformen, die Kreisky, kaum als Kanzler angelobt, ins Werk setzte, für sie selbst zu spät kamen, so freuten sie sich doch gleichermaßen darüber, dass die künftigen Generationen davon auf vielfache Weise profitieren würden. Nicht umsonst sagte Kreisky selbst, was man den Menschen erst einmal gegeben hatte, das konnte man ihnen nicht wieder wegnehmen. Und so sahen Wickerl und Turl Arbeiterkinder, die ins Gymnasium und anschließend an die Universität gehen konnten, junge Paare, denen der Staat die nötige Starthilfe für eine Familiengründung gab, Werktätige, die endlich ein ganzes Wochenende zur Erholung hatten – und dazu einen Lohn, der es ihnen ermöglichte, auch einmal einen richtigen Urlaub zu genießen und sich ein kleines Glück irgendwo am Land aufzubauen.

Niemals zuvor, so waren sich beide einig, ließ es sich in Österreich besser leben. Doch das goldene Jahrzehnt verging buchstäblich wie im Flug, und mit der Kür von Ronald Reagan in den USA und Margaret Thatcher in Großbritannien kündigte sich die konservative Gegenoffensive an. Selbst Kreisky, der noch vier Jahre zuvor mit 51 Prozent aller Stimmen einen glänzenden Wahlsieg eingefahren hatte, schien mit einem Mal keinen Rat mehr zu wissen.

„Knapp wird's heut", hielt Wickerl dementsprechend auch kategorisch fest. „Ja, das mit der Zinsertragsteuer, das war eine unglückliche Gschicht'", pflichtete Turl bei. Dabei hatte Kreisky das einzig Richtige getan. Um den Sozialstaat weiter finanzieren zu können, gedachte er, eine Steuer auf die Zinsgewinne von Kapitalien einzuheben. Die Konservativen hatten diesen Schritt sofort als „Sparbuchsteuer" verunglimpft und dreist behauptet, damit werde der armen Oma der Sparstrumpf geplündert. Und erstmals war es Kreisky nicht gelungen, die Lügen seiner Gegner allgemein verständlich aufzudecken. Aber das war auch kein großes Wunder, wie sich Wickerl eingestand. Kreisky war beinahe blind und schwer krank. Er hing an einem Dialysegerät und hätte vor allem Ruhe und Erholung gebraucht. Doch die Partei wusste, außer ihm gab es niemanden, der gegen den neokonservativen Trend bestehen konnte, also hatte man den Alten überredet, doch noch einmal anzutreten.

Die beiden kamen nicht dazu, weiter zu sinnieren, denn der Wahlleiter versammelte die Anwesenden um sich, damit sie die entsprechenden Instruktionen von ihm erhielten. Nach seinen Ausführungen machte er eine dramatische Pause, in welcher er unverwandt auf die Uhr blickte. Punkt 7 Uhr wies er den Hausmeister an, die Tür zu öffnen.

Der Ablauf der kommenden Stunden war Wickerl aus Dutzenden und Aberdutzenden Wahlgängen wohl bekannt. Unmittelbar nach Öffnen des Wahllokals kamen vor allem Pensionisten und passionierte Ausflügler, die schnell von ihrem Wahlrecht Gebrauch machten, um dann den Tag in den Wäldern der Umgebung oder in irgendwelchen Gasthäusern zu verbringen. Gegen 9 Uhr riss der Strom der Wahlwilligen ab, es tröpfelte quasi nur noch, ehe gegen Mittag der nächste Schwung an Stimmbürgern auftauchte, der entweder vor oder unmittelbar nach dem Mittagessen zur Urne schritt. Gegen 14 Uhr war es dann auch Turl und Wickerl erlaubt, die Kommission zu verlassen, um im nahegelegenen Wirtshaus das obligate Schnitzel vorgesetzt zu bekommen, welches quasi ihr Honorar für das Ableisten ihrer Bürgerpflicht darstellte.

Dort traf man mit den Mitgliedern anderer Wahlkommissionen zusammen, und so war es gleichsam unausbleiblich, dass man sich über den bisherigen Verlauf des Wahltages austauschte. „Wie schaut's bei euch da drüben aus?", hörte man ergo beinahe so oft wie „Mahlzeit".

„Eigentlich können wir nicht sagen, dass heuer weniger Leute wählen gehen als vor vier Jahren", hielt einer nüchtern die Fakten fest. „Ja, aber ob sie wieder uns wählen, das ist die Frage", fügte ein anderer relativierend hinzu. „Dabei hamma noch ein Glück", ergänzte ein Dritter, „dass sich die Grünen nicht auf eine gemeinsame Liste geeinigt haben. Sonst wär die Absolute jetzt schon weg."

„Wir müssen uns einfach auf unsere eigene Kraft verlassen", statuierte Wickerl kategorisch. „Jetzt gilt es noch einmal, alle Genossinnen und Genossen zu besuchen, damit sie auch ja zur Wahl gehen. Dann werden wir es schon wieder schaffen." Er sah kurz in die Runde und führte dann ein Stück paniertes Fleisch zu seinem Mund. „Dein Wort in Gottes Ohr", grinste ihn Turl an, ehe er das Gleiche tat.

Für eine kleine Weile waren beide in ihre Nahrungsaufnahme vertieft, doch das hielt Wickerl nicht vom Denken ab. Eigentlich, so überlegte er, gebot es die Höflichkeit, an dieser Stelle ein paar private Fragen in die Unterhaltung einzustreuen. Wie es der Familie gehe, zum Beispiel. Doch das war ein wunder Punkt. Für beide. Wickerl erinnerte sich noch gut daran, dass er sich in früheren Jahren manchmal bei dem Gedanken ertappt hatte, die Familien könnten durch eine Verbindung zwischen Schurli und Ricky zu einer werden. Doch natürlich war allein die Vorstellung absurd. Ricky war beinahe ein halbes Jahrzehnt älter als Schurli, und auch wenn es immer wieder Paare gegeben hatte, Otto und Helene Bauer zum Beispiel, bei denen die Frau wesentlich älter als der Mann gewesen war, so wussten doch alle ganz genau, dass einer solchen Verbindung eher etwas Seltsames anhaftete. Ricky war, als ihr Großvater das Zeitliche segnete, eine reife Frau, während Schurli immer noch ein Knabe genannt werden musste, der beim lokalen Sportverein einem Ball nachjagte.

Umso abseitiger war es dann für beide, für Wickerl wie für Turl, gewesen, als Schurli ganz plötzlich eine vollkommen abstruse Affäre mit einer noch viel älteren Frau begonnen hatte. Obwohl die Sache nun schon über zehn Jahre zurücklag, konnte sich Wickerl noch an jedes einzelne Detail erinnern, ganz so, als wäre die unglückselige Angelegenheit erst gestern geschehen. Schurli hatte in irgendeiner zwielichtigen Innenstadt-Bar eine sogenannte Künstlerin kennengelernt, die damals bereits weit über 30 gewesen war, während Schurli noch, wie man sagte, ein Teenager gewesen war. Die Alte hatte den ahnungslosen Buben nach Strich und Faden verführt, und er war ihr mit Haut und Haaren verfallen. Während Wickerl einen langen Zug aus seinem Bierglas nahm – natürlich befand sich Hernalser Helles darin –, erinnerte er sich, wie Turl völlig geknickt den Weg zu ihnen gefunden und sich ausgerechnet bei ihnen ausgeweint hatte. Schurli befände sich im absoluten Ausnahmezustand, habe nur noch Augen für diese Femme fatale, vernachlässige das Training so sehr, dass er sogar aus der Kampfmannschaft geworfen worden sei, beklagte Turl damals.

Am Ende des Sommers wurde sein Vertrag vom Sportclub aufgelöst, und Schurli stand arbeitslos vor dem Nichts. Und als ob das nicht schon Grund genug für noch mehr graue Haare gewesen wäre, stellte sich dann auch noch heraus, dass diese Venuspriesterin doch nicht so geübt in der Ars amandi gewesen war, als man es ihr ob ihres Alters hätte zubilligen können. Sie war, so zeigte sich, von Schurli schwanger geworden und trug in der Folge das Kind auch aus, wobei es Turl überlassen blieb, für die Enkelin Alimente zu zahlen, da Schurli buchstäblich keinen Groschen mehr besaß. Mittlerweile ging, Kreisky sei Dank, die kleine Lina ins Gymnasium, und die Großeltern verbrachten reichlich viel Zeit mit ihr, da Schurli viel zu überfordert mit seinem eigenen Leben war, um sich um die Kleine zu kümmern, während von der leiblichen Mutter höchstens ab und an von irgendeinem obskuren Ort auf dem Erdenrund Flaschenpost nach Hernals gelangte. Und was dem Fass den Boden ausschlug, so wusste Wickerl nur allzu gut, war die Tatsache, dass die Kindesmutter niemand anderer war als Mary, die Tochter der Caroline Glickstein. Irgendwie kam man voneinander nicht los.

Nachdem Wickerl den Teller von sich geschoben und sich eine Smart angezündet hatte, erwog er ein zweites Mal, private Themen aufzugreifen, unterließ es aber, als Turl abrupt aufstand, um den Abort aufzusuchen. Nachdem er von dort wieder zurückgekehrt war, fand Wickerl, dass der Kairos, der Moment des Innigen, vorübergegangen war, und so beschied er sich mit ein paar nichtssagenden Floskeln, um die Zeit zu überbrücken, bis sie sich wieder zur Wahlkommission begeben würden.

Als sie vom Essen zurückgekehrt waren, warfen beide einen Blick auf die sogenannten „Stricherllisten", mit denen die Parteienvertreter überprüften, wer bereits seine Stimme abgegeben hatte und wer daher noch fehlte. Diese Informationen wurden nach draußen weitergegeben, damit die Funktionäre zu ihrer Besuchstour aufbrechen konnten. Wickerl kannte die meisten Leute aus dem Sprengel und war daher mit der Zwischenbilanz zufrieden. Fast alle Roten hatten bereits ihr Kreuz gemacht.

Der Nachmittag, das wusste Wickerl aus unzähligen Wahlgängen, war die härteste Prüfung dieses Aktes. Man selbst wurde allmählich müde, und die Zahl derer, die noch zur Urne schritten, nahm rapide ab. Erst kurz vor 17 Uhr, dem Wahlschluss, verirrten sich in der Regel noch einige Menschen in das Lokal, jene, die sich eigentlich vorgenommen hatten, diesmal der Wahl fernzubleiben, es dann aber doch nicht übers Herz brachten, ihr demokratisches Grundrecht nicht auszuüben. Mit einem Mal fühlte sich Wickerl in die Zeit des Josefstädter Gymnasiums zurückversetzt, denn er ertappte sich dabei, wie er immer und immer wieder auf die große Wanduhr blickte, dabei innig hoffend, diese würde endlich 5 Uhr nachmittags anzeigen.

Wickerl stand auf und vertrat sich ein wenig die Beine. Dabei warf er einen Blick auf das Protokoll und stellte fest, dass rund 90 Prozent aller Wahlberechtigten tatsächlich ihre Stimme abgegeben hatten. Das entsprach dem lang schon üblichen Schnitt. Und wieder sah er zur Uhr hin.

Ein allgemeiner Seufzer der Erleichterung ging durch den Raum, als der Wahlleiter verkündete, die Zeit sei abgelaufen. Nun entwickelte die Kommission noch einmal hektische Betriebsamkeit. Die Urne wurde geleert, die Stimmzettel in gültig und ungültig geschieden. Bei manchen Voten war die Frage ihrer Stichhaltigkeit schnell geklärt. Weder gab es einen Kandidaten namens „Goofy“, noch ging es um die Präsidentschaft des Landes, sodass der handschriftlich hinzugefügte Zusatz „for President“ ebenfalls ins Leere ging. Auch die Aufforderung „Gehts alle scheißen“ konnte schwerlich als Beitrag zur Beschickung des neuen Parlaments verstanden werden. In anderen Fällen aber mussten die Mitglieder der Kommission näher hinsehen. Erstmals, so statuierte Wickerl, hatten etliche Wähler von ihrem Recht Gebrauch gemacht, den Namen eines Kandidaten mit einer, wie es hieß, Vorzugsstimme zu belegen. Und da galt es erst einmal Nachschau zu halten, ob der jeweils Genannte auch tatsächlich irgendwo nominiert war. Schnell fiel Wickerl auf, dass der Frontmann der Jusos, Josef Cap, erstaunlich oft genannt wurde. Doch das überraschte nicht wirklich, denn Cap war ein Hernalser, hier schlug also fraglos der Lokalpatriotismus durch. Landesweit würde der „Pepi“, wie man ihn gemeinhin rief, kaum die erforderlichen 27.000 Stimmen bekommen, um tatsächlich in den Nationalrat einziehen zu können.

Auffallend war auch, dass die beiden Grünlisten ähnlich schlecht abschnitten wie die Kommunisten, sodass man – war dieses Bild repräsentativ für das Land – davon ausgehen konnte, dass auch im neuen Nationalrat nur drei Parteien vertreten sein würden. Und Wickerl hoffte, es mochte sich noch einmal mit der Absoluten für die SPÖ ausgehen.

Tatsächlich hatte diese in ihrem Sprengel nicht schlecht abgeschnitten. Knapp zwei Prozent weniger als vor vier Jahren schien ein gutes Omen zu sein. Wie die anderen auch unterzeichnete Wickerl das Protokoll und begab sich dann mit Turl in die Kalvarienberggasse, um dort im Bezirkssekretariat der Partei in Erfahrung zu bringen, wie der Rest des Landes abgestimmt hatte.

„Es schaut gar nicht gut aus“, wurden sie grußlos vom Parteisekretär empfangen. „Die Hochrechnung sagt, wir liegen bei 48 Prozent." Turl zeigte sich erstaunt: „Und das geht sich nicht aus? Mit der Stimmenzahl haben doch die Schwarzen immer die Absolute gholt." Der Sekretär zuckte mit den Schultern: „Weißt eh, die Wahlkreiseinteilung und so. Am Land sind die Mandate halt billiger." Um hinzuzufügen: „Im Fernsehen sagen s', wir haben 91 Mandate. Das wär um eines zu wenig."

„Das heißt, jetzt hängt alles von Wien ab", postulierte Wickerl. „Ja, da können wir noch das 92. Mandat schaffen", meinte der Sekretär. Um dann in einem leiseren Ton ein „oder das 91. auch noch verlieren" hinterherzuschicken.

Schließlich folgten alle einer, wie es schien, uralten Tradition. Kurz nach 19 Uhr begab man sich zum *Finken* und versammelte sich im Extrazimmer, um sich gemeinsam die „Zeit im Bild" anzusehen. Und ebenfalls traditionsgemäß verkündete Innenminister Lanc live in der Sendung das vorläufige amtliche Endergebnis. Demnach hatte die SPÖ fünf Mandate verloren und keine Mehrheit mehr. Und für die im Raum Anwesenden brach eine Welt zusammen.

„Was glaubst du, wird jetzt werden?", fragte Turl Wickerl zu später Stunde auf dem Heimweg. Der zuckte mit den Schultern. „Keine Ahnung. Der Alte wird diesmal sicher wirklich zurücktreten, das steht fest. Der Sinerl wird der neue Chef. Und der wird, denk ich mir, mit den Schwarzen eine Koalition machen. So wie's vorm Kreisky war."

Turl wiegte den Kopf. „Ich glaub das nicht. Den Schwarzen kannst nicht trauen. Das weiß der Alte aus Erfahrung. Der wird wieder den Peter anrufen, und dann hamma Rot-Blau."

Wickerl hielt diese Variante für abwegig. Er drehte sich zu Turl und grinste. „Das hätt deinem alten Herrn gfallen."

Gegen seinen Willen musste auch Turl grinsen: „Glaub i ned. Dem hat gar nie was gfallen." Wickerl nickte. „Stimmt auch wieder."

Einige Tage später begab sich Wickerl ins Sektionslokal zum wöchentlichen Treffen. Dass der Raum dieses Mal gerammelt voll war, konnte kaum verwundern. Alle, selbst jene, die sich sonst so gut wie nie blicken ließen, wollten wissen, wie es nun weitergehen würde. Und doch gab es dabei noch ein zweites Thema. Der Juso-Rebell aus ihrem Bezirk hatte es tatsächlich geschafft, als Allererster in der Geschichte des Landes allein durch die Kraft der Vorzugsstimmen ein Mandat zu erringen. So oder so würde also Hernals auch im neuen Parlament wieder vertreten sein. Eine Tatsache, die nicht wenige in der Sektion mit Stolz erfüllte.

Endlich ergriff der Sektionsleiter das Wort. In dürren Sätzen referierte er, was ohnehin schon allgemein bekannt war. Einigen Zuhörern ging die Geduld aus. „Des wiss ma schon, Karl. Was jetzt wird, woll ma wissen."

Für Karl keine leicht zu beantwortende Frage, wie sich zeigte. Er berief sich darauf, dass die Gremien die unterschiedlichen Optionen bewerteten, dass aber bislang noch keine Entscheidung gefallen sei. Wickerl musste schmunzeln. Die Zeitungen wussten da anderes zu berichten. Demnach hatte Kreisky unmittelbar nach der Ankündigung seines Rücktritts die Weichen in Richtung Koalition mit der FPÖ gestellt und seinen präsumtiven Nachfolger auf genau diese Linie eingeschworen. Die Schwarzen, die sich ihres Sieges zu sicher gewesen waren, hatten das Nachsehen.

Die innerparteilichen Proteste hielten sich, wie sich zeigte, in recht engen Grenzen. Die Jusos und die Freiheitskämpfer wiesen vergeblich auf die Rechtslastigkeit der Blauen hin, für die meisten in der Partei aber war die Zahl der alten und neuen Nazis weitaus weniger problematisch als die Vorstellung, die Schwarzen könnten wieder die Tagespolitik bestimmen. Alles, was blieb, war ein von 400 Leuten unterschriebenes Inserat im „Profil“, in dem gefordert wurde, dass Friedrich Peter nicht Nationalratspräsident werden dürfe. Und Ende Mai trat das Kabinett Sinowatz sein Amt an.

April 1970

Turl nahm die Nachricht über die Bildung einer SPÖ-Alleinregierung mit gemischten Gefühlen auf. Einerseits freute er sich natürlich darüber, dass die jahrzehntelange Vorherrschaft der ÖVP endlich gebrochen war, andererseits konnte er natürlich nicht umhin, darüber nachzudenken, wie die Dinge gelaufen wären, hätte Olah ein wenig besonnener agiert. Der sah freilich endgültig einem Prozess entgegen, und wenn man den Zeitungen glaubte, dann würde sein ehemaliger Chef hinter schwedische Gardinen wandern. Turl stand in seinem Badezimmer vor dem Allibert und kontrollierte die Exaktheit seiner Koteletten. Irgendwie war doch alles ein Hintertreppenwitz. Da hatte sein Boss die geniale Idee, mit Hilfe der Freiheitlichen die ÖVP aus dem Sattel zu heben, und dann gelang dies ausgerechnet dem Bruno Kreisky mit exakt derselben Strategie. Aber gut, sagte sich Turl, während er das schütter werdende Haupthaar streng zurückkämmte, für ihn selbst kam das ohnehin alles zu spät. Er war 55 Jahre und damit entschieden zu alt für hektische Nächte in irgendwelchen Hinterzimmern. Da lobte er sich die Arbeit an der Betriebszeitung der Hernalser Bräu. Er schrieb jeden Tag eine Seite oder, wenn ihm danach war, auch zwei, trug das Ergebnis seiner Überlegungen in jeder letzten Woche eines Monats zu den Graphikern, und schon einige Tage später hielten alle in der Firma eine weitere Ausgabe des „Hernalser Bierboten“ in Händen. Und er konnte sich anrechnen, dass seine Mischung aus allgemeinen Informationen zum Thema Bier, Verlautbarungen aus der Chefetage und Mitarbeiterklatsch bei den Kollegen überaus gut ankam. Er hatte ja auch die

Idee gehabt, in jeder neuen Nummer eine praktisch nackte Frau als „Biertrinkerin des Monats“ abzudrucken, was vor allem die Arbeiter in der Produktion und die Bierführer sehr erfreut hätte, doch die Sekretärinnen hatten sich darüber mokiert und gemeint, wenn schon so ein Foto ins Blatt käme, dann solle es abwechselnd eine junge Dame und ein junger, fescher Kampel sein, womit die Idee gestorben war.

Endlich griff Turl zu seinem Braun-Elektrorasierer und ließ diesen sein Werk verrichten. Sofort spürte er ein Ziehen und Kratzen auf der Haut, das ihn davon überzeugte, seine Wangen und seinen Hals noch schnell ordentlich zu befeuchten, ehe er die Rasur fortsetzte. Danach fuhr er sich mit der flachen Hand über die entsprechenden Stellen und kam zu dem Schluss, sein Gesicht war wieder stoppelfrei. Er legte den Rasierer zurück an seinen Platz, öffnete die rechte Tür des Allibert und holte das Pitralon hervor. Eilig öffnete er den Verschluss, dann goss er nicht zu wenig von der dunklen Flüssigkeit auf seine linke Handfläche. Diese verteilte er dann auch auf die rechte, ehe er mit beiden Händen auf sein Gesicht klatschte.

In diesem Augenblick kam Grete ins Badezimmer, schnupperte kurz in Richtung von Turls Schulter und meinte: „Gut riechst du heute.“ Turl sah im Spiegel Grete hinter sich und wollte eben Danke sagen, als ihn ihr Aufzug irritierte.

„Was hast denn du an?“, entfuhr es ihm.

„Gfallt’s dir nicht?“ Grete trat einen Schritt zurück und gab Turl Gelegenheit, sich umzudrehen. Sie trug einen hochgeschlossenen Einteiler, der bis zum Hals reichte, eine Art Hosenanzug, dem es tatsächlich gelang, Gretes Taille ebenso zu betonen wie ihren Busen und ihr Hinterteil. So gesehen mochte die Gewandung ja ganz achtbar sein, doch sowohl der himmelblaue Farbton als auch die unzähligen Fransen, mit denen die Bekleidung ausgestattet war, verliehen dem Ganzen eher eine komische als eine attraktive Note. „Nicht bös sein, Gretl, aber du schaust ja aus wie der Yeti. Das geht doch ned."

Sofort zog Grete ein Schnoferl. „Was verstehst denn du von so was, du alter Depp! Genau so ein Gwand hat die Salomé voriges Jahr anghabt, wie s' den Songcontest gwonnen hat. Und jetzt gibt's den supergünstig beim Texhages. Da hab ich zugrei..."

Turl schüttelte den Kopf: „Eines kann ich dir sagen, diese Salomé hat das Tralala sicher ned wegen dem Aufzug da gwonnen. Aber ihr Name ist durchaus passend, weil wenn man das sieht, dann reißt's einem den Schädel ab." Dabei lachte er laut über seinen eigenen Kalauer.

„Du bist ein Depp", fuhr ihn seine Frau an, „soll ich vielleicht nackert gehen oder was?"

Turl wusste aus langjähriger Erfahrung, dass nun der Punkt gekommen war, an dem er einlenken musste, wenn er eine ernsthafte Verstimmung Gretes vermeiden wollte. „Also nackert schauerst auf jeden Fall besser aus als so, aber wenn dich wer ohne Gwand sehen tät, dann würd er dich sofort entführen und in Gretna Green heiraten wollen. Und dann wär ich petschiert. Weil simma uns ehrlich: Was machert ich ohne dich."

Strecha durfte sich ein innerliches Lächeln gestatten. Er hatte genau den richtigen Ton getroffen. Grete lächelte huldvoll, nahm kurz eine kokette Pose ein, ehe sie ihm einen Kuss auf die Schulter drückte. „Wenigstens weißt, was d' an mir hast." Sanft, aber bestimmt drückte sie ihn aus dem Zimmer. „Du bist eh fertig da, jetzt brauch ich den Platz."

Turl sah sich ins Vorzimmer geschoben und musste zur Kenntnis nehmen, dass Grete nicht im Traum daran dachte, ihre Garderobe vielleicht noch einmal zu überdenken. Vielmehr griff sie zu einem ihrer unzähligen Utensilien, um mit dem Make-up zu beginnen. Vor allem der türkisfarbene Lidschatten verlieh ihrem Gesicht etwas höchst Befremdliches. Turl freilich hütete sich, diesen Gedanken laut auszusprechen. Mochte Grete auch jede Menge Fläschchen und Tuben zur Hand nehmen, die Büchse der Pandora blieb besser ungeöffnet.

Für ihn gab es aber ohnehin nicht mehr viel zu tun. Er ging zum Schuhkästchen, wo er nach bequemen Tretern suchte, als endlich auch Georg aus seinem Zimmer wankte. „Gibt's einen Kaffee?", fragte der mit belegter Stimme, während er das Feinrippleibchen auszog, in dem er offenbar geschlafen hatte. „Schau in der Küche nach", riet Turl ihm naheliegenderweise, wobei er darauf verzichtete, dem Sprössling einmal mehr Vorhaltungen über dessen Lebensstil zu machen.

Dabei wären diese höchst angebracht, versicherte er sich gedanklich. Die Lehrstelle, die er dem Sohn besorgt hatte, besaß dieser nur noch deshalb, weil der Lehrherr ein begeisterter Anhänger des Wiener Sportclub war, bei dem Georg nach dem Ball trat. Doch wenn die große Fußballerkarriere von heute auf morgen zu Ende war, dann konnte er Georg bestenfalls noch bei der Post unterbringen. Turl schüttelte sich vor Schaudern und sah zu, dass er in seine Schuhe kam.

Er warf einen Blick auf seine Seiko und kam zu dem Schluss, dass er sich ein wenig sputen musste, wenn er nicht zu spät ins Büro kommen wollte. Eilig überprüfte er, ob er alles, was er brauchte, bei sich hatte, ehe er sich in

Richtung Wohnungstür verfügte. „Papsch, kannst mir bis heute am Abend einen Zwanziger leihen? Ich muss mir Tschik kaufen, und den Lohn krieg ich erst in der Firma."

Turls Blick folgte der Richtung, aus der seines Sohnes Stimme gekommen war, und er registrierte einen Anlass, zum zweiten Mal an diesem Morgen irritiert zu sein. Georg trug hellblaue Schlaghosen, die im Farbton gut zu Gretes Anzug gepasst hätten. Der Kragen des weißen Hemdes hatte eine nahezu beängstigende Breite und ragte weit über jenen der wiederum hellblauen Windjacke hinaus, deren Taillierung mit jener der Hosen korrespondierte. All diese modischen Details entgingen dem Vater jedoch vollständig. Denn der war vollauf damit beschäftigt, der Frage nachzugehen, wie es der Sohn geschafft hatte, in ein, zwei Minuten praktisch ausgehfertig zu sein.

„Sag einmal, hast du dich nicht gwaschen, Bua?" Turl schwante Übles.

„Ich hab eh gestern duscht", gab Georg lapidar zur Antwort. „Außerdem darf ich heute ned schon wieder z' spät kommen. Der Chef hat eh schon einen Pick auf mi."

Das entsprach fraglos der Wahrheit, doch eine Diskussion darüber, dass der werte Herr Filius endlich erwachsen werden sollte, war ebenso sinnlos wie eine Debatte mit Grete über Salomés Gewänder. Demonstrativ seufzend zog Turl einen Ghega aus seinem Portemonnaie, reichte den Schein seinem Nachwuchs und verließ dann eilig die Wohnung, um sich durch seinen Groll nicht zu weiteren Kommentaren verleiten zu lassen.

Er saß schon in der Straßenbahn Richtung Hernals, als er sich bei der Frage ertappte, weshalb sich Grete überhaupt so aufgemascherlt hatte. Man konnte jetzt darüber streiten, ob diese Kleidung prinzipiell passend war, doch ohne Zweifel galt sie als zeitgemäß und chic, wenn nicht sogar als nobel, und derlei legte man nun nicht an, wenn man schnell einmal beim Anker einen gestaubten Wecken kaufte. Hatte er irgendetwas verpasst, einen feierlichen Anlass, einen bedeutenden Termin? Oder musste er sich Sorgen machen?

Keine Frage: Grete sah für ihr Alter immer noch bemerkenswert gut aus, wovon auch dieses unmögliche Kleidungsstück zeugte, das man keinesfalls tragen konnte, wenn man übergewichtig oder unförmig war. Andererseits war sie tagein, tagaus allein zu Haus, kümmerte sich um die Wäsche, ums Essen und, wie man halt so sagte, um den Haushalt. Wahrscheinlich wurde einem da zwangsläufig fad – was stets die Grundlage für dumme Ideen war. Turl lockerte den Knopf seiner Krawatte. Hatte die Grete ein Gspusi? Denn genau betrachtet richtete sie sich schon seit einiger Zeit regelmäßig schön her. Sie roch immer wieder nach sündteuren Parfums, ließ sich alle Daumen lang die Haare machen und achtete auch sonst peinlich genau auf ihr Äußeres. Für ihn machte sie das sicher nicht, für wen also? Den Briefträger, den Gaskassier? Oder verließ sie heimlich nach ihm und Georg die Wohnung, um sich irgendwo mit einem Gigolo zu treffen, der es schamlos ausnützte, dass er, Turl, so hart arbeiten musste. Geistig ging Strecha alle Abende der letzten Zeit durch, doch da war sie immer zu Hause gewesen. Die Affäre lebte sie folglich untertags aus.

Klar, das war ja auch vernünftig. Auf diese Weise brachte sie alles unter einen Hut. Sie wartete, bis sie allein zu Hause war, flog dann aus, trieb es vogelwild mit irgendeinem Hallodri und kaufte auf dem Rückweg noch schnell das Essen ein. Sie kehrte zurück, wusch die Beweise ihres schmutzigen Treibens unter der Dusche ab, legte ihr fades Blumenkleid an und tat, als wäre nichts gewesen. Alles ganz normal. Von wegen!

Turl fühlte sich einem Schlaganfall nahe. Wie ein Schlagflüssiger torkelte er durch das Eingangstor der Brauerei und registrierte beiläufig die skeptischen Blicke jener, die ihm entgegenkamen. Keine Frage. Die wussten alle Bescheid. Wahrscheinlich stand auf seiner Stirn in Balkenlettern „Hahnrei“ geschrieben. Mein Gott, wie konnte er die ganze Zeit über so ahnungslos gewesen sein und vom Doppelleben seiner Frau nichts bemerkt haben!

Der schale Scherz im Badezimmer tat ihm jetzt doppelt leid. Damit trieb er Grete ja nur noch mehr in die Arme des Nebenbuhlers! Er ließ sich schwer auf seinen Bürosessel fallen und warf die Aktentasche achtlos auf den Schreibtisch. So musste sich Brutus nach Philippi gefühlt haben. Wo war das Schwert, in das er sich stürzen konnte?

Aus dem Nebenzimmer klangen die Archies aus dem Radio. Deren süßliches „Sugar, Sugar“ konnte er schon unter normalen Bedingungen nicht ausstehen, doch nun wirkte es wie pures Arsen. Turl wollte schon nach draußen rufen, man solle das Radio ausmachen, als das nächste Lied begann. Adamo sang vom „kleinen Glück“, die aktuelle Nummer eins der heimischen Hitparade. Was für ein Hohn!

Aus jetzt, Turl!, sagte er zu sich selbst. Gut, seine Frau ging fremd. Das kam in den besten Familien vor. Jetzt galt es, angemessen zu reagieren. Man musste die wilde Stute wieder einfangen, um sie in den heimischen Stall … Gott! In welchen Bildern dachte er da? Kein Wunder, dass Grete Abwechslung suchte. Sie musste ja förmlich von ihm abgestoßen sein, so, wie er über sie dachte. Er atmete tief durch und griff dann zum Telefonhörer. Er fuhr mit dem Zeigefinger abwechselnd in die entsprechenden Löcher, registrierte das obligate Knattern und wartete dann auf das akustische Signal. Nach dem dritten Mal Läuten meldete sich Grete. „Schatzi, was ich ganz vergessen hab", begann Turl, der dabei fieberhaft überlegte, ob er einen Vorwand gebrauchen oder aber Grete sagen sollte, dass er sie über alles liebe, weshalb eine kleine Pause entstand. „Tummel dich, Bärlibär, ich hab's ein bisserl eilig. Weißt eh, die Elfi."

Wer war Elfi? Oh Gott! Seine Frau war lesbisch. Das auch noch! „Ich … äh … Elfi?", stammelte er schließlich.

„Heast, du merkst dir aber auch gar nix mehr, du alter Zottel. Hundertmal kann man dir alles erklären, aber du hörst einfach nicht zu."

Wie auch! Wer wollte schon partout sein eigenes Todesurteil vernehmen? Seine Frau trieb es also mit einer anderen Frau. Wie hatte er sich nur so in ihr täuschen können? Turl überlegte, ob er aus dem Büro in irgendeine Stehweinhalle flüchten sollte, um sich dort so hemmungslos zu betrinken, bis wenigstens er nicht mehr stehen konnte.

„Die Tochter von der Betty, du Hirnhappler. Die hat heute …"

Betty? Tochter? Auch noch Verführung Minderjähriger? Turl wähnte sich der Ohnmacht nahe.

„… Erstkommunion."

Sein Herz setzte aus. Mit angehaltenem Atem wartete er darauf, dass es endlich wieder zu schlagen begann. Erstkommunion! Natürlich! Die kleine Elfi. Die Tochter von der Betty. Na klar. So einfach war das alles, und er hatte sich völlig ohne Grund zu Tode geängstigt. Seine Frau war ihm treu, ihr Sonntagsstaat einfach dem kirchlichen Ereignis geschuldet. Da machte es auch nichts aus, dass Turl immer noch nicht wusste, wer denn nun Betty und Elfi waren, wahrscheinlich hatte sie es ihm irgendwann einmal erzählt, vielleicht hatte er die beiden sogar schon einmal bei irgendeiner Gelegenheit gesehen und sie sich einfach nicht gemerkt. Aber das tat ja auch nichts zur Sache. Hauptsache, seine Ehe war nicht gefährdet. Und er verspürte Lust, die Hand auf die Muschel zu legen, um nach draußen zu rufen, man möge den Adamo lauter stellen, immerhin sei das so ein schönes Lied.

Zuvor freilich galt es noch, das Telefonat in Würde zu einem Ende zu bringen. „Weißt, Mauserl, was ich mir gedacht habe: Was hältst davon, wenn ich dich heut am Abend in den *Finken* ausführ? Ich mein, der Schurli hat eh Training, wir sind allein, da können wir uns doch zur Abwechslung einmal was gönnen …"

„Sag, betrügst du mich? Hast eine andere!" Der Ton von Gretes Stimme wurde mit jedem Wort spitzer. „Aber Mausl, wie kommst denn auf so etwas?", war Turl ehrlich überrascht. „Na hörst, wenn du mir mitten in der Woche anbietest, mich zum Essen auszuführen, dann musst doch etwas angestellt haben." Um gleich darauf nachzusetzen: „Rausghaut können s' dich nicht haben, sonst hättest nicht die Spendierhosen an. Also hast ein Pantscherl. Mit der schlamperten Sekretärin am End? Nein! Das vertragert ich nicht."

„Greterl, also wirklich. Ich weiß gar nicht, wie du auf so einen Blödsinn kommst! Das ist doch völlig abwegig. Nein, ich hab mir nur gedacht, ich war vorhin im Bad ned sehr nett zu dir, was dein Gwand anbelangt, und heute hast eh so einen hektischen Tag, deshalb hab ich mir gsagt, wenn wir essen gehen, dann braucht das Greterl ned aa no kochen." Er hielt noch einmal die Hand auf die Muschel und atmete tief durch. Da hatte er ja gerade noch einmal die Kurve gekriegt. Aber Blumen kaufte er auf dem Heimweg besser nicht, sonst glaubte Grete am Ende doch, er habe eine Liaison.

„Bist ja doch ein Lieber, du alter Brummbär", kam es derweilen aus dem Hörer, „gut, gemma heute essen. Aber jetzt muss ich sausen. Sonst kriegt die arme Elfi am End ihre Watschen, ohne dass ich dabei bin." Turl verkniff sich den Hinweis, dass es die berüchtigte Ohrfeige, also die Berührung der Wange durch die Finger des jeweiligen Kirchendieners, bei Firmungen, nicht aber bei einer Erstkommunion gab. Er war froh darüber, dass sich seine Sorgen als unbegründet erwiesen hatten, und wandte sich nun endlich seinem Tagewerk zu.

Oktober 1975

Die Sorge der Partei erwies sich als unbegründet. Die Wählerinnen und Wähler wussten die zahlreichen segensreichen Reformen der Regierung Kreisky zu schätzen und statteten die SPÖ ein zweites Mal mit einer absoluten Mehrheit aus. Die Sozialisten feierten und sahen erwartungsvoll einer weiteren Periode entgegen, in der sie mit neuen Maßnahmen das Land fairer, gerechter und insgesamt besser machen konnten. Die Wahl war kaum geschlagen, da gab Simon Wiesenthal eine Pressekonferenz.

Wickerl erfuhr von den Vorwürfen, die Wiesenthal dort erhoben hatte, am nächsten Morgen, dem 10. Oktober. Demnach hatte Peter, der einschlägig bekannte Obmann der Freiheitlichen, während der Zeit des Nationalsozialismus einer SS-Brigade angehört, deren Aufgabe es gewesen war, hinter der Front Zivilisten zu erschießen. Wickerl konnte sich an diese Fanatiker nur allzu gut erinnern. Er war solchen Leuten oft genug begegnet. Sie brauchten keinen großen Anlass, um jemanden einfach so zu ermorden. Und sie meldeten sich begeistert für Erschießungskommandos oder andere Aktionen, in denen sie ihrem Sadismus freien Lauf lassen konnten.

Wickerl spürte, wie ihm schlecht wurde. Über 30 Jahre war es nun her, dass er endlich aus dem KZ befreit worden war, und doch standen ihm die Tage von damals so lebhaft vor Augen, als wäre seit dem Martyrium gerade einmal eine Woche vergangen. Wie auf Knopfdruck fiel ihm alles wieder ein, und er war heilfroh, dass Klara einkaufen war, damit sie nicht bemerkte, wie ihm plötzlich die Tränen über die Wangen liefen.

Eigentlich war es ja unvorstellbar, was sie damals alles hatten erdulden müssen und unter welch höllischen Bedingungen sie tagtäglich zu leiden gehabt hatten. Wickerl sagte immer wieder einmal, wenn er wirklich jemandem von seinen Erfahrungen im Lager erzählen würde, erntete er nur Unverständnis und Sprachlosigkeit. Kein Wunder. Niemand kann sich vorstellen, wie grausam Menschen sein, was sie alles ihresgleichen antun können. Das Perfide war ja gerade, dass all diese Schlächter und Blutsäufer abseits ihrer abgründigen Taten ganz normal wirkten. Wickerl hatte im KZ oft genug erlebt, dass ein Wächter mit Hingabe einen Häftling zu Tode prügelte, um sich gleich danach, weil etwa die Gattin des Kommandanten aus dessen Büro kam, in höflichsten Worten nach dem Befinden der Kinder zu erkundigen. Dieselben Männer, die unendlich erfindungsreich waren, wenn es darum ging, Menschen zu Tode zu quälen, pflegten mit Hingabe ihre Blumen auf dem Fenstersims und schrieben den Lieben daheim warmherzige Zeilen.

Es war erkennbar, dass auch Peter über vollendete Manieren verfügte. Der Mann stand seit fast 20 Jahren seiner Partei vor und wirkte, wenn er sprach, wie der Dorfschullehrer, der er nach dem Krieg auch gewesen war. Er trat leise und unaufdringlich auf, beinahe distinguiert. Aber das hatte wohl auch für die meisten jener Nazis gegolten, die bei Kaffee und Kognak am Wannsee die Auslöschung aller Juden beschlossen.

Peter, so hieß es, rechtfertigte sich damit, dass er an keinen Erschießungen oder sonstigen Gräueln beteiligt gewesen sei, was Wickerl als reine Schutzbehauptung ansah. Das einzige Glück an der ganzen ekligen Affäre war der Umstand, dass die Sache der SPÖ rechtschaffen egal sein konnte. Sie hatte wieder die Absolute und brauchte die Blauen nicht. Wickerl bemühte sich, so gut er es eben vermochte, die Angelegenheit zu verdrängen, und begann schnell mit dem Kreuzworträtsel in der Zeitung, damit er auf andere Gedanken kam.

Doch die Geschichte holte ihn rascher ein als ihm lieb sein konnte. Schon am Abend meldete sich Kreisky selbst zu Wort. Er sprach Peter praktisch von allen Vorwürfen frei und stellte abschließend noch die Überlegung in den Raum, dass seine, Kreiskys, Beziehung zur Gestapo jedenfalls eine andere gewesen sei als jene Wiesenthals.

Wickerl brauchte eine Weile, bis die in diesem Satz enthaltene Aussage in sein Denken sickerte. Mit einer gar nicht einmal so feinen Klinge hatte der Kanzler angedeutet, Wiesenthal könnte den Nationalsozialismus allein deshalb überlebt haben, weil er mit den Nazis kollaboriert hatte. Wickerl blieb die Luft weg. Nicht, dass er den selbstgefälligen Mercedes-Händler sonderlich gemocht hätte, aber wenn sich die Opfer untereinander zerfleischten, dann freuten sich allein die immer noch zahlreich vorhandenen Ex- oder Immer-noch-Nazis.

Irgendwie musste er begonnen haben, arrhythmisch zu atmen, denn Klara warf ihm einen besorgten Blick zu. „Alles in Ordnung?“, fragte sie, und eine gerüttelte Portion Unruhe lag in ihren Worten, die er kaum überhören konnte. „Ich glaub, mir ist schlecht“, entgegnete er matt.

30 Jahre hatte er geschwiegen, hatte es mehr oder weniger elegant vermieden, über die grausamen Jahre in der Hölle zu sprechen. Klara war sich von Anfang an bewusst gewesen, dass diese Zeit einen wunden Punkt darstellte, und so verzichtete sie taktvoll darauf, das Thema anzusprechen.

Tatsächlich war es Wickerl gelungen, die traumatischen Erfahrungen so weit hinten in den letzten Winkeln seines Gedächtnisses zu verstauen, dass es Tage gab, in denen er wirklich glauben durfte, all das niemals erlebt zu haben.

Kritisch waren nur jene Momente gewesen, in denen ihn die heranwachsende Ricky mit der gnadenlosen Epoche konfrontiert hatte. Kaum hatte sie in Erfahrung gebracht, wozu die Nazis fähig gewesen waren, wollte sie von ihrem Vater wissen, wie er diese Tyrannei durchlebt hatte. Und natürlich steigerte sich ihr Wissensdurst nur noch mehr, als ihr vom alten Fritz bedeutet worden war, dass ihr Vater eines der Opfer dieser Mörder gewesen war.

Anfänglich gab sich Wickerl sogar Mühe, der Tochter zu erläutern, was damals vorgefallen war. Wie es überhaupt dazu kommen konnte und auf welche Weise er selbst davon betroffen gewesen war. Doch die Erinnerung kam dann stets mit einer solchen Wucht zurück, dass unheimliche Panik in ihm aufstieg. Es bedurfte strengster Disziplin, die kleine Ricky nicht merken zu lassen, wie sehr ihm die Sache an die Nieren ging, und er entschuldigte sich dann in der Regel mit einer Notdurft, die es ihm erlaubte, sich am Klo einzusperren und darauf zu warten, bis er sich wieder halbwegs gefangen hatte. Und irgendwann spürte auch Ricky selbst, dass ihr Vater den Terror nicht verwunden hatte, und so verzichtete sie darauf, sich ausgerechnet bei ihm weitere Informationen zu holen. Was ihr umso leichter fiel, als es in der Innenstadt seit geraumer Zeit ein eigenes Dokumentationsarchiv gab, in dem sie sich aus erster Hand über alles, was sie wissen wollte, ins Bild setzen lassen konnte.

In den Jahren nach dem Staatsvertrag hatte Wickerl geglaubt, aus dem Gröbsten heraus zu sein. Er ging seiner

Arbeit nach, hielt sich weitgehend von der Politik fern und kümmerte sich ausschließlich um seine Lieben, sodass er an manchen Tagen meinte, endlich seinen Frieden gefunden zu haben. Doch die Ruhe war trügerisch, sein seelisches Gleichgewicht mehr als fragil. Jedes Mal kamen die Ereignisse von damals erneut an die Oberfläche, wenn gerade wieder ein ehemaliger Nazi geschnappt oder, was freilich selten genug vorkam, vor Gericht gestellt wurde. Die Sache mit Eichmann hatte ihn schon ziemlich mitgenommen, doch der Fall Murer war hart an der Grenze des Erträglichen gewesen. Es konnte kein Zweifel daran bestehen, dass der Mann so schuldig war wie Hitler selbst, doch das Gericht sprach ihn frei. Wickerl brauchte danach einige Tage, die er in einer abgeschiedenen Waldhütte zubrachte, um seinen psychischen Ausnahmezustand in den Griff zu bekommen.

Aber wie sich nun zeigte, rissen die zahlreichen Menetekel auch im neuen Jahrzehnt nicht ab. In Kreiskys Kabinett tummelte sich eine erschreckend hohe Zahl an Altnazis, und die Behauptung des Kanzlers, diese hätten sich zu lauteren Demokraten gewandelt, vermochte man nur bei ganz viel gutem Willen zu glauben. In jedem Fall war Wickerl erleichtert gewesen, als wenigstens die ärgsten zwei Gestalten recht bald wieder ihre Posten im Kabinett geräumt hatten.

Und nun also die Sache mit Peter. Was ritt Kreisky, diesen ungustiösen Kerl zu verteidigen? Kreisky, das wusste Wickerl nur zu gut, hatte seine halbe Familie durch die Nazis verloren. Er selbst war in ihren Kerkern gelandet und nur mit viel Glück rechtzeitig ins Ausland entkommen, ehe sie fraglos auch ihn getötet hätten. Warum also hielt er seine schützende Hand über einen, der, wenn schon nicht ein wirklicher, dann zumindest ein moralischer Verbrecher war.

„Weißt", sagte er zu Klara, während er auf den Bildschirm deutete, „ich versteh ihn nicht. Warum tut er so was?" Klara brauchte keine weiteren Worte aus Wickerls Mund, sie wusste genau, was ihren Mann beschäftigte. „Ich denke", begann sie vorsichtig, „das hat was mit seiner Jugend zu tun. Es waren eben nicht die Nazis, die seinen großen Traum zerstört haben, sondern die Schwarzen. Und die waren es auch, die ihn als Erste vor Gericht stellten, während die Nazis ihn danach einfach laufen ließen."

„Aber so einfach ist das doch nicht", widersprach Wickerl. „Doch, genauso einfach ist das. Der kleine Bruno, der glaubte den Worten von Otto Bauer. Wenn man nur genug Stimmen bekam, dann könne man den Sozialismus aufbauen. Und im Sozialismus würden es alle gut haben, auch er selbst. Und dann kamen die Schwarzen, zerstörten die Demokratie, die Partei und Kreiskys Lebensplanung. Statt studieren zu können, saß er im Gefängnis. Mit Nazis übrigens, die von den Schwarzen in gleicher Weise verfolgt wurden wie er selbst. Glaub mir, das verbindet."

Wickerl schwieg einen Moment, ließ die Worte seiner Frau auf sich wirken. „Das mag ja so sein", replizierte er dann, „aber im Nachhinein muss ihm doch bewusst sein, dass die Jahre nach 1938 alles geändert haben. Bitte, ich weiß aus eigener Erfahrung, was die Schwarzen mit uns angestellt haben. Aber Wöllersdorf war im Vergleich zu Mauthausen ein Erholungsheim." Er verspürte brennenden Durst und trank eilig das Keli aus, das vor ihm auf dem Couchtisch stand. In ihm stieg eine ihm unbekannte Wut hoch. Zu seiner eigenen Überraschung schlug er mit der flachen Hand auf die Holzplatte. „Ich mein, was mischt er sich da überhaupt ein. Sollen sich doch die Schwarzen und die Blauen wechselseitig den Schädel einhauen. Da muss man doch nicht Partei ergreifen."

Klara sah ihn einen Moment lang an. „Doch. Muss man", bekräftigte sie dann, „aber leider für den Schwarzen. Er ist ein präpotenter Pfau, aber wo er Recht hat, hat er Recht, der Wiesenthal." Und Wickerl sagte nichts mehr, weil er tief in sich wusste, dass Klara den Nagel auf den Kopf getroffen hatte.

Einige Tage später ging Wickerl wieder einmal in die Sektion. Dort war die Affäre naturgemäß Gesprächsthema Nummer eins. Dies umso mehr, als Kreisky mittlerweile nachgelegt und die Juden in einem Interview mit dem „Spiegel" zusätzlich beleidigt hatte. Sinngemäß hatte der Kanzler verlauten lassen, die Juden seien kein Volk, und wenn sie doch eines seien, dann ein mieses. Sofort war ein Aufschrei durch die ganze westliche Welt gegangen, und nicht nur die heimische bürgerliche Presse überschüttete Kreisky mit Vorwürfen.

Wickerl staunte nicht schlecht, dass es ausgerechnet Turl war, der ihm eine überaus brauchbare Erklärung für die ganze Angelegenheit lieferte. „Weißt", sagte der, „der Kreisky, der sieht sich selbst ja gar nicht als Juden. Für ihn sind die Juden einfach nur eine Religion wie die Christen oder die Moslems, und es käme ja auch keiner auf die Idee, zu behaupten, alle Katholiken gehörten ein und derselben Nation an. Die Juden sagen aber genau das von sich." Wickerl blieb nur ein Nicken, während Turl fortfuhr. „Die Ironie an der ganzen Geschichte ist, dass die Juden, also die eingefleischten, die orthodoxen Juden, eigentlich dieselbe Sicht auf die Dinge haben wie die Nazis. Die sehen alle Juden als eine Schicksalsgemeinschaft, aus der man nicht desertieren kann. In die ist man hineingeboren und gehört ihr an bis zum Tod. Wer also einfach zur Kultusgemeinde geht und austritt, der ist für diese Leute ein Apostat und, konsequent weitergedacht, ein Volksverräter."

„Ja, da ist was dran", sagte Wickerl nach einer kleinen Weile. „Die sind schon selten fanatisch, diese Frömmler." Turl setzte noch einmal nach. „Für die sind alle Leute, die irgendwie jüdisch versippt sind, auch Juden. Egal ob es um den Freud, den Heine, den Adler oder eben um den Kreisky geht. Da sehen sie die Dinge genauso wie die …" Turl sprach nicht weiter, doch Wickerl wusste auch so, was er meinte.

Eine Woche später, als Ricky bei ihren Eltern am Frühstückstisch saß, lernte Wickerl noch eine Facette der ganzen Debatte kennen. Ricky erinnerte daran, dass Wiesenthal aus dem orthodoxen Stetl-Judentum kam, aus dem hintersten Galizien, wo die Aufklärung nie auch nur in Ansätzen angekommen war. „Wisst ihr, das jüdische Bürgertum, das bei uns in Wien vor der großen Katastrophe beheimatet war, das verstand sich immer als weltoffen und kulturbeflissen. Die haben mit ihren Glaubensgenossen aus dem finsteren Mittelalter genauso wenig angefangen wie die Deutschnationalen." Klara nickte, um Ricky das Gefühl zu geben, dass sie verstanden hatte.

„Ich glaub, viele von denen waren so assimiliert, dass sie den Nazis sogar applaudiert hätten, wenn die nur auf die Kaftanträger losgegangen wären." Wickerl meldete Widerspruch an. „Da tust du ihnen jetzt aber Unrecht. Immerhin reden wir da von Leuten wie Sigmund Freud oder Egon Friedell. Die hätten sich gegen jede Form von Unmenschlichkeit gewehrt." Ricky biss in ihre Semmel und kaute erst einmal. „Die wahrscheinlich schon. Aber den jüdischen Bankiers, den Boulevardschreibern und den Winkeladvokaten, die es ja auch gab, denen wären die Pejkeles-Juden rechtschaffen egal gewesen."

Wickerl fühlte sich bei der ganzen Debatte zunehmend unwohl. „Schnell ist die Jugend mit dem Wort", sagte er leichthin und ließ noch ein wenig Salz auf sein weiches Ei träufeln. „Glaub nicht, dass ich mir mit solchen Sätzen leichttue, nur weil ich eine Nachgeborene bin. Aber es muss doch wohl erlaubt sein, auch bei den Opfern zu differenzieren. Was ihnen angetan wurde, das war gleichermaßen ein unerhörtes Verbrechen, einzigartig in der Weltgeschichte. Aber deswegen waren nicht alle, die von den Nazis ermordet wurden, gleich Heilige."

„Nil nisi bene de mortuis", hörten die beiden Klara plötzlich sagen. „Das bringt doch alles nichts. Wichtig ist nur, dass die ganze Diskussion rund um diesen Peter die Verbrechen der Nazis wieder zum Thema gemacht hat. Und das ist wichtig. Es gibt einfach viel zu viele in dem Land, die nur allzu gern vergessen würden, was damals alles geschehen ist. Und genau darum gilt es, die Erinnerung wachzuhalten."

Dagegen war nun wahrhaft nichts einzuwenden, und so stimmten Wickerl und Ricky mit einem schlichten „Ja" der Mutter zu.

Mai 1970

Als Fritz tot und begraben war, machte Fini der Fanny einen ungewöhnlichen Vorschlag. Da sie nun, meinte Fini, beide Witwen geworden waren, sei es doch einigermaßen unnötig, dass jede von ihnen ganz allein in einer Wohnung lebe. Viel sinnvoller wäre es doch, zusammenzuziehen. Dies umso mehr, als sie ja ohnehin Tür an Tür lebten. Wozu also zwei Haushalte besitzen, zwei Küchen befeuern, zwei Wohn- und Schlafzimmer sauberhalten. Gemeinsam erledige man die Hausarbeit viel schneller und habe dann umso mehr Zeit füreinander und für die schönen Dinge des Lebens, die man auch im Alter noch genießen könne.

Fannys Irritation währte nicht lange. Finis Idee hatte in der Tat einiges für sich. Und immerhin waren sie fast das gesamte Jahrhundert über eng befreundet gewesen, da mochte wohl niemand etwas Anstößiges daran finden, dass zwei alte Damen Tisch und Bett miteinander teilten. Natürlich, so schränkte Fanny gleich ein, würde man das alte Ehebett durch zwei Einzelbetten ersetzen, solche vielleicht, wie sie einst in Wickerls und Turls Kammer gestanden waren. Davon abgesehen aber habe Finis Plan eine ganze Menge für sich. Und so kam es, dass die beiden Frauen den Sommer dazu nützten, sich in der alten Wohnung von Fanny und Fritz einzurichten.

Fanny nutzte die Gelegenheit, sich endlich von Dingen zu trennen, die lange schon ihren Sinn verloren hatten. Auch Fini markierte viele Gegenstände für den Abtransport. Turl und Wickerl rückten an, um das Gerümpel auf den Sperrmüll zu bringen, was sie jedoch auch dazu nutzten, ihren Müttern kluge Ratschläge bezüglich der Einrichtung zu geben.

„Geh bitte, Mama, ihr brauchts was Zeitgemäßes. Nierentische! Pfff, das war vor zehn Jahren schon altmodisch."

„Aber es erfüllt doch seinen Zweck", beharrte Fini. „Ja, das vielleicht schon. Aber schau dir diesen neuen Esstisch da im Katalog an", dabei wies Turl auf das Heft, das er extra zu diesem Zweck mitgebracht hatte. „Der schaut ganz klein und schlank aus, dabei kannst du ihn aber auf die doppelte Größe verbreitern, weil man die Tischplatte ausklappen kann." Und Wickerl assistierte sofort: „Ja, und stell dir vor, da unten am Tischbein ist eine Kurbel angebracht. Mit der kannst du aus dem Teil entweder einen Ess- oder aber einen Couchtisch machen. Praktisch, nicht?"

„Ein Couchtisch? Wozu sollen wir einen Couchtisch brauchen?" Fanny gab sich ratlos. „Na schau, wenn ihr am Abend fernschaut, dann kannst du dort deinen Tee abstellen oder eine Schale mit Chips, und er ist der Höhe eures Diwans angepasst, damit du dich weder bücken noch strecken musst." Fanny blieb skeptisch: „Das gilt für den Nierentisch auch. Ich seh' den Vorteil nicht." Wickerl seufzte. „Der Vorteil besteht darin, dass der da", dabei zeigte er in den Katalog, „modern ist und der da", dabei wies er auf den alten Tisch, „ein antikes Trum." Fanny grinste. „Na, dann passt's ja. Ich bin auch ein antikes Trum." Der verstellbare Multifunktionstisch hatte verloren.

Das lag aber schließlich auch daran, dass die beiden ihre neue Wohnung eher unkonventionell einrichteten. Im großen Zimmer, das bisher als Wohn- und Schlafraum von Fritz und Fanny gedient hatte, stellten sie links und rechts die Betten auf, von denen Wickerl überzeugt war, dass sie schon zur Originalausstattung gehört hatten, so wuchtig, wie sie aussahen. Dazu kam je ein Nachtkästchen, auch das reichlich angejahrt. Turl hatte extra eine eigene Leitung verlegt, damit beide im Bett lesen konnten, weshalb nun auch jeweils eine reichlich antiquierte Nachttischlampe mit grünem Glasschirm auf dem Kästchen postiert wurde. In der Mitte des Raumes stand ein massiver altdeutscher Esstisch, den die beiden Seniorinnen mit einem Tischtuch abdeckten, auf dem dann wieder jede Menge kleiner gehäkelter Deckchen lagen, was den Eindruck einer gewissen Unübersichtlichkeit hervorrief. Umrahmt wurde das Möbel von vier Sesseln, die im Bedarfsfall um die beiden aus der Küche ergänzt werden konnten. Und an der Wand gegenüber den Betten standen nun in trauter Zweisamkeit die alten Kleiderkästen von Fini und Fanny, die sich vom Stil her perfekt ergänzten, weil sie seinerzeit, wie Fanny zu berichten wusste, auch beim selben Tischler bestellt worden waren.

Wickerls ehemalige Bleibe wurde hingegen nun zum Fernsehzimmer umfunktioniert. Das alte Kanapee aus Finis Wohnzimmer füllte den ganzen Platz von einer Wand zur anderen aus, davor positionierte Fanny den berüchtigten Nierentisch, und am anderen Ende des Raumes, direkt vor dem Fenster zum Gang, das freilich mit schweren Vorhängen blickdicht gemacht worden war, bauten die Söhne den Fernseher auf. Die feierliche Einweihung der neu gestalteten vier Wände erfolgte mit einer Folge von „Wünsch dir was“, in der Adriano Celentano zum gefühlten eintausendsten Mal „Azzurro“ sang.

Für die Kinder von Fanny und Fini erwies sich die neue Situation als ebenso angenehm wie praktisch, wie sich zeigte, denn so bot sich für Wickerl und Klara zum einen und Turl und Grete zum anderen immer auch eine Gelegenheit, einander zu sehen und dabei Neuigkeiten auszutauschen.

Wickerl und Klara strahlten um die Wette, als sie von Rickys Promotion berichteten und davon, dass sie im Ministerium einen bedeutenden Job erhalten hatte. Turl wiederum verschmerzte es kaum, dass Schurli, wenn er schon keinen anständigen Beruf gelernt hatte, auch noch seine Fußballschuhe an den Nagel hängte. Und Grete fragte ihn nach einem dieser Treffen, wie lange er seiner Mutter noch verheimlich wolle, dass sie bald Uroma werden würde.

Die beiden Seniorinnen aber blühten richtig auf. Sie standen gemeinsam auf, frühstückten gemeinsam, kauften zusammen ein, kochten sich jeden Tag etwas Feines, spielten dann ein paar Bummerln aus, ehe sie am Abend wie ein altes Ehepaar vor dem Fernseher saßen, um sich „Was bin ich?“, „Die Peter-Alexander-Show“ oder auch „Tatort“, die neue Krimiserie, die ab dem Herbst von Deutschland aus auch in die Schweiz und nach Österreich gesendet wurde, anzusehen.

Am Wochenende verließen sie ihr Heim in Hernals und fuhren mit dem Pensionistenverband auf kleine Ausflüge. Die führten sie nach Retz an den Eisernen Vorhang, nach Mörbisch zu den Seespielen oder auf den Spuren von Richard Löwenherz nach Dürnstein.

Vor allem erlebten die beiden Freundinnen ihre Reisen gleichsam doppelt, wenn sie beim nächsten Familientreffen darüber berichteten. „Stellt euch vor, da simma von Retz noch nach Hardegg gfahren. Dort haben s’ eine riesige Burg, die was uralt ist“, berichtete Fanny. „Ja, und gleich daneben ist eine Brücke über die Thaya, aber die kannst ned benutzen, weil drüben ist der Böhm, und der lasst dich nicht rüber“, ergänzte Fini. „Was ein Witz ist“, urteilte Fanny, „immerhin war ich fast 60 Jahr mit einem Tschechen verheiratet.“

Fini musste lachen. „Ja, ihr hättets die Fanny sehen sollen. Die hat sich ans Ufer gstellt und irgendwas Tschechisches rübergschrien. Weil von unserer Seiten aus hat man genau das Haus der Grenzer gsehen."

Wickerl wurde neugierig: „Was hast denn grufen, Mama?" Fanny winkte ab. „Ah, irgendwas, was ich mir noch vom Fritz gmerkt hab. To rikate socialismus? Das nennt ihr Sozialismus? Die waren, glaub ich, gar ned begeistert von mir." Fini klopfte sich auf die Schenkel: „Dafür ich aber von dem Wein, den was die dann in Retz ghabt haben. Ein Genuss, sag ich euch." Nun gingen auch Turls Mundwinkel nach oben: „Habts fest bipperlt, ihr zwei, was? Ihr seids mir ja Schlawiner." Fanny stieß Fini neckisch in die Seite: „Besser spät als nie, was?" Und die beiden lachten hell wie kleine Kinder. Wickerl und Turl aber verfolgten mit nicht geringer Überraschung, welche Energien ihre Mütter freisetzen konnten, und kamen zu dem Schluss, Fini und Fanny würden noch die gesamte Familie überleben.

Doch gerade, als es den Anschein hatte, die beiden würden 100, schwanden ihre Kräfte doch dahin. Zuerst kaum merklich. Einmal entglitt Fanny ein Glas aus den klammen Fingern, dann vergaß Fini, warum sie auf die Straße gegangen war. Plötzlich kam Fanny nicht mehr die kleine Treppe hinunter, und Fini litt mit einem Mal an beängstigender Atemnot. Natürlich versuchten die beiden, ihren Niedergang vor dem Nachwuchs zu verheimlichen, doch Wickerl und Turl entging nicht, dass ihre Mütter gebrechlich geworden waren. Und so erkundigten sie sich heimlich, still und leise bei Bezirksvorsteher Veleta nach einem passenden Platz im Hernalser Pensionistenheim.

Dabei hatten sie freilich die Rechnung ohne den Wirt gemacht. Auch nur die leiseste Andeutung in eine solche Richtung führte zu einem veritablen Wutanfall bei Fanny, die lebhaft von Fini Unterstützung erfuhr. Solange jedenfalls, bis Fini die Luft ausging. Ihre plötzlich eintretende Ohnmacht ließ die übrigen drei entsetzt zurück, und es brauchte eine ganze Weile, bis Wickerl endlich die Initiative ergriff und die Rettung rief.

Von da an verlegte sich der Schwerpunkt des Lebens von Fini und Fanny ins AKH, wo Fini immer mehr Zeit verbringen musste. Fanny schleppte sich jeden Morgen auf den Alsergrund, um der Freundin Hühnersuppe oder Tee vorbeizubringen, ein Rätselheft und frische Blumen. So lange jedenfalls, bis sie im 43er selbst zusammenbrach. Ab da lag sie neben der Fini im selben Krankenzimmer, und es blieb Klara überlassen, für Blumen und Rätselhefte zu sorgen.

An Fannys 90. Geburtstag versammelte sich der ganze Clan an ihrem Bett. Ricky und Schurli waren gekommen, und Grete hatte auch die kleine Lina mitgebracht, die mit großen Augen auf die Fanny-Oma blickte, während die Fini-Oma sich nach Kräften bemühte, der Kleinen über den Kopf zu streichen. Fanny erkundigte sich nach den artig vorgebrachten Glückwünschen danach, ob es ihre Wohnung noch gebe, um, nachdem die Frage bejaht worden war, zu verkünden, sie wolle zu Hause sterben. „Wisst ihr, in der Wohnung war ich eigentlich immer glücklich. Erst mit dem Fritz, dann mit dir, Wickerl, und am End mit der Fini. Wir stellen den Bundeskanzler, den Bundespräsidenten, den Parlamentspräsidenten. Den Bürgermeister hamma sowieso, was sollen wir noch erreichen? Ich hab alles erlebt, was sich auszahlt hat im Leben. Jetzt kann ich beruhigt sterben."

„Aber sag doch so etwas ned, Mama. Was soll denn dann die Fini machen?“, versuchte Wickerl sie von ihren, wie er meinte, trüben Gedanken abzubringen. „Die Fini“, kam es krächzend vom Nebenbett, „die stirbt noch vor der Fanny.“ Abrupt bäumte sie sich auf, dann sank sie mit einem gespenstischen Seufzer zurück auf ihr Lager. Das eilig herbeigeholte Krankenhauspersonal verscheuchte mit großer Entschlossenheit die anwesende Schar und versuchte dann, die Fini wieder ins Leben zurückzuholen.

„Ist die Oma jetzt im Himmel?“, wollte die kleine Lina wissen, und niemand brachte es übers Herz, der Kleinen die Wahrheit zu sagen. Dabei freilich schien es noch viel schlimmer, der Fanny reinen Wein einzuschenken. Die wiederum kämpfte einen vergeblichen Kampf mit dem behandelnden Arzt, sie zum Begräbnis der Freundin zu lassen, und verweigerte in der Folge beharrlich jede Nahrungsaufnahme. Und zum zweiten Mal binnen weniger Wochen mussten die Bielohlaweks und die Strechas sich auf dem Hernalser Friedhof versammeln, um eine der ihren zu Grabe zu tragen.

„Wenigstens hat sie nicht mehr miterlebt, dass wir die Abstimmung verloren haben“, meinte Turl beim Leichenschmaus im Hinblick auf das Scheitern der SPÖ in Sachen Zwentendorf. „Ja, das hätt ihr nicht gefallen, auch wenn ihr die Kernenergie wahrscheinlich herzlich wurscht war. Aber sie hätt sich Sorgen gmacht um unsere Mehrheit.“ Turl bemühte sich um ein Lächeln. „Na ja, der Bruno, der macht das schon. Wirst sehen, der kommt stärker denn je zurück. Und dann können der fade Taus und der ekelhafte Götz einpacken.“ Grete schüttelte energisch den Kopf. „Die Fanny ist grad unter die Erd bracht worden. Könnt ihr wenigstens einmal ned über Politik reden?" Turl hätte gern einen Kalauer angebracht, wonach sie doch so jung nicht mehr zusammenkämen, doch das schien ihm unpassend angesichts des Anlasses. So verharrte er in Schweigen, was auch dazu führte, dass er seine Sorge für sich behielt, dass es nun, wo alle Eltern tot waren, eigentlich keinen Grund mehr gab, mit Wickerl und Klara zusammenzutreffen. Dabei hatte er sich an diese Begegnungen richtig gewöhnt, ja sich immer wieder darauf gefreut.

Jänner 1987

Als Ricky ihrem 40. Geburtstag entgegenging, da konnte sie mit dem Erreichten durchaus zufrieden sein. Sie hatte 1970 kaum ihren Dienst im neuen Ministerium angetreten, da wurde sie schon einer Arbeitsgruppe zugewiesen, deren Aufgabe es war, den Hochschulbetrieb von Grund auf zu modernisieren. Die Universitäten, so lautete das Credo von Hertha Firnberg, sollten wissenschaftlicher, demokratischer und auch weiblicher werden. Dazu erhielt Ricky den Auftrag, in den diversen Archiven zu stöbern, um solcherart herauszufinden, wie sich der Frauenanteil beim Lehrpersonal und auch bei den Studierenden entwickelt hatte. Die Ergebnisse waren entsprechend ernüchternd. Firnberg und ihr Team kamen daher zu dem Schluss, dass es spezieller Maßnahmen bedurfte, um mehr junge Frauen zu einem Studium zu ermutigen. Außerdem galt es, vermehrt Professorinnen zu ernennen.

Dem stand freilich die bestehende Struktur an den Universitäten entgegen. Praktisch jeder Fachbereich war von einem Altherrenklub dominiert, der dafür sorgte, dass einer der ihren stets nur durch eine jüngere Ausgabe desselben Zuschnitts ersetzt wurde. Wollte man diesen Kreislauf also durchbrechen, dann galt es, die Spielregeln neu zu definieren.

Ricky hatte sich dazu ihre Gedanken gemacht, die sie in einer Sitzung des Ministerbüros auch offen auszusprechen wagte. „Das Problem ist doch“, begann sie, „dass wir gegen den einhellig vorgebrachten Vorschlag eines rein männlichen Kollegiums nicht ankommen. Also müssen wir einen Weg finden, wie wir dieses Kollegium verändern können.“

Firnberg zog an ihrer Zigarette. „So weit waren wir schon. Die Frage ist, wie wollen Sie das erreichen, Frau Kollegin?"

Ricky lächelte sphingenhaft: „Ich denke, wir können hier zwei Fliegen mit einer Klappe erlegen. Wie wäre es, wenn wir die diversen Gremien, die Instituts- und Fakultätskonferenzen, in einem eigenen Organisationsgesetz neu definieren? Es ist doch so", fuhr sie fort, während sie die rechte Hand gehoben hatte zum Zeichen, dass man sie ihren Gedankengang darlegen lassen solle, „derzeit gehören den entscheidenden Kommissionen fast nur alte Männer an, die halt schon seit Adams Zeiten die Professoren stellen. An einem Institut gibt es aber nicht nur die ehrenwerten Herren Professoren, es gibt auch wissenschaftliche Mitarbeiter, Assistenten, Bibliothekare, Sekretärinnen und so weiter, und vor allem gibt es jede Menge Studierende. Ist es da nicht naheliegend, all diese Personen in die Konferenzen einzubeziehen?"

Firnbergs Miene erhellte sich. „Wie die Betriebsräte in der Arbeitswelt quasi. Sozialpartnerschaft auf Hochschulboden. Das klingt nicht schlecht." Gleich darauf verflog ihr Optimismus wieder. „Aber in der Wirtschaft setzen sich trotzdem immer die Unternehmer durch. Das wird dann an den Universitäten nicht anders sein."

Auf diesen Einwurf hatte Ricky gewartet: „Ja, weil dort ein, zwei Betriebsräte einer Herde von Aufsichtsräten und Vorständen gegenübersitzen. Daher müssen wir Zahlen festsetzen, durch welche die Professoren ihre Mehrheit verlieren. Ich dachte da an eine Art Drittelparität." Firnbergs Büroleiterin mengte sich ein: „Du meinst ein Drittel Professoren, ein Drittel Studenten und ..." Ricky vollendete den Satz: „Ein Drittel aus den Reihen der sonstigen Angestellten."

Die Büroleiterin sah ihre Ministerin direkt an: „Hertha, das könntert echt gehen."

An jenem Abend war Ricky völlig enthusiasmiert gewesen und ging in der festen Überzeugung zu Bett, den Universitätsbetrieb grundlegend reformiert zu haben. Sie hätte es sich nicht träumen lassen, dass es beinahe fünf Jahre dauern würde, bis ihre Idee wirklich als Gesetz beschlossen werden konnte.

Doch immer, wenn sie der Mut verließ und sie zu der Überzeugung kam, die alten Männerdomänen niemals aufweichen zu können, kam von irgendwo ein kleiner Lichtblick, der ihr neuen Mut einflößte. In ihrem zweiten Jahr als Vertragsbedienstete wurde ausgerechnet im Bereich des als erzreaktionär verschrienen Kirchenrechts mit Inge Gampl erstmals eine Frau Professor kreiert, und wenig später gab es auch auf der Geschichte die erste Professorin.

Wenn man bedachte, dass zu Beginn von Rickys Laufbahn gerade einmal vier Frauen eine Lehrberechtigung an Hochschulen besessen hatten, so konnte man Ende des Jahrzehnts zu dem Schluss kommen, doch ein paar Fortschritte erzielt zu haben.

Vor allem aber, und darauf war Ricky besonders stolz, war die Zahl der Studentinnen sprunghaft angestiegen. Zu Anfang des neuen Jahrzehnts stellten sie bereits die Mehrheit, und Ricky war sich sicher, irgendwann würden die Universitäten maßgeblich von Frauen geprägt werden, während die zotigen Altherrengesellschaften in irgendwelchen schwülen Saunas ihrer vergangenen Glorie würden hinterhertrauern müssen.

Ricky konnte aber auch mit ihrer eigenen Laufbahn zufrieden sein. Noch bevor das „Universitätsorganisationsgesetz", wie ihre Idee hochtrabend bezeichnet wurde, in Kraft trat, erhielt sie einen Bescheid, demzufolge sie definitiv gestellt sei. Sie musste selbst ihrem Vater erklären, was das bedeutete. Sie war ab sofort unkündbare Beamtin und würde dereinst als Hofrätin mit 80 Prozent ihres Letztgehalts in den Ruhestand gehen. Wobei sie davon ausgehen durfte, dass die berühmten 80 Prozent real vielleicht sogar mehr als 100 Prozent sein würden, da es eine beliebte Praxis war, pensionsreife Bundesbedienstete noch schnell einmal zu befördern, damit ihnen der Abgang aus ihrer Arbeitswelt ein wenig versüßt wurde. Jedenfalls wurde Ricky rasch Oberkommissärin, war dann eine Zeitlang „Rätin", ehe sie mit dem Amtstitel „Oberrätin" die letzte Stufe erklomm, die jenen Mitarbeitern offenstand, die nicht der allerhöchsten Beamtenschicht angehörten. Doch all das war mit Mitte 30 noch sehr weit weg, sodass es kaum Sinn machte, darüber groß zu spekulieren. Sie gehörte direkt dem Büro der Ministerin an, sodass sie selbst mit gestandenen Sektionschefs auf Augenhöhe parlieren konnte.

Das freilich änderte sich mit jenen Wahlen im April 1983, bei denen die Sozialisten ihre absolute Mehrheit verloren. Für Hertha Firnberg, die nun schon über 70 Lenze zählte und das Ministerium fast eineinhalb Jahrzehnte geleitet hatte, war der richtige Zeitpunkt gekommen, um von Bord zu gehen. Ihr Nachfolger, Heinz Fischer, brachte sein eigenes Büro mit, kam aber rasch zu der Überzeugung, dass Ricky unverzichtbar war. Und da es gerade auf dem Gebiet der Frauenförderung immer noch viel zu tun gab, erschien es naheliegend, diesem Themenkomplex einen eigenen Bereich einzuräumen. Der Beginn des Jahres 1984 sah Ricky als Sektionschefin, nur wenig später konnte sie ihrer Visitenkarte auch noch den Titel „Ministerialrätin“ hinzufügen. Sie war nun, wie es so schön hieß, Spitzenbeamtin, eine Stütze der Gesellschaft.

Doch dann kam dieses odiose Jahr 1986. Nicht, dass die drei vorangegangenen Jahre so strahlend gewesen wären. Die Freiheitlichen, mit denen die SPÖ nun koalierte, hielten recht wenig von Emanzipation, Rickys Sektion stand daher ebenso häufig unter Beschuss wie das Staatssekretariat von Johanna Dohnal im Bundeskanzleramt. Und als wäre dies allein nicht schon lästig genug gewesen, galt es sich auch immer wieder für diverse rechte Rülpser oder offene Skandale seitens des Koalitionspartners zu rechtfertigen. Mit Schaudern dachte Ricky an die Affäre Reder zurück, in deren Zuge gestandene sozialistische Antifaschisten für einen Minister votieren mussten, der dreist einen Nazischlächter mit Handschlag willkommen geheißen hatte. Zwar war der Frontmann der FPÖ um Deeskalation bemüht und verkündete, Nazis hätten in seiner Partei keinen Platz, doch nicht nur Ricky war davon überzeugt, dass der Vizekanzler, entsprächen seine Worte der Wahrheit, ziemlich allein in seiner Partei geblieben wäre.

Reder schien kaum vergessen, da brach die ganze Nazi-Debatte anhand der Kandidatur Kurt Waldheims für das Amt des Bundespräsidenten erneut auf. Der ehemalige UN-Generalsekretär hatte sowohl seine Zugehörigkeit zu den Nazis als auch seine zwielichtige Rolle im Zweiten Weltkrieg verschwiegen, was weltweit für Empörung sorgte. Die Volkspartei freilich zeigte sich uneinsichtig. Ihr Generalsekretär verstieg sich zu der Behauptung, solange nicht erwiesen sei, dass Waldheim eigenhändig sieben Juden erwürgt habe, gebe es kein Problem. Sechs wären also in Ordnung gewesen, kommentierte Ricky damals bitter. Waldheim selbst wurde nicht müde, zu betonen, er habe nur seine Pflicht erfüllt. Und kam damit auch noch durch. Ricky war entsetzt.

Deutlich stand ihr noch der Abend der Stichwahl vor Augen, die sie an der Seite ihrer Eltern im Fernsehen verfolgt hatte. Wickerl konnte sich angesichts des Ergebnisses gar nicht mehr beruhigen. Ihm fielen seine Jahre im KZ wieder ein, und die Tage, da er für ein besseres Österreich gekämpft hatte. All die Bemühungen von ihm und all den anderen Opfern des NS-Terrors wurden durch eine einzige Wahl mit Füßen getreten. Klara und Ricky taten alles, um Wickerl aufzuheitern, ihn wenigstens zu besänftigen, doch dessen Stimmung verdüsterte sich immer mehr: „Ihr werdet sehen, alles geht wieder von vorne los. Sie kommen wieder aus ihren Verstecken. Der Schoß ist fruchtbar noch, aus dem das kroch."

„Ja, Papa, das ist überaus ärgerlich. Aber bitte übertreiben wir es nicht. Da ist ein Ungustl mit einer Nazi-Vergangenheit zu unserem Staatsoberhaupt gewählt worden. Ja, das ist schlimm, das ist grauslich. Aber das heißt noch nicht, dass jetzt morgen wieder die SA marschiert."

Wickerls Hände krampften sich um die Sessellehnen. „Wer die Zeichen erkennt, der sieht sie überall. Schon bei der letzten Wahl hat der Burger von der NDP fast 150.000 Stimmen bekommen. Diesmal war es nicht nur dieser hässliche Kerl da", dabei deutete er auf den Fernseher, in dem Waldheim sein schmierigstes Grinsen aufsetzte, „sondern auch noch der Scrinzi, der alte Nazi. Der hat ja auch noch 50.000 Stimmen gekriegt." Wickerl musste kurz innehalten, um Luft zu bekommen. „Und diese Liste Ausländer Halt. Und ..." Wickerl keuchte arrhythmisch, und dicke Schweißperlen rannen von seiner Stirn abwärts. Klara ergriff voller Sorge seine Hand. „Aber Wickerl, um Himmels willen! Du darfst dich nicht so aufregen." Hektisch schnippte sie mit den Fingern ihrer freien Hand und deutete dann Richtung Badezimmer. Ricky verstand den Wink und eilte zum Medizinschrank, wo sie ihres Vaters Beruhigungsmittel zutage förderte.

Als Wickerls Atem endlich etwas ruhiger geworden war und die ganze Szene beendet zu sein schien, griff er das Thema plötzlich noch einmal auf. „Ihr wisst beide, dass ich den Bundesbruno bis zum heutigen Tag verehre. Aber er hat uns das mit den Braunen eingebrockt. An die hätten wir nie anstreifen dürfen."

„Glaub mir", begütigte ihn Ricky, „die Schwarzen sind um nichts besser."

„Eh", bilanzierte der alte Bielohlawek resigniert.

„Aber andererseits hätten wir sonst nie die vielen Reformen durchgebracht, die wir in den letzten 15 Jahren umgesetzt haben. Schau dir doch an, um wie vieles dieses Österreich heute besser ist als vor zwei Jahrzehnten." Ricky wartete keine Antwort ab: „Und wenn die Blauen statt mit uns mit den Schwarzen zusammengegangen wären, dann hätten die sofort alle unsere Verbesserungen wieder zurückgenommen."

„Der Peter, der war bei der SS. Und der Scrinzi war der Assistent vom Mengele. Und was bei denen kein Nazi war, weil er zu jung dafür war, der ist der Bub von einem. Wie der Eigruber und der Murer und dieser Huber da unten in Kärnten."

„Ehrlich jetzt, Papa, der Wagner, der Rösch, der Frühbauer, die sind auch nicht viel besser. Und solange wir noch am Ballhausplatz sitzen, können wir sicher sein, dass die Leute eine Arbeit haben, dass die Wohnungen leistbar und würdevolle Pensionen gewährleistet sind. Dass wir Jungen studieren können, die Alten eine hervorragende medizinische Versorgung haben, kurz, dass die Schwarzen nicht wieder dafür sorgen, dass nur die Industriellen und die Großbauern was von diesem Land haben."

Wickerl fühlte sich zunehmend müde. Das Mittel tat seine Wirkung. „Ich hoffe, du hast Recht, Ricky. Aber irgendwas sagt mir, dass dieser grausliche Waldheim da erst der Anfang war. Da kommt noch mehr."

Keine zwei Monate nach der Angelobung des ehemaligen Wehrmachtsoffiziers sah Ricky die düsteren Vorahnungen ihres Vaters bestätigt. Auf dem Parteitag des Koalitionspartners stürzte ein junger Landesrat aus Kärnten den Vizekanzler und wurde selbst aufs Schild gehoben. Buchstäblich. Die Szenen bei dieser Zusammenkunft wurden übereinstimmend als ekelhaft und bedenklich eingeschätzt. So hatte ein Delegierter ausgerufen, er wolle mit dem neuen Parteichef wieder gen Russland marschieren, ein anderer wünschte den Liberalen in der Partei offen ein vorzeitiges Ableben, und es fehlte auch nicht an Handgreiflichkeiten, sodass der abgewählte Generalsekretär ins Spital eingeliefert werden musste. Der SPÖ blieb nichts anderes mehr übrig, als die unselige Koalition endlich aufzukündigen.

Darauf hatten die Schwarzen nur gewartet. Sie waren sich sicher, nach den Wahlen den Kanzler zu stellen, und trugen dies auch deutlich zur Schau. Ricky spürte das auch im Ministerium, wo Beamte, die der ÖVP zugehörig waren, ihre Anweisungen offen ignorierten. Nur pure Feigheit hielt sie davon ab, mitten am Tag Rickys Büro zu betreten und laut darüber nachzudenken, wie sie es denn einrichteten, wenn Ricky durch einen der ihren abgelöst worden war. Und doch litt Ricky bei weitem nicht so wie ihr Vater, der sich sicher war, dass nach der Wahl alles zusammenbrechen würde. „Wenn ich nicht so alt wäre, ich tät sofort auswandern", erklärte er mit gehöriger Hilflosigkeit in der Stimme. Um auf die Frage, wohin er sich denn wenden wollen würde, trotzig zu antworten: „Da geh ich ja noch lieber in die DDR. Dort sitzen die Nazis in Bautzen und nicht, wie bei uns, in der Regierung."

Wieder war es an Ricky, die in jenen Tagen erstaunlich viel Zeit bei ihren Eltern verbrachte, ihren Vater zu beschwichtigen. „Schau, die internationalen Medien, die denken genauso wie du. Die Freiheitlichen, die sind derzeit so etwas wie der Gottseibeiuns der Presse. Der Mock traut sich nie, mit denen zu koalieren."

Ihr Vater aber schüttelte energisch den Kopf: „Und wie der sich trauen wird. Sobald die eine Mehrheit haben, ziehen die das durch. Das hätten sie ja schon vor ein paar Jahren machen wollen, als der Götz bei den Blauen am Ruder war."

Klara brachte noch eine Kanne Tee ins Zimmer, wobei sie die letzten Worte der Unterhaltung mitbekam. „Na, dann müssen wir hoffen, dass diese Grünen reinkommen. Denn dann gibt's für die Roten auch eine Alternative."

Ricky wusste nicht so recht, was sie von der neuen politischen Bewegung halten sollte. Einerseits waren dort viele ehemalige Sozis und Altlinke aktiv, andererseits konnte kein

Zweifel daran bestehen, dass die Liste ausgerechnet von der „Kronen Zeitung“ großgeschrieben wurde. Genau an dieser populistischen Ausrichtung hatten sich zuletzt auch einige Aktivisten gestoßen, die nun, wie Ricky den Nachrichten entnommen hatte, eigenständig kandidieren wollten. Ricky fürchtete daher eine Wiederholung der Ereignisse von 1983, als zwei grüne Listen getrennt angetreten waren, weshalb beide den Einzug in den Nationalrat verpasst hatten. Damals war dieses Ergebnis für die SPÖ durchaus günstig gewesen, doch dieses Mal würde ein erneutes Scheitern der Grünen wohl eine satte bürgerliche Mehrheit bedeuten, und die SPÖ wäre nach 17 Jahren weg vom Fenster.

Einige Tage vor dem Urnengang fragte der Sektionsleiter bei Wickerl nach, ob er wie beim letzten Mal in die Wahlkommission gehen würde, doch Wickerl lehnte ab. Er sei zu alt, zu krank und vor allem zu müde, um sich so etwas noch einmal anzutun, ließ er verlauten. Seine Mentalreservation ging so weit, dass er am fraglichen Sonntag nicht einmal die „Zeit im Bild“ sehen wollte, da er zutiefst davon überzeugt war, nur Zeuge einer unbeschreiblichen Katastrophe zu werden. Klara rief daher Ricky am Samstag an und überredete sie, den kommenden Tag mit ihnen zu verbringen, um so den Vater vor allzu großen Aufregungen zu beschützen. Denn früher oder später würde er ja doch nicht widerstehen können und den Einschaltknopf des Fernsehers bedienen.

Schon kurz nach 10 Uhr läutete es an der Wohnungstür. Klara und Wickerl saßen noch am Esstisch und genossen die letzten Reste ihres Frühstücks. Wie stets am Sonntag hatte Klara das weißgrüne Gmundner Porzellan aufgetragen. In der großen Kanne befand sich Kaffee, in der kleinen die

Milch. Dazu zwei Tassen mit Untersetzer. Auf einem großen weißen Teller mit grünem Rand waren Schinken und Emmentaler gelegen, die nun freilich weitgehend verzehrt waren. Im Brotkorb lagen noch zwei aufgebackene Semmeln, daneben schmolz die Butter langsam vor sich hin. Wickerl war in die „Arbeiter-Zeitung" vertieft, die seit einem guten Jahr im Kleinformat erschien und seitdem zu Wickerls Befremden „Neue AZ" hieß, ganz so, als müsse man die Arbeiter verschweigen. Er dachte eben darüber nach, ob er noch eine Semmel mit Butter und Marillenmarmelade zu sich nehmen sollte, als ihn der Klang der Türglocke aufschreckte. „Wer kann denn das sein um diese Zeit?", fragte er laut. „Es werden ja nicht schon die Genossen sein, um uns zur Wahlurne zu treiben …" Klara, die Wickerl ihren Anruf bei der Tochter verheimlich hatte, tat ratlos und meinte nur, sie werde nachsehen, dann bekäme man alsbald Klarheit. Gleich darauf kam sie wieder zurück: „Schau einmal, wer da ist! Die Ricky! Na, ist das eine Überraschung!" Dabei bemühte sich Klara um ein glückseliges Lächeln. Wickerl aber war sich sicher, dass dies ganz und gar keine Überraschung war. Vielmehr hatte, so seine tiefe Überzeugung, Klara Ricky um Hilfe gebeten, damit er, Wickerl, nicht angesichts der zu erwartenden Wahlniederlage einen Kollaps erlitt. Doch um des lieben Friedens willen machte er mit und spielte den Erstaunten. „Ja, Ricky! Was machst denn du da? Um die Zeit noch dazu." Ricky trat ganz nah auf ihren Vater zu, bückte sich leicht und drückte ihm links und rechts einen Kuss auf die Wange. „Ach, mir war fad zu Hause, und da hab ich mir gedacht, ich schau bei euch vorbei. Vielleicht kann ich ja was zum Essen bei euch abstauben." Dabei grinste sie schelmisch.

Wickerl nahm von seinem Vorhaben, noch eine Semmel zu essen, Abstand und schob den Brotkorb zu seiner Tochter hin. „Da, magst ein Semmerl? Mit Butter und Marmelade? Oder willst lieber Schinken und Käse? Das hamma auch noch.“ Klara stellte eine dritte Porzellanschale auf den Tisch. „Jetzt lass sie doch erst einmal ankommen, Wickerl“, tadelte sie sanft den Gatten. Der sah sie unschuldig an: „Ich wollt ja nur höflich sein“, rechtfertigte er sich. Ricky strich ihm demonstrativ über die Wange. „Passt schon, Papa. Ich weiß, wie's gmeint ist, und ich freu mich.“ Sie stellte ihre Tasche auf die Couch und nahm dann am Tisch Platz. Mit einem Nicken in Richtung der Zeitung erkundigte sie sich, ob was Interessantes drinnenstehe. „Ach, den FraVra jubeln s' rauf und runter. So als ob uns der die Mehrheit retten könnt. Na ja, weißt eh, man greift halt nach jedem Strohhalm.“

„Ich würd den nicht unterschätzen. Der ist recht populär bei den Leuten“, gab Klara, die eben mit frischem Kaffee in der Kanne ins Zimmer zurückkehrte, zu bedenken. „Kann schon sein“, grantelte Wickerl, „das rettet uns auch nicht mehr.“

Nachdem Ricky eine Semmel gegessen und etwas Kaffee getrunken hatte, klopfte sie dem Vater aufmunternd auf den Oberschenkel. „Wie geht's dir denn heute, Papa? Magst nicht einen kleinen Ausflug machen? Vielleicht in die Schwarzenberg-Allee, hmmm? Da kommen wir auf andere Gedanken …“ Wickerl schüttelte sich. „Bei der Kältn? Nein danke, ich bin ned mein eigener Feind.“ Ricky freilich gab sich nicht so schnell geschlagen. „Aber irgendwas müss ma machen, sonst verfaulen wir da auf dem Diwan. Und das ist auch kein Programm.“

„Wir könnten ins Museum gehen“, schlug Klara vor. „Da waren wir doch schon lange nicht mehr, Wickerl. Was meinst?“ Dessen Miene verriet Ablehnung: „Schinken in Essig und Öl? Na, da können wir gleich dableiben auch.“ Mutter und Tochter wechselten einen schnellen Blick und verdrehten dabei kaum merklich die Augen. Heute war der Wickerl wieder in Fahrt.

„Wie wär's mit Kino? Runter ins Bellaria. Da könnt ma uns einen alten Hans Moser anschauen. Das wär doch lustig.“ Der Vater übte sich weiter in gallenbitterer Pose. „Ja, sicher. Stellts meine Ross in Stall, bald kriagn s' zum letzten Mal ...“ Klara fand, sie musste ein wenig strenger werden, um Wickerls Larmoyanz einzubremsen. „Erstens war das der Hörbiger und ned der Moser, und zweitens hörst jetzt sofort auf mit der Jammerei, sonst werd ich krawutisch.“ Wickerl hob abwehrend die Hände: „I jammer eh ned. Ich bin ganz z'frieden. Da, in mein Zimmer.“

Klara stemmte die Hände in die Hüften. „So kalt, wie du tust, ist es auch wieder nicht. Und wir müssen ohnehin wählen gehen, also simma eh schon aus dem Haus. Und ein wenig Bewegung schadet dir nun wirklich nicht.“ Wickerl leistete immer noch Widerstand. „Ich hab wieder so das Reißerte. Der ganze Rücken tut mir weh. Na, und erst die Knie. Glaub mir, mit einem Spaziergang wird das nix heut.“

„Papperlapapp. Du packst jetzt deine sieben Zwetschgen, und dann gemma rüber auf den Elterleinplatz. Wennst brav bist, gibt's ein Cremeschnitterl bei der *Aida*, aber das musst du dir erst verdienen.“ Ricky musste unweigerlich lächeln. Die Cremeschnitten bei der *Aida* waren eine Tradition, welche die Oma seinerzeit begründet hatte und die der Vater in

Ehrfurcht fortführte. Wahrscheinlich würde eines Tages sie auf den rosafarbenen Plastiksesseln enden und sich mit der pickigen Süßigkeit vollstopfen. „Na, dann gemma halt in Gottes Nam“, seufzte Wickerl und kämpfte sich umständlich hoch. Wie ein Greis schlurfte er zur Wohnungstür, wo ihm Klara beim Anziehen der Schuhe behilflich war, während er sich in einen Schal packte, um danach den dicken Wintermantel überzuziehen. „Pass auf, dass d' ned schwitzert wirst, hörst, sonst holst dir noch eine Verkühlung“, warnte ihn Klara und riet ihm dazu, den Mantel wenigstens offen zu lassen.

Reichlich 20 Minuten später waren die drei beim Wahllokal angekommen. Ricky entschwand in den ersten Stock, wo ihr Sprengel untergebracht war, während sich Wickerl und Klara im Erdgeschoß anstellten und darauf warteten, zur Kabine vorgelassen zu werden. Der eigentliche Akt der Stimmabgabe war schnell abgeschlossen, und da Wickerl die meisten Anwesenden kannte, erkundigte er sich nach der bisherigen Beteiligung, die als leicht geringer als vor drei Jahren eingestuft wurde. Er nickte kurz, wünschte noch einen angenehmen Nachmittag und trat dann mit seiner Frau wieder ins Freie. „Vielleicht sollt ma doch was machen, sonst wird's bis fünfe gar ein wengerl fad“, gab er nun doch bei. Da er aber keinesfalls davon zu überzeugen war, nach Neuwaldegg hinauszufahren, schlenderten sie zu dritt in die Josefstadt, wo sie im *Hummel* eine kleine Kaffeepause einlegten, ehe sie mit dem 13 A zur Burggasse fuhren, von wo aus sie wieder zu Fuß bis zum Volkstheater wanderten. Es war also doch der Hans Moser geworden.

Da bis zum Beginn der Nachmittagsvorstellung noch ein wenig Zeit geblieben war, begaben sie sich auf einen weiteren Kaffee ins *Café Raimund*, was, wie Wickerl befand, ganz passend war, da der auf dem Programm stehende Film „Ober, zahlen" hieß. Der hatte gut und gern seine 30 Jahre auf dem Buckel, und dennoch konnte sich Wickerl gut an dessen Inhalt erinnern. Paul Hörbiger und Hans Moser spielten zwei Kaffeehaus-Kellner, die einander wechselseitig helfen wollen. Doch da sie ihre eigentlichen Absichten dem jeweils anderen verheimlichen, kommt es zu allerlei Verwicklungen, aus denen sich wohl, resümierte Wickerl für sich, der Humor der Geschichte ergeben sollte. Allein, er konnte nicht lachen.

Dabei gaben sich die beiden Volksschauspieler alle Mühe, agierten wie in ihren besten Tagen. Doch was immer auf der Leinwand auch geschah, Wickerl hatte nur einen Blick für seine Armbanduhr und zählte dabei die Minuten bis zu jenem Zeitpunkt, da die Wahllokale geschlossen wurden. Er beugte sich leicht zu Klara hinüber und flüsterte: „Wenn die zwei Pfeifen nicht endlich draufkommen, dass sie sich nur helfen wollen, dann versäumen wir die Sondersendung zur Wahl." Klara, ganz von dem Film in Besitz genommen, wiegelte ab: „Keine Angst, ich zahl uns ein Taxi." Und Wickerl musste weiter darauf warten, bis Ober Franz und Ober Ludwig endlich hinter das Geheimnis des jeweils Anderen kamen.

Tatsächlich war es Punkt 17 Uhr, als Klara die Wohnungstür aufsperrte. Mit ungeahntem Elan schlängelte sich Wickerl an ihr vorbei und sprintete förmlich ins Wohnzimmer, wo er den Einschaltknopf des Fernsehers betätigte, ehe er sich, immer noch mit dem Mantel bekleidet und ohne die Schuhe abgestreift zu haben, auf dem Fauteuil niederließ.

Eigentlich rechnete er ja damit, das Gesicht von Gerhard Bruckmann zu sehen, der gemeinhin als „Hochrechner der

Nation" angesehen wurde. Doch dann fiel ihm ein, dass dieser ja bei der aktuellen Wahl selbst kandidiert hatte, weshalb nun im ORF ein Wickerl unbekanntes Gesicht moderierte. Dieses kündigte an, das Ergebnis biete einige Überraschungen, und Wickerl bereitete sich geistig auf das Schlimmste vor, was man ihm offenbar auch ansah, da Klara und Ricky besorgte Blicke tauschten.

„Die SPÖ", klang es aus dem Fernseher, „kommt bei dieser Wahl auf 43 Prozent, das ist ein Minus von knapp fünf Prozent." Wickerl schloss die Augen. Das war's. Erstmals seit 1966 waren die Schwarzen wieder vorn und würden mit den verschmähten Blauen die ganze Republik bürgerlich umfärben. „Die ÖVP erhält 41,5 Prozent, ein Minus von knapp zwei Prozent." Hatte er eben richtig gehört? Er riss die Augen auf. Tatsächlich! Der Balken der ÖVP war kleiner als jener der SPÖ. Beide Großparteien hatten verloren, aber die SPÖ war Nummer eins geblieben. Wickerl begann selig zu lächeln. „Die FPÖ steigert sich auf knapp zehn Prozent, womit sie ihren Stimmenanteil beinahe verdoppelt hat." Wickerls Lächeln fror ein. „Und die Grünen dürften mit knapp fünf Prozent der Stimmen erstmals in den Nationalrat einziehen."

Der ORF-Kommentator übernahm es, zu einer ersten Prognose hinsichtlich der Mandate überzuleiten. Demnach verloren die Roten zehn Sitze, blieben aber knapp vor den Schwarzen. Die Blauen legten um sechs Mandate zu, die Grünen durften laut Hochrechnung mit neun Abgeordneten rechnen. Wickerl rechnete aus. Schwarz und Blau kamen gemeinsam auf 94 Sitze, einen weniger als Kreisky 1979 erhalten hatte. Die Frage war nun, ob diese knappe Mehrheit ausreichen würde, eine derart umstrittene Koalition durchzusetzen. Erwartungsvoll sah Wickerl in die Gesichter seiner Frauen.

„Na ja", fasste Ricky die Sachlage zusammen, „hätte schlimmer kommen können." Wickerl war weniger optimistisch: „Abwarten. Der Mock will partout Kanzler werden. Dafür koaliert der sofort mit den Blauen. Wurscht, was das Ausland sagt. Das war ihm ja beim Waldheim auch schon egal."

Gute zwei Stunden später war er sich freilich nicht mehr so sicher. Während der Landesrat aus Kärnten und die Spitzenkandidatin der Grünen um die Wette strahlten und Vranitzky versuchte, Haltung zu bewahren, sah der Obmann der ÖVP aus, als hätte ihn zwischenzeitlich der Schlag angerührt. Das Entsetzen über das Fakt, nicht Erster geworden zu sein, stand ihm so deutlich ins Gesicht geschrieben, dass Wickerl keinen Schilling mehr auf die politische Zukunft des langjährigen Berufspolitikers gesetzt hätte. Die Gefahr eines Bürgerblocks wie in der Ersten Republik schien gebannt.

Die Familie Bielohlawek brachte den restlichen Abend damit zu, den Debatten im Fernsehen zu folgen, während sie selbst auch eifrig Gedanken anstellte. Ricky war sich sicher, dass sich für sie nun doch nichts ändern würde. Die Schwarzen würden es bei dieser schmalen Mehrheit nicht wagen, die SPÖ aus der Regierung zu drängen, und die SPÖ wäre bescheuert, freiwillig das Wissenschaftsministerium herzugeben und auf einen derart profilierten Politiker wie Heinz Fischer in der Regierung zu verzichten.

Dann freilich ging alles überraschend schnell. Vranitzky wollte um jeden Preis eine große Koalition und gab der ÖVP in fast allen Punkten nach. Diese erhielt zuallererst das Außenministerium, was Kreisky so in Rage brachte, dass er öffentlichkeitswirksam den Ehrenvorsitz seiner Partei zurücklegte. Sein Grollen rauschte unüberhörbar durch den Blätterwald. Natürlich erhielten die Schwarzen auch das Wirtschaftsressort, das sie als ihre ureigene Domäne ansahen. Doch dass die SPÖ auch die Wissenschaft opferte und zuließ, dass ein staubtrockener Chemieprofessor Minister wurde, traf Ricky unerwartet. Die konservativen Kollegen würden also doch über ihr Büro verfügen können.

Kurz dachte sie darüber nach, beim scheidenden Ressortchef nachfragen zu lassen, ob er sie nicht an seinen neuen Arbeitsplatz im Parlament mitnehmen wolle. Doch einerseits hätte Fischer sie wohl darauf angesprochen, wenn er solche Pläne gehegt hätte, andererseits war Fischer dort reiner Parteimann, und das vertrug sich schlecht mit ihrem Beamtenstatus. Also würde sie sich wohl auf irgendeinen unbedeutenden Posten im Ministerium abschieben lassen müssen und dort sinnlose Schriftstücke produzieren, für die sich niemand interessierte. Genau zu diesem Zeitpunkt erreichte sie ein Anruf.

Staatssekretärin Dohnal war persönlich am Apparat. Ob sie Zeit für ein Gespräch hätte. Ricky ließ sich die Frage nicht zweimal stellen. Noch am Nachmittag erschien sie am Ballhausplatz und erfuhr dort, dass man sie gerne in die frauenpolitische Abteilung übernehmen wollen würde, vorausgesetzt, sie könne sich einen derartigen Wechsel vorstellen. Ricky musste nicht lange überlegen. Schon Ende Jänner ließ sie ihr Büromaterial vom Minoriten- auf den Ballhausplatz transferieren, und am 1. Februar jenes Jahres trat sie ihren neuen Dienst an.

Weihnachten 1974

Turl saß gedankenverloren vor einem eng verschnürten Tannenbaum und hatte dabei eine große Schachtel auf dem Schoß. Endlich warf er einen skeptischen Blick auf den Baum, dann auf das Behältnis. Und kam dabei zu der Erkenntnis, dass er noch nie einen Christbaum aufgeputzt hatte. In seiner Jugend war für derlei Freuden kein Platz gewesen, dann, als Georg zur Welt kam, war die Aufteilung von Anfang an klar. Er ging mit dem kleinen Wonneproppen spazieren, derweilen Grete eilig das Bäumchen schmückte. Und wenn ihre Männer dann wieder nach Hause kamen, voilà, da war das Christkind da.

So wollte er es diesmal auch mit der kleinen Lina halten, die ihrem vierten Geburtstag entgegensah. Doch Grete meinte, das Enkelkind sei bei diesem Wetter für einen längeren Spaziergang nicht kräftig genug, weshalb sie es in der Küche beschäftigen werde, während eben er, Turl, das Weihnachtswunder in Szene setzen solle. So saß er nun in seinem Fauteuil und war sich ganz und gar nicht sicher, was er konkret tun solle. Außerdem ging ihm die Frage durch den Kopf, ob Grete wirklich Lina gemeint hatte – oder vielleicht doch ihn selbst, der er sich seit geraumer Zeit alles andere als gesund fühlte.

Nicht, dass da irgendetwas Gravierendes gewesen wäre, nein, es waren die vielen kleinen Wehwehchen, die einem in ihrer Summe den Tag verdarben. Sein Hausarzt hatte lapidar gemeint, er werde eben älter, immerhin stünde bald der Sechziger an, da müsse man den Zeiten eben Tribut zollen. Doch Turl verspürte wenig Lust, seine Pension mit Schmerzen zuzubringen.

Pension. Das war das Stichwort. Er hatte noch genau drei Arbeitstage vor sich, dann war er ganz offiziell Rentner. Wie übrigens Wickerl auch. Seitens der Brauerei waren sie sogar gefragt worden, ob etwas dagegenspräche, sie gemeinsam zu verabschieden. Und so waren zwei Tage vor Weihnachten die Geschäftsführung, der Betriebsrat und die versammelte Kollegenschaft aufmarschiert, um Wickerl und Turl hochleben zu lassen. Der Direktor hielt eine kleine Rede, in der er es nicht zu erwähnen vergaß, dass beide Kollegen ja quasi schon die zweite Generation ihrer Familien darstellten, was reichlich unnütz war, da sich kaum noch jemand an Fritz erinnern konnte, von Hermann einmal ganz zu schweigen. Dann aber überreichte der Direktor jedem der beiden ein kleines Päckchen und meinte, man solle auf sie anstoßen und sie hochleben lassen.

Natürlich hatten beide, nicht nur er, bei dem Päckchen an die berühmte goldene Uhr gedacht, die man zum Abschied bekam. Doch als sie ihre Geschenke öffneten, befand sich lediglich ein Maria-Theresien-Taler darin. Sicher, diese Münze hatte auch ihren Preis, aber der war alles andere denn unerschwinglich. Turl mochte nicht so viel Grund zur Beschwerde haben, immerhin hatte er kaum zehn Jahre in dem Unternehmen gearbeitet, aber er fand es schäbig, dass Wickerl mit demselben Präsent abgefertigt wurde, wo er doch der Brauerei ein Vierteljahrhundert gedient hatte, in der Nachfolge seines Vaters, sodass die Bielohlaweks eigentlich fast 75 Jahre für die Hernalser geschuftet hatten. Da wäre wohl ein wenig mehr angesagt gewesen als ein schäbiges Stück Metall.

Doch das war nicht Turls Problem. Er hatte von den Bierpantschern ohnehin nicht mehr erwartet. Die Frage, die ihn eigentlich beschäftigte, war, was er jetzt mit sich anfangen sollte. Er war, seit er denken konnte, immer in Bewegung gewesen. Bei den Sozis, im Krieg, in der Gewerkschaft, und selbst die Arbeit in der Brauerei war etwas gewesen, das seine Kraft und Aufmerksamkeit erfordert hatte. Und Turl gestand sich ein, ihm war ja schon bei den Reisen nach Jesolo oder Caorle in der zweiten Urlaubshälfte langweilig geworden. Was sollte er jetzt um Himmels willen mit so viel Zeit anfangen?

Vielleicht einmal den Baum aufputzen, gab er sich selbst zur Antwort und öffnete die Schachtel. Gute Güte, war das alles unübersichtlich. Turl sah vor lauter Kugeln und Kerzen nichts anderes mehr. Er blickte auf den Baum, dann auf den Inhalt der Schachtel. Wie um Himmels willen sollte all das Zeug auf das arme Bäumchen passen? Am liebsten hätte er nach Grete gerufen. Doch diese Vorgangsweise war tabu.

Eine kleine Weile kramte er lustlos im Inneren der Schachtel herum, dann fand er endlich die versilberte Christbaumspitze, die schon zu Georgs Tagen den jeweiligen Baum geziert hatte. Er stellte die Schachtel auf den Couchtisch, erhob sich und wollte eben die Spitze an der vorgesehenen Stelle anbringen, als ihm bewusst wurde, dass der Baum ja noch fest verschnürt war. Turl unterdrückte einen Fluch, legte die Spitze ab und machte sich auf die Suche nach einer Schere. Zwei Minuten später kämpfte er mit dem Seilzug und war nun endgültig drauf und dran, ein lautes „So a Schas“ in die Welt zu schicken. Und er hätte es auch wohl getan, wäre da nicht die Gefahr gewesen, dadurch Linas Aufmerksamkeit zu erwecken, womit Gretes Beschäftigungsprogramm keine Chance auf weiteren Erfolg gehabt hätte.

Wie hatte Grete das nur all die Jahre geschafft? Turl besah sich das vorläufige Ergebnis seiner Arbeit und kam zu dem Schluss, dass der Baum in jeder Hinsicht trostlos aussah. Klar, Grete war wahrscheinlich stundenlang mit jedem einzelnen Schmuckstück dagestanden und hatte darüber philosophiert, wo es am besten zur Geltung kam, während er einfach automatisch Ast für Ast mit den Gegenständen behängt hatte, die ihm gerade untergekommen waren. Turl zog sich seine Flanellhosen zurecht und ließ sich schwerfällig wieder auf seinen Stuhl nieder. So, das war ihm klar, brauchte er das Bäumchen seiner Grete gar nicht erst zu präsentieren.

Er suchte den Couchtisch nach Rauchwerk ab. „Na großartig", knurrte er, „ned einmal Tschik da." Und als er sich schon anschickte, nach nebenan zu gehen, um eine neue Packung Smart zu holen, da fiel ihm auf, dass die Schachtel, die er ursprünglich gesucht hatte, unter dem Christbaumschmuck hervorragte. „Wenigstens was", sagte er zu sich, fingerte einen Glimmstängel aus dem Behältnis und genoss unmittelbar danach den würzigen Tabak, während er den Rauch gelassen ausblies.

Was also würde er mit so viel Zeit anfangen? Sicher, er konnte sich ein wenig mehr um Lina kümmern. An den Wochenenden war es vielleicht keine schlechte Idee, auf den Sportplatz zu gehen, um dort ein paar Worte mit dem missratenen Sprössling zu wechseln. Auch gab es die Möglichkeit, sich an einem schönen Tag ein wenig die Beine zu vertreten. Wer weiß, wenn ihm nicht wieder die Knie schmerzten, dann konnte er vielleicht hinauf zum Hameau spazieren. Doch formatfüllendes Programm war das keines.

Missmutig betrachtete er wieder den Baum. Eigentlich müsste er vollkommen von vorne beginnen und die einzelnen Stücke völlig neu arrangieren. Doch dafür fehlten ihm Zeit und Muße, also überlegte er, wie er das Schlamassel behübschen konnte, dass es Grete nicht auffiel. Er dämpfte die Zigarette aus, förderte eine Handvoll Kerzen aus dem großen Behältnis und verteilte diese dann zwanglos auf jenen Ästen, die ihm am kräftigsten erschienen. „Und wenn ich den Rest mit Lametta zuhäng, dann fallt das alles gar ned weiter auf“, sagte er leise zu sich, um unmittelbar darauf seinen Gedanken in die Tat umzusetzen. Zufrieden mit sich, holte er sich aus der Küche ein Bier.

„Jössasmarandanna, wie schaut denn der aus?“ Grete schlug die Hände vor dem Gesicht zusammen, dann wendete sie den Kopf in Turls Richtung und schickte verderbliche Blitze aus ihren Augen. Turl zuckte unwillkürlich zusammen. „Was willst, hörst, die Kleine ist vier. Der genügt es, wenn alles blitzt und blinkt. Da häng ich dann noch zwei, drei Wunderkerzen auf, dann passt das schon“, verteidigte er sich.

„Wenn man euch Mannsbilder einmal etwas machen lässt!“ Gretes Groll war unüberhörbar. Ihre linke Hand wanderte an ihre Hüfte, während sie mit den Fingern der rechten vor Turls Gesicht herumfuchtelte. „Wenn’s nicht schon so spät wär, dann tät ich dich jetzt mit der Kleinen rausjaucken, damitst mit ihr eine Runde drehst. Weil eigentlich müssert ich das da alles neu machen.“ Turl zuckte schuldbewusst mit den Schultern und bemühte sich um einen hilflosen Gesichtsausdruck. Grete aber drehte ihre Augen demonstrativ nach oben und zog mit einem halblauten „warum bin ich so gstraft“ wieder ab, um die Geschenke zu holen.

Turl behielt Recht. Lina starrte vollkommen fasziniert auf all die vielen Lichter, war begeistert von den Wunderkerzen und schenkte dem Baum keinerlei Beachtung mehr, als sie erst die vielen Spielsachen unter dem Tisch ausgemacht hatte. Und auch später, als sich Georg mit einer Flasche Weinbrand für den Vater und einer Schachtel Gutscheinmünzen von Palmers für die Frau Mama einstellte, wurde der Baum keiner weiteren Kritik unterzogen.

„Und, Papa, gfreust dich schon auf die Pension?", eröffnete Georg das Gespräch, während er mit Turl darauf wartete, dass Grete den Karpfen auftrug. „Freuen? Was gibt's da zu freuen?" Georg zeigte eine aufmunternde Miene: „Na hörst! Nie wieder hackeln. Endlich der eigene Herr sein. Das stell ich mir traumhaft vor." Und als Georg sah, dass der Vater darüber nicht in eine selige Stimmung verfiel, ergänzte er: „Endlich Zeit für deine Hobbys."

Genau das war der Punkt. Hobbys! Warum hatte er keine? Andere ließen Drachen steigen, werkelten an ihren Autos herum und sammelten wenigstens Briefmarken. Er aber tat nichts von alledem. Und wenn er es genau nahm, dann machte ihm nicht einmal das Lesen sonderlichen Spaß. Gut, ja, hie und da ein Heftroman, 64 Seiten waren rasch überflogen, aber ein echtes Buch? Die „Wahlverwandtschaften" vielleicht oder die „Strudlhofstiege"? Ihn schauderte.

Gedankenverloren schenkte er sich und seinem Sohn nach. „Du könntest ja deine Memoiren schreiben", drang es lachend an sein Ohr. Turl hob den Kopf und fixierte Georgs Antlitz. Dem dämmerte, dass sein Witz nicht so gut angekommen war. „Na ja", bemühte er sich um eine Erklärung, „ich mein, erlebt hättest ja genug und so ..." Dabei wurde er immer leiser, um schließlich ganz zu verstummen.

Der Moment der Peinlichkeit wäre vielleicht unerträglich geworden, wenn nicht just in diesem Augenblick Grete mit dem großen Tablett ins Zimmer gekommen wäre. Der Karpfen sah überaus gelungen aus, und die Männer vergaßen sofort, woran sie eben noch gedacht hatten.

Das weihnachtliche Fernsehprogramm freilich sorgte dafür, dass Turls Stimmung allmählich wieder in den Keller absackte. Die Sängerknaben waren schon zum Weinen gewesen, aber dann immer wieder dieselbe rührselige Geschichte von Jimmy Stewart alias George Bailey, der durch himmlische Intervention vom Selbstmord abgehalten wird. Da kam man schon auf Gedanken.

Nachdem Clarence sich endlich seine Flügel verdient hatte, erhob sich Georg. „Na ja, war wieder schön heute. Ich geh dann mal." Grete wusste, was von ihr als Mutter erwartet wurde, und so bat sie Georg, doch noch zu bleiben. Der wiederum kannte seinen Part in dieser Komödie, und so zierte er sich ein wenig, gerade lange genug, um ein ernsthaftes Überlegen vorzuspielen, ehe er sich dann doch zum Aufbruch entschloss, was die Mutter vermeintlich traurig, aber doch ohne weiteren Widerspruch zur Kenntnis nahm. Lina schlief schon längst, und so war das alte Paar wieder für sich.

„Zum Glück gibt's den Wiener Sportclub", sagte Grete, nachdem sie Georg lange genug aus dem Haus wusste, „sonst wäre unser werter Herr Sohn ein Sozialfall." Turl fühlte sich zur Verteidigung seines Sprösslings berufen. „Na ja, wenigstens ist er ein anständiger Bub. Es könnt also schlimmer sein." Grete lenkte ein. „Hast eh Recht. Und solange er eine Arbeit hat, kommt er wenigstens ned auf blöde Ideen."

Es war dieser letzte Satz, der in Turl noch arbeitete, als sie schon längst zu Bett gegangen waren. Würde er auf „blöde Ideen" kommen, jetzt, wo er nicht mehr Tag für Tag ins Büro musste? Wie man es auch drehte und wendete, er brauchte eine Beschäftigung, sonst würde er nach zwei, drei Wochen in der Pension den Verstand verlieren.

Ohne zu wissen, warum ihm diese Sache gerade jetzt in den Sinn kam, da er mitten in der Nacht an die Decke starrte, fiel ihm dieser Professor Zabusch ein, der erst vor wenigen Wochen bei der Brauerei vorstellig geworden war, weil er Exponate für seine Ausstellung im Bezirksmuseum suchte. Wickerl hatte den Mann damals an Turl weitervermittelt, der dann auch tatsächlich einige antiquierte Schätze aus den Archiven der Brauerei an sich genommen hatte. Und eigentlich war die Suche nach musealem Material eine schöne Abwechslung gewesen. Vielleicht brauchte der Professor auch hinkünftig Hilfe, denn das Museum glänzte nicht gerade durch eine beeindruckende Sammlung, wie er aus eigener Anschauung wusste.

Turl war zufrieden mit sich. Irgendwann im Jänner würde er wieder in den ersten Stock des Bankgebäudes am Elterleinplatz gehen und den Mann einfach fragen, ob er für einen gelangweilten Pensionisten Verwendung habe. Und mit diesem tröstlichen Gedanken schlief Turl endlich ein.

Sommer 1970

Caroline war nicht in der Lage, zu sagen, wann sie das letzte Mal von ihrer Tochter gehört hatte. Über drei Jahre war sie nun schon fort, und die Tatsache, dass Mary ausgerechnet nach Wien gegangen war, machte Caroline selbst aus dieser großen zeitlichen Distanz noch wütend. Außerdem fühlte sie sich von ihrem eigenen Kind im Stich gelassen. Caroline wähnte sich weit mehr in der Hölle als im Fegefeuer, und der Umstand, niemanden um sich zu haben, der einem Trost spendete oder gar Mut machte, erweckte in ihr den Eindruck, noch verletzlicher zu sein. Eigentlich war sie gerade erst 50, doch sie kam sich vor wie eine Greisin. Ein Eindruck, der sich ihr jedes Mal aufs Neue bestätigte, wenn sie in den Spiegel sah. Sie fragte sich dann immer, welch grausames Schicksal es gefügt hatte, dass sie derart heruntergekommen war. Denn ihr Äußeres, das musste sie sich eingestehen, stellte noch ihre kleinste Sorge dar. Gut, die israelischen Ärzte verstanden ihr Handwerk. Die Tuberkulose war weitgehend unter Kontrolle. Aber ihr Körper ließ auch an mehreren anderen Stellen zu wünschen übrig. Man verurteilte sie zu strenger Diät, viel Ruhe und der Vermeidung jedweder Aufregung, aber wenn man so wie sie ganz allein auf der Welt war, dann ließen sich diese Vorgaben praktisch nicht erfüllen.

Immer wieder nahm sie sich vor, nach Wien zu reisen, um dort ihre Tochter aufzusuchen, doch dann kam stets irgendeine Krankheit dazwischen, sodass sie schließlich in ihrem Kibbuz blieb. Dabei gab vor allem das triftige Argument den Ausschlag, dass sie gar nicht wusste, wo sie überhaupt suchen sollte. Wien war groß, und die Wahrscheinlichkeit, dass sie Mary zufällig über den Weg lief, war Null. Wenn sie die Dinge genau besah, dann musste sie sich eingestehen, dass sie nicht die geringste Ahnung von ihrer Tochter hatte. Was trieb Mary um, wofür begeisterte sie sich? Folgte sie den Spuren ihres Erzeugers und engagierte sich in der Politik? Fühlte sie sich zur Kunst hingezogen? Oder war aus ihr ein geldgieriges Monster geworden, das in einer Bank oder einem menschenverachtenden Unternehmen Kohle scheffelte? Mary war alles zuzutrauen, ganz einfach, weil es Caroline nie gelungen war, einen Draht zu ihrer Tochter zu finden.

Gut, das war wahrscheinlich ihre eigene Schuld gewesen. Aber sie war so furchtbar jung gewesen und hatte in keiner Weise damit gerechnet, so früh schwanger zu werden. Und dann erst die Umstände! Gerade einmal 18 war sie gewesen, als sie Hals über Kopf in die Schweiz hatte fliehen müssen. Wo sie ganz allein auf sich gestellt war. Und als ob das nicht schon schlimm genug gewesen wäre, stellte sich auch noch heraus, dass sie ein Kind unter dem Herzen trug. Als der Vater dann endlich, den Nazikerkern entronnen, in der Schweiz ankam, war er alles andere denn eine Hilfe. Ein gebrochener Greis, der dem Tod entgegendämmerte. Und für den Mary nichts war als ein Bastard, eine Familienschande, ein weiterer Nagel zu seinem Sarg.

Dann die bitteren Jahre in Amerika. Von wegen Land der unbegrenzten Möglichkeiten! Allein die Hoffnung, eines Tages erhobenen Hauptes nach Wien zurückkehren zu können, hatte sie daran gehindert, sich das Leben zu nehmen. Doch als der vermaledeite Krieg endlich gewonnen und sie wieder in ihrer Heimatstadt eingetroffen war, da erlebte sie nichts als eine neue Runde an Enttäuschungen, Demütigungen und Erniedrigungen. All das musste ja einen entsprechenden Eindruck bei Mary hinterlassen.

Und doch hielt sich die Kleine bei all dem hervorragend. Oft genug war die Tochter ihrer Mutter Stütze und nicht umgekehrt. Mary tröstete Caroline, wenn sie wieder einmal mit dem Weinen nicht aufhören konnte. Sie erledigte den Einkauf, wenn die Mutter keine Kraft fand, das Haus zu verlassen. Und sie machte auch noch den Haushalt, ehe sie sich an den wackeligen Küchentisch setzte, um ihre Hausaufgaben zu machen.

Und in Israel wurden die Dinge nicht besser. Regelmäßig kam es vor, dass sich Caroline Marys bedienen musste, um mit ihrer Umgebung konversieren zu können. Denn so sehr sich Caroline auch bemühte, Hebräisch blieb ihr einfach ein Buch mit sieben Siegeln. Mary hingegen war gerade zehn und sprach es ebenso fließend wie Deutsch und Englisch. Und da nicht wenige der Neusiedler, die ihren Platz in Carolines Kibbuz fanden, aus Polen oder Sowjetrussland stammten, beherrschte Mary bald auch diese beiden Sprachen gut genug, um sich mit den Leuten unterhalten zu können. Caroline aber fühlte sich mit jedem neuen Tag nur noch unnützer und ließ sich mehr und mehr gehen.

Mary entwuchs ihr in Windeseile. Sie besuchte eine höhere Schule in Tel Aviv und kam bald nur noch an den Wochenenden in den Kibbuz. Als sie dann zum Studium nach Jerusalem wechselte, da wurden ihre Besuche so rar wie Regen über der Negev. Caroline empfand nur noch unaussprechliche Trauer und ließ sich das auch offen anmerken.

Doch wenn sie darauf gehofft hatte, die anderen im Kibbuz würden sie bedauern, dann sah sie sich drastisch getäuscht. Die meinten nur, sie solle nicht so wehleidig sein, immerhin habe es das Schicksal mit ihr mehr als gut gemeint. Sie sei ja nur im Exil gewesen, während so viele andere einen grauenhaften Tod hatten sterben müssen. Und die, die überlebt hatten, die waren durch die Hölle gegangen. Caroline hörte von den Ghettos, der Zwangsarbeit, schließlich von den Lagern. Von den Rampen, an denen die Selektionen stattfanden, von den Öfen, die tagein, tagaus rauchten. Von den Todesmärschen, als der Krieg praktisch schon zu Ende gewesen war. Und da glaubte sie ernsthaft, Manhattan habe eine Prüfung dargestellt?

All das war freilich alles andere denn hilfreich. Caroline fühlte sich nun auch noch um ihren Schmerz, um die Berechtigung ihrer Trauer betrogen. Und wenn man ihr schon die seelischen Qualen nicht zubilligte, dann musste eben die körperliche Pein als Kompensation herhalten. Tatsächlich schwollen ihre Gelenke an, sie hatte Schwierigkeiten beim Stiegensteigen, und immer öfter konstatierte sie eine beunruhigende Steifheit ihrer Finger, sodass sie sich nicht einmal mehr um die Rosen im Garten vor ihrem Haus kümmern konnte.

Gerade, als sie sich schwächer und wehrloser denn je fühlte, kam Mary aus Jerusalem und setzte sie davon in Kenntnis, dass sie die Welt sehen wolle und daher für eine Weile aus Israel weggehen würde. Genauso gut hätte sie der Mutter ein Messer in die Brust rammen können.

Caroline war überzeugt davon gewesen, den ersten Winter ohne Mary nicht zu überleben. Doch der Winter kam und ging, und Caroline war immer noch unter den Lebenden. Und auch im Jahr darauf verschied sie nicht. Immer wieder suchte sie den Arzt auf und klagte über sich abwechselnde

Beschwerden, doch der Äskulap-Jünger konnte beim besten Willen nichts finden, abgesehen von den altersadäquaten Abnützungen, an die sich jeder Mensch, der eine gewisse Zahl an Jahren erreicht, gewöhnen muss. Dennoch verschrieb er ihr diverse Kuren und schickte sie ans Tote Meer, weniger, weil er glaubte, sie würde dort Heilung erlangen, als vielmehr aus dem Grund, die Abwechslung könne sie davon abhalten, dauernd an die Hinfälligkeit ihres Leibes zu denken.

Und dann kam ihr 50. Geburtstag. Sie war überrascht, dass ihr die anderen im Kibbuz eine große Feier ausrichteten, und wohl auch gebührend gerührt. Man riet ihr dazu, eine kleine Reise zu machen, um sich endlich einmal in Ruhe zu erholen, weshalb man zusammengelegt und ihr ein Kreuzfahrtticket nach Zypern und Griechenland besorgt habe. An dieser Stelle kannte ihre Rührung keine Grenzen mehr.

Gleichwohl schob sie die Reise ein ums andere Mal hinaus. Immer fand sie einen Vorwand, warum sie nicht an Bord gehen könne. Doch nicht nur den anderen, auch ihr selbst war klar, dass sie allein von ihrer Angst getrieben war. Und so ließ sie sich an einem freundlichen Aprilmorgen dann doch zum Hafen fahren, wo sie an Bord eines großen Schiffes ging, das erst in Larnaka wieder Halt machte. Sie besichtigte Paphos und Salamis, die Festung von Kyrenia und die zahlreichen steinernen Zeugen der Kreuzritterzeit. Tatsächlich blühte Caroline auf und konnte es kaum erwarten, nun auch nach Griechenland zu kommen.

Die Reise erwies sich als durchaus anstrengend, doch sie meisterte alle Ziele mit bemerkenswerter Leichtigkeit. So, als ob sie nie rheumatisch oder tuberkulös gewesen wäre, turnte sie in den Bergen Delphis herum, rannte wahrhaft sportlich durch Olympia und ließ es sich nicht nehmen, in Epidauros die letzte Reihe des Auditoriums zu erklimmen. Mit jedem Tag, den sie unterwegs war, meinte sie jünger zu werden.

Doch jede Reise hat ihr Ende. Als sie Mitte Mai wieder im Kibbuz eintraf, da hielt die Euphorie nicht lange vor. Spätestens zu Sommerbeginn streckte sie wieder die altbekannte Depression nieder, und erneut sah sie sich von Schmerzen geplagt. Diesmal aber hatte sie eine Ahnung, worin das Heilmittel bestehen könnte. Sie musste sofort wieder auf Reisen gehen. Penibel zählte sie ihre Ersparnisse und kam dabei zu dem Schluss, dass sie für eine Schiffspassage nach Italien reichten. Von dort würde sie mit dem Zug nach Österreich gelangen können, und wenn sie noch ein paar Schekel beiseitelegte, dann mochte sie genügend Barmittel haben, um sich einige Zeit in Wien aufhalten zu können. Lange genug, hoffte sie, um irgendeinen Hinweis auf Mary zu finden.

Im nächsten Frühling setzte sie ihren Plan in die Tat um. Sie fuhr mit dem Schiff nach Bari, wo sie eine weitere Schiffkarte nach Triest lösen konnte. Dort stieg sie in den Zug und war eine gute Stunde später erstmals seit einem Vierteljahrhundert wieder in Österreich. Der Zug ratterte an Villach, Klagenfurt und irgendwann auch Bruck an der Mur vorbei, und Caroline spürte, wie ihre Nervosität umso mehr stieg, je geringer die Zahl der noch zurückzulegenden Kilometer wurde.

Als sie am Südbahnhof aus dem Waggon kletterte, zeigte die Uhr am Bahnsteig genau 15 Uhr. Caroline wusste, dass sie nun nicht mehr zurückkonnte. Sie begab sich in die Kassenhalle und fragte dort nach einer günstigen Pension in der Nähe, in der sie absteigen könne. Dass sie dabei zum ersten Mal seit einer Ewigkeit Deutsch sprach, kam ihr zutiefst sonderbar vor, und sie gewann den Eindruck, dass es eine andere Person als sie selbst war, die da redete. Man verwies sie auf das Hotel Südbahn, das sich kaum einen Kilometer vom Bahnhof entfernt befand, und so saß Caroline kurz nach halb vier Uhr nachmittags auf einem altertümlichen Bett in einem dunklen Zimmer und fragte sich, was sie nun tun sollte.

Frühjahr 1971

Wo fand man in einer Stadt mit eineinhalb Millionen Einwohnern eine Frau von 33 Jahren? Dunkel erinnerte sich Caroline, dass es in Wien ein Einwohnermeldeamt gab. Wer also nicht als U-Boot sein Dasein fristete, der musste an einer ganz konkreten Adresse gemeldet sein. Die Frage war allerdings, ob sie einfach dorthin spazieren und nach ihrer Tochter fragen durfte. Höchstwahrscheinlich schon. Doch dass sie darauf auch eine Antwort bekam, war eher zweifelhaft. Natürlich konnte sie auch zur Kultusgemeinde gehen und dort nachfragen, doch sie bezweifelte, dass sich Mary dort jemals hatte blicken lassen.

Routinemäßig warf sie einen Blick auf ihre Uhr. Für diesen Tag, das stand nun einmal fest, war ohnehin nichts mehr zu wollen. Sie verließ das Zimmer, ging in der Nähe eine Kleinigkeit essen und kehrte sofort danach wieder zurück. Sie fand, sie hatte eine ganze Menge Schlaf nachzuholen.

Am nächsten Morgen war sie immer noch nicht klüger. Sie besaß nicht die geringste Ahnung, wie sie ihre Tochter finden sollte. Ob es in Wien Detekteien gab, die auf solche Fälle spezialisiert waren? Doch selbst wenn, ihre Barschaft war gerade so bemessen, dass sie eine gute Woche in Wien bleiben konnte, vielleicht zwei, wenn sie sparsam war. Also kam ein Detektiv nicht in Frage.

Sie marschierte ziellos in die Innenstadt. Der Stephansdom kam ihr so fremd vor, als sähe sie ihn zum allerersten Mal. Sonst, so fand sie, hatte sich nicht viel verändert. Sie spazierte über den Graben, bog dann auf den Hof ein und sah sich bald danach der Schottenkirche gegenüber. Von dort waren es nur noch wenige 100 Meter bis zur Universität, wo sich, wie sie nun herausfand, eine ganze Menge geändert hatte.

Doch die Straßenbahn nach Hernals, die gab es noch. Sie erstand einen Fahrschein, und ohne dass sie sich eine Erklärung dafür geben konnte, warum sie das tat, fuhr sie hinaus zur Brauerei ihres Vaters. Die stand noch, wie sollte es auch anders sein, an ihrem Platz. Und sie war auch noch in Betrieb, wie das hektische Treiben hinter dem großen Tor bewies. Sie überlegte, ob sie das Gelände betreten sollte. Doch was sollte sie dort sagen? „Ich bin die ehemalige Besitzerin. Man hat mir die Brauerei 1938 weggenommen!" Das war kaum der richtige Beginn für eine Unterhaltung. Vor allem: Ihre Tochter würde sie dort sicher nicht finden.

Für einen Moment überlegte sie, ob der alte Mann, der eben über den Hof ging, ihr bekannt vorkam. Doch wen kannte sie hier denn noch? Niemanden. Sie wandte sich abrupt ab und ging die Straße entlang, bis sie zu ihrer ehemaligen Villa kam. Die war sichtlich in gutem Zustand. Sofort bezugsfertig, wie man das in der Immobilienbranche nannte. Die weißen Vorhänge und die Blumen in den Fenstern überzeugten sie davon, dass hier irgendjemand lebte. Aber Mary war es wohl eher nicht.

Als Nächstes fiel ihr die Rechtsanwaltskanzlei ein, die vor einem Vierteljahrhundert in ihrer Angelegenheit tätig gewesen war. Der Mann hatte Kling oder Klinger, vielleicht auch Klinge geheißen. Ob es den noch gab? Immerhin hatte er ihr noch eine ganze Weile Post nach Israel geschickt, und der Kontakt war vor allerhöchstens zehn Jahren abgerissen. Damals war der Mann noch keine 50 gewesen, es konnte also gut sein, dass er immer noch praktizierte.

Sie kletterte in eine Telefonzelle am Elterleinplatz und nahm das Branchenverzeichnis zur Hand. Unter Rechtsanwälte wurde sie fündig. Er hatte seine Kanzlei nun in der Josefstadt, wie sie herausfand. Kurz konsultierte sie ihre Uhr, kam zu dem Schluss, im Büro müsse noch Betrieb sein, und rief an.

„Der Herr Doktor ist in einer Besprechung", kam es kalt aus dem Hörer, „vielleicht versuchen Sie es ein anderes Mal ..."

„Sagen Sie ihm, Frau Glickstein ist am Apparat. Ich bin in Wien, und es wäre dringend." Die Sekretärin schien nach einer weiteren Ausflucht zu suchen, gab dann aber schließlich nach. „Warten Sie", beschied sie ihr. Und Caroline warf weitere drei Schillingmünzen in den vorgesehenen Schlitz.

„Ja Frau Glickstein! Sind Sie es wirklich? Ich habe dem Fräulein Auer ja kaum geglaubt, wie sie mir Ihren Namen genannt hat. Ich bin vollkommen perplex. Was kann ich für Sie tun?"

Caroline fragte, ob sie ihn aufsuchen dürfe. Er bejahte umgehend und erklärte ihr, wie sie seine Räumlichkeiten am besten erreichte. Sie legte auf und machte sich auf den Weg.

Das Gespräch verlief irgendwie gespenstisch. Eine Mischung aus sentimentalem Smalltalk, in dem man sich wechselseitig erkundigte, wie es einem denn so ergangen sei in den vergangenen Jahren, und peinlichem Schweigen, weil keiner wusste, was er nun sagen sollte. Schließlich gab sich Caroline einen Ruck. „Vor einiger Zeit ist meine Tochter, Sie erinnern sich vielleicht an sie, wenngleich sie damals noch sehr klein war, nach Wien gezogen. Seit einer guten Weile aber hat sie sich nicht mehr gemeldet. Jetzt würde ich natürlich gerne wissen, wo sie sich aufhält und wie es ihr geht. Glauben Sie, das kann man herausfinden?"

Der Anwalt wiegte den Kopf hin und her. „Offiziell ist das schwierig, weil Ihre Tochter mittlerweile ja volljährig ist. Immerhin liegt ja nichts vor gegen sie." Deutlich erkannte er, wie in Caroline etwas zusammenbrach, was ihn sofort an die Zeit vor 25 Jahren erinnerte, wo er der Glickstein auch immer nur schlechte Nachrichten hatte überbringen können. Daher beeilte er sich, schnell etwas hinzuzufügen. „Aber ich kenne jemanden beim Einwohnermeldeamt. Die kann ich quasi inoffiziell fragen, ob das Fräulein Tochter irgendwo gemeldet ist." Und schon hatte er die Andeutung eines Lächelns auf das Gesicht der Glickstein gezaubert.

„Ja, servus", sagte er in den Apparat, nachdem er die entsprechende Nummer gewählt hatte, „ich bin's. Du, ich bräuchte was von dir. Maschekseitig sozusagen." Caroline war sich sicher, aus der Leitung ein Stöhnen gehört zu haben. „Was es diesmal ist? Etwas ganz Kleines, Unbedeutendes. Wird dich gar nicht lange aufhalten. Und wie immer kriegst demnächst wieder Konfekt und Eierlikör. ... Gut, dann halt ein paar Stangen Dames, ganz wie du willst. ... Also, wir sind auf der Suche nach einer jüngeren Frau, die sich quasi rarmacht, was ihre Mutter beunruhigt. In deren Auftrag würde ich jetzt wissen wollen, ob das Fräulein Tochter noch in Wien ist oder ob es vielleicht verzogen ist. Könntest du mir das schnell ausheben?" Wieder war so etwas wie ein lautes Stöhnen zu vernehmen. Der Anwalt legte die Hand auf die Muschel: „Wie heißt die Dame derzeit?" Dann sprach er wieder in den Hörer. „Glickstein, Maria. ... Nein, Glick. Mit i, nicht mit ü. Ja, genau. ... In Ordnung, ich warte."

Caroline war sich sicher, dass die Beamtin jetzt in bleierner Langsamkeit zu einem überdimensionalen Karteikasten schlenderte, dort eine bestimmte Lade öffnete und dann gleichsam in Zeitlupe die einzelnen Einträge durchging. Vermutlich in einer halben Stunde würde sie mehr wissen.

„Ach echt? Aha! Und wo?" Carolines Aufmerksamkeit war vorbildlich. Ihr Visavis machte sich Notizen. „Praterstraße", murmelte er, „seit wann?" Er wandte sich an Caroline. „März 69. Kann das hinkommen?" Caroline erwiderte, dass ihre Tochter zu diesem Zeitpunkt jedenfalls schon in Wien gewesen war. „Ja, das könnt passen", sagte er nun wieder an die Adresse der Landesbediensteten. „Und keine weiteren Einträge? Keine Adressänderungen oder so was? Nicht? Sehr schön! Ich dank dir recht. Die Zigaretten sind quasi schon unterwegs. Schönen Nachmittag noch. Ja, du mich auch." Bei den letzten Worten lachte er, und Caroline war sich sicher, dass es sich dabei um einen derben Scherz gehandelt hatte.

„Alsdern. Praterstraße. Zweiter Bezirk. Dort hat sie sich jedenfalls im März vor zwei Jahren angemeldet. Sie können ja einmal schauen, ob Sie dort etwas finden. Und wenn nicht, dann kommen S' wieder zu mir, und wir schauen, was wir sonst tun können." Er erkundigte sich, ob er ihr sonst irgendwie behilflich sein könne, ob sie etwas brauche, Geld vielleicht oder etwas in der Art, doch Caroline beschränkte sich auf ein schlichtes Dankeschön, das sie gleichwohl in einer sehr warmen Stimmlage in den Raum schickte.

Caroline wollte keine Minute mehr länger warten. Sie ließ sich von der Sekretärin erklären, wie sie von der Kanzlei am schnellsten in die Praterstraße kam, und befolgte dann die diesbezüglichen Anweisungen. 45 Minuten später betrat sie das betreffende Haus und ging in den ersten Stock.

Dort klopfte sie an die Tür mit der ihr genannten Nummer. Es verging eine ganze Weile, ehe diese endlich geöffnet wurde. Eine splitternackte Frau, die sich gelangweilt an ihren Schamhaaren kratzte, während sie herzhaft gähnte, sah sie aus verschlafenen Augen an. „Was willst denn du da, Oma", kam es ungläubig. Caroline brauchte ein wenig, um den dargebotenen Anblick zu verkraften. Sie räusperte sich und sagte dann in dennoch krächzendem Ton, sie sei auf der Suche nach ihrer Tochter Mary, die hier behördlich gemeldet sei.

„Mary. Marymarymary, hmmm." Die Nackte schien ihre kleinen grauen Zellen zu befragen. Dann drehte sie den Kopf seitwärts. „Weiß irgendwer was von der Mary? Wann war die das letzte Mal da?" Wenn überhaupt eine Antwort gekommen war, dann hatte Caroline sie nicht gehört. „Tja, Omama, tut mir leid, wir können nicht sagen, wo die sich herumtreibt."

Gegen ihren Willen bahnten sich Tränen ihren Weg nach unten, auch wenn Caroline verzweifelt versuchte, ihre Gemütslage vor der textillosen Person zu verbergen. Doch vermutlich war es gerade diese, die nun doch ein wenig Mitgefühl in ihrem Gegenüber hervorrief. „Weißt was, zuletzt war sie meistens mit dem Otto unterwegs. Der hat noch eine zweite Wohnung. Drüben am Hafnersteig. Das Haus mit dem Zuckerlgschäft. Ganz oben unterm Dach. Probier's einmal dort", riet sie ihr. Caroline nickte und sah zu, dass sie wieder auf die Straße kam.

Zu ihrem Glück war die genannte Adresse nicht allzu weit entfernt, sodass Caroline die Distanz zu Fuß bewältigen konnte. Sie passierte den Schwedenplatz und war auch schon am Ziel. Der Aufstieg zum Dachgeschoß war mühsamer als der Weg selbst. Ein weiteres Mal klopfte sie. Belfernder Husten drang durch die Tür, gefolgt von röchelnden Atemzügen. Nur zu deutlich erinnerten sie diese Geräusche an ihre eigenen Anfälle, wenn sich wieder die Tuberkulose meldete, und sofort befürchtete Caroline das Schlimmste.

Nach einer kurzen Pause, in der alles still war, dröhnte ein weiterer Hustenanfall nach draußen. Gefolgt von einigen Flüchen, die in einer Caroline nicht vertrauten Sprache vorgebracht wurden. Endlich hörte sie eine menschliche Stimme. „Wer ist's?"

„Ich hätte eine Frage", rief sie durch die geschlossene Pforte. Wieder ein Moment der Stille, gefolgt von einem kaum vernehmbaren „Das gibt's ja ned." Endlich wurde geöffnet, und Caroline starrte in das Gesicht ihrer Tochter. „Was um Himmels willen machst denn du da?"

„Sorgen! Sorgen mach ich mir", antwortete Caroline, während sie sich an Mary vorbeizwängte und so ins Innere der Wohnung gelangte. Die Szene erschütterte sie. Das einzige Fenster des Raums war mit dicken schwarzen Tüchern verhängt, sodass es gleichsam vollkommen dunkel war. Der penetrante Geruch von Patschuli stieg ihr in die Nase, während sie beinahe über eine leer auf dem Boden liegende Flasche gestolpert wäre. Caroline sah sich nach einer Sitzgelegenheit um, ohne fündig zu werden. In dem Zimmer gab es nur zwei Matratzen, die nebeneinander auf den Boden gelegt worden waren. Dazu Kleiderberge, einige Bücher, ein paar Zeitungen und dazwischen, lose verteilt, eine Handvoll Platten. „Wie schaut's denn da aus", entfuhr es ihr beinahe automatisch. „Scheiß di ned an", kam es postwendend zurück, während Mary zurück zur Matratze schlurfte und sich schlapp auf selbige fallen ließ. Mittlerweile hatte sich Caroline an die Dunkelheit gewöhnt, und so erkannte sie, dass Mary ihre Augen wieder geschlossen hatte. „Du kommst zur Unzeit, Mutter", stöhnte sie halblaut.

„Du bist seit über drei Jahren weg. Seit zwei Jahren hast du nicht mehr geschrieben. Weißt du, was das heißt? Zu Tode hab ich mich geängstigt. Ich hab dich schon irgendwo in einem einsamen Grab verrotten gesehen. Wie konntest du mir das nur antun, Mary, wie?"

Die Tochter machte eine lahme Geste mit der linken Hand, die wohl bedeuten sollte, die Mutter solle sich wieder einkriegen, alles halb so wild. „Ist sich halt nicht ausgangen", ergänzte sie dann.

„Nicht ausgangen? Ja, spinnst denn du?" Mary setzte sich halb auf und verdrehte demonstrativ die Augen: „Mama, was willst du von mir? Ich bin erwachsen, falls dir das entgangen ist. Ich leb mein eigenes Leben, okay!" Und da Caroline nicht reagierte, wiederholte Mary eine Spur lauter das letzte Wort.

„Ich weiß nicht, wie man so etwas Leben nennen kann", kam es nach einigen Sekunden von Caroline. „Schau dir nur an, wie's da ausschaut." Mary zuckte mit den Schultern: „Als ob's in deinem staubigen Kibbuz besser ausgschaut hat." Und um gleich noch eins draufzusetzen: „Oder in dem Loch in New York."

Caroline fuhr herum: „Als ob ich mir das ausgesucht hätte. Glaubst nicht, ich wäre lieber in Wien geblieben? Als Tochter eines Bierbarons. Umschwärmt, begehrt, reich und sorgenfrei. Glaubst nicht, dass ich mir mein Leben vielleicht auch ein bisserl anders vorgstellt hätt? Meinst nicht!"

Mary war zu müde für ein Streitgespräch. „Ja eh, Mama. Es tut mir auch furchtbar leid für dich. Aber deswegen muss ich jetzt nicht auch mein ganzes Leben lang mit Trauermiene herumlaufen, oder? Deswegen kriegst du deinen Besitz und vor allem deine Jugend auch nicht wieder."

Caroline rückte ganz nah an ihre Tochter heran, umfasste sie mit beiden Armen. „Mary, ich versteh dich nicht. Du hast doch so viele Möglichkeiten. Warum machst du nichts draus und … vegetierst stattdessen in dieser versifften Bude da." Mary entwand sich dem Griff der Mutter. „Die Bude da, wie du es nennst, ist die Wohnung von einem Genie. Der Otto, der ist der Wahnsinn. Was der für Ideen hat und wie er sie umsetzt. Dagegen ist der Michelangelo ein Maler und Anstreicher." Dabei bemühte sie sich um einen entschlossenen Gesichtsausdruck. Caroline aber blickte nur auf dem Boden herum. „Wenn er so genial ist, wie du sagst, warum haust er dann in dem Loch da?"

„Weil die spießige Gesellschaft halt noch nicht erkannt hat, wie großartig er ist", proklamierte Mary und erhob sich wieder von der Matratze, da an Schlaf ohnehin nicht mehr zu denken war. Mit leicht unsicheren Schritten wankte sie in Richtung Badezimmer, Caroline folgte ihr auf dem Fuß.

Die Mutter beobachtete ihre Tochter aufmerksam. „Sag einmal, was nimmst denn du da?", wollte sie plötzlich wissen. „Das ist ja kein Alka Seltzer. Und Aspirin ist das auch keines. … Bist du auf Drogen?"

Mary wand sich wie ein Teenager. „Mama", quengelte sie, „kannst bitte aufhören, mich zu bevormunden? Geht das? Was willst du überhaupt da?", wiederholte sie. „Das hat doch alles gar keinen Zweck. Du lebst dein Leben, ich lebe meines." Mary war im Begriff, eine kleine Pille einzuwerfen, doch wurde sie ihr von Caroline eilig entwunden. „Was ist das, ha? Eine Anti-Baby-Pille jedenfalls nicht. Das schaut mir aus wie so ein LSD-Dings. Ich sag's ja, Drogen."

„Geh bitte. Jetzt komm nicht auch noch mit den blöden Vorurteilen. Das sind doch bloß die Lügen von denen da oben, die uns in ihrer Abhängigkeit halten wollen. Die haben bewusstseinserweiternde Substanzen nur deswegen verboten, weil sie genau wissen, dass die uns frei machen. Also plapper nicht den bürgerlichen Mist nach und gib mir meine Dabs wieder." Caroline presste ihre Finger zusammen. „Ich denk nicht dran." Mary wurde erkennbar unruhig. „Mama! Ich brauch das Zeug. Jetzt hör auf, mir auf die Nerven zu gehen. Her damit." Sie erntete ein entschlossenes „Nein".

„Wenn du so deppert bist, bitte, dann geh ich eben. Und du kannst von mir aus bleiben ... wo der Pfeffer wächst." Mary sauste erstaunlich behände zurück ins Wohnzimmer, schlüpfte dort im zweiten Versuch in ein Paar Jeans, zog auch noch ein verwaschenes T-Shirt an und ließ anschließend krachend die Tür in die Angeln fallen. Caroline stand eine kleine Weile allein im Raum und ging dann ebenfalls.

Wieder auf der Straße, lief sie ihrer Tochter in gebotener Entfernung nach. Diese schien gar nicht mehr an sie zu denken und hielt konsequent auf den Schwedenplatz zu. Dort kaufte sie sich beim Anker ein Kipferl, das sie im Gehen aß. Wie Caroline erwartet hatte, überquerte Mary die Brücke über den Donaukanal. Sie war sich sicher, die Tochter würde die Wohnung in der Praterstraße ansteuern.

Caroline ließ sich ein wenig zurückfallen. Jetzt, da sie wusste, wohin die Reise gehen würde, gab es keinen Grund, durch zu auffällige Nähe auf sich aufmerksam zu machen. Sie ließ sich Zeit, schaute nur ab und zu auf, um sicherzugehen, dass Mary die vermutete Route nicht verließ. Endlich waren sie auf die Praterstraße eingebogen. Mary beschleunigte ihr Tempo, sodass auch Caroline schneller gehen musste, um sie nicht aus den Augen zu verlieren. Zwei, drei Minuten später war Mary in dem Caroline bereits bekannten Hauseingang verschwunden.

Sie ließ ihr Zeit. Verschnaufte ein wenig im Hausflur, ehe sie begann, ebenfalls die Treppen hochzusteigen. Vor der Wohnungstür wartete sie erneut ein wenig, ehe sie schließlich anklopfte. Es war dieselbe Nackte, die ihr öffnete, und immer noch trug sie keinen Faden am Leib. Caroline fragte sich, ob die Person Läuse hatte, denn wiederum kratzte sie sich inbrünstig ihr Schamhaar. „Du schon wieder, Oma", stellte sie resigniert fest. Um eine Spur gnädiger hinzuzufügen: „Ja, die Mary ist jetzt da. Stimmt."

Sie trat eine Spur beiseite, sodass Caroline ins Vorzimmer gelangen konnte. Sofort fiel ihr auf, dass auch in diesen vier Wänden ein heilloses Chaos herrschte. Erschreckt stellte sie fest, dass auf einem schmalen Teppich, der zwischen der Küche und dem Gang lag, ein Pärchen kopulierte, doch da die fragliche Dame nicht ihre Tochter war, sah sie gleich wieder weg und konzentrierte sich darauf, Mary aufzuspüren.

Die saß im hintersten Zimmer auf einem Bett und ließ sich von einem Mädchen, das gut zehn Jahre jünger war als sie selbst, die Schultern massieren. Als sie ihre Mutter endlich wahrnahm, zeigte sich grenzenloses Erstaunen in ihrem Gesicht. „Das kann jetzt aber nicht wahr sein. Spionierst du mir nach?" Die Mutter fand zu ihrer Erleichterung einen Sessel an der Wand, nach dem sie griff. Sie stellte ihn direkt vor Mary und setzte sich. „Wir müssen reden, Mary.

So geht das nicht. Wir müssen wieder zusammenfinden, verstehst du das! Wir sind doch Mutter und Tochter. Vergiss das nicht."

„Das kann man gar nicht vergessen", seufzte Mary. „Aber daraus wird nix mehr. Es ist vorbei, Mama. Über so etwas bin ich weit hinaus." Das Mädchen war verunsichert, fragte leise, ob es gehen solle, doch Mary bedeutete ihm, zu bleiben. „Die Mama, die geht eh gleich wieder. Weil", und an dieser Stelle wurde sie lauter, „es gibt nix zum Reden."

„Mary", Caroline verschränkte die Arme vor der Brust, „so geh ich hier nicht weg. Ich bin nicht den ganzen weiten Weg von Tel Aviv hierher gefahren, damit du mich jetzt abservierst wie einen lästigen Petenten. Ich habe ein Recht ..."

Mary fiel ihr ins Wort. „Ein Recht? Worauf hast du ein Recht? Und auf was hinauf? Hmm? Meine Jugend war beschissen, du hast mich rumgschubst in einer Tour. Immer, wenn ich mich irgendwo eingelebt hab, wenn ich vielleicht einmal sogar eine Freundin gefunden hab, sind wir weitergezogen. Bis wir in der scheiß Wüste gelandet sind. Super. Diese Kleingärtner dort. Zum Kotzen. Vergiss es. Das ist alles passé."

„Ich versteh ja, wenn du wütend bist. Das bin ich auch. Aber ich kann ja nichts dafür." Und beinahe schon eine Spur weinerlich. „Ich hab ja nur dich, mein Goldstück."

„Das hättest dir früher überlegen müssen", kam es kalt zurück. Caroline suchte verzweifelt nach Worten. „Bitte", flehte sie, „lass mich nicht so hängen. Ich will ja nur ... Teil deines Lebens sein, verstehst du?"

Mary sah hinter sich und wollte das Mädchen in ihre Verwunderung über so viel Unverständnis einbeziehen. Gleich danach aber wandte sie sich wieder Caroline zu. „Wie oft muss ich mich noch wiederholen? Ich bin fertig mit dir. Am besten, du nimmst den nächsten Zug ans Meer und steigst dort auf ein Schiff. Und das war's dann."

Caroline war in der Zwischenzeit an einen Punkt gelangt, wo sie die permanente Verletzung durch die eigene Tochter nicht mehr verwinden konnte. „Wie kannst du nur so grausam sein", kam es grollend und bedrohlich aus ihrem Mund. „Ich habe dein Wohl immer über meines gestellt. Für die Umstände kann ich nichts. Du bist extrem ungerecht. Das habe ich nicht verdient." Sie stand auf. Doch als ein leises „na endlich" an ihr Ohr drang, da konnte sie nicht mehr an sich halten. Blitzschnell fuhr ihre rechte Hand aus und verpasste Mary eine veritable Ohrfeige, sodass das Mädchen schrill aufschrie.

Mary sprang auf. „Bist jetzt ganz deppert worden?", schrie sie, während sie sich die Wange rieb. „Wenn da einer deppert ist, dann bist das du", kam es in derselben Lautstärke zurück.

Und dann, eine Spur leiser, „wenn du glaubst, ich geh einfach, dann irrst du dich. Ich bleib an dir dran. Kleb an dir wie eine Klette. Wirst schon sehen."

Mary ballte ihre Hände zu Fäusten. Ihr Kopf wurde puterrot. „Schleich dich", brüllte sie mit sich überschlagender Stimme, „schleich dich aus meinem Leben. Aber pronto subito." Caroline sah ein, dass sie zu weit gegangen war, und verlegte sich wieder aufs Betteln. „Mary. Ich will dir doch nichts Böses. Lass mich einfach um dich sein. Die meiste Zeit wirst du mich doch gar nicht merken. Einfach nur alle heiligen Zeiten einen Kaffee oder so. Und eine Hühnersuppe, falls du einmal krank bist. Ich werde mich einfach nur um dich kümmern ..."

Marys Wut war keineswegs verraucht. Die Ohrfeige, noch dazu vor einer Zeugin, war ein inakzeptabler Affront gewesen. „Weißt was“, schrie Mary, während sie fest aufstampfend das Zimmer verließ, „wennst dich schon um jemanden kümmern willst, dann kümmer dich um dein Enkelkind.“

Mai 1976

Beinahe eineinhalb Jahre war Wickerl nun schon Pensionist. Er hatte alle Bücher, die er sich für den Ruhestand aufgehoben hatte, gelesen, alle Regale zweimal abgestaubt und seine persönlichen Effekten wieder und wieder geordnet. Es blieb nichts mehr zu tun, und er fragte sich, was er nun mit der vielen Zeit anfangen sollte. Von Turl hatte er gehört, dass dieser stundenweise im Bezirksmuseum aushalf, dort sogar ab und zu eine Führung machte. Doch eine wirkliche Beschäftigung war das auch nicht, denn die Menschen schienen nicht allzu viel Interesse an der Vergangenheit ihres Bezirks zu haben. Und eine zweite Hilfskraft wurde dort ganz sicher nicht gebraucht.

Er hätte sich natürlich auch wieder stärker in der Partei engagieren können, immerhin ging er schon seit einigen Jahren immer wieder einmal in die Sektion, auch wenn er sich beharrlich weigerte, irgendeine Funktion zu übernehmen. Doch die Partei war auch nicht das Wahre für ihn. Immer wieder fielen ihm die Ereignisse in der unmittelbaren Nachkriegszeit ein, und wenn er daran dachte, dass in der SPÖ immer noch die miesen Gestalten von damals, der Helmer, der Schärf und all die anderen, hochgehalten wurden, dann hielt man besser etwas Abstand zur Bewegung.

Klara entging die Gemütslage ihres Mannes natürlich nicht, und so versuchte sie, ihn durch kleine Gesten aufzuheitern.

Oft genug gelang ihr das auch, wenn sie etwa mit der Westbahn nach Purkersdorf fuhren, um dort ein wenig durch den Wienerwald zu wandern, oder wenn sie an verregneten Tagen das Wien-Museum besuchten. Doch irgendwann waren auch hier die Optionen ausgeschöpft. Klara wusste, es brauchte eine echte Abwechslung.

Durch Zufall erfuhr sie im Konsum, wo sie gerade mit ihren Einkäufen an der Kassa stand, dass das gewerkschaftliche Reisebüro, die RUEFA, sein Programm für den Sommer großflächig erweitert habe. Man beschränke sich nicht länger auf ÖGB-Heime in Kärnten und Oberitalien, sondern habe auch am Meer etliche Vertragspartner akquiriert, deren Standard durchaus gegen herkömmliche Reiseanbieter bestehen könne. Sie erinnerte sich, dass es nahe ihrer Wohnung eine Filiale der Ruefa gab, und gleich am nächsten Morgen ging sie vor dem täglichen Einkauf dorthin.

Sie wurde freundlich von einer jungen Frau aufgefordert, sich zu setzen. Sogar einen Kaffee bot man ihr an. Dann kam die Frage, was sie sich denn vorgestellt habe. Eine Frage, auf die Klara eigentlich keine Antwort wusste. „Na ja", begann sie daher ein wenig umständlich, „mein Mann und ich, wir sind bisher eigentlich kaum je auf Urlaub gfahren. Vier Tage war, glaub ich, das höchste. Und drum hab ich mir gedacht, ich will einmal was anderes erleben." Die Frau blieb abwartend, legte ihre Hände ineinander. „Und woran haben Sie dabei gedacht? Eine Fernreise? Oder was Kulturelles, Schlösser und so? Oder doch das Meer?" Klara richtete sich auf. „Das Meer! Unbedingt das Meer. Aber halt ordentlich diesmal. Nicht nur hinfahren, zwei Tage im Liegestuhl und wieder zurück. So einen wirklichen Urlaub halt, wissen S'. Vielleicht mit Exkursionen zwischendurch, damit man nicht nur am Strand gegrillt wird und ein bisserl was von der Kultur des Landes sieht, so in der Richtung, denk ich mir."

Die Dame lächelte. „Na, da wissen wir jetzt doch schon eine ganze Menge. Jetzt müssen wir nur noch die Region spezifizieren. Sie wissen vielleicht, dass wir Italien großflächig im Angebot haben.“ Klara nickte. „Ja. Genau deswegen will ich da eher nicht hin. Was haben Sie sonst noch?“ Die Verkäuferin kramte einige Kataloge hervor. „Nun, wir hätten Südfrankreich. Côte d'Azur und so weiter. Aber wenn ich ehrlich bin, kommt das nur in Frage, wenn Sie hinfliegen. Sonst ist das zu weit für Sie.“

„Oh mein Gott“, wehrte Klara ab. „Fliegen! Niemals. In so eine Kiste kriegt mich kein Mensch. Und den Wickerl sicher auch nicht.“ Nach einem prüfenden Blick auf Klaras Konstitution lenkte die Verkäuferin ein. „Ja, ich glaub auch nicht, dass das für Sie was wäre. Bleibt, wenn Sie Italien nicht wollen, noch Jugoslawien. Das ist jetzt ganz groß im Kommen.“

Klara wurde neugierig. Jugoslawien klang tatsächlich nach einem Reiseziel, das auch Wickerl zusagen würde. Schon allein wegen des politischen Systems, das die dort hatten. Der alte Tito, der das Land seit 30 Jahren lenkte, war genauso wie Wickerl im Widerstand gegen die Nazis gewesen, hatte sich aber im Gegensatz zu den Stalinisten eine gesunde Unabhängigkeit bewahrt, weshalb sein Staat gleichermaßen den Respekt von West und Ost besaß.

„Jugoslawien klingt gut. Was haben wir denn da?“ Die Frau blätterte in einem der Kataloge. „Istrien wäre natürlich am nächsten. Da können S' mit dem Zug hinfahren, bequem von Wien aus. Der hält in Laibach und dann in Rijeka, und schon sind S' da. Von dort ist es ein Katzensprung nach Abbazia. Das würd Ihnen sicher gfallen.“

„Abbazia. Das ist doch der Ort, wo früher immer die ganzen Grafen Bamsti mit ihren Mätressen abgstiegen sind, oder?“ Klaras Mundwinkel gingen nach unten. „Wenn ich

Habsburger-Nostalgie will, dann geh ich nach Schönbrunn oder schau mir die Sisi im Fernsehen an."

„Alles klar." So schnell gab sich die Angestellte nicht geschlagen. „Sie können natürlich auch etwas weiter in den Süden fahren. Zadar zum Beispiel, oder Trogir. Da müssen S' halt dann in Rijeka umsteigen und einen jugoslawischen Zug nehmen. Von Wien bräuchten Sie dann", die Frau blätterte eifrig in einem beiliegenden Heft, „knapp 12 Stunden nach Zadar und etwa 15 Stunden nach Trogir." Sie klappte das Heft wieder zu. „Sie können aber natürlich auch von Rijeka aus mit dem Schiff fahren, das wär sicher romantisch. Wir könnten Ihnen da ein Paket zusammenstellen. Fahrt von Wien nach Rijeka, Übernachtung in einem Dreisternhotel mit Meerblick, Fähre nach Zadar und dort dann halt der eigentliche Aufenthalt." Und als wäre ihr erst jetzt die entsprechende Frage eingefallen: „Wie lange wollen Sie denn überhaupt Urlaub machen?"

Klara zuckte mit den Achseln. „Ach wissen S', wir sind im Ruhestand. Da spielt das keine Rolle. Zwei Wochen oder drei, das macht keinen Unterschied." Die Beraterin lächelte. „Auf der Basis können wir arbeiten. Sehr gut sogar."

Wickerl staunte nicht schlecht, als ihm Klara anderntags das Konvolut auf den Tisch legte. Drei Wochen jugoslawische Adria. Mit allem Drum und Dran. „Ja, bist denn du narrisch worden. Das muss ja ein Vermögen kosten." Klara verneinte lachend. „Aber gar ned. Und sei ehrlich, wann haben wir zwei uns das letzte Mal was gegönnt. Jetzt simma noch rüstig und agil, wir wären schön blöd, wenn ma das Geld auf der Bank verrotten lassen, bis wir zu alt sind, um uns noch zu bewegen. Also jetzt oder nie ist die Devise."

Wickerl blätterte den ganzen Abend in den Unterlagen, und je intensiver er sich die Bilder ansah, desto mehr wuchs die Sehnsucht nach Sonne, Sand und Meer in ihm. Bald schon zählte er die Tage bis zur Abreise.

Die Fahrt mit der Südbahn war vielleicht ein wenig eintönig, weil er all die Orte schon so gut kannte, an denen die Garnitur vorbeizuckelte. Doch nachdem sie die jugoslawische Grenze passiert hatten, da schien sich selbst die Landschaft gewandelt zu haben, und Wickerls Gesicht klebte wie das eines aufgeregten Kindes an der Fensterscheibe, um auch ja nichts zu verpassen.

Nach sechs Fahrstunden hatten sie einen kleinen Aufenthalt in Ljubljana, wo auf dem Bahnsteig Händler mit Bauchläden auf und ab gingen, wie sie Wickerl eigentlich nur aus alten Filmen kannte. Sie boten Feigen, Brot und andere Speisen an, von denen er nicht zu sagen wusste, wie sie hießen oder wie sie schmeckten. Er öffnete das Fenster des Abteils, rief einen der Männer herbei, deutete auf eine Art Gebäck und fragte, was das sei. „Burek“, kam als Antwort. Der Mann rieb sich demonstrativ den Bauch und ließ seine Zunge von einem Mundwinkel zum anderen wandern. „Wie viel?“, fragte Wickerl. Klara versuchte, ihm ins Wort zu fallen. „Aber Wickerl“, tadelte sie ihn, „wir haben doch eh noch zwei Schnitzelbrote im Tuppergschirr. Und Gurkensalat aa no.“ Wickerl winkte ab. „Das kenn ich aber schon. Das da nicht.“ Der Preis, der ihm genannt wurde, kam ihm zunächst astronomisch hoch, dann aber spottbillig vor, als er endlich die Dinar in Schilling umgerechnet hatte. Er orderte zwei, die ihm der Mann durch das offene Fenster reichte, ehe er dafür einen Dinarschein in die Hand gedrückt bekam, auf den er umständlich Wechselgeld herausgab. Klara beäugte derweilen skeptisch das erworbene Nahrungsmittel. „Schaut aus wie eine Schnecke, riecht aber ganz anders. Irgendwie“, sie schnüffelte demonstrativ daran, „nach Käse oder so.“

Wickerl hatte die ganze Transaktion erfolgreich abgeschlossen und ließ sich wieder auf seinen Platz fallen. Er nahm den Burek in die Hand und biss herzhaft hinein. Dann kaute er eine Weile, ehe er den Mund wieder öffnete. „Hast Recht, ein Käs. Aber ned von einer Kuh. Schaf, tät ich sagen. Und Blätterteig. Insgesamt ungewöhnlich, aber ned schlecht.“ Dann hielt er das Gebäck Klara unter die Nase. „Willst kosten?“ Die winkte ab. „Nein danke, ich bleib bei meine Schnitzel.“

Der Zug rollte langsam aus dem Bahnhof. Eine gute Weile noch schob sich vor ihren Augen eine beeindruckende Bergkulisse vorbei, wobei sie nur bei Postojna kurz einen vertrauten Moment durchlebten, da sie noch aus der Schule wussten, dass sich dort die berühmte Adelsberger Grotte befand. Bald danach wurde die Gegend rauer, karstreicher, und Wickerl war es, als könne er schon das Meer riechen. Er öffnete das Fenster und streckte den Kopf ein wenig hinaus. „Riechst du's“, schrie er ins Innere, „die Salzluft. Da kannst die Adria schon direkt schmecken.“ Klara war sich nicht mehr sicher, ob es wirklich ein guter Einfall gewesen war, diesen Urlaub zu machen, denn wenn Wickerl schon jetzt so aus dem Häuschen geriet, was mochte dann erst sein, wenn sie erst einmal am Strand waren.

Knapp vor 17 Uhr, nach etwas mehr als acht Stunden Fahrt mit dem Zug, kletterten sie ein wenig verspannt aus dem Waggon und mussten sich erst einmal durchstrecken. Man bedeutete ihnen, dass das Hotel Continental, in dem sie für die Nacht einquartiert waren, rund eineinhalb Kilometer vom Bahnhof entfernt sei, weshalb sie besser ein Taxi nehmen sollten. Dem Rat leisteten sie Folge, nachdem sie in Erfahrung gebracht hatten, dass die Fuhre einen absoluten Nebbich kostete. Als sie sich aber in den windschiefen Zastava gezwängt hatten, wussten sie auch, warum. Das Benzin stank grauenerregend, und die Platzverhältnisse ließen sie dankbar darüber sein, dass die Fahrt nur fünf Minuten dauerte.

Dafür sahen sie sich durch das Hotel für die kleine Unannehmlichkeit mehr als entschädigt. Ein wuchtiger Kasten am Tito-Platz, der ganz so aussah, als sei er in kakanischer Zeit erbaut worden. An der Rezeption wurden sie mit ausgesuchter Herzlichkeit empfangen, ein Page, der auch gleich das Gepäck trug, geleitete sie auf ihr Zimmer, das, wie Wickerl feststellte, einen ansprechenden Blick aufs Meer bot. Er gab dem Jüngling einige Dinar Trinkgeld und ließ sich dann vergnügt auf das Bett plumpsen. „So gfallt mir das."

Nachdem sie sich eine Weile von der langen Reise erholt hatten, gingen sie in die Stadt, wo sie sich vor allem über den Korso treiben ließen, ehe sie direkt am Meeresufer in ein kleines Lokal einkehrten. Klara entschied sich für einen gedünsteten Fisch, Wickerl aber meinte, wenn er schon einmal in Jugoslawien sei, dann müsse er auch unbedingt die berühmten Hundstrümmerl probieren, und so orderte er eine Portion Ćevapčići. Dazu gönnte er sich einen dunkelroten Vranac, während Klara auf Mineralwasser setzte.

Als sie gut zwei Stunden später müde, aber doch beschwingt, in ihr Zimmer zurückkehrten, da drückte Wickerl Klara euphorisch ein Busserl auf die Wange. „Du hast gar keine Ahnung, was du mir da mit der ganzen Sache für eine Freud gmacht hast. Klara-Schatz, dein alter Mann ist glücklich." „Beschwipst bist. Das bist", dachte sich Klara, hütete sich jedoch, den Gedanken laut auszusprechen. Stattdessen lächelte sie und zog dann ihr Buch aus der Reisetasche, um noch ein wenig zu lesen, ehe es Zeit zum Schlafengehen war.

Am nächsten Morgen waren sie früh auf den Beinen, frühstückten Weißbrot mit Schinken, Käse und Eiern, wobei Wickerl meinte, er habe eigentlich etwas ganz anderes erwartet, was er aber auf die entsprechende Nachfrage von Klara nicht spezifizieren konnte. Bald schon meinten beide, die Zeit dränge, und so beeilten sie sich, zum Hafen zu kommen, wo das Schiff nach Trogir ablegen sollte. Erst, als sie eine gute Weile an Deck gewartet hatten, gestanden sie sich ein, dass sie es ruhiger hätten angehen können.

Endlich legte die Fähre doch ab. Sie beschrieb einen Bogen, der es Wickerl und Klara gestattete, einen Blick auf Abbazia zu werfen, ehe sich das Schiff langsam zwischen Krk und Cres hindurchschlängelte, um sodann auf Rab zuzuhalten. Von dort ging es dann immer der Küste entlang, bis sie endlich ihr eigentliches Ziel erreicht hatten. An der Mole wartete ein Mann mit wettergegerbtem Gesicht, der ein Schild in der Hand hielt. „Belo Glava" stand darauf in lateinischen Lettern zu lesen. Ob der Mann auf sie wartete? Wickerl übernahm die Verhandlungen. „Hotel Slavia? Bielohlawek?", fragte er nach. Der Mann nickte eifrig. „Hotel Slavia", bestätigte er, „Kommen. Ich Taxi." Zu Wickerls nicht geringer Erleichterung fuhr der Mann keinen Kleinwagen, sondern einen alten Mercedes, der freilich sicher schon seine 15 Jahre auf dem Buckel hatte. Doch im Fond war es bequem, und die Fahrt dauerte auch diesmal nicht sonderlich lange.

Beide waren sofort von der Anlage angetan. Das Hotel wies einen mehr als ansprechenden Standard auf, und man ging vom Hauptgebäude gerade einmal 100 Meter durch einen kleinen Nadelwald, ehe man den Sandstrand erreichte. An diesem befand sich eine nette kleine Bar, wo nicht nur Kaffee und Kaltgetränke angeboten wurden, sondern auch kleine Gerichte und Speiseeis. Wickerl war sich sicher, hier ließ es sich lange aushalten.

Tatsächlich verging eine ganze Woche, in der Klara und Wickerl nichts anderes taten, als nach dem Frühstück zum Strand zu schlendern, wo sie sich die Sonne so lange auf den Bauch scheinen ließen, bis sie im Meer Abkühlung suchen mussten. Danach gönnten sie sich ein Stück Wassermelone oder, zumeist am frühen Nachmittag, auch ein Eis, nach dem Wickerl nachgerade süchtig wurde. Es bedurfte Klaras ganzer Überredungskunst, um Wickerl davon zu überzeugen, wenigstens einmal in die Stadt zu fahren, um sich auch Zadar anzusehen.

Klara blühte so richtig auf. Sie bestaunte die Kirche des heiligen Donat, jene des Chrysogonus und auch jene der heiligen Anastasia. Das Antikenmuseum erweckte ebenso ihr Interesse wie die Ruinen des römischen Forums. Wickerl versuchte erst, mit seiner Frau mitzuhalten, dann aber gab er sich geschlagen und ließ sich in einem kleinen Café mit Blick auf das Meer nieder, um seiner Frau zu erklären, er würde hier auf sie warten. Und da er gesehen hatte, wie sehr sich Klara für diese Sehenswürdigkeiten begeistern konnte, schlug er ihr am Abend vor, gegen Ende des Urlaubs noch eine Exkursion nach Sibenik zu unternehmen, das, wie er in Erfahrung gebracht hatte, nur rund 80 Kilometer von Zadar entfernt war. Zwar bereute er diesen Vorschlag angesichts des wackeligen Busses, mit dem sie schließlich unterwegs waren, doch auch er konnte nicht in Abrede stellen, dass die Jakobskathedrale, der Rektorenpalast und die malerische Uferpromenade ihren Reiz hatten. Dennoch war er froh, nach der Besichtigungstour noch einige Tage am Strand liegen zu dürfen, ehe sie wieder an die Heimreise denken mussten.

An ihrem letzten Urlaubsabend bestellte Wickerl noch einmal Ćevapčići und Vranac und lauschte dabei versonnen den Musikern, die zur Unterhaltung der Gäste im Restaurant aufspielten. Er verstand nicht, was sie da sangen, aber es klang romantisch. Wohl aus diesem Impuls heraus, ergriff er nach dem Essen Klaras Hand und drückte sie fest. „Das war die beste Idee, die man nur haben konnte. Ich weiß gar nicht, warum wir so etwas nicht schon viel früher gemacht haben." Klara stimmte ihm nur zu gerne zu und meinte, von nun ab sollten sie viel öfter Urlaub machen. „Das, meine Liebe, ist die nächste beste Idee." Und beide lachten, während sie sich mit dem Rotwein zuprosteten.

Herbst 1984

Irgendwann fragte sich Ricky, ob irgendetwas mit ihr nicht stimmte. Sie war mittlerweile weit über 30 und immer noch, wie man so schön sagte, ledig. Sicher, sie hatte eine ansprechende Berufskarriere absolviert, und ihr neuer Chef war offenkundig genauso zufrieden mit ihr wie es zuvor Hertha Firnberg gewesen war, sie hatte eine schöne Wohnung in, wie es hieß, einer der Toplagen Wiens, und ihr Freundeskreis war ebenso weitläufig wie abwechslungsreich. Aber sie hatte niemanden, der an ihrer Seite durchs Leben ging. Genau genommen hatte sie nicht einmal Sex.

Klar, das mit der Liebe, das war von Anfang an auf der Prioritätenliste nicht gerade weit oben gestanden. Im Gymnasium gab es keinen unter all den schlaksigen, pickelgesichtigen, hochgeschossenen Halbstarken, der ihr auch nur annähernd hätte gefallen können. Wenn einer von denen schon einmal halbwegs herzeigbar war, dann erwies er sich sicherlich als abgrundtief dumm, und die wenigen Gespräche, die sie mit Vertretern des anderen Geschlechts führte, waren allesamt oberflächlich und hohl, weil der jeweilige Gesprächspartner zu keinem Zeitpunkt ihr Niveau erreichte. Folgerichtig maturierte sie als Jungfrau, und zwar, wenn sie ihren Mitschülerinnen glauben durfte, als Einzige im ganzen Jahrgang.

Doch irgendwie war ihr Sex nicht wichtig. Mit 14, 15, ja, da hatte sie darauf gewartet, dass sie auch immer wieder geil würde, so wie ihr das von den Freundinnen prognostiziert worden war, die ihr wortreich erklärt hatten, dass der Gedanke an bestimmte Mitschüler ganz warme Gefühle hervorriefe, die einen förmlich dazu zwangen, sich überall zu berühren, sich zu streicheln, sodass einem ganz wohlig werde dabei. Ricky war diesen Ausführungen mit einem gewissen, beinahe wissenschaftlichen, Interesse gefolgt, hatte jedoch im Anschluss danach festgestellt, dass diese Regungen bei ihr völlig ausblieben. Vielleicht, so dachte sie sich dann, weil es eben unter den Kommilitonen keinen gab, der einen Gedanken wert war.

Natürlich hatte sie schon damals die Frage beschäftigt, ob bei ihr irgendetwas nicht normal sei. Doch sie war rasch zu dem Befund gekommen, dass ihr Desinteresse an Sex nichts war, wofür sie sich zu schämen brauchte. Und so fühlte sie sich auch nicht in der Defensive, als ihre Freundinnen bei der Maturafeier große Augen ob des Umstands machten, dass sie eben noch nie mit einem Mann geschlafen hatte. Und als sie auch noch die Frage verneinte, ob sie es sich dann wenigstens selbst mache, da hielten sie wohl alle am Tisch für geistesgestört.

Doch viele von diesen Mitschülerinnen sah sie ohnehin bald schon nicht mehr.

An der Uni war sie viel zu beschäftigt, um diesem Thema noch sonderliche Bedeutung beizumessen. Sie wollte unbedingt ihr Studium in der absoluten Mindestzeit absolvieren, um ihren Eltern, denen sie so viel verdankte, nicht mehr Geld als unbedingt nötig zu kosten. Da blieb für amouröse Tändeleien keine Zeit.

Natürlich gab es da ab und zu einen Mitstudenten, der versuchte, sie zu einem Rendezvous zu überreden, und das eine oder andere Mal sagte sie dann auch zu, aus dem einfachen Grund, nicht als völlig anormal gelten zu wollen. Aber es kam nie etwas dabei heraus. All diese Abende – nun, so viele waren es dann auch wieder nicht gewesen –

führten zu nichts. Da war weit und breit niemand gewesen, mit dem sie auch nur eine Nacht hätte verbringen wollen.

Zu ihrer eigenen Überraschung wartete sie auch vergeblich darauf, dass ihr der eigene Körper irgendwelche Signale schickte. Kein einziges Mal schlug ihr Herz höher, wenn eine Person den Raum betrat, niemals trat irgendjemand in ihren Träumen auf, und sie konnte sich nicht daran erinnern, dass sie einen Moment erlebt hätte, in dem sie, wie es hieß, spitz gewesen wäre. Es bestand keine Veranlassung, sich selbst zu streicheln oder gar sich streicheln zu lassen.

Rund um ihre Promotion fürchtete sie sich ein wenig davor, dass ihre Mutter nun beginnen würde, in diese bestimmte Richtung sanft auf sie Druck auszuüben. Natürlich nur indirekt, so in dem Sinne, dass es schön wäre, noch einmal einen Enkel auf den Schenkeln sitzen zu haben. In der Art etwa. Doch Klara schien voll des Verständnisses für Rickys Haltung zu sein und schnitt das Thema Partnerschaft kein einziges Mal an.

Das kam überraschenderweise von ihrem Vater, der sie einmal, scheinbar beiläufig, fragte, ob sie glücklich sei. Doch da sie mit großer Überzeugung bejahte, hakte auch er nicht mehr nach. Ricky war eben jemand, der für seine Berufung lebte, und das akzeptierten ihre Eltern widerspruchslos.

Mit dem Job im Ministerium schien auch die theoretische Versuchung vom Tisch zu sein. In ihrem Umfeld gab es fast nur Frauen, und die beiden Bürodiener sowie der Fahrer der Ministerin waren weit über 50 und schon allein deshalb keine weitere Überlegung wert. Und so wurde Ricky 25 und dann 30, ohne je die Empfindung zu haben, etwas zu versäumen.

Doch als die Mühen der Ebene von ihrem Berufsleben Besitz ergriffen, da verspürte Ricky dann doch eine gewisse Leere in ihrem Sein. Die Arbeit im Ministerium war mehr und mehr von Routine gekennzeichnet, und danach kam sie nach Hause in ihre nette Wohnung und ertappte sich dabei, dass sie entweder einen mäßig intelligenten Krimi im Fernsehen sah oder ein mittelmäßig spannendes Buch las. Und da tauchte die Überlegung, vielleicht doch etwas in ihrem Leben ändern zu müssen, das erste Mal so richtig deutlich in ihrem Gehirn auf und nistete sich dort beharrlich ein.

Vor allem hatte sie viel zu viel Zeit, um diesen Gedanken dauerhaft aus ihrem Nachdenken auszusperren. In den Nächten, in denen sie nicht einschlafen konnte – und solche gab es erschreckend viele –, da starrte sie an die Decke und fragte sich mit einem Mal, ob sie frigide war. Sie ging sogar so weit, den Versuch zu unternehmen, sich bewusst zu masturbieren. Sie begann damit, ihre Brüste zu kneten, massierte dann ihren Bauch und wanderte schließlich in tiefere Regionen, wo sie sich bemühte, so zärtlich wie möglich ihr Epizentrum zu streicheln. Doch nichts. Ihr Gedächtnis ging alle möglichen Gesichter durch, um ihre Lust zu entfachen. Berühmte Schauspieler, die ihr noch aus ihrer Jugend einfielen, wie Marlon Brando oder Pierre Brice, ja natürlich auch Robert Redford und Warren Beatty, lösten wir ihr ebenso wenig Emotionen aus wie Hans Krankl oder Mark Spitz, bei dem nicht einmal der Nachname hielt, was er versprach. Ihre geistige Kartei ging sogar noch Politiker, Philosophen und Schriftsteller durch, aber egal, auf wen sie sich zu konzentrieren versuchte, das Ergebnis war immer dasselbe. Ihre Pflaume blieb trocken wie die Wüste. Und für gewöhnlich war das dann der Moment, in dem sie ihren Versuch endgültig aufgab.

Dann war da jene Besprechung, an der sie als Vertreterin des Ministeriums teilnahm. Irgendeine interministerielle Arbeitsgruppe zur Koordination irgendeines Politikfeldes, dem Ricky keinerlei Bedeutung beimaß. Solche Treffen gab es allenthalben, und alle Teilnehmer wussten, dass sie zu nichts führten. Doch der Form musste eben Genüge getan werden. Also saßen alle Beteiligten ihre Zeit ab, schrieben einen Bericht oder wenigstens eine Aktennotiz, und schon eine Woche später war das alles wieder vergessen.

So saß sie also kurz vor Mittag in der Himmelpfortgasse, und der Sektionschef aus dem Bautenministerium stellte die Kollegin Kasper vor, die kurz zum Gegenstand der Verhandlungen einleiten werde. Es erhob sich eine Blondine Ende 20, die sowohl grazil wie sportlich zu wirken verstand. Sie trug, wie Ricky deutlich sehen konnte, einen Schottenrock und darüber eine weiße Bluse, unter der sich, wenn man genau hinsah, ein weißer Spitzen-BH befand. Und da Ricky die Ausführungen so gar nicht interessierten, hatte sie genügend Gelegenheit festzustellen, dass sich ihre eigenen Brustwarzen aufstellten, obwohl es in dem Raum alles andere als kalt war. Sie brauchte eine geraume Weile, bis sie sich eingestehen konnte, was der Grund für diese körperliche Veränderung war. Du meine Güte, sagte sie sich, das durfte doch unmöglich real sein! Da hatte sie in schlaflosen Nächten förmlich danach gelechzt, endlich einmal erotische Stimmungen an sich wahrzunehmen, und dann war sie ausgerechnet während einer unendlich langweiligen und zutiefst überflüssigen Sitzung erregt? Das war doch grotesk!

Nun, so abwegig, wie ihr die Angelegenheit erscheinen wollte, war sie offenbar doch nicht. Ricky ertappte sich dabei, wie sie unter dem Tisch ihre Schenkel ganz fest zusammengepresst hatte. Dadurch entstand ein Druck auf ihre Vagina, der aber extrem angenehm war. Und wenn sie das eine Bein ganz langsam nach vor und anschließend wieder zurück bewegte, dann erzeugte sie damit eine Art Reibung, die den entstandenen Reiz zusätzlich verstärkte. Ricky wurde auf eine wunderschöne Weise warm, und sie war sich sicher, dass ihr Gesicht zu leuchten begann. Hätte sie auf ihre Hände gesehen, so wäre ihr aufgefallen, dass sie den Kugelschreiber, mit dem sie seit Beginn der Beratung spielte, sanft streichelte. Doch sie hatte keine Augen für diesen Teil der Szene. Die starrten nämlich weiter unverwandt auf die Kollegin Kasper, wobei der Blick wie bei einer Filmkamera abwechselnd auf Kaspers Gesicht und auf deren Oberweite fokussierte. Und Ricky hatte das unbändige Bedürfnis, aus tiefster Seele aufzuseufzen. Sie setzte die Bewegung ihres Beins fort und ließ das andere dem einen assistieren. Die Reibung links und rechts ihres Schamhügels hatte nun etwas Regelmäßiges, Rhythmisches, und Ricky legte ihre rechte Hand auf ihren Mund, um ein Stöhnen zu unterdrücken, das ihr sonst unweigerlich entwichen wäre. Zudem meinte sie, eine Art Feuchtigkeit in ihrer Unterhose festzustellen, und in ihr stieg langsam Panik auf. Verlor sie die Kontrolle über sich?

Während sie sich anstrengte, weiter so zu wirken, als folge sie den Ausführungen der Referentin, widerstand sie hartnäckig der Versuchung, ihre Hand vom Mund in den Bereich ihrer Scham wandern zu lassen. Doch das erschien auch gar nicht nötig. Wenn sie die Muskeln ihrer Oberschenkel abwechselnd an- und entspannte, dann erzielte sie damit ein ähnlich brauchbares Resultat. Und die Hand vor dem Mund kam ihr durchaus gelegen, denn das Bedürfnis, keuchend zu atmen, nahm allmählich überhand.

Endlich hielt sie es nicht mehr aus. Sie murmelte etwas, das ihre Sitznachbarn mit ein wenig gutem Willen als Entschuldigung auffassen konnten, sprang hastig von ihrem Sessel auf, eilte aus dem Zimmer und wandte sich auf dem Korridor nach links, wo sie bei ihrem Eintreffen die Toiletten lokalisiert hatte. Hektisch schloss sie die Tür hinter sich, öffnete ihre Jeans und fuhr sich mit der Rechten an ihren Spalt. Sie kam nicht mehr dazu, sich niederzusetzen. Mit aller Kraft, die sie besaß, presste sie ihre Schenkel zusammen, während sich ihr Mittelfinger eilig auf und ab bewegte. Nur wenig später musste sie sich mit der Linken an der Wand abstützen, da sich ihr Körper zusammenkrümmte, sodass sie Gefahr lief, das Gleichgewicht zu verlieren. Sie ließ ihren Finger so tief wie möglich in sich gleiten, und gleichzeitig entrang sich ihrer Kehle ein gurgelnder Ton, der aus dem tiefsten Grund ihrer Seele zu kommen schien. Ihr System stellte auf Schnappatmung um, ehe sie für einige Sekunden ganz aufs Luftholen verzichtete. Dann kam er wieder, der Atem. Stoßweise. Ihre rechte Hand löste sich von ihrer Körpermitte. Ricky registrierte die Feuchtigkeit, die sich an ihrem Mittelfinger gesammelt hatte, nicht, sondern wischte sich einfach die Haare aus der Stirn, wobei sie den dort vorhandenen Schweiß sehr wohl bemerkte. Endlich schloss sie ihre Hose und setzte sich angezogen auf die Klomuschel, wo sie wartete, bis sie zu der Gewissheit kam, dass sich alles an ihr wieder im üblichen Rahmen bewegte. Dann erst verließ sie die Kabine, wusch sich draußen Hände und Gesicht, ordnete ihre Frisur und kehrte in die Besprechung zurück, ganz so, als wäre weiter nichts geschehen. Dort war mittlerweile der Sektionschef am Wort.

Die folgenden Tage ging ihr das Erlebte nicht aus dem Kopf. Es drängte sie danach, mit irgendwem darüber zu sprechen, doch ihr fiel einfach niemand ein, mit dem sie ein so heikles Thema bereden konnte oder gar wollte. Und so hätte es mit diesem einmaligen Ereignis sein Bewenden haben können, wenn sie nicht geraume Zeit später wieder einmal zu nächtlicher Stunde in ihrem Bett gelegen wäre, ohne Schlaf zu finden. So ertappte sie sich dabei, wie sie wieder begann, ihre Schenkelmuskulatur zu aktivieren, um wenig später die rechte Hand zu deren Assistenz abzustellen. Und als sie registrierte, dass sie bei all dem an die Kasper dachte, da war sie sich endgültig sicher, auf die Frage, was mit ihr nicht stimmte, die entsprechende Antwort gefunden zu haben.

Eine günstige Gelegenheit, ein wenig Klarheit in ihre konfusen Gedanken zu bekommen, ergab sich zwei Wochen später, als sie einem Termin mit Vertretern der Wiener Psychoanalytischen Vereinigung beiwohnte. Deren Vorsitzender, ein Leupold-Löwenthal, war zwar schon allein wegen seines Alters – und, wenn sie ehrlich war, auch wegen seines Geschlechts – niemand, dem sie sich anvertraut hätte, aber in dem Besprechungskreis befand sich auch eine Frau in Rickys Alter, die sie von einigen anderen Begegnungen flüchtig kannte. Ricky ergriff also die Chance, stellte sich in der kurzen Pause zwischen zwei Themenblöcken neben die Therapeutin und fragte sie gerade heraus, ob diese ihr helfen könne. „Ich hab da ein, na, nennen wir es einmal, delikates Problem, zu dem ich gerne kompetenten Rat einholen wollen würde. Keine große Sache, also jedenfalls nichts, was eine längere Beschäftigung erfordern würde. Eher eine Art Entscheidungshilfe, wie ich reagieren soll, um dieses …Problem zu lösen."

Sie war selbst überrascht, wie wortreich sie ihr Anliegen vorgebracht hatte. Sie erntete einen skeptischen Blick und ein beinahe tonloses „Wie meinen Sie das?" Ricky zuckte mit den Schultern: „Ich will keine endlos lange Therapie anfangen, ich weiß nur nicht, wie ich mit einem singulären Ereignis, das mich stärker beschäftigt als es mir guttut, umgehen soll. Und daher suche ich jemanden, der mir dabei helfen kann. Ich will keine guten Ratschläge aus dem Freundeskreis, ich will eine professionelle Einschätzung." Endlich nickte die Frau. „Ich verstehe. Wissen Sie, therapieren dürfte ich Sie nicht, weil wir uns dafür zu gut kennen, auch wenn wir uns de facto gar nicht kennen. Aber es wäre trotzdem zu wenig Distanz zwischen uns vorhanden. Wenn es aber nur um eine bestimmte Sache geht, dann können Sie, wenn Sie wollen, mit mir vorlieb nehmen." Die Frau griff in die linke Jackentasche und förderte eine Visitenkarte zutage. „Schauen S' doch heut am späten Nachmittag bei mir auf einen Kaffee vorbei, da können wir uns des Themas annehmen. So gegen halb sechs, sechs."

Ricky sah auf die Karte, dann wieder in das Gesicht der Therapeutin. „Und was tät so etwas kosten?", fragte sie eine Nuance leiser. Ihr Gegenüber lächelte. „Wenn die Dinge so einfach sind, wie Sie sagen, dann gar nix. Dann reden wir einfach einmal drüber, und wenn ich Ihnen helfen kann, dann freut es mich." Ricky war sich sicher, dass man ihr ihre Erleichterung ansehen konnte.

Den Rest des Arbeitstages konnte sie sich nicht mehr wirklich konzentrieren. Sie machte auch weit früher als geplant Dienstschluss und ging zu Fuß zu der auf der Visitenkarte vermerkten Adresse, um dort nicht schon um fünf einzutreffen. So aber war es kurz vor halb sechs, als sie an der entsprechenden Tür läutete. Nur wenig später stellte sie fest, dass die Aussage mit dem Kaffee keine leere Phrase gewesen war. Und während Ricky sich darauf konzentrierte, nichts von dem Gebräu zu verschütten, spürte sie den erwartungsvollen Blick der Analytikerin auf sich ruhen. Doch Rickys Lust, das Gespräch zu beginnen, war nicht sonderlich ausgeprägt.

„Wir können hier sitzen, Kaffee trinken und schweigen. Das ist wahrscheinlich ganz nett, wird aber nichts zur Klärung allfälliger Fragen beitragen“, begann Rickys Gegenüber endlich, „oder Sie sagen mir einfach, was Sie beschäftigt, und wir schauen dann gemeinsam, was uns dazu einfällt.“

Ricky starrte für einen Moment ins Leere. Dann stellte sie die Tasse sorgsam ab. „Erst habe ich geglaubt, ich bin frigide. Jetzt frage ich mich, ob ich lesbisch bin“, platzte es aus ihr heraus. Zu ihrer nicht geringen Überraschung zeigte sich in dem Gesicht, in das sie unsicher blinzelte, nicht die geringste Regung. Ricky machte betont große Augen und bedeutete gestenreich, sie erwarte eine Reaktion. „Ach so“, kam es zurück, „ich warte noch auf das Problem, das Sie beschäftigt.“

„Lesbisch! Hallo!“ Was gab es da nicht zu verstehen? Sie war vielleicht pervers, dementsprechend beunruhigt, und seitens der konsultierten Ärztin kam die Aussage, das sei kein Problem. Für sie war es eines, und zwar kein kleines.

Das schien nun auch die Therapeutin zur Kenntnis zu nehmen. Sie beugte sich leicht nach vorne. „Also, ganz abgesehen davon, dass eine homoerotische Disposition so normal ist wie eine heterosexuelle, wollen Sie nicht einfach einmal erzählen, was Sie überhaupt zu Ihrer Erkenntnis gebracht hat?“

Zwei Stunden später sah sich Ricky sanft, aber bestimmt aus der Praxis komplimentiert. Ihr war dabei völlig entgangen, wie lange sie gleichsam ohne Punkt und Beistrich geredet und dabei ihren ganzen Lebenslauf von der Schulzeit bis zu der Sitzung mit der Kasper im Schnelldurchlauf dargelegt hatte. Die Ärztin aber hörte geduldig zu und gab ihr dann den Rat, ihre sexuelle Orientierung ganz einfach anzunehmen. Sie sei ganz natürlich, und anstatt auf einen Traumprinzen zu warten, solle sie einfach nach einer Prinzessin Ausschau halten. Natürlich bot ihr die Medizinerin an, die ganze Thematik eingehender zu behandeln, wenn Ricky es wünsche, doch sei es einerseits doch recht spät geworden und andererseits sei sie für diese Auseinandersetzung wohl nicht die Richtige. Sie könne Ricky aber einige Kolleginnen empfehlen, die genau auf solche Problemlagen spezialisiert seien. Ricky meinte, bereits an der Tür, aufgeräumt, sie wolle sich das alles in Ruhe überlegen und werde sich erlauben, noch einmal anzurufen, falls sie solche Adressen brauche. Fürs Erste müsse sie erst einmal verdauen, was sie an diesem Abend über sich erfahren habe.

Natürlich rief Ricky nicht an. Sie sah sich auch nicht nach irgendwelchen Sexualtherapeuten um. Sie lernte, für sich zu akzeptieren, dass sie eben eine Lesbe war, doch hatte sie nicht vor, daraus konkrete Handlungsschritte abzuleiten. Sie war bisher ohne Sex ausgekommen, und genauso wollte sie es auch in der Zukunft halten.

Allerdings musste sie sich irgendwann doch eingestehen, dass dieses Thema sie nicht losließ. Sie masturbierte mit einem Mal ziemlich regelmäßig, und lange Zeit dachte sie dabei an die Kasper, ehe deren Erscheinung so sehr in die Nebel des Vergessens entschwunden war, dass sich Ricky andere Frauen vorstellte, die sie auf Touren brachten. Isabelle Adjani zum Beispiel, oder Ornella Muti. Und irgendwann kam sie zu dem Schluss, dass sie auch ein Anrecht auf Zweisamkeit hatte, die sie allerdings nur dann finden würde, wenn sie sich endlich aktiv auf die Suche machte.

Das war freilich leichter gesagt als getan. Lesbische Frauen hatten schließlich kein sichtbares Erkennungsmerkmal. Wie also sollte man herausfinden, wer an gleichgeschlechtlichen Beziehungen interessiert war. Gab es so etwas wie Schwulen-Bars, von denen sie allenthalben in den Nachrichten gehört hatte, auch für Frauen?

Wieder kam ihr ein Zufall zu Hilfe. In der „AZ“ wurde ausführlich über die Gespräche berichtet, welche die rote Wiener Vizebürgermeisterin mit einer Gruppe von Homosexuellen führte, die seit geraumer Zeit ein heruntergekommenes Haus in der Nähe des Naschmarkts besetzt hielten. Man habe sich, so hieß es in dem Artikel, darauf verständigt, dass die Gemeinde das Gebäude sanieren und es den Aktivisten anschließend zur Nutzung überlassen werde. Dies freilich unter der Auflage, dass es dort Beratung für Gleichgesinnte gebe und die Grenzen des allgemeinen Anstands nicht überschritten würden. Mit anderen Worten, Schwule und Lesben durften sich hinter verschlossenen Türen ihren Gelüsten hingeben, aber nach draußen sollte nichts dringen, was die Spießer auf die Palme bringen könnte. Dem letzten Absatz entnahm Ricky schließlich, dass es in dem Objekt, welches provisorisch „Rosa Lila Villa“ getauft worden war, auch ein Kaffeehaus geben solle, damit in zwangloser Atmosphäre gleiche Interessen ausgelotet werden könnten. Und Ricky hatte endlich ein konkretes Ziel vor Augen.

Natürlich dauerte es noch eine ganze Weile, bis sie endlich genug Mut gesammelt hatte, um sich auch nur in die Nähe der Einrichtung zu wagen. Von der Josefstadt bis zum Wienfluss waren es wahrscheinlich kaum mehr als zwei oder drei Kilometer, und doch hatte sie alle 300 Meter angehalten, um sich in einem auf dem Weg liegenden Lokal Mut anzutrinken. So kam sie schon reichlich angeheitert auf die Wienzeile, wo sie angesichts dessen, was sie zu erwarten hoffte, freilich rasch wieder nüchtern wurde. Sie kaufte sich am gegenüber befindlichen Würstelstand noch schnell zwei kleine Wodka-Fläschchen, die sie hintereinander auf einen Zug leerte, um dann, erneut ein wenig beduselt, förmlich durch das Portal der Villa zu stürmen.

Lang nach Mitternacht, als sie in ihrem Bett lag und wieder einmal nicht einschlafen konnte – wobei sie diesmal wusste, worin ihre Schlaflosigkeit begründet war –, schalt sie sich einen Dummkopf. Wie hatte sie denn ernsthaft davon ausgehen können, dass sie einfach so in dieses „Willendorf“ hineinschneite, und schon saßen da jede Menge liebreizender Frauen, die sich ausschließlich nach einer Beziehung zu ihr, Ricky, verzehrten. Ihr war in 20 Jahren niemand begegnet, den sie attraktiv gefunden hatte, wieso sollte das ausgerechnet in einem solchen Etablissement in zwei Stunden funktionieren? Das Projekt „Zweisamkeit“ war keines, das man zwischen Tür und Angel würde abschließen können.

Dezember 1984

Lina fieberte ihrem 14. Geburtstag entgegen. Warum, wusste sie selbst nicht. Was sollte an diesem Tag denn so anders sein als sonst? Weitere sinnlose Stunden in der Schule, vielleicht ein wenig abgewandelt durch eine Torte, die zu Hause auf sie warten würde, wo dann die Großeltern darauf bestehen würden, dass sie 14 Kerzen ausblies und dabei ein seliges Gesicht machte. Und als Höhepunkt vielleicht am Abend ein Milchshake mit den Freundinnen beim Mäckie. Auch schon was!

14. Irgendwie ein merkwürdiges Alter, befand sie. Man ist nicht mehr Kind, aber deshalb noch lange nicht Frau. Obwohl, wenn sie es genau bedachte, einige grundlegende Änderungen waren in den letzten Monaten schon zu konstatieren gewesen. Und damit meinte sie nicht nur die Haare, die unter ihren Achseln ebenso wuchsen wie an jener Stelle, die gemeinhin mit dem Wort „Scham" beschrieben wurde, ganz so, als müsse man sich schämen, sie zu besitzen. Auch nicht den Umstand, dass sich zwischen Bauch und Hals ihr Körper endlich zu wölben begann. Nein, all das war völlig normal, wie ihr der Doktor versichert hatte. Natürlich nicht der Doktor Schwarz, der praktische Arzt, zu dem sie mit ihren Großeltern ging, wenn ihr der Hals wehtat oder sie der Bauch zwickte. Nein, der Doktor Sommer aus dem „Bravo", das sie mittlerweile ganz offen zu Hause las. Und der Doktor Sommer erklärte ihr auch, es sei ganz in Ordnung, plötzlich ein prickelndes Gefühl zu empfinden, wenn man im Bett lag und sich mit den Fingern über den Spalt strich, der da zwischen ihren Beinen war. Dass einem da ganz warm wurde, sodass man

einfach immer weiterstreicheln musste. So lange, bis man es gar nicht mehr aushielt. Dann wurde einem der Körper so richtig durchgeschüttelt. Man keuchte, als hätte einen die doofe Turnlehrerin schon wieder dreimal um den blöden Fußballplatz gejagt. Und wenn man dann immer noch weitermachte mit dem Streicheln, dann war es plötzlich, als explodierte in einem etwas. Der ganze Leib krümmte sich durch, das Herz schien stehenzubleiben, man vergaß aufs Atmen. Gefährlich irgendwie, und doch sehr schön. Vor allem war einem danach einfach alles völlig gleichgültig. Wer gab was drum, dass man in Geographie, Mathematik und Physik auf „nicht genügend" stand? Wen kümmerten die blöden Prüfungen, der ewig gleiche Trott und die schiere Gemeinheit, dass Christian nur Augen für die dürre Astrid hatte? Lina wusste, wenn sie sich auf diese Weise bis zur Explosion berührte, dann kam ein Gefühl angenehmer Ruhe. Alles in ihr entspannte sich, und nie schlief sie besser als nach dieser Übung, von der ihr Doktor Sommer erklärt hatte, sie müsse sie machen, um auf diese Weise ihren eigenen Körper kennenzulernen, damit sie später einmal ihrem Freund sagen könne, was sie von ihm wolle.

Freund! Allein der Gedanke war absurd. Als ob Christian überhaupt wüsste, dass sie existierte. Oder Stefan. Oder irgendeiner von den Jungs in der Klasse. Gut, vielleicht der dicke Paul mit den noch dickeren Brillen. Der half ihr immer bei den Hausaufgaben. Aber wenn man es genau betrachtete, dann war das peinlich, weil Christine, Martina und Claudia dann immer über sie lachten, dass sie sich mit dem Loser abgab. Aber die waren ja bloß neidisch, weil ihnen niemand die Hausübungen schrieb.

Lina konnte sich noch gut daran erinnern, wie sie im Jahr zuvor von ihrem Opa ein quadratisches, in Leder gebundenes Büchlein bekommen hatte. Mit lauter leeren Seiten darin. Er hatte ihr erklärt, nun, mit 13, sei sie Teenager. Und als solcher müsse sie ein Tagebuch haben. In diesem solle sie alles festhalten, was sie Tag für Tag erlebe, das werde ihr später von großem Nutzen sein, wenn die Tage der Jugend erst einmal für immer entschwunden seien. Lina musste lächeln. Sie hatte das damals tatsächlich ernst genommen. Mit großem Eifer füllte sie Seite um Seite. Hielt fest, was sie zu Weihnachten bekommen, wie sie Silvester verbracht hatte, wie sehr sie es hasste, nach den Ferien wieder zur Schule zu müssen. Doch noch im Jänner war ihr Schreibtrieb mehr und mehr zum Erliegen gekommen. Was sollte sie auch groß festhalten? Physikprüfung – schon wieder negativ. Matheschularbeit – aussichtslos. Dazwischen fanden sich freilich kleine Kleinodien, die ihre trostlose Existenz für ein paar Sekunden aus ihrer sinnlosen Bedeutungslosigkeit rissen: Christian auf der Stiege gegrüßt. Er hat doch tatsächlich genickt.

Doch wenn sie ehrlich zu sich selbst war, dann schrieb sie eigentlich nicht wirklich die Wahrheit auf. Weder erwähnte sie die zahlreichen Streicheleinheiten, die Doktor Sommer Masturbation nannte, noch entsprach es den Tatsachen, dass ihr Christian zugenickt hatte. Das Nicken, so wusste sie nur zu gut, hatte Stefan gegolten, der neben Christian hergegangen war und auf ihn eingeredet hatte, sodass Christian nicht einmal registrierte, dass sie ihn gegrüßt hatte.

Aber wer war schon Christian! Gut, er war gut gebaut, spielte Gitarre und war im Turnunterricht der Goalgetter vom Dienst, sodass die anderen meinten, er werde der neue Krankl werden. Doch wenn man es genau besah, dann war er in Latein ebenso eine Niete wie sie, sein Englisch klang sogar noch viel schauderhafter als ihres, und von Mathe und Physik besaß er kaum mehr Ahnung als die bescheuerte Astrid, die er aus Gründen, die nur Gott verstehen konnte, anschmachtete. Lina ertappte sich dabei, dass sie beim Masturbieren nicht länger an Christian dachte. Paul Young tauchte in ihren Gedanken auf, und auch George Michael, dieser schnuckelige Wildfang, der partout aufgeweckt werden wollte, ehe man ging.

Musik spielte überhaupt eine zunehmend wichtigere Rolle in ihrem Leben. Natürlich nicht die Musik hier in Österreich. Die war unglaublich peinlich. „Motorboot, Motorboot, rudern tu ich nur zur Not.“ So etwas war hierzulande tatsächlich die Nummer eins. Konnte man es denn fassen? Oder unmittelbar davor: „Schwarze Lippen, grüne Haar’, da kannst ja Angst kriegen, wirklich wahr.“ Wenn die Großeltern ihr so etwas zum Geburtstag schenkten, dann ging sie schnurstracks ins Badezimmer, legte sich in die Wanne und schnitt sich die Pulsadern auf.

Da lobte sie sich, was aus Amerika oder wenigstens aus England kam. Der kleine Prince mit „Purple Rain“ zum Beispiel oder diese unglaublich charismatische Madonna. Genau so wollte Lina auch aussehen, und mit einem Mal wanderte ihr Taschengeld nicht mehr für Twinni oder Jolly über den Ladentisch, sondern für Ohrgehänge, Kettchen und peppige Klamotten. Musik und Outfit, das waren die eigentlich relevanten Veränderungen. Und sie gab sich doch solche Mühe, endlich jemand anderer zu sein als das kleine Pummelchen, das mit Puppen spielte und, wie von der Oma befohlen, Nöstlinger und Welsh las. Warum also bemerkte das niemand. Kein Christian, kein Stefan, von George und Paul ganz zu schweigen. Nicht einmal die Großeltern sagten etwas, wenn sie mit einem Mal bauchfrei das Haus verließ. Ja, ein „Pass auf, dass du dich nicht verkühlst". Als ob es dabei darum ginge. Aber gut, was wussten die Dinosaurier schon ... Die Jura-Zeit war lange vorbei!

Bauchfrei war das Stichwort. Genug Meditation betrieben. Claudia und Martina warteten sicher schon. Lina schälte sich aus dem Bett, zog die abgewetzten Leggings und das bequeme T-Shirt mit der sinnfreien „Champion"-Aufschrift aus und ging zu ihrem Kleiderkasten, um dort brauchbares Zeug zu finden. Sie öffnete die Tür, und zwangsläufig fiel ihr Blick auf den Spiegel an deren Innenseite. Was sie sah, gefiel ihr ganz und gar nicht. Ihre Brüste waren immer noch nahezu vollkommen inexistent. Die peppte nicht einmal ein BH auf. Höchstens dann, wenn sie diesen mit Taschentüchern ausstopfte. Doch dann schwitzte man sehr schnell, wie sie aus Erfahrung wusste, und die Taschentücher lösten sich mehr und mehr in ihre Bestandteile auf. Eine unmögliche Lage, in die man da kam. Lina seufzte. Warum erfand nicht endlich jemand einen dicken BH, der unter der Bluse oder dem Pulli den Eindruck erweckte, man habe ohnehin ganz brauchbare Titten? Ein Jammer. Na, und dann erst der Bauch! Lina stöhnte. Die Schenkel! Ein Debakel. Sie würde nie einen Freund kriegen, so viel stand schon einmal fest. Sie versuchte, sich in die Augen zu sehen, doch das bereitete nur die nächste Niederlage vor. Ihre Nase! So knubbelig, dick und unförmig. Die Augen viel zu schmal, die Ohren standen ab, was ihre struppigen Haare leider viel zu wenig kaschierten. Und da war dann auch noch ein weiterer Pickel direkt am Kinn. Wie war das noch einmal mit der Badewanne und den Pulsadern?

Na gut, heute war ja ohnehin nur Mädelsabend. Claudia und Martina musste sie nicht davon überzeugen, dass es sich doch lohnte, mit ihr ins Bett zu gehen. Außerdem waren die beiden sicher auch noch Jungfrauen, und wenn sie hundertmal das Gegenteil behaupteten. Aber sie musste dennoch etwas Scharfes anziehen, denn es konnte immer sein, dass jemand in den Mäckie kam, der interessant aussah. Und dann musste man gewappnet sein.

Lina suchte ihre schwarzen Jeans. Die waren gut, weil sie ihre dicken Schenkel kaschierten. Außerdem passten die Robin-Hood-Stiefelchen gut dazu. Als Kontrapunkt zu so viel Dunkelheit das mitternachtsblaue Champion-T-Shirt, das nicht so dick auftrug wie das hellblaue, das sie eben erst ausgezogen hatte. Darüber dann noch die hellbraune Wildlederjacke, und man mochte etwas hermachen. Halbwegs zumindest. Lina besah sich das Ergebnis ihrer stylischen Bemühungen und kam zu dem Schluss, die Jacke ging gar nicht. Blau und Schwarz, das schlug sich mit Braun. Hektisch kramte sie in ihrem Schrank nach etwas anderem. Okay, die Jeansjacke, die mochte angehen. Lina stopfte ihre Geldbörse und ihren Schülerausweis in die Taschen und sah zu, dass sie nach draußen kam.

Es dauerte endlos, bis die Straßenbahn endlich am Jonas-Reindl eintraf. Von dort fuhr sie dann mit der Ringlinie bis zur Oper und stellte dabei erleichtert fest, dass sie kaum fünf Minuten zu spät war. Trotzdem standen Martina und Claudia schon an der Ecke der Walfischgasse und kicherten blöde. Wahrscheinlich war gerade wieder ein fescher Kerl vorbeigerannt. Eilig küsste sie erst Martina, dann Claudia auf die linke und rechte Wange, dann setzten sie sich zu dritt in Bewegung, um hinter der Malteserkirche zum McDonald's abzubiegen.

Einige Minuten später hatten sie sich an der Theke ihr übliches Menü abgeholt, und so saß Lina vor einem Cheeseburger, einer kleinen Portion Pommes frites und einem großen Schoko-Milchshake, das sie sich über einen Strohhalm laut gurgelnd einverleibte. Die Neuigkeiten des Tages waren rasch abgehandelt. So viel hatte sich seit der großen Pause ja auch nicht getan. Claudia gab sich überzeugt, dass die Turnlehrerin ein Techtelmechtel mit dem Geographieprofessor hatte, was Martina kategorisch in Abrede stellte. Es wisse doch jeder, verkündete sie, dass die Turnlehrerin eine Lesbe sei. „Hardcore, sag ich euch", fuhr sie fort und rollte dabei mit den Augen. „Die lässt es sich von irgendeiner Domina anal mit einem Umschnalldildo besorgen. Sonst kommt sie nicht."

Lina verschluckte sich fast an ihrem Burger. Wo hatte Martina nur solche Ausdrücke her? Und wie um Himmels willen funktionierte das? Von Claudia wusste sie, dass ein Dildo ein Gerät war, das sich Frauen in ihren Schlitz stecken konnten – Doktor Sommer hätte jetzt sicher Scheide gesagt –, doch wie sollte man an einem solchen Teil etwas anbringen, damit man es sich umschnallen konnte? Und wie war das dann stabil genug, um irgendwo eingeführt zu werden? Lina gestand sich ein, dass sie darauf gerne eine Antwort gehabt hätte, doch war es ihr keinesfalls möglich, die entsprechenden Fragen laut zu stellen. Eher wäre sie gestorben – Badewanne und so –, denn Martina hätte sich fraglos scheckig gelacht über so viel Unwissenheit.

„Na ja, wenigstens jemand, der heute Sex hat", verlautbarte Claudia abgeklärt, „wir gehen wieder ungeküsst zu

Bett." Martina setzte ein diebisches Grinsen auf: „Wer weiß. Die Nacht ist noch jung."

„Apropos, was machen wir heute noch?" Das war eine Frage, die Lina problemlos stellen durfte. „Wir könnten ins Kino gehen. Da läuft doch …" Demonstrativ verdrehten Lina und Martina die Augen. „Geh bitte, das ist doch urfad", statuierte Martina, „ich will was erleben."

„Mach ma Disco?" Claudias Ideen waren an diesem Abend nicht gerade originell. Plötzlich aber erhellte sich Martinas Miene. „Ich weiß was. Das wird super!" Naturgemäß erreichte sie mit dieser Ankündigung, was sie bezweckt hatte. Sie besaß die volle Aufmerksamkeit der anderen beiden. „Habt ihr das mit Hainburg gehört?"

Ratlosigkeit spiegelte sich in den Gesichtern der beiden anderen. Und Martina setzte zu einer Erklärung an. „Die Regierung will dort irgendein Kraftwerk oder so hinbauen. Und ein paar Grüne sind dagegen. Und die haben jetzt gestern am Abend die Au dort besetzt. Die campieren dort. Im Angesicht der Bullen. Urgefährlich sozusagen. Da müss ma hin."

Für einen Augenblick herrschte entsetztes Schweigen am Tisch. Claudia fing sich als Erste. „Du spinnst doch. Ich lass mich doch nicht einsperren für ein paar blöde Bäume." Sie schüttelte verständnislos den Kopf. „Wie willst denn dort überhaupt hinkommen?" Linas Kommentar war nicht ganz so abweisend.

„Ja, das ist schwierig. Aber nicht unmöglich", bewertete Martina die Lage. „Ich kenn da einen von der ÖH. Ein Freund vom Bruder von der Alex. Der könnt uns sicher mitnehmen." Claudia bewegte immer noch ihr Haupt von links nach rechts. „Sicher! Ein Gstudierter. Der hat nichts

Besseres zu tun, als uns drei freche Gören durch die Gegend zu chauffieren. Du hast Einfälle."

„Fragen kostet nix", blieb Lina konstruktiv. „Wie kommst du an den ran?" Martinas Selbstbewusstsein erlitt erste Schrammen. „Hmm, ich müsst die Alex anrufen. Die soll ihren Bruder fragen."

Eine gute halbe Stunde später waren alle Tabletts leer. Martina, die es ohnehin nach einer Zigarette gelüstete, ging nach draußen und erklärte dabei, sie suche eine Telefonzelle. Lina und Claudia blieben im Lokal zurück. „Die will das doch nicht wirklich durchziehen, oder?" Claudia war die personifizierte Fassungs-losigkeit. „Na ja, wäre mal was anderes", entgegnete Lina lahm. „Und außerdem ist das mit der Natur eh urwichtig", setzte sie hinterher. Von Claudia kam ein vernehmliches „Pffft". Und einen Augenblick später: „Das ist voll am Arsch der Welt. Saukalt ist es sicher auch. Ich mein, das ist doch völliger Irrsinn. Wenn wir erst einmal dort sind, dann kommen wir nie wieder weg. Außer in der grünen Minna vielleicht."

Lina bemühte sich um ein Lächeln. „Du, da wird sicher eh nix draus. Also warum groß darüber nachdenken." Sie zeigte mit dem Finger in Richtung Eingang, wo Martina eben wieder in der Tür erschien. „Schau, gleich sagt sie uns, dass sie den Typen nicht erreicht hat." Erwartungsvoll sahen daraufhin beide zu ihrer Freundin hin. Die ließ sich theatralisch auf ihren Sitz fallen und genoss den Moment ungeteilter Aufmerksamkeit. „Also", begann sie, um gleich danach wieder in bedeutungsschwangeres Schweigen zu verfallen. Wie von ihr gewünscht hielt Claudia die Spannung nicht aus: „Was also", platzte es aus ihr heraus. Martinas Augen leuchteten. „Also", wiederholte sie, „ich hab den Typen doch tatsächlich erreicht. Helmut heißt er. Der fährt morgen in der Früh in die Au. Wir können mitkommen."

„Morgen?" Claudia signalisierte grenzenlose Überraschung.

„Ja. Morgen. Heute ist es zu spät, sagt er. Außerdem ist das eh gut, weil wir haben ja gar nix mit. Kein passendes Gwand und so. Da hat's sicher einen Urzapfen. Da sind wahrscheinlich sogar Strumpfhosen und dicke Pullis gefragt."

„Morgen?" wiederholte Claudia eine Nuance lauter.

„Ja. Wo liegt das Problem?", gab sich Martina verständnislos.

„Dass wir da Schule haben, vielleicht?" Jedes einzelne Wort aus Claudias Mund betonte ihre Empörung.

„Geh bitte. Das ist doch eh urfad. Außerdem hätt ma morgen Mathe, das ist doch super, wenn wir das auslassen können."

„Also ehrlich, Tini, du spinnst. Und gewaltig auch noch. Wenn man uns da draufkommt, die schmeißen uns glatt von der Schule. Ganz zu schweigen von unseren Eltern. Die reißen uns den Schädel ab ..."

„Aber wir haben doch auch schon früher gestagelt. Was soll's!" „Ja, im Kaffeehaus sitzen ist die eine Sache", hielt Claudia die Fakten fest, „aber sich irgendwo in der Botanik mit Bullen prügeln eine ganz andere. Also sorry, Leute, da mach ich ganz sicher nicht mit." Claudia schnaubte verächtlich und stupste dabei Lina an. „Jetzt sag doch auch einmal was!"

Lina räusperte sich und sah dann Martina direkt in die Augen: „Wo treffen wir uns und wann?" Martina strahlte. „Ich hab mit ihm ausgemacht, um halb neun am Westbahnhof." Lina nickte. „Und nimm einen Schlafsack mit. Der Helmut hat gesagt, sie bleiben länger." Claudia verlor endgültig die Fassung: „Ihr seid ja beide vollkommen verrückt geworden!" Abrupt stand sie auf und wandte sich zum Gehen. „Mir reicht's für heute. Ich sehe euch morgen in der Schule."

Irgendwie war der Abend gelaufen, obwohl es nicht einmal noch zehn geworden war. Lina verabschiedete sich wenig später auch von Martina und sah zu, dass sie nach Hause kam. Die Großeltern mochten überrascht darüber sein, dass sie so früh zu Bett ging, doch die beiden ahnten ja nicht, welch großes Abenteuer ihrer Lina bevorstand.

Lina fror sich buchstäblich den Arsch ab. Seit einer halben Stunde wartete sie wie vereinbart in der Kassenhalle des Westbahnhofs auf Martina, doch die war weit und breit nirgendwo zu sehen. Vielleicht, so sagte sich Lina, war doch vor dem Westbahnhof gemeint gewesen, und so marschierte sie mit ihrem schweren Rucksack, den sie am Morgen buchstäblich an ihren Großeltern vorbeigeschmuggelt hatte, hinaus auf den Gürtel, um sich dort umzusehen. Aber auch da von Martina keine Spur. Dafür sah sie am Ende des Taxistandes einen verwitterten VW-Bus stehen, grell bemalt und mit einem „Atomkraft – Nein Danke"-Zeichen verziert. Direkt neben dem Wagen standen zwei junge Männer mit Vollbärten, die eine seltsam konische Zigarette rauchten. Langsam ging Lina auf sie zu.

Eine dichte Rauchwolke waberte ihr entgegen. Der Geruch dieses Tabaks war so völlig anders als alles, was ihr bislang untergekommen war. Irgendwie so süßlich. Merkwürdig, dachte sie sich noch, als sie auch schon die Aufmerksamkeit der beiden erregt hatte. Sie nahm all ihren Mut zusammen, schluckte noch schnell, ehe sie ein gekeuchtes „Ist einer von euch Helmut?“ hervorbrachte.

„Wer will das wissen? Bist du diese Martina?“ Lina schüttelte den Kopf. „Nein, ich bin ihrer Freundin. Ich bin hier mit ihr verabredet.“ Die letzten Worte verloren sich irgendwo im Straßenlärm, da Lina zwischenzeitlich immer schüchterner geworden war. Der zweite Junge musterte sie argwöhnisch. „Wie alt bist du überhaupt? Wir können keine Kinder mitnehmen, dort unten tobt eine Schlacht.“

Lina streckte sich durch und versuchte, größer zu wirken als sie war. „16“, presste sie hervor. „So schaust aus“, kam es spöttisch zurück. Automatisch hielt ihr der Erste, in dem Lina besagten Helmut vermutete, die Zigarette hin. „Willst einen Zug? Das beste Gras diesseits des Atlantiks.“ Lina war überrascht. Man konnte also auch Gras rauchen? Na gut, immerhin waren diese Leute umweltbewusst, da setzte man fraglos auch beim Rauchen und Trinken auf Naturprodukte. Lina bemühte sich um einen selbstbewussten Gesichtsausdruck, nahm den Joint entgegen und dann einen tiefen Zug.

Es schien ihr beinahe die Lunge zu zerreißen. Ein unbändiges, kaum zu kontrollierendes Hustenbedürfnis überfiel sie. Sie spürte förmlich, wie ihr ganzes Gesicht rot anlief. Mit aller Kraft, die sie besaß, bemühte sie sich zu verhindern, dass sie losbellte wie ein Hund. Gleichzeitig rang sie hektisch nach Luft, die sie, da sie den Mund krampfhaft geschlossen hielt, gierig durch die Nase einsaugte. Ihr Körper begann zu zittern, während sie verzweifelt zu verhindern suchte, dass Helmut und sein Freund bemerkten, wie sie sich gerade voll lächerlich machte. Zu ihrem Glück kamen gerade in diesem Moment zwei Mädchen daher, von dem eines sich Helmut sofort an den Hals warf, um ihn innig zu küssen, während sie ihn fest umarmte. Dann erst schickte sie ein „Servus Willi“ auf die Reise, was Lina nun auch den Namen des zweiten Jungen verriet.

Helmut statuierte, man sei nun vollzählig, und hieß die drei Mädchen hinten einzusteigen, während sich Willi vorne platzierte. Helmut startete den Wagen und fuhr den Gürtel stadtauswärts. Für Lina war das alles so schnell gegangen, dass sie gar keine Zeit mehr gefunden hatte, ihr Tun noch einmal zu überdenken. Sie saß nun neben Helmuts Freundin Nancy und deren Freundin Jenny, die sich gemütlich einen Ofen bauten. Lina hoffte inständig, sie würden ihr von dem Kraut nichts anbieten.

Während der Fahrt starrte sie die ganze Zeit über konzentriert aus dem Fenster und tat dann so, als würde sie einschlafen. Sie hätte partout nicht gewusst, wie sie mit den anderen hätte kommunizieren sollen, und bange fragte sie sich, wie sie wieder nach Hause kommen sollte, wenn sie erst einmal in der Au eingetroffen waren.

Nach einer halben Ewigkeit, vorbei an so glamourösen Orten wie Wildungsmauer, Maria Ellend und Petronell, erreichten sie endlich die Donaubrücke, die sie wieder auf die Nordseite des Stroms führte. „Jetzt simma gleich da“, verlautbarte Helmut, während Willi angestrengt nach links und rechts sah, ob dort vielleicht schon Polizeiautos auf sie lauerten. Doch sie erreichten ohne Hindernisse den großen Parkplatz, den die Au-Besetzer zu ihrer Lobby gemacht hatten. „Alles aussteigen“, flötete Helmut, und Lina sprang aus dem Wagen und sah zu, dass sie zwischen den vielen Menschen dort ungesehen untertauchen konnte.

Als sich die Dämmerung über die Landschaft senkte, zog Lina eine negative Bilanz des bisher Erlebten. Sie hatte nirgendwo jemanden gefunden, dem sie sich hätte anschließen wollen, sie hatte weit und breit keine Gegner gesehen, mochten diese nun Polizisten, Bauarbeiter oder Kraftwerksbefürworter sein, und sie war sich ziemlich sicher, dass alles dort nur kalt, nass und unwirtlich war. Sie wollte einfach nur noch nach Hause.

„Wer bist denn du? Ich bin der Tommy." Aus dem Nichts hatte sie ein Jüngling angesprochen, der kaum älter zu sein schien als sie selbst. „Lina", hauchte sie und hoffte dabei, ihre Wangen würden nicht so rot sein wie Tommys T-Shirt. „Sag bloß, du bist ganz alleine da?" Lina nickte. „Man muss ja was tun, man kann das ja nicht zulassen", gab sie sich politisch. Nun war es an Tommy, seinen Kopf auf und ab zu bewegen. „Aber hast du denn schon einen Platz zum Schlafen? Und überhaupt das nötige Equipment dafür? Da hat's nämlich einen Mörderzapfen, musst du wissen." Lina gestand leise, nicht so weit gedacht zu haben. Tommy ergriff ihre Hand. „Na, dann komm einmal mit." Er brachte sie zu einem Zelt, vor dem ein Propangas-Kocher aufgestellt war. Eilig schnappte er einen Becher, goss eine dunkle Flüssigkeit aus der darauf befindlichen Kanne ein und reichte ihn ihr. „Das wird dich erst einmal wärmen." Während sie in kleinen Schlucken trank und dabei herauszufinden versuchte, ob es sich um Tee oder Kaffee handelte, kramte Tommy in einem riesigen Rucksack und zog einen Wollpulli hervor. „Den solltest du anziehen. Sonst erkältest du dich noch." Gleich danach warf er ihr einen Schlafsack vor die Füße. „Und den wirst du auch brauchen. Unbedingt sogar." Lina begann zu strahlen. Unglaublich. Der Typ kümmerte sich wirklich um sie. Und er sah sogar ziemlich süß aus, wenn man es genau betrachtete.

In der Zwischenzeit war es völlig dunkel geworden, und an zahlreichen Orten flackerten Lagerfeuer auf. Tommy und einige seiner Freunde setzten sich um ein solches, und Tommy packte seine Gitarre aus. Nachdem er sie gestimmt hatte, kam ein ziemlich gutes „Leaving on a Jet Plane" aus seinem Mund, während andere damit begannen, Kartoffeln auf Spieße zu stecken und diese über den Flammen zu rösten. Lina bekam einen weiteren Becher Tee, der sie trotz der frostigen Temperaturen angenehm wärmte, und sie fühlte sich allmählich ziemlich wohl.

Es ging hart an Mitternacht, ehe sich die Plätze rund um die Feuer zu leeren begannen. Auch vor Tommys Zelt waren nur noch drei oder vier Leute geblieben, während sich der Rest bereits in die Zelte zurückgezogen hatte. Lina fühlte eine bleierne Müdigkeit in sich, wollte aber um jeden Preis durchhalten, damit niemand auf die Idee kam, sie sei einfach zu jung für ein solches Abenteuer. Endlich verabschiedeten sich auch die letzten beiden von Tommy, sodass der mit Lina alleine blieb. Er zupfte noch eine Weile gedankenverloren an seiner Gitarre herum, ehe er sie schließlich wegpackte. Lina wurde nervös. Was würde er jetzt machen? Auch schlafen gehen? Was tat dann sie? Tatsächlich stand er auf, streckte sich durch. Dann wandte er sich Lina zu und hielt ihr seine rechte Hand hin. Lina ahnte, was er damit bezweckte, und ergriff sie. Er zog sie hoch und führte sie dann ins Zelt. Dort rollte er eilig seinen Schlafsack aus und bedeutete ihr mit einem langen Blick, sie möge hineinkriechen. Sie war kaum in dem Teil verstaut, als er sich wie selbstverständlich zu ihr legte. Lina spürte, wie ihr Herz raste. Würde Tommy jetzt damit beginnen, sie zu streicheln, zu küssen und zu liebkosen, um dann mit ihr Sex zu machen. Ihr Körper war bis auf die letzte Faser angespannt, und als sie Tommys Hand auf ihrem Bauch fühlte, da wartete sie sehnsüchtig auf den ersten Kuss.

Doch da kam nichts. Langsam drehte sie ihr Gesicht Tommy zu. Dessen ruhiger Atem sagte ihr, dass er bereits schlief. Damit, so gestand sie sich ein, hatte sie nun nicht gerechnet. Einmal noch kam Bewegung in Tommy. Er wälzte sich auf die Seite, sodass sein Kinn auf ihrer Schulter zu ruhen kam. Die Hand war dabei direkt auf ihre Brust gewandert, doch Lina bezweifelte, dass Tommy das überhaupt mitbekam. Sie befreite ihre Arme aus dem Schlafsack und verschränkte sie als eine Art Polster hinter ihrem Kopf. Da schlief sie also das erste Mal mit einem Jungen, und es tat sich genau nichts.

Kurz nach fünf Uhr früh schreckte sie aus dem Schlaf. Das ganze Lager war erfüllt von Lärm. Irgendwelche Leute riefen etwas, doch sie verstand kein einziges Wort. Sanft rüttelte sie Tommy, damit er Klarheit in die Angelegenheit bringen mochte. Der öffnete endlich die Augen und lächelte sie selig an. Doch das Gebrüll sorgte auch bei ihm rasch für eine geänderte Stimmung. Eilig kletterte er aus dem Schlafsack. „Wir müssen schauen, was da los ist." Und als sie ihm nicht gleich folgte: „Na, komm schon. Vielleicht müssen wir flüchten." Lina, eben noch ganz hingerissen von Tommys süßem Lächeln, verspürte plötzlich Angst. Sie schmiegte sich eng an ihn und hielt sich direkt hinter ihm, als er ins Freie trat.

Dort sahen sie in einiger Entfernung eine Polizistenkette, die sich langsam, aber unaufhaltsam auf das Lager zubewegte. Vorne versuchten einige Besetzer, auf die Polizisten einzureden, doch die schienen taub zu sein. Andere wichen nach hinten aus und schienen bereits das Weite zu suchen. Lina klammerte sich an Tommys Arm: „Was sollen wir machen?“

Der hielt schützend seine Arme vor Lina und antwortete, es sei wohl am besten, sich vorläufig einmal aus allem rauszuhalten. Dass er dabei weit weniger bestimmt klang, als er beabsichtigt hatte, blieb Lina verborgen, denn die sah nur angstvoll auf die Schreiduelle zwischen Demonstranten und Exekutivbeamten. Ein einziges falsches Wort mochte dazu führen, dass alles eskalierte.

In einiger Entfernung setzten sich mehrere Dutzend Besetzer auf den Boden und hakten sich bei ihren jeweiligen Nachbarn unter. Die Polizisten machten anfänglich den Versuch, einzelne Personen wegzutragen, doch zeigten sie sich alsbald ratlos angesichts des geballten Widerstands, der ihnen entgegenschlug. Fragende Blicke in Richtung des Einsatzleiters wurden mit einem Schulterzucken beantwortet.

Alsbald glich die Szenerie einem Patt. Die Demonstrierenden wollten nicht zurück, die Exekutive konnte nicht nach vor. Lina entspannte sich ein wenig, doch registrierte sie nun den beißenden Morgenfrost. Sie drängte sich noch enger an Tommy. „Mir ist kalt“, flüsterte sie, „und ich glaub, ich will nach Hause.“ Tommy war die ganze Sache beileibe nicht geheuer. Er verspürte nicht die geringste Lust, sich vielleicht verprügeln zu lassen, und so boten ihm Linas Worte eine elegante Gelegenheit, Reißaus zu nehmen, ohne dabei das Gesicht zu verlieren. „Wenn du willst, kann ich dich schnell nach Wien führen“, schlug er vor.

Linas Gesicht zeigte große Erleichterung. „Das wäre echt superlieb von dir. Ich hab nämlich niemandem gesagt, wo ich bin, und ... nicht, dass die schon nach mir fahnden, weißt?" Tommy zeigte Verständnis und ging zurück ins Zelt, wo er Linas Sachen aufhob, ehe er sie durch einen Seitenpfad zurück zum Parkplatz führte. Dort stand ein 70er Jahre VW-Käfer in knalligem Orange, den er Lina als „Möhrchen" vorstellte. Wenig später bogen sie auf die Landstraße zur Donaubrücke ein, wo immer noch nirgendwo Ordnungshüter zu sehen waren. Als Lina am anderen Ufer die Pfarrkirche von Bad Deutsch-Altenburg mit ihrem gotischen Chor erkannte, wagte sie endlich, Tommy ein paar Fragen zu stellen.

„Was machst du eigentlich so? Ich meine, wenn du nicht gerade Auen rettest."

„Ich studiere Biologie im dritten Semester", gab er zurück. Lina rechnete schnell nach, er war also in etwa 20. Ihr Herz pochte wieder ein wenig schneller. „Und sonst?", setzte sie nach. „Und nichts sonst. Ich bin voriges Jahr aus der Steiermark nach Wien gezogen. Wegen dem Studium und so. Wohne im Achten im Schärf-Heim. Aber das ist ziemlich fade dort. Enges Zimmer, wenig Platz. Nicht sehr romantisch." Dabei sah er sie kurz von der Seite an. „Und du?"

„Ach ich", Lina überlegte hektisch, was sie ihm anvertrauen konnte. „Ich geh noch ins Gymnasium. Das ist auch ziemlich fade." Sie lachte gekünstelt und freute sich darüber, dass Tommy höflich genug war, gleichfalls zu lachen. „Und wohnst du dann noch bei deinen Eltern, oder?"

„Bei meinen Großeltern, um genau zu sein." Tommy riskierte wieder einen Seitenblick, während linker Hand das Heidentor in Sicht kam. „Wie das?" Lina atmete demonstrativ durch, so, als sei die Antwort auf die Frage sehr kompliziert. „Meine Mutter ist abgehauen, und mein Vater, na ja, der ist ein wenig eigenartig. Und so kümmern sich halt meine Großeltern um mich. Aber eh nicht mehr lange", fügte sie schnell hinzu, „sobald ich die Matura hab, bin ich weg." Und sie hoffte inständig, Tommy würde aus diesem letzten Satz schließen, dass sie zumindest schon 17 war.

Tommy konzentrierte sich auf die Landstraße vor sich, dann aber nahm er die rechte Hand vom Lenkrad und tätschelte Lina aufmunternd, wie er meinte, den Oberschenkel. „Die süße Freiheit, gell!", untermalte er sein Tun verbal. Lina legte schnell ihre linke Hand auf seine, und für einen zauberhaften Moment konnte sie glauben, einen Freund zu haben.

Als sie sich aber unwiderruflich der Stadt näherten, kam wieder Unruhe in Lina. Was, so fragte sie sich, würde nun geschehen? Würde er sie einfach zu Hause absetzen, und das war's dann? Wie konnte sie ihn dazu bringen, dass er sie wiedersehen wollte? Schon waren sie auf der Lände, und Lina wusste, ihr blieb nicht mehr viel Zeit. „Was glaubst du? Stehen deine Großeltern schon auf der Straße oder am nächsten Revier? Oder kommt's auf die eine oder andere Viertelstunde jetzt auch nicht mehr an?"

Lina schöpfte neue Hoffnung. Was immer Tommy ihr anbot, es würde jedenfalls bedeuten, dass sie weiter Zeit mit ihm verbringen konnte. „Ach, die werden eh glauben", sagte sie so gelassen wie möglich, „ich hab bei einer Freundin übernachtet und bin jetzt in der Schule. Solang ich um zwei wieder zu Hause bin, wird alles passen."

„Na, wenn du magst, dann zeig ich dir, wie trostlos so ein Studentenheim aussieht. Ist ja nicht weit von der Adresse, die du mir vorher gegeben hast." Lina nickte sofort eifrig. „Ja, ich kenne das Schärf-Heim. Von dort kann ich sogar zu Fuß gehen."

Und so bog Tommy erst in den neunten und dann in den achten Bezirk ein, fuhr an der Universität vorbei, bog dann vor dem Rathaus rechts ab, lenkte den Wagen erst in die Floriani- und dann in die Lammgasse, ehe er nach einem Linksschwenk direkt in der Laudongasse vor dem Studentenheim einparkte. „Da wären wir", erklärte er überflüssigerweise.

Lina wurde ein weiteres Mal nervös. In ihrem Kopf ging sie zeitgleich mehrere Szenarien durch und fragte sich, welches davon nun eintreffen würde. Tommy hielt ihr die Tür auf, dann stiegen sie in den Lift und viel schneller, als Lina es eigentlich lieb war, standen sie in der klitzekleinen Kammer, die Tommy als Wohnung diente. „Das ist ja kleiner als mein Zimmer", entfuhr es ihr beinahe automatisch. „Tja, der Staat sorgt sich eben um seinen akademischen Nachwuchs", kam es gallenbitter von Tommy. „Aber immerhin kann ich uns Tee machen. Den können wir bei diesen Temperaturen gut gebrauchen, meinst du nicht?"

Während er die nötigen Verrichtungen ins Werk setzte, sah Lina sich genauer um. Sie hatte exakt zwei Möglichkeiten. Entweder sie nutzte Tommys Holzsessel, der vor dem Schreibtisch stand, oder sie setzte sich auf sein Bett. Lina fand, Letzteres würde ermutigender wirken, und so fläzte sie sich an das Fußende von Tommys Schlafstatt. Als dieser dann mit den Teetassen vor ihr stand, dachte Lina daran, ihre Arme einfach um seine Körpermitte zu schlingen, doch konnte sie sich gerade noch beherrschen.

Vier Stunden später musste sie sich von Grete eine schier endlose Strafpredigt anhören, doch gelang es ihr, ruhig zu bleiben. Sie wiederholte einfach immer wieder, dass es eben spät geworden sei, dass sie bei Martina übernachtet habe und mit dieser dann in die Schule gegangen sei. Und da sie niemanden um Mitternacht habe wecken wollen, habe sie eben auch auf einen Anruf verzichtet. Gretes Einwand, sie sei erst 14 und ein solches Benehmen daher absolut inakzeptabel, begegnete Lina mit einem treuherzigen Augenaufschlag und dem hochheiligen Versprechen, dass so etwas nie wieder vorkommen werde. Grete gab sich zwar noch nicht geschlagen, aber es gelang Lina immerhin, sich in ihr Zimmer zu flüchten, wo sie erst einmal abwartete, bis das Gezeter draußen abebbte. Dann schlüpfte sie schnell noch einmal ins Vorzimmer, schnappte sich das Telefon und trug es eilig in ihre eigenen vier Wände. Sie rief Martina an. Die fragte sofort danach, wo Lina denn gewesen sei. „In der Au“, kam es zurück, „und du bist mein Alibi.“ Und unmittelbar danach erzählte sie einer schier sprachlosen Freundin, was sich in den letzten 30 Stunden so alles zugetragen hatte. Spätestens bei „er ist sooo süß, und dabei ist er schon 20“ war Lina sich sicher, dass Martina von ihrem Bett gefallen war.

Sommer 1970

Ricky platzte schier vor Stolz. Ausgerechnet zu ihrer Promotion hatte sich die eben erst eingesetzte Wissenschaftsministerin, die erste, die dieses Amt überhaupt bekleidete, angesagt. Hertha Firnberg war Ricky natürlich keine Unbekannte. Sie galt als politisches Schwergewicht der SPÖ, eine der wenigen Personen, die mit dem Alten auf Augenhöhe verkehren konnten. Kein Wunder also, dass Kreisky die ehemalige Hernalserin zu seiner einzigen Ministerin gemacht hatte. Und dass er als erster Kanzler in der Geschichte der Wissenschaft ein eigenes Ressort einräumte, das entsprach den Zielsetzungen der Sozialisten, die aus dem verzopften bäuerischen Agrarland endlich einen modernen Industriestaat machen wollten. Und so hatte die SPÖ-Alleinregierung ein Ministeriengesetz beschlossen, in dem eben auch der Bildung entsprechende Bedeutung eingeräumt wurde.

Ricky freute sich darüber aufrichtig, denn sie wusste nur zu gut, welches Glück sie mit ihren Eltern hatte. Die waren nicht nur ebenso bildungshungrig wie sie, die hatten eben auch das nötige Kleingeld, um Ricky erst aufs Gymnasium und dann an die Uni zu schicken, was vielen Arbeiterfamilien unmöglich war. Doch dank Bruno Kreisky würde sich das nun ändern. Er hatte nicht nur die Studiengebühren abgeschafft, mit Aktionen wie der Bereitstellung kostenloser Lehrbehelfe und einer freien Fahrt zum jeweiligen Bildungsstandort konnten nun auch waschechte Proletarier ihren Kindern eine Zukunft bieten.

Natürlich hatte Ricky gewusst, dass auch die elterlichen Ressourcen nicht unerschöpflich waren, und so war sie bestrebt gewesen, ihr Studium in der absoluten Mindestzeit zu absolvieren. Dabei hatte sie nicht nur einmal einen der grauhaarigen Professoren überrascht, die ihr wohl weniger zutrauten als den arroganten Schnöseln vom Kartellverband. Und es war für sie gar nicht so leicht gewesen, einen Doktorvater für ihre Dissertation zu finden, zumal das Thema „Die Stellung der Sozialdemokratie zur Psychoanalyse" für die meisten Professoren gleich eine doppelte Provokation darstellte.

Doch Ricky hatte sich frühzeitig Verbündete gesucht, die sie vor allem in den Reihen des kleinen, aber gut organisierten Verbandes sozialistischer Studenten Österreichs gefunden hatte. Die Funktionäre des VSStÖ hatten sie schon in ihrem Maturajahr mächtig beeindruckt, als etwa ein Ferdinand Lacina und vor allem Heinz Fischer mutig gegen die nationalsozialistische Wiederbetätigung eines Wirtschaftsprofessors angetreten waren und diesen schließlich tatsächlich zu Fall gebracht hatten. So etwas, wusste Ricky, würde sie auch gerne zuwege bringen, das war sie ihrem Vater, der wegen der Nazis im KZ gesessen war, ganz einfach schuldig.

Und so weit es ihr möglich gewesen war, hatte sie sich auch immer wieder an politischen Debatten beteiligt, und von denen hatte es während ihrer Studienzeit nicht wenige gegeben, wenngleich es in Wien wesentlich ruhiger zugegangen war als in Deutschland, wo es zwischenzeitlich so ausgesehen hatte, als würde jeden Moment die Revolution ausbrechen. Doch in Österreich waren die Pendants zu Rudi Dutschke oder Hans Jürgen Krahl lahme Schwätzer, die sich mehr um ihre Orgasmusschwierigkeiten als um Vietnam kümmerten. Umso leichter war es Ricky daher gefallen, sich auf ihre Diss zu konzentrieren, die sie schließlich einen Tag nach dem Wahlsieg Kreiskys eingereicht hatte.

Sie vermochte nicht zu sagen, ob die Begutachtung einer Arbeit immer derart lange dauerte oder ob man sie einfach nur ein Weilchen dunsten ließ, um ihr zu zeigen, dass sie halt doch nur ein Fräulein war, doch schließlich erhielt sie einen Termin für die Abschlussprüfung, und selbst der stockkonservative Zweitprüfer musste ihr zugestehen, dass sie diese sehr gut bestanden habe. Nun stand der Promotion nichts mehr im Wege, und Ricky nahm keinen Anstoß daran, dass diese mitten im Sommer erfolgen sollte, wo praktisch alle ihre Freundinnen auf Urlaub waren. Hauptsache, sie durfte sich endlich „Frau Doktor" nennen.

Und dann die Sensation. Mit einem Mal war der Termin Anfang August Gold wert, denn die frisch gebackene Ministerin wollte sich die Gelegenheit nicht nehmen lassen, der akademischen Feier persönlich beizuwohnen. Ricky war nahe daran, zu hyperventilieren. Mit zittrigen Beinen begab sie sich zur genannten Zeit in den hinteren Raum des Festsaals, wo sie letzte Instruktionen über den Ablauf der Zeremonie erhielt. Ihr selbst blieb dabei wenig zu tun, wie sie herausfand. Irgendwann würde der Pedell mit dem Zepter an ihr vorbeidefilieren, und dann hatte sie ihre Schwurfinger auf das Holz zu legen und der Universität ewige Verbundenheit zu geloben. Alles andere oblag den Herren der Alma Mater. Doch vielleicht, so schränkte der Beamte in seinen Erläuterungen ein, gelüste es die Frau Ministerin, auch etwas zu sagen, dann müsste man halt leider ein bisserl länger ausharren. Seine Verachtung für die rote Dame wollte er dabei keineswegs verleugnen, und um ganz sicherzugehen, dass seine Botschaft auch unmissverständlich ankam, verdrehte er auch noch demonstrativ die Augen dabei. Ricky hätte gerne etwas erwidert, doch schien es ihr den Aufwand nicht wert. Nach diesem Tag würde sie den dumpfen Trottel nie wieder sehen, also gab es keine Notwendigkeit, sich noch mit ihm anzulegen.

Endlich ging es los. Die Türen zum Festsaal öffneten sich, und Ricky marschierte zu den Klängen irgendeines mit Blechinstrumenten gespielten Marsches durch den ganzen Raum bis vor die Balustrade, wo sie schon vom Dekan erwartet wurde. Wie es das Protokoll vorsah, verbeugte sie sich, ehe sie stehend das Ende der Melodie abwartete. Danach durfte sie sich wie auch alle anderen Anwesenden setzen, während der Dekan zu seiner Rede anhob.

Im Nachhinein musste sich Ricky eingestehen, kaum ein Wort von dem behalten zu haben, was der honorige Herr von sich gegeben hatte. Aber das war auch nicht weiter wichtig. Es handelte sich ohnehin nur um das übliche schwülstige Gefasel eines Bürokraten, der irgendetwas von wissenschaftlicher Verantwortung, akademischer Würde und gesellschaftlicher Elite daherphantasierte, während jeder im Land wusste, dass an der Universität allein das schwarze Parteibuch oder die entsprechende familiäre Abkunft zählten. Aber vielleicht würde das nun, unter der neuen Ministerin, endlich anders werden.

Tatsächlich ließ es sich die Firnberg nicht nehmen, auch ein paar Worte zu sagen, sehr zum Missvergnügen des Dekans, dem es bei den Worten wie „nicht umsonst sei DIE Wissenschaft weiblich“ sichtlich graute. Und als die Firnberg ihrer Hoffnung Ausdruck verlieh, in Zukunft möge es viele weitere Doktorinnen und eines Tages auch Professorinnen geben, da signalisierte jede Faser des dekanischen Körpers, dass damit der Untergang des Abendlandes unausweichlich eingetroffen wäre.

Ein letztes Mal freilich behielt die alte Burschenherrlichkeit noch die Oberhand, als nach dem akademischen Schwur „Gaudeamus igitur“ angestimmt wurde. Aber es war auffällig, dass die Ministerin nicht in das laute Gedröhn der Herren Akademiker einstimmte. Ricky wähnte die Feier zu Ende, als plötzlich die Ministerin auf sie zuschritt und ihr per Handschlag zu ihrer Leistung gratulierte.

„Ich hab ghört, Sie haben über Psychoanalyse und Sozialdemokratie promoviert“, sagte die Firnberg in einem überraschend nasalen Schönbrunnerisch, sodass Ricky einen Moment brauchte, um wenigstens ein Nicken zu produzieren. „Und eine Hernalserin sollen S’ auch sein, hat man mir gesagt.“ Wieder ein Nicken. „Ich komm ja selbst von dort“, fuhr Firnberg mit einem gütigen Lächeln fort. „Ich weiß, Frau Minister. Sie sind in die Kalvarienberggasse gegangen. Wie der Alfred Adler.“ Ricky schluckte und verstummte, da sie meinte, gleich falle sie in Ohnmacht. „Stimmt“, replizierte das Regierungsmitglied, „wie der Adler.“ Einen Moment schien die Firnberg über irgendetwas nachzudenken. Dann aber legte sie kurz ihre Hand auf Rickys Schulter, lächelte ihr noch einmal aufmunternd zu und wandte sich dann ohne weiteres Wort den anderen Personen im Raum zu. Und Ricky spürte deutlich, wie einige Meter hinter ihr ihre Eltern förmlich vor purem Stolz strahlten.

Der Rest des Tages verlief gleichsam standesgemäß. Wickerl ließ es sich nicht nehmen und führte seine Damen in ein nobles Innenstadtlokal aus, wo er eine Flasche Sekt orderte, um auf die Frau Doktor anzustoßen. „Schade, dass das der Papa nicht mehr erlebt hat“, meinte er dann, „aber er hat gwusst, dass du das schaffen wirst. Und ich weiß, wie stolz er immer schon auf dich war. Erinnerst du dich, wie er ganz außer sich war, als du die Matura mit Auszeichnung gmacht hast? Er ist extra alle Leut von der Sektion besuchen gegangen, um ihnen davon zu berichten. Und das, obwohl er damals eh schon so fußmarod war." Ricky lächelte spitzbübisch: „Na, dann musst du das jetzt aber auch machen." Einen Moment lang gefror Wickerls Miene ein, dann erkannte er endlich, dass sie nur Spaß gemacht hatte.

„Jetzt hast noch den halben Sommer vor dir, den genießt du schön, und im Herbst schauen wir dann gemeinsam, was deine nächsten Schritte sein können." Und nach einer kurzen Pause: „Also, wenn du das willst, meine ich." Ricky umarmte spontan ihren Vater: „Aber sicher will ich das." Der fühlte sich ein wenig verlegen und musste sich räuspern. Dann aber hatte er sich wieder gefangen. „Was du noch willst", griff er den Gesprächsfaden daher wieder auf, „ist Italien, wie wir wissen. Und daher", Wickerl zog ein Kuvert aus seinem Sakko, „noch einmal herzliche Gratulation zur Promotion." Ricky sah für einen Wimpernschlag verwirrt auf das Papier, ergriff es dann beinahe ehrfürchtig und öffnete es. Die darin befindliche Geldsumme verschlug ihr beinahe den Atem. „Aber Papa! Mama! Ihr seid ja wahnsinnig. Das kann doch unmöglich euer Ernst sein."

„Aber geh, das ist doch das Mindeste, was wir für unsere Frau Doktor machen können. Damit sollte sich alles ausgehen, was dir so in den Sinn kommt. Venedig, Rom, … Benevent", bemühte Wickerl seine Kenntnisse in Sachen italienischer Geographie. Gleich darauf freilich sah er sich ein zweites Mal umarmt. Eine Prozedur, der auch seine Frau nicht entging. „Ich werde gleich morgen Früh mit der Planung beginnen", verkündete eine sichtlich selige Ricky.

Der nächste Morgen freilich hatte eine ganz andere Überraschung für Ricky parat. Ihre Mutter stand plötzlich in der Tür und erklärte einigermaßen verdattert, das Ministerium sei am Apparat. Ricky riss die Augen auf und fragte schließlich, um welches Ministerium es sich denn handle. Ihre Mutter aber war so überrascht, dass sie erklären musste, gar nicht erst danach gefragt zu haben. „Das weiß ich gar nicht. Ich war so baff, dass die da überhaupt anrufen, und dann auch noch, dass sie nach dir verlangen, dass ich gar nicht erst gfragt hab, warum überhaupt."

Ricky spürte nachhaltige Nervosität in sich aufsteigen. Mit beinahe zittriger Hand griff sie nach dem Hörer. „Hallo", sagte sie kaum hörbar. „Frau Doktor Bielohlawek?", kam es aus der Leitung. „Ja …" Ricky war sich nicht sicher, ob sie sich selbst überhaupt vernommen hatte. Das „Einen Augenblick, ich verbinde mit der Frau Ministerin" überzeugte sie jedoch davon, tatsächlich einen Ton von sich gegeben zu haben. Zweifelhaft blieb somit nur noch die Frage, ob ihr Herz nun raste oder im Gegenteil vollkommen stillstand. Für eine Antwort blieb freilich keine Zeit, unverkennbar knarrte Hertha Firnbergs raues Organ aus dem Apparat. „Begrüße Sie, Kollegin. Ich denke, Sie erinnern sich an unsere kleine Unterhaltung gestern." Automatisch nickte Ricky, um, als ihr bewusst wurde, dass die Geste ja gar nicht gesehen werden konnte, eine schüchterne verbale Bestätigung hinterherzuschicken. „Fein. Ich habe mich gefragt, ob Sie schon irgendwelche Pläne haben. Beruflicher Natur, meine ich."

„Um ehrlich zu sein, nein, Frau Ministerin." Ricky war selbst überrascht, wie selbstverständlich ihr der Satz über die Lippen gekommen war. „Na sehr schön", zögerte Firnberg keinen Moment mit einer Antwort, „dann hätte ich vielleicht etwas für Sie. Denken Sie, es wäre Ihnen möglich, morgen so gegen 10 Uhr bei mir im Büro vorbeizuschauen?"

„Und ob mir das möglich wäre, Frau Ministerin. Selbstverständlich ist mir das möglich!" Rickys Stimme war knapp daran, sich zu überschlagen. „Na, das freut mich", reagierte die Firnberg aufgeräumt, „ich glaube, ich hätte da etwas für Sie, das könnte interessant sein." Und da es Ricky nun endgültig die Sprache verschlagen hatte, sandte die Ministerin noch ein „Wir sehen uns also morgen" hinterher, ehe sie mit den besten Wünschen für einen guten Tag das Gespräch beendete.

Ricky stand einen Augenblick lang wie die sprichwörtliche Salzsäule im Raum, ehe sie sich ganz langsam zu ihrer Mutter umdrehte, die der Unterhaltung mit angehaltenem Atem gefolgt war. „Ich glaub, die Firnberg hat mir gerade einen Job angeboten." Die Mutter schlug die Hände vor dem Gesicht zusammen. „Jössasmarandana", entfuhr es ihr, „was da der Wickerl sagen wird. So ein Glück aber auch." Und Ricky gab, so gut sie es vermochte, jede Silbe des Gesprächs wieder. Eine Übung, die sie zum Abendessen wiederholen musste, da auch Wickerl ganz genau hören wollte, was zwischen seiner Tochter und Kreiskys Stellvertreterin an Worten gewechselt worden war.

Mit einem Gefühl der Bangigkeit näherte sich Ricky am nächsten Tag dem alten Gemäuer, in dem die Regierung das neue Ministerium untergebracht hatte. Am Eingang wurde sie von einem Portier in Empfang genommen, der sie nach ihrem Begehr fragte. „Friederike Bielohlawek", stellte sie sich vor, in ihrer Nervosität glatt ihren Doktortitel vergessend, „ich habe einen Termin bei der Frau Bundesminister."

Der Portier warf einen nachlässigen Blick auf die vor ihm liegende Liste. „Stimmt", sagte er dann. „Erster Stock, Zimmer 115. Dort erfahren Sie Weiteres, Fräulein Doktor." Ricky spürte, wie ihre Wangen zu glühen begannen, denn offenbar war das Büro der Ministerin hinsichtlich ihres akademischen Grades weit weniger vergesslich gewesen als sie selbst.

Sie registrierte, dass sie mit jedem Schritt, mit dem sie sich der Schaltzentrale des Ministeriums näherte, immer langsamer wurde, schalt sich dann aber einen Kindskopf und beschloss, den Stier bei den Hörnern zu packen. Ricky atmete tief durch und klopfte dann an die genannte Zimmertür. „Ah, sehr gut. Pünktlich auf die Minute", wurde sie von der Büroleiterin Firnbergs begrüßt, „die Frau Minister wartet schon. Wenn Sie einfach weitergehen." Ricky war überrascht, wie leger die Dinge hier vor sich gingen, und erinnerte sich dabei an die byzantinischen Rituale, die an der Uni im Schwange waren, wo man selbst bei einem simplen Aushilfsprofessor erst einmal eine schickliche Anstandsfrist warten musste, ehe man in die heiligen Bürohallen vorgelassen wurde. Firnberg aber schien nicht nur hinsichtlich ihrer eigenen Person, sondern auch in Bezug auf ihre Amtsgeschäfte unprätentiös zu sein.

Mehr noch. Als Ricky den Raum betrat, stand die Firnberg hinter ihrem Schreibtisch auf und machte einige Schritte auf Ricky zu, um ihr sodann die Hand zu reichen. „Schön, dass Sie es einrichten konnten." Das Regierungsmitglied wies mit der Linken auf die Sitzgruppe in der rechten Zimmerhälfte. „Wenn Sie bitte Platz nehmen wollen. Darf ich Ihnen etwas anbieten? Einen Kaffee vielleicht? Oder ein Wasser? Was wollen S' denn haben, Frau Kollegin." Ricky bezwang den Frosch in ihrem Hals und presste ein „Kaffee, bitte. Das wäre nett. Danke“ hervor. Die Firnberg gab die Bestellung durch die noch offene Bürotür durch und orderte bei dieser Gelegenheit auch selbst einen Espresso. Dann setzte sie sich genau Ricky gegenüber.

„Schauen Sie“, begann die Firnberg ohne weitere Verzögerung, „Sie wissen ja sicher, dass unser Ministerium hier noch keinen Monat alt ist. Daher ist da alles im Fluss sozusagen, und ich hab, nun ja, das Pouvoir, mir ein schlagkräftiges Team zusammenzustellen, mit dem wir diesen verstaubten Wissenschaftsbetrieb grundlegend modernisieren können. Na, und da sind Sie mir aufgefallen.“ Die Ministerin verstummte für einen Moment, da eine Mitarbeiterin den Raum betreten hatte, um die bestellten Getränke aufzutischen. „Dank dir schön, Anna“, kam es milde von der Firnberg, ehe diese sich wieder Ricky zuwandte. „Es geht mir nämlich um Folgendes.“ Ricky hielt die Spannung kaum noch aus.

„Wie Sie sicher während Ihres eigenen Studiums bemerkt haben dürften, ist die Universität eine beinahe absolute Männerdomäne. Frauen sind im Wissenschaftsbetrieb so selten wie Oasen in der Wüste. Und das will ich natürlich ändern, wie Sie sich denken können.“ Ricky nickte eifrig.

„Daher habe ich mir gedacht, wir bauen hier im Ministerium so etwas wie eine frauenpolitische Abteilung auf, welche die Möglichkeiten auslotet, wie wir es zu mehr Dozentinnen, mehr Professorinnen, mehr Dekaninnen und so weiter bringen können. Da wird viel Studienarbeit nötig sein. Man wird Vergleiche mit fortschrittlicheren Ländern wie Schweden oder Holland anstellen, das Ganze hat ja eine politische Komponente, nicht?“ Wieder war es an Ricky, ihren Kopf auf- und abwärts zu bewegen.

„Was ich da vorhabe, das wird den Herren vom Kartellverband nicht schmecken, und die Opposition wird sowieso dagegen Sturm laufen, das ist schon aus Prinzip so. Wir müssen unsere Thesen daher inhaltlich gut fundieren. Politisch und psychologisch, weil wir für so etwas natürlich eine positive Stimmung in der Bevölkerung brauchen. Na, und bei der Kombination habe ich an Sie gedacht. Könnten Sie sich vorstellen, hier bei mir als Vertragsbedienstete anzufangen und mit ein paar Kolleginnen und Kollegen an diesem Themenkomplex zu arbeiten."

„Ich wüsste ehrlich gesagt nicht, was ich lieber täte", kam es nach einer Schrecksekunde aus Ricky. „So eine verantwortungsvolle Aufgabe, von der hätte ich ja nicht einmal zu träumen gewagt." Die Ministerin lächelte aufmunternd. „Na sehr schön. Dann hätten wir das geklärt. Die Kollegin draußen geht mit Ihnen dann die Details durch. Jetzt machen S' einmal Ihre verdienten Ferien, Frau Kollegin, und im September treten S' dann da bei uns Ihren Dienst an. Sie werden sehen, es wird ein hartes Stück Arbeit werden, aber es wird sich lohnen."

Eine Viertelstunde später rief Ricky aus einer Telefonzelle ihre Eltern an, um diesen mitzuteilen, dass sie in drei Wochen beim Bund anfangen würde. Nach nur 48 Stunden gab es schon wieder einen Grund, ein nobles Lokal aufzusuchen und zu feiern.

Sommer 1974

Mary schritt langsam durch den Garten in Richtung Tor. Die zwei Jahre in der Suchtgiftstation des Anton Proksch Instituts waren ihr wie eine Ewigkeit erschienen, und doch hatte sie nun unaussprechliche Angst vor der Welt da draußen, in die sie als geheilt entlassen worden war. Die Zeit in Israel wirkte auf sie wie ein anderes Leben, und selbst jene Jahre, die sie in Wien zugebracht hatte, kamen ihr vor wie ein Film, den sie beiläufig im Kino angesehen hatte. Ihr 36. Geburtstag stand vor der Tür, und alles, was ihr Leben ausmachte, das passte in eine schäbige Adidas-Sporttasche und in ein Plastiksackerl.

Auf der Breitenfurter Straße sah sie sich nach einer Telefonzelle um. Doch wen sollte sie anrufen? Georg war eine Episode gewesen, er hatte sie auch in all den Monaten im Entzug kein einziges Mal besucht. Und seine Eltern, die, wie Mary sich dunkel erinnerte, Turl und Grete hießen, die wollten erst recht nichts von ihr wissen, gaben sie ihr doch die Schuld daran, dass Georgs hoffnungsvolle Karriere als Berufsfußballer den sprichwörtlichen Bach hinuntergegangen war. Nun, keinen der drei Menschen vermisste sie sonderlich, aber der Umstand, dass Turl und Grete über ihr Kind, die kleine Lina, wachten, schmerzte Mary denn doch. Lina musste, rechnete sie nach, nun dreieinhalb sein. Ein putziges Alter. Wie sie wohl aussah? Beinahe jede Woche hatte Mary einen Brief an die Strechas geschrieben, sie mögen sie besuchen kommen, ihr wenigstens ein Foto ihres Kindes schicken, doch die Strechas reagierten nie. In den Therapiesitzungen hatte Mary eins ums andere Mal darauf bestanden, dass sie als Mutter ein Recht auf ihr Kind habe, doch der Therapeut überzeugte sie immer aufs Neue davon, dass ein Kontakt zwischen ihr und ihrem Kind zum gegenwärtigen Zeitpunkt weder für sie noch für die Kleine von Vorteil wäre. Und tief in ihrem Inneren wusste sie, dass es ihr größter Fehler gewesen war, an jenem trüben Silvestertag des Jahres 1970 das Spital ohne das Neugeborene verlassen zu haben.

Mary erspähte eine Busstation und setzte sich auf die daneben befindliche Bank. Sie kramte in ihrer Sporttasche und angelte nach dem halb aufgerauchten Päckchen Smart, das sich irgendwo zwischen Wäschestücken, Toilettenartikeln und der abgewetzten Ausgabe von Hermann Hesses „Steppenwolf“ befinden musste. Ja, Lina zurückzulassen, war fraglos ihr allergrößter Fehler gewesen. Aber eben bei weitem nicht der einzige.

Dabei hatte vor rund sieben Jahren alles so hoffnungsfroh begonnen. Gleich nach ihrer Ankunft in Wien hatte sie sich am Peiniger ihrer Familie gerächt, um unmittelbar danach in die Wiener Kunstszene einzutauchen, in der sie ihre Zukunft sah, die ohne Zweifel eine strahlende werden würde.

In der Therapie war sie zum Schreiben angehalten worden. Gleichsam als Reflexion des Erlebten, das sie überhaupt erst in den Entzug geführt hatte. Damals hatte sie lange nachgedacht, womit sie ihre Aufzeichnungen beginnen sollte. Und dann war ihr bewusst geworden, dass alles, aber auch wirklich alles mit jenem obskuren Abend an der Wiener Universität begonnen hatte. Kurz zuvor war sie im *Hawelka* einem dünnen Mann begegnet, der, wie sich zeigte, auf den Namen Günter Brus hörte. Er war wie sie an die 30, stand aber noch ganz am Anfang seiner, wie er glaubte, großen Karriere als Künstler. Vor allem aber gab er sich zutiefst überzeugt davon, dass er nur dann als Künstler Geschichte machen konnte, wenn alle Werte der Kunst grundlegend umgewertet würden. Brus und die anderen, die Mary über den schlacksigen Jüngling kennenlernte, wurden nicht müde, die gesamte Kulturgeschichte des Abendlandes in Grund und Boden zu verdammen. Alles nur statisch, pseudoelitär und sinnentleert. Der Mensch müsse im Mittelpunkt der Kunst stehen. Buchstäblich. Denn der Mensch selbst war das einzige Kunstwerk von Bestand. Er, und was er tat.

Mary gestand sich ein, dass sie nicht das Geringste von dem verstand, was Wiener, Muehl oder die Frau, die sich Valie Export nannte, postulierten. Aber da war ein prickelndes Gefühl in ihr, das ihr sagte, diese Leute würden ihr Horizonte eröffnen, von denen sie bislang nicht einmal geahnt hatte, dass es sie überhaupt gab.

Vor allem musste sie alle ihre Vorstellungen, wie Kunst geschaffen wurde, über Bord werfen. Da war keiner, der an einer Staffelei stand und buchstäblich ein Modell abbildete. Niemand, der aus Ton eine Plastik schuf, aus Stein eine Statue meißelte. Brus und die Seinen beschränkten sich aufs Reden und auf Sex. Auf ganz viel Sex. Und Mary musste zugeben, dass sie davon fasziniert war.

Eines Abends hatte die Valie davon geredet, dass sie einen Kasten bauen werde, den sie sich um den Oberkörper schnallen wolle. Mit einer Klappe vorn. Die könne man öffnen, und dann sei jeder, der es wolle, in der Lage, ihre Brüste abzutasten. Im ersten Moment fand Mary die Vorstellung vollkommen abwegig, ja absurd, doch dann verspürte sie eine innere Hitze, die bei dem Gedanken daran, dass wildfremde Menschen ihren Busen berührten, in ihr aufstieg. Sie registrierte, wie ihre Vagina feucht wurde bei diesem Gedanken, und die sich immer mehr steigernde Lust machte sie keuchen, sodass sie sich fest auf die Lippen beißen musste, um die anderen nicht erkennen zu lassen, wie erregt sie war.

Und dann saßen sie an einem lauen Junitag im Hörsaal 1 des neuen Institutsgebäudes, den sie quasi für ihre Zwecke besetzt hatten. Brus und Oswald Wiener hatten einen Vortrag zum Thema „Kunst und Revolution“ angekündigt, doch plötzlich lief alles aus dem Ruder. Einige Männer rissen sich die Kleider vom Leib und zeigten den Anwesenden ihre Genitalien. Der Mann, den sie Otto Muehl nannten, urinierte ungeniert vom Katheder und rief dazu auf, ein „Weitbrunzen“ zu organisieren, während irgendein anderer, dessen war sich Mary sicher, direkt auf dem Lehrerpult seinen Darm entleerte.

Mary fand das alles extrem widerlich, und doch konnte sie ihre Augen nicht abwenden. Immer wieder starrte sie auf die zuckenden Schwänze, die prallen Eier und die animalischen Mienen in den Gesichtern der vor purer Lust dampfenden Leiber. An jenem Abend saß Mary in der dritten Reihe des Hörsaals und masturbierte sich zu den infernalischen Tönen, die von vorn ins Auditorium drangen. Kaum war es ihr gekommen, überwältigte sie unaussprechliche Scham, sodass sie nachgerade panisch aus dem Saal stürzte, um beinahe bis zum Stephansplatz zu laufen, ehe sie sich wieder halbwegs beruhigt hatte.

Ihre Freundin Irene erklärte ihr später, dass ihr Verhalten ganz natürlich gewesen sei. Man müsse es sich regelmäßig selbst machen, um Spannungen abzubauen. Es gelte den eigenen Körper ganz genau zu erkunden, doch die reaktionäre Bürgerlichkeit des Patriarchats wolle genau das verhindern, um die Frauen auch weiterhin unterdrücken zu können.

„Du bist kein niedliches Weibchen", hatte Irene damals gesagt, „das seine Erfüllung in Kindern, Küche und Kirche zu finden hat. Du bist eine Göttin, die von den armseligen Wichten, die sich Männer schimpfen, angebetet werden muss."

„Bin ich das?", hatte Mary verwirrt zurückgegeben, und Irene hatte mit einem wahren Vortrag über das Matriarchat und die eigentliche Rolle der Frau geantwortet. Ein Referat, das auf Irenes Sofa endete, wo Irene Mary nach allen Regeln der Liebeskunst mit ihrer Zunge zum Orgasmus gebracht hatte. Das sei überhaupt nichts, wofür man sich schämen müsse, hatte Irene noch gemeint, und wenn sie, Mary, ihr vertraue, dann werde sie ihr zeigen, wie man richtig lebte.

Als Mary in der Therapie jene Ereignisse Revue passieren ließ, da wurde ihr bewusst, dass jene Tage im Sommer 1968 der Auftakt zu zwei Jahren gewesen waren, in denen sie von einer Orgie zur nächsten gestolpert war. Praktisch jede Nacht fand sie sich in den Armen anderer Leute wieder, Männer, Frauen, Junge, Alte, Große, Kleine, ein einziges großes Lecken, Blasen, Ficken, und das alles im Namen der Revolution – so die Männer – beziehungsweise der Emanzipation – so die Frauen.

Georg war in all dem nicht einmal eine Episode gewesen. Eine schnelle Nummer, die allein der Abwechslung diente. Einmal was anderes. Ein schüchterner Knabe, beinahe eineinhalb Jahrzehnte jünger als sie, wortkarg, verkrampft und unsicher. Genau das Gegenteil von dem, was sie sonst so vorgesetzt bekam. Der arme Tropf hatte nicht einmal gewusst, was er zu tun hatte, doch Mary war gerade davon angetan gewesen. Endlich ging die Initiative einmal ganz allein von ihr aus. Sie hatte dem Jungspund einfach die Hose geöffnet, seinen Schwanz gepackt und ihn sich eingeführt. Den Rest besorgte sie. Das alles hatte kaum länger als ein, zwei Minuten gedauert, und Mary hätte den Jüngling wohl augenblicklich vergessen, wenn er ihr in der Folge nicht immer wieder nachgelaufen wäre. Keine Frage, der naive Tropf hatte sich in sie verliebt.

Eine Zeitlang fühlte sie sich ja geschmeichelt, dass ein Minderjähriger sie anhimmelte. Davon träumten ja sogar die anderen in der Kommune, vor allem die Männer, doch sehr bald wurde der Bub lästig. Nicht, dass er, wie viele andere Männer, Besitzansprüche gestellt hätte oder eifersüchtig gewesen wäre, nein, seine schiere Präsenz, die nie zu enden schien, ging Mary auf die Nerven. Und so schrie sie ihn eines Tages an, er möge sich schleichen, und das bitte für immer. Seine Tränen machten sie noch mehr wütend, wohl, weil sie tief in ihrem Inneren wusste, dass sie den Knaben ohne Grund verletzte, und so schubste sie ihn kräftig von sich, ganz so, als wollte sie damit auch ihr schlechtes Gewissen abschütteln. Sie schickte ihm noch ein „Du sollst dich schleichen, du impotente Sau" hinterher und strich ihn endgültig aus ihrem Gedächtnis.

Zumindest für ein paar Wochen. Dann nämlich wurde ihr bewusst, dass sie schwanger war. Und es konnte kein Zweifel daran bestehen, dass ihr ausgerechnet der unterbelichtete Kicker ein Kind gemacht hatte, denn in der fraglichen Zeit war sie sonst nur mit Frauen zugange gewesen. Und mit Serge, dem angeblich russischen Anarchisten. Doch der hatte sie stets nur in den Arsch gefickt, weil der viel enger sei als ihre ausgeleierte Fotze, wie Serge sich so formschön auszudrücken beliebte. Und so, wie Mary nicht wusste, warum sie sich auf Georg eingelassen hatte, so wenig konnte sie sagen, weshalb sie sich mit Serge abgab. Wahrscheinlich nur, weil sie wusste, dass die anderen Frauen in der Praterstraße auch auf ihn ein Auge geworfen hatten. Außerdem war so ein Schokostich eine neue Erfahrung gewesen, eine Abwechslung zu der ewig gleichen Leckerei durch Irene, die ihr mittlerweile genauso auf die Nerven ging wie Georgs hündische Ergebenheit.

Doch mit all dem war nun ohnehin vorerst einmal Schluss. Sie musste sich neu sortieren und überlegen, wo sie das Kind am besten wegmachen lassen konnte. Es war gar nicht so leicht, an die entsprechenden Informationen zu kommen, denn Abtreibung war in Österreich strikt verboten. Endlich hatte sie eine Adresse organisiert, wo man den Eingriff, wie es hieß, halbwegs sicher vornahm. An einem brütend heißen Augusttag hatte sie sich durch die Hintertür in eine „Praxis" geschlichen und dort mit bangem Herzen auf den Engelmacher gewartet. Der aber schüttelte nach einer oberflächlichen Untersuchung den Kopf. „Sie sind im fünften Monat, Gnädigste. Ein Abortus ist da viel zu gefährlich. Sie hätten viel früher zu mir kommen müssen. Jetzt kann ich nichts mehr für Sie tun."

Mary war fassungslos gewesen. Sie versuchte noch, den Mann dazu zu überreden, den Eingriff trotzdem vorzunehmen, doch der hatte nur gemeint, am Ende sei dann wahrscheinlich nicht nur das Kind, sondern auch sie selbst tot, und er könne es nicht verantworten, ein derart schönes Frauenzimmer der Verwesung anheimfallen zu lassen. Und die Art, wie der Mann sie dabei ansah, überzeugte Mary davon, schleunigst wieder zu gehen.

Vier Jahre später konnte sie nicht mehr sagen, wie sie die folgenden Wochen überstanden hatte. Sie wusste nur noch, dass sie sich komplett zurückgezogen und erfolgreich dafür Sorge getragen hatte, dass sie von niemandem gefunden wurde. Ihr Bauch wurde immer praller, doch so sehr sie versuchte, sich mit dem Gedanken, Mutter zu werden, zu versöhnen, sie vermochte einfach keine Beziehung zu dem „Ding", das in ihr wuchs, aufzubauen. Genau an diesem Punkt entschloss sie sich dazu, Georg anzurufen.

Georgs Mutter Grete stellte keine Fragen. Sie kümmerte sich nachgerade rührend um Mary, während Turl schließlich die Fahrt ins Spital „Zum göttlichen Heiland" organisierte, wo die kleine Lina am Tag vor Weihnachten das Licht der Welt erblickte.

Natürlich hatte Mary ein schlechtes Gewissen gehabt, als sie sich, kaum, dass sie wieder halbwegs laufen konnte, bei Nacht und Nebel davongestohlen hatte. Doch sie tröstete sich mit dem Gedanken, dass Lina bei Grete und Turl wesentlich besser aufgehoben war als bei ihr, und bald, sehr bald schon erschien Mary die ganze Angelegenheit nur noch wie ein Traum, der sie in einer dunklen Stunde heimgesucht hatte.

Mary gab sich wie eh und je den Orgien hin, kaum ein Abend, an dem sie nicht mit einer oder mehreren Personen zwischen den Laken landete. Die Tage verschlief sie meist, kam erst weit nach Mittag auf die Beine und ernährte sich von Kaffee, Wein und Zigaretten. Zumindest, bis ihr Körper zu streiken begann. Sie hatte Aussetzer, fiel ab und zu in Ohnmacht und konnte sich zumeist nicht mehr daran erinnern, mit wem sie tags zuvor unterwegs gewesen war. Ab und zu zeugten nur Blut und Sperma davon, dass sie offenbar männliche Begleitung gehabt hatte, und mehr als einmal erwachte sie im Morgengrauen auf dem Bürgersteig in irgendeiner Gegend und hatte nicht die geringste Ahnung, wie sie überhaupt dorthin gelangt war.

Und als Lina ungefähr eineinhalb Jahre alt sein musste, da fiel Mary, zugekokst bis in die Haarspitzen, von einer Klomuschel in einem Innenstadtlokal. Das Letzte, was sie noch registrierte, war das fehlende Klopapier, dann wurde alles um sie schwarz. Ein tiefes, undurchdringliches Schwarz, das sich, als Mary endlich wieder die Augen öffnete, in ein moschusartiges Grün verwandelt hatte. Ein rundlicher kleiner Mann mit dicken Brillen erklärte ihr, dass sie dem Tod in allerletzter Sekunde von der Schaufel gesprungen sei und wenn sie ihren 35. Geburtstag noch erleben wolle, dann bleibe sie besser hier bei ihm im Institut, wo sie, wenn sie es denn wolle, wieder ganz gesund werden und zu einem neuen Leben finden könne.

Und nun, fast zwei Jahre später, saß sie an dieser Bushaltestelle an der Breitenfurter Straße und gestand sich ein, nicht einmal im Ansatz zu wissen, wohin sie sich jetzt wenden sollte.

Was blieb ihr anderes übrig als die Adresse in der Praterstraße? Es war ein Ding der Unmöglichkeit, nach Hernals zu fahren, um dort Georgs Eltern aufzusuchen, diese darum zu bitten, die kleine Lina sehen zu dürfen. Wahrscheinlich würden die glatt die Polizei rufen, wenn sie dort plötzlich auf der Matte stand. Nein, die alte Kommune war der einzige Platz, an dem sie unterkommen konnte. Mary warf die

Zigarette auf den Boden, trat sie nachlässig aus. Dann erhob sie sich schwerfällig, da der Bus eben in die Station einfuhr. Es verging wohl eine gute Stunde, ehe sie sich am Schwedenplatz wiederfand. Von dort ging sie über die Brücke in die Leopoldstadt und hielt im Zickzack auf die alte Adresse zu.

Eine ihr völlig unbekannte Frau öffnete die Tür und sah sie erwartungsvoll an. „Ja, bitte?", kam es zweifelnd aus deren Mund. „Ich bin die Mary", entgegnete die Glickstein nahezu tonlos, „ich habe einmal hier gewohnt. Ist die Irene da?"

Verwirrt drehte sich die Frau halb um die eigene Achse. „Kennt hier jemand eine Irene?", rief sie lautstark in die Wohnung. Ein wuchtiger Lockenkopf, dessen Körper in einem indischen Kleid steckte, erschien im Vorzimmer. „Die Irene lebt schon lange nicht mehr da. Die ist mit dem Otto ins Burgenland gegangen." Mary richtete ihren Blick auf die neu angekommene Frau aus: „Mit dem Otto Muehl?" Die samtbeschuhte Inderin bestätigte die Vermutung. „Ja, die haben dort einen Bauernhof bei Zurndorf gemietet. Wennst willst, bring ich dich hin." Mary bemühte sich um ein Lächeln. „Das ist nicht nötig, ich …" Die andere winkte ab. „Ich fahr eh grad runter. Du kannst gern mitkommen." Mary prolongierte ihr Lächeln. „Na dann."

Einige Minuten später saß Mary auf dem Beifahrersitz eines VW-Käfers, den die andere, die sich zwischenzeitlich als „Moonshine" vorgestellt hatte, röhrend und hustend aus der Parklücke steuerte. „Wir werden ein Zeiterl brauchen", prognostizierte Moonshine, „baust uns derweil einen Joe?" Der Lockenkopf schaltete einen Gang höher und griff dann nach hinten zu ihrer Tasche, aus der sie der Reihe nach Papers, Tabak und eine kleine Plastiktüte hervorholte. „Aber geh sparsam um mit dem Shit, ich muss ja fahren."

Mary rang mit sich. Sie durfte doch nicht all die Arbeit der letzten Monate gleich im erstbesten Moment fahren lassen. Doch dann kam sie zu dem Schluss, dass sie den Ofen ja nicht für sich, sondern für die Lenkerin produzierte, und wenn sie bei der Gelegenheit selbst auch einen Zug nahm, dann würde sie deshalb kaum wieder rückfällig werden.

Während sie sich bemühte, den Tabak auf das Papier zu träufeln, ohne dabei allzu viel zu verstreuen, steuerte Moonshine den Wagen durch die Landstraße und Simmering nach Kaiserebersdorf. „Da sitzt der Theo“, sagte sie und nickte dabei in die Richtung der Strafanstalt. „Drogenhandel werfen ihm die Schweine vor. Dabei hat er echt nur ein bisserl Gras bei sich ghabt. ... Und die Speedies halt. Aber die dürften von Rechts wegen gar nicht zählen, weil die waren Eigenbedarf.“

Der penetrante Geruch von Petroleum stieg Mary in die Nase. Ein untrügliches Zeichen dafür, dass sie die Raffinerie bei Schwechat passierten. Mary streute ein paar Krümel des Dopes auf den Tabak, ehe sie den Rand des Papiers mit ihrer Zunge anfeuchtete, um so die Haschzigarette fertigzustellen. „Hast ein Feuer?“, fragte sie dann. Moonshine beugte sich wieder nach hinten, kramte eine Weile in ihrer Tasche, fand, was sie gesucht hatte, und reichte Mary eine Schachtel Zündhölzer. Diese entnahm ein Streichholz, rieb es an der vorgesehenen Stelle an und hielt die so entstandene Flamme dann an die Zigarette, während sie gleichzeitig an selbiger anzog. Sofort wurde ihr ein wenig schwummrig, sie war die Wirkung des Zeugs sichtlich nicht mehr gewohnt. Eilig blies sie den Rauch aus und reichte das Rauchwerk weiter an die Fahrerin.

Als sie Fischamend hinter sich gelassen hatten und sich auf Göttlesbrunn zubewegten, da war Mary ehrlich überrascht darüber, wie rasch man einen Joint aufrauchen konnte. Sie selbst hatte auch noch zwei- oder dreimal angezogen, und so registrierte sie eine matte Gleichgültigkeit in sich, die es ihr ermöglichte, jedwede Angstregung ob des schlingernden Fahrstils von Moonshine von sich zu schieben. Glücklicherweise war die Landstraße praktisch frei von jedem Verkehr, sodass es keine Gefährdung darstellte, wenn der Käfer wieder einmal für eine kleine Weile auf der Gegenfahrbahn unterwegs war.

Bei Parndorf schrie Moonshine plötzlich auf. „Jössas, da hätt ich abbiegen müssen." Sie wendete mitten auf der Straße, wobei sie den entgegenkommenden Wagen völlig ignorierte. Der Fahrer des Opel hupte wie verrückt und stieg sichtlich mit aller Kraft auf die Bremse, um eine Kollision zu vermeiden. „Ja, ja, reg dich nicht auf, Alter", murmelte Moonshine, während sie das Auto wieder in die richtige Spur brachte, um sodann Richtung Neusiedl abzubiegen. Mary verfolgte die Szene belustigt und meinte dann, der Nazi in seiner Spießerkarre bräuchte wohl wieder einmal Sex, dann wäre er ein wenig entspannter.

Acht Kilometer später kam das wuchtige Gebäude des ehemaligen Gutshofs allmählich in Sicht. „Jetzt simma gleich da", statuierte Moonshine und lächelte Mary dabei selig an. Die aber kam aus dem Staunen gar nicht mehr heraus. Der Friedrichshof, in dem die Kommune untergebracht war, glich einem Bienenstock. Beinahe eine eigene kleine Stadt, kam es ihr in den Sinn, wobei sie sich darüber wunderte, buchstäblich niemanden zu erkennen. Wo kamen die alle her? Wer waren die überhaupt? Moonshine war zwischenzeitlich irgendwelchen Mädchen um den Hals gefallen, während ein paar verhärmt wirkende Frauen vor dem Haus tatsächlich mit Trog und Rumpel Wäsche wuschen. Von irgendwoher drang Musik an ihr Ohr, die sie indisch anmutete, auch wenn sie nicht zu sagen vermochte, welche Instrumente für die Töne verantwortlich zeichneten. Sie stand da wie der Ochs vor dem neuen Tor und wusste nicht, wohin mit sich. „Ich bin der Herbert. Aber alle nennen mich Herbie. Und wer bist du?" Ohne, dass sie es bemerkt hätte, war ein vollbärtiger Mitzwanziger an sie herangetreten, der vollkommen nackt war. „Ich suche die Irene", gab sie ausweichend zurück, wobei sie es nicht verabsäumte, den sehnigen Penis von Herbie genau zu betrachten. „Welche? Die alte oder die junge?" bekam sie zu hören und war nun erst recht verwirrt. Was war in den Augen dieses Mannes alt? „Die aus der Kommune in der Praterstraße", bemühte sie sich, die Thematik elegant zu umschiffen. „Ah die", kam es unbestimmt zurück, „die ist bei den anderen in der Meditationsgruppe. Gleich da hinten bei dem alten Geräteschuppen." Herbie wies mit der linken Hand in die entsprechende Richtung, während er sich mit der rechten ungeniert an seinen Schwanz griff. „Sorry", erklärte er, „aber ich geh gleich pudern. Und da muss er stehen." Mary war sich nicht sicher, wie sie auf diese Ansage reagieren sollte, und so beschloss sie, einfach zum Schuppen zu gehen, um Irene zu suchen. Sie nickte Herbie wortlos zu und machte sich auf den Weg.

Sie brauchte eine Weile, um Irene unter all den weiß gekleideten Frauen, die im Lotussitz im Kreis saßen, auszumachen. Auch wusste sie nicht, wie sie sich in dieser Situation verhalten sollte. Würde Irene es ihr übelnehmen, wenn sie einfach auf sie zuging und sie begrüßte, dadurch die Meditation störend? Oder würde Irene einfach erfreut sein, sie wiederzusehen und die Übung daher einfach beenden? Mary entschloss sich zu einem Mittelweg, indem sie sich einfach Irene genau gegenüber aufbaute, sodass diese sie sehen musste. Wie erhofft verließ Irene sofort ihren Platz, sprang förmlich über eine andere Frau und fiel Mary um den Hals, um deren Gesicht gleich danach mit Küssen zuzudecken. „Wo kommst du denn her?", fragte sie, als sie endlich davon abließ, Mary zu liebkosen.

„In der Praterstraße haben sie mir gesagt, dass ich dich hier finde. Da habe ich die erste Gelegenheit genutzt, um zu dir zu kommen." Irenes Antwort bestand in einer weiteren Kaskade an Küssen. „Und was machst du da", wollte Mary schließlich wissen, „besuchst du auch wen?"

„Nein, ich wohn jetzt da. Hier, in der Kommune. Mit dem Otto und all den anderen. Weißt", sagte sie nach einer kleinen Pause, „in Wien geht das nicht so mit der alternativen Lebensweise. Da bist viel zu sehr mit der herrschenden Spießbürgerlichkeit konfrontiert. Hier können wir uns alles selber machen. Wir ziehen Gemüse, haben Obstbäume, drüben im Stall stehen Kühe, die geben uns die Milch, aus der wir Butter und Käse machen. Wir sind Selbstversorger, vollkommen autark sozusagen." Dabei huschte ein Ausdruck des Stolzes über Irenes Gesicht.

Mary war sich nicht sicher, was sie von dieser Auskunft halten sollte, als eben Otto Muehl selbst vorbeischwebte. Er schien nichts und niemanden zu beachten, ehe er gerade bei Mary abrupt Halt machte. Er sah sie durchdringend von oben bis unten an, dann hob er sein Kinn ein wenig. „Mary?" Sie nickte. Er begann zu lächeln. Er trat einen Schritt auf sie zu, umfasste mit beiden Händen ihren Hintern und drückte auf diese Weise ihren Unterleib gegen den seinen, während er sie intensiv auf den Mund küsste. Sie ließ ihn gewähren, auch wenn ihr nicht entging, dass sie sich dabei ziemlich verkrampfte. „Schön, dass du wieder bei uns bist", sagte er, nachdem er ihren Körper wieder freigegeben hatte. „Irene hier", dabei deutete er nachlässig in jene Richtung, in der er die Frau vermutete, während er gleichzeitig die Augen nicht von Mary abwandte, „wird dich einweisen und dir alles zeigen. Wir sehen uns dann abends beim Plenum. Ich hoffe, du schläfst heute mit mir." Und damit war der große Guru auch schon wieder entschwunden.

Mary brauchte weiter nichts zu sagen. Sie wusste, dass Muehl meinte, was er sagte, und dass von ihr erwartet wurde, keinesfalls spießig zu sein. Wer nicht ficken wollte, der war eben für die Revolution noch nicht reif. Und wer sich den Sexualpartner aussuchen wollte, der war ein kleinbürgerlicher Spießer, der den Regeln des Systems aufgesessen war. Wer also im Einklang mit der Natur sein wollte, frei von den Zwängen einer völlig verkorksten Gesellschaft, der musste mit allen in der Gruppe Sex haben. Mary sah Muehl nach und dachte, es gab Schlimmeres, als sich von ihm ficken zu lassen. Allerdings entging ihr nicht, dass sich Irenes Gesicht verdüstert hatte. Mary beschloss, den Stier bei den Hörnern zu packen. „Hast du schon was vor mit ihm heute?" Dabei deutete sie mit dem Daumen über ihre Schulter. Irene sah betreten zu Boden. „Mich pudert er schon lange nicht mehr." Dann blickte sie wieder auf und versuchte dabei, hoffnungsvoll dreinzuschauen. „Aber darum mach ich auch die Meditation, die wird mich sexuell befreien. Von meinen reaktionären Denkmustern befreien, und dann werde ich auch wieder den Otto in mir spüren dürfen." Es sollte optimistisch klingen, doch für Mary hörte es sich nur verzweifelt an.

Sie gingen gemeinsam in den Schlaftrakt, wo Irene Mary ein Bett neben ihrem bereitmachte. „Ich denke, Otto wird dir heute sagen, dass du dich ein paar Tage zwanglos umsehen kannst und so, aber du solltest dir halt schon beizeiten überlegen, was du dann arbeiten willst. Weil weißt eh, wir sind ein Kollektiv, keine Urlaubergruppe." Gleich danach deutete sie auf Marys Sachen. „Und ach ja, das weißt du sicher eh, aber privates Zeug gibt es bei uns nicht, das musst du abgeben." Mary kannte das Konzept schon aus der WG, wo es sich aber auf Geld, Schmuck, Bücher und dergleichen beschränkt hatte. „Du meinst, mein Gewand gehört dann auch allen?" Irene nickte. Mary kicherte los. „Das ist doch ein Witz! Wie soll denn dem Herbie mein Minirock passen?" Irene aber blieb ernst. „Wie du siehst, braucht es hier keine Miniröcke. Die Männer tragen Latzhosen, wir weiße Kleider. That's it. Mehr braucht es nicht." Mary hob die Augenbrauen, sagte aber nichts.

Am Abend begab sie sich in den Speisesaal. Die dargereichten Gerichte waren, so fand sie, auch nicht unappetitlicher als jene in der Anstalt, dennoch hätte sie sich nach etwas Besserem gesehnt. Immerhin aber gab es reichlich Brot, sodass sie sich bald satt fühlte. Und während die älteren Frauen und ein paar dickliche Männer damit begannen, das Geschirr abzuräumen und zu waschen, warfen sich jüngere Mitglieder der Kommune in Pose. Was folgte, war ein Pandämonium an Gebrüll, Geschrei und hysterischen Urlauten. Muehl stieß ein wenig später zur Gruppe dazu und setzte sich direkt neben Mary auf den Boden.

„Weißt du“, begann er, während er wie selbstverständlich ihre Brüste betatschte, „durch die bourgeoise Gesellschaft wurde uns allen ein emotionaler Panzer umgehängt, den wir aufbrechen müssen. Wir müssen alle Angst, alle Ekel- und Schamgefühle überwinden, alle Tabus brechen. Nur so können wir wirklich frei werden.“ Muehl hatte mittlerweile Marys Busen aus ihrem Kleid befreit und begann wie ein kleines Kind an ihrer Brustwarze zu saugen, während er mit der rechten Hand sein Glied massierte.

Vor Marys Augen benahmen sich einige Ekstatiker wie Paviane, indem sie bald nach links, bald nach rechts liefen, auf und ab hüpften und beängstigende Töne ausstießen. Andere wiederum saßen auf den Tischen, an denen gerade noch gegessen worden war, und onanierten inbrünstig. Immer wieder schossen Spermaladungen durch die Luft und landeten entweder auf dem Boden oder auf jemandem von den Akteuren. Mary entdeckte den Herbie vom Nachmittag, der gleichfalls seinen steifen Penis malträtierte. Doch beschränkte er sich nicht darauf, die Sache händisch zu einem Ende zu bringen, vielmehr schnappte er eine der Zuseherinnen, schob deren Kleid hoch und gab ihr zu verstehen, sie möge die Beine spreizen. Die stützte sich vorne am Tisch ab und tat, wie ihr geheißen. Mary sah, wie Herbies Schwanz in der Hintertür der Frau verschwand, worauf beide ekstatisch die Augen verdrehten und begannen, animalische Laute von sich zu geben. Ein junger Bursch stellte sich daneben, griff der Frau an die Brüste, während er selbst hektisch masturbierte. Mary konnte nicht erkennen, wer von den beiden früher kam, sie sah nur, wie der Junge seinen Samen auf die Brust der Frau spritzte, während es Herbie offenkundig in der Frau kam. Gerne hätte

Mary die Reaktion der Frau selbst abgewartet, sich auch danach erkundigt, wer sie überhaupt war, doch spürte sie plötzlich, wie Muehl sie auf den Rücken legte. Sie hielt den Kopf, solange sie konnte, hoch, um die Szene am Tisch zu Ende zu sehen, doch dann starrte sie nur noch an die Zimmerdecke, bis Muehls Schädel vor ihrem Sichtfeld auftauchte. Sie spürte, wie sein Penis in sie eindrang, und sein keuchender Atem schlug ihr ins Gesicht. Er stieß immer heftiger zu, doch konnte Mary nicht behaupten, dadurch irgendwie stimuliert zu werden. Sie studierte den Ausdruck in seinen Augen, der ihr mehr von Gier als von Lust zeugte. Gleich danach aber brach sein Blick nach oben aus, und sie fühlte, wie sich sein Saft in ihrem Inneren ausbreitete. Sie hatte nicht auf die Uhr gesehen, aber das Ganze konnte kaum länger als zwei oder höchstens drei Minuten gedauert haben.

Muehl ließ sich schwer auf ihren Körper fallen, was es ihr erschwerte, normal zu atmen. Gerne hätte sie seinen Leib von ihrem gerollt, doch war ihr bewusst, dass dies als unhöflich empfunden worden wäre. Trotzdem war sie erleichtert, als sich Muehl nach einigen Momenten aufrappelte und sich davonmachte. Dass er sie dabei aber nicht einmal mehr ansah, empfand wiederum sie als unhöflich.

Sie wollte sich eben ihr Kleid wieder anziehen, als plötzlich ein halbsteifer Penis vor ihren Augen auf und ab baumelte. „Was ist, Mary, pudern wir auch?“ Sie sah den Schwanz entlang in die Höhe und machte Herbies Gesicht aus. „Ned wahr“, entfuhr es ihr, „du hast die da drüben doch gerade in den Arsch gefickt. Da bist du schon wieder geil?“ Herbie griff sich an seine Eier. „Da ist einfach viel zu viel drin. Das muss raus“, griente er. „Ja“, Mary erhob sich,

„aber deswegen muss es noch lange nicht bei mir rein. Ned bös sein, such dir eine andere." Sie stellte sich darauf ein, dass er nun protestieren und sie mit Vorwürfen ihre mangelnde politische Reife betreffend überhäufen würde, doch Herbie zuckte nur mit den Schultern und lief dann, während er eifrig seinen Schwanz wichste, auf eine andere Gruppe zu, in der gerade drei Männer damit beschäftigt waren, sämtliche Körperöffnungen der beteiligten Frau mit ihren Genitalien zu füllen. Mary nutzte den Moment und verschwand in Richtung der Schlafräume.

Wo sie auf Irene traf. „Ist das immer so ein Wahnsinn?" Irene sah sie trotzig an: „Wenn du ihnen gfallst, ja." Dann wanderten ihre Augen über Marys Brüste bis zur Scham und wieder hinauf. „Und du gfallst ihnen sicher. Du kannst dich jede Nacht von drei, vier, fünf Typen bumsen lassen, wennst willst." Mary hob die Hände. „Du, danke, so viel Bedarf hab ich gar nicht." Irenes Blick blieb abweisend. „Um deinen Bedarf geht's dabei gar nicht." Es war wieder einmal Zeit für gehobene Augenbrauen. „Wie meinst das jetzt?" Irene legte sich ins Bett. „Das wirst noch früh genug merken."

Tatsächlich erlebte Mary die kommenden Monate eher freudlos. Nicht nur, dass ihr die körperliche Arbeit, die man ihr zugewiesen hatte, ziemlich anstrengend vorkam, sie konnte sich danach nicht einmal richtig erholen, weil immer irgendwo ein Schwanz auftauchte, den sie zu befriedigen hatte. Meistens waren die Kommunarden eher einfallslos. Sie traten einfach von hinten an sie heran, vögelten sie im Stehen, spritzten recht schnell ihren Samen ab und ließen dann ohne weiteres Wort von ihr ab. Nachdem zwei oder drei der Männer in ihr zum Höhepunkt gekommen waren, verloren die anderen an ihr das Interesse, immerhin gab es genügend Frauen auf dem Friedrichshof, die zumeist auch wesentlich jünger waren als sie, sodass sie auf diese Weise endlich ins Bett kam und schlafen durfte.

Irgendwann aber war sie nicht mehr bereit, den ewig gleichen Ablauf kritiklos hinzunehmen. In einem der Plena griff sie das Thema auf und erklärte rundheraus, dass ihr das dauernde Schnackseln bis zum Hals stehe. Freie Sexualität sei ja prinzipiell richtig, doch es müsse auch akzeptiert werden, wenn jemand einfach keine Lust habe. Wobei sie gleich den potentiellen Vorwurf entkräftete, sie sei einfach nur wählerisch und wolle einzelne Gruppenmitglieder vom Geschlechtsverkehr ausschließen. „Ich will einfach ned so oft. Das ist alles. Ich werd bald 40, da ist das mit der Libido nicht mehr so ausgeprägt", ließ sie die anderen wissen, und einige der übrigen Frauen gaben ihr Recht. Doch ehe noch eine Grundsatzdebatte daraus erwachsen konnte, brachte Muehl selbst ein anderes Thema aufs Tapet, und Marys Bedenken waren vom Tisch gewischt. Nach dem Plenum aber kam Muehl auf sie zu, nahm sie am Arm und zog sie in einen Winkel, wo man sie nicht hören konnte. „Es wird dich niemand mehr anrühren. Das verspreche ich dir. Du wirst nur noch Sex haben, wenn du dich aktiv darum bemühst. Ist das okay für dich?" Mary nickte erleichtert. Muehl tätschelte ihr sanft die Wange. „Ich hoffe, deine sexuelle Müdigkeit gilt nur für die anderen. Ich wäre sehr traurig, wenn du mich auch verschmähen würdest."

Mary versuchte, seinem Blick standzuhalten, sah aber dann doch zu Boden. Matt schüttelte sie den Kopf. „Wusste ich es doch! Wir zwei, wir sind eben schon was Besonderes.“ Er kniff ihr grob in die Brust und verschwand in Richtung der anderen.

In den nächsten Monaten hatte sie mehr oder weniger ihre Ruhe. Muehl besuchte sie zwar ab und an, aber der Sex dauerte meist nur wenige Minuten, dann hatte er sich auch schon befriedigt und zog wieder ab. Im Gegenzug durfte sie die Wäscherei verlassen und erhielt einen Job in der kommuneneigenen Druckerei, wo sie für das Korrektorat zuständig war. Und im Laufe der Zeit kam selbst Muehl immer seltener. Als er doch wieder einmal in sie eindrang, da wirkte er dabei mürrisch, unausgeglichen und mit Fortdauer des Aktes immer übellauniger. Als er sich nach seinem Orgasmus abrollte und wieder zu normalem Atem gekommen war, meinte er, sie könne sich ruhig mehr anstrengen. „So geht das nicht, Mary, ich kann mich nicht um alles kümmern. Da musst du schon auch mithelfen.“ Mary sah ihn mit großen Augen an. „Was soll das heißen? Du erscheinst, du steckst ihn rein, du kommst, du gehst. Welchen Teil davon soll ich dir genau abnehmen?“ In Muehls Gesicht spiegelte sich aufflackernder Zorn. „Du weißt genau, wie ich es mein. Streng dich gefälligst ein bisserl an. Ich mein, du liegst da wie ein Sack. Da macht es ja gar keinen Spaß, da kann ich ja gleich ein Erdloch pempern.“

Nun kam auch in Mary Ärger auf. „Ah, soll ich für den Herrn vielleicht wollüstig stöhnen, so wie es die Schnepfen in den Pornos machen, oder wie?“ Muehl setzte sich auf. „Dafür, dass du eigentlich ziemlich fad bist, hast eine reichlich große Goschn.“

„Tja, daran musst du dich wohl gewöhnen.“

Muehl schien über irgendetwas nachzusinnen, was Mary zunehmend nervös machte, weil sie ihn gerne schon los gewesen wäre. Plötzlich drehte er sich zu ihr um. „Ich weiß, wie wir unser Sexleben wieder aufpeppen." Sie verdrehte die Augen. „Ich kann's kaum erwarten." Ihre Antwort triefte vor Sarkasmus.

„Du hast doch eine Tochter, hab ich gehört. Die muss doch jetzt eh schon fast 10 sein oder so. Bring die doch her, dann machen wir's zu dritt." Es war einer jener Momente, in denen man buchstäblich die Luft zirkulieren hört. Mary stand ganz langsam auf, holte aus und verpasste Muehl mit den Worten „Du Schwein" eine schallende Ohrfeige. Und während er sich noch die Wange rieb, war Mary schon dabei, ihre Sachen zu packen.

Am nächsten Morgen saß sie auf einer Bank am Bahnhof Landstraße und überprüfte ihre Barschaft. Sie hatte knapp mehr als 50 Schilling. Damit würde sie es gerade einmal zum Flughafen schaffen, doch an eine Flucht aus dem Land war damit nicht zu denken. Dabei wollte sie nur noch weg.

Fünf Jahre ihres Lebens verschwendet für eine Idee, die nie die ihre gewesen war, für einen Guru, der sich als Perverser herausgestellt hatte. Was war sie dumm gewesen! Wieder einmal. Vielleicht hatte ihre Mutter doch Recht und sie war einfach zu nichts nütze. Aber das war nicht die Zeit für Selbstmitleid! Was geschehen war, das konnte sie ohnehin nicht mehr ändern. Vielmehr galt es einen Weg zu finden, aus diesem Land herauszukommen.

Naheliegend wäre es gewesen, die Strechas aufzusuchen, um diese um Geld anzugehen. Doch das war ihr dann doch zu peinlich. Es musste einfach eine andere Möglichkeit geben. Sie erinnerte sich an den Anwalt, der vor einigen Jahren ihre Mutter auf die richtige Spur gebracht hatte. Ob der noch lebte?

Aber nein, weder wusste sie seinen Namen, noch schien es ihr angemessen, ausgerechnet diesen Mann um Hilfe zu bitten. Sie folgte einem spontanen Einfall und begann hektisch, ihre Sachen zu durchwühlen. Endlich fand sie, was sie so dringend suchte: ihren israelischen Pass. Sie ging durch das Bahnhofsgebäude und hielt Ausschau nach einer Telefonzelle. Dort studierte sie das aufliegende Verzeichnis. Na bitte, die Botschaft befand sich im 18. Bezirk. Sie löste einen Fahrschein und machte sich auf den Weg zur ausgewiesenen Adresse.

Einige Stunden später gestand sie sich ein, dass sie davon ausgegangen war, ihren Plan leichter umzusetzen. Doch erst hatte man sie doch recht lange warten und dann ziemlich deutlich fühlen lassen, dass man doch ein wenig pikiert darüber war, dass eine Person, die vor 13 Jahren aus der Heimstätte fortgegangen war, jetzt auf einmal wieder zurückwollte. Doch als sie ihre kranke Mutter ins Treffen führte, die niemanden anderen als sie habe, ließ sich der Geschäftsträger doch erweichen und erwirkte ein Flugticket für sie nach Tel Aviv. Als sie endlich im Flieger saß, nahm sie sich vor, ihre Schutzbehauptung wahr werden zu lassen. Wenn sie sich schon niemals um ihre Tochter gekümmert hatte, dann wollte sie dies nun wenigstens an ihrer Mutter wiedergutmachen. Und so landete sie am nächsten Morgen in jener Stadt, in der sie ihre Jugend verbracht hatte.

Kurz erschrak Mary, als sie ihre Mutter nicht zu Hause antraf. Dann aber erzählten ihr Nachbarn, dass Caroline in einem Pflegeheim lebte, weil es mit ihrer Gesundheit ganz und gar nicht zum Besten stehe. Sie nahm ihr letztes Geld in die Hand und fuhr zum Sanatorium, wo sie erstmals seit fast zehn Jahren wieder ihrer Mutter gegenüberstand.

Nachdem sie sich beide viel Zeit für das Wiedersehen genommen hatten, ging sie zum behandelnden Arzt, um von ihm zu erfahren, wie es nun wirklich um Caroline stand. Der versicherte ihr, dass sie, die richtige Pflege vorausgesetzt, durchaus noch zehn oder sogar 20 Jahre leben konnte. Gleichzeitig aber beklagte er, dass sie knapp an Mitteln und daher auch an Personal seien, sodass sie sich nicht in dem Ausmaß um alle kümmern könnten, wie sie es gerne wollten. Am besten, so lautete sein Resümee, wäre für Caroline eine individuelle Pflege mit entsprechender Aufmerksamkeit. Und Mary bekundete, ihr genau das angedeihen lassen zu wollen.

Zwei Tage später bezogen sie die alte Wohnung in Tel Aviv, und Mary begann, intensiv darüber nachzudenken, wie es ihr gelingen könnte, für sie beide genügend Geld zu verdienen, um ein Auslangen zu finden. Ihre bisherigen Tätigkeiten waren in Israel nicht gerade sonderlich gefragt, doch sie erinnerte sich daran, im Basteln immer recht gut gewesen zu sein. Ein alter Schulfreund, der mittlerweile in der lokalen Bank arbeitete, organisierte ihr einen Überbrückungskredit, und bald schon begann Mary, Schmuck zu produzieren, den sie zum Verkauf anbot. Anfänglich lief das Geschäft nicht gerade erfolgversprechend, doch schließlich kam ihr die Mundpropaganda zu Hilfe. Ein knappes Jahr nach ihrer Rückkehr konnte sie beginnen, ihre Schulden zurückzuzahlen, und weitere zwei Jahre später machte sie erstmals Gewinn. Je besser ihr Geschäft lief, desto mehr entschwanden die Erinnerungen an Wien, und bald erschienen ihr die Jahre in Österreich nur noch wie ein seltsamer Traum, den sie vor langer, langer Zeit einmal gehabt hatte.

Frühjahr 1971

Caroline war wie vom sprichwörtlichen Donner gerührt. Ein Enkelkind? Sie war Großmutter? Sie erteilte ihrem Körper den Befehl, der Tochter nachzueilen, um mehr über diese letzten Worte zu erfahren. Doch als sie endlich in Bewegung gekommen war, da hatte Mary die Wohnung schon verlassen. Caroline suchte abwechselnd die Praterstraße und den Hafnersteig auf, doch Mary blieb wie vom Erdboden verschwunden. Schließlich gab Caroline auf und wandte sich ein weiteres Mal an den Rechtsanwalt.

Der bemühte für sie seine Kontakte, musste ihr jedoch mitteilen, dass es in Wien keinen weiteren Eintrag mit dem Namen Glickstein gab. Auch habe er, erklärte er weiter, versucht, bei den diversen Geburtskliniken Informationen einzuholen, doch habe man ihm auch dort nicht helfen können. „Wissen Sie, Frau von Glickstein, wenn wir das Geburtsdatum halbwegs eingrenzen könnten, da ließe sich vielleicht ein Hinweis finden, doch so ist das praktisch ein Ding der Unmöglichkeit. Ich meine, das Kind kann irgendwann zwischen Anfang 1968 und Anfang 1971 zur Welt gekommen sein, das ist für jede Spitalsverwaltung eine Zumutung, da alle Akten dieses Zeitraums zu wälzen. Zudem ist ja nicht einmal sicher, dass Ihre Tochter das Kind in Wien zur Welt gebracht hat. Es könnte genauso gut in Wiener Neustadt, St. Pölten oder, was weiß ich, in Linz geboren worden sein."

In Carolines Gesicht zeichnete sich unendliche Verzweiflung ab, gepaart mit Schmerz und Hoffnungslosigkeit. „Ich habe alles verloren. Alles. Sie wissen das", begann sie endlich, „meine Jugend, meinen Vater, dann alles, was mir rechtlich zustünde, und zuletzt auch noch meine eigene

Tochter. Ich will wenigstens meinen Enkel sehen, bevor ich sterbe."

Der Anwalt zeigte Verständnis für ihre Lage. „Wenn wir wenigstens einen Namen hätten", sinnierte er, „haben Sie wirklich keine Möglichkeit, wenigstens das herauszufinden? Vielleicht wissen ja die … Mitbewohner des Fräulein Tochter etwas?"

„Glauben Sie, das hätte ich nicht versucht? Aber man hat mir die Tür gewiesen und mir ziemlich deutlich zu verstehen gegeben, ich solle mich nicht mehr blicken lassen." Beide verharrten kurz in Stille und seufzten dann. „Gibt es denn wirklich gar keine Möglichkeit", begann Caroline dann von Neuem.

„Nehmen wir einmal an, Ihre Tochter hat in Wien entbunden. Dann wird sie sicher nicht in irgendeinem teuren Privatspital verschwunden sein. Es sei denn natürlich, der Vater ist irgendein Krösus aus der Kunstszene, der die Geburt geheim halten wollte. Aber das ist weniger wahrscheinlich, vermute ich einmal. Also gehe ich davon aus, dass sie sich an eines der üblichen Spitäler gewendet hat. Als da wären die Semmelweis-Klinik, das Franz-Josef-Spital, die Rudolfstiftung, das Wilhelminenspital, der Göttliche Heiland, das …" Caroline fuhr hoch: „Göttlicher Heiland? Ist der nicht in Dornbach?" Der Jurist bejahte. „Ich weiß nicht, warum, aber ich denke, Mary würde sich genau dorthin gewandt haben. Weil sie weiß, dass wir Hernalser sind." Nach Meinung des Anwalts hatte diese Annahme etwas für sich. „Sie könnten Recht haben, Gnädigste. Einen Versuch wäre es immerhin wert."

Caroline dachte nach. „Glauben Sie, ich kann da einfach hingehen und fragen?" Warum nicht, lautete die Antwort:

„Fragen kostet ja nichts. Vielmehr, als dass man Sie wieder wegschickt, kann Ihnen ja nicht passieren." Carolines Gesicht erhellte sich kurz, dann aber verdüsterte es sich gleich wieder. „Was ist?", wollte der Anwalt wissen. „Es ist mir unendlich peinlich, aber ..."

„Was aber?"

„Nun ja, ich war nicht darauf eingestellt, mich so lange in Wien aufzuhalten ..."

„Sie brauchen Geld?" Caroline nickte matt. Der Jurist kramte in einer Schublade. „Hier haben Sie 500 Schilling. Damit sollten Sie eine gute Weile über die Runden kommen. Zumindest, bis Sie die Angelegenheit mit dem Enkelkind geklärt haben. Und wenn Sie doch mehr brauchen, zögern Sie nicht, noch einmal auf mich zuzukommen. Ich wünsche Ihnen von Herzen ganz viel Glück."

Ein wenig verschämt nahm sie das Geld an sich. „Wenn es irgendwie geht, dann bekommen Sie alles auf Heller und Pfennig zurück", nuschelte sie schließlich, ehe sie überhastet aufbrach. Sie fuhr mit der Straßenbahn nach Dornbach und betrat mit wackeligen Knien das Hospital. Beim Portier erkundigte sie sich nach der Registratur. Der war zwar ein wenig über das Ansinnen verwundert, schickte sie dann aber in die entsprechende Richtung. Eine fettleibige Klosterschwester thronte in einem Saal voller Akten und hörte sich mit immer größer werdenden Augen Carolines Begehr an. „Wie stellen Sie sich das vor? Dass ich jetzt drei Jahre Akten abstaube oder wie?" Ihre Entrüstung war ihr überdeutlich anzusehen.

„Na ja, so viele Geburten werden Sie ja in diesem Zeitraum nicht gehabt haben. Und der Name Glickstein ist ja nicht unbedingt Müller oder Meier. Da müsste sich doch etwas finden lassen." Die Nonne war immer noch entsetzt über Carolines Vorhaben und hob abwehrend die Hände.

„Sie müssen sich ja nicht selbst bemühen. Wenn Sie mir nur zeigen, wo die Geburten verzeichnet sind, dann sehe ich mir die Akten selber durch", schlug Caroline vor. „Damit Sie in den Leben anderer Leute herumschnüffeln oder wie? Wir sind ja da nicht bei den Wilden!"

„Bitte", verlegte sich Caroline nun aufs Flehen, „ich brauche das für meinen Seelenfrieden. Ich bin Großmutter und habe mein einziges Enkelkind nicht einmal auf einem Dokument gesehen. Haben Sie doch Verständnis für die Nöte einer Frau." Und über ihre Wangen bahnten sich Tränen ihren Weg. Die Nonne vermochte darob keinen Widerstand mehr zu leisten. „Wie war noch einmal der Name", fragte sie blechern.

Zuerst begaben sie sich zu jenem Aktenschrank, in dem die Dokumente des Jahres 1970 aufbewahrt waren. „Meiner Seel", entfuhr es der Nonne, „das sind ja sicher 300 Geburten. Wenn nicht mehr. Na servas, das kann dauern." Caroline bemühte sich um einen Hoffnungsschimmer. „Sind die nicht alphabetisch geordnet?" Die Nonne schüttelte den Kopf. „Leider nein. Chronologisch." Caroline übte sich immer noch in Optimismus. „Aber auf dem jeweiligen Aktendeckel steht der Name, oder?" Endlich kam ein Nicken. „Na dann!"

Es war wahrlich ermüdend, die Tour de Force durch Hunderte von Namen. Praktisch kein Tag im Jahr 1970 war vergangen, ohne dass nicht ein oder zwei, mitunter sogar drei oder vier Frauen einem Kind das Leben geschenkt hatten. Nach einer Stunde schwirrte Caroline nachhaltig der Kopf angesichts der Myriaden von Kropatscheks, Lengyels,

Hinterholzers, Weniggstettners und so weiter. Die Nonne murmelte deutlich hörbar „als ob ich nichts Besseres zu tun hätte", doch der Appell an ihre christliche Nächstenliebe hatte sie wehrlos gemacht. „Das war der Mai", statuierte sie schließlich. „Ich brauch einen Tee. Wollen Sie auch einen?" Caroline nahm dankbar an.

Zur Zeit der Mittagsausspeisung waren sie bis Ende Juli vorgedrungen, der August erwies sich als etwas schwächerer Monat, auch durch den September kämpften sie sich tapfer durch. „Wissen S' was, das 70er Jahr, das machen wir noch fertig. Aber wenn wir da nichts finden, dann muss ich Sie wirklich bitten, ein anderes Mal wiederzukommen, denn ich hab in einer Stunde Dienstschluss und brauch auch meine Ruhe." Caroline zeigte deutlich Verständnis – und machte sich an den Oktober. Wieder Fehlanzeige.

„November und Dezember noch, und immer noch 100 Akten. Das nimmt ja gar kein End", stöhnte die Ordensfrau. „Da braucht's echt einmal ein einfacheres System, weil ich glaub, ich hab schon eine Staublunge." Dabei hustete sie demonstrativ. Kurz vor 16 Uhr war auch der November abgearbeitet, und sie machten sich an den letzten Packen. „Also, ich fürcht, da find ma nix. Muss wohl 1969 oder 1968 gewesen sein. Also, wenn das Fräulein Tochter überhaupt bei uns war, natürlich." Die Befürchtung, die Archivarin umsonst bemüht zu haben, ergriff mehr und mehr von Caroline Besitz. „Da, schauen S', wir haben voriges Jahr sogar drei Christkindln ghabt", meinte die Nonne mit einem Hauch Belustigung in ihrer Stimme. „Einen Wegbuber-Buben, einen Kolaric und eine …" Die Frau erstarrte und hielt den Akt wortlos in Carolines Richtung. „Marie Glickstein" stand auf dem Deckel. Caroline riss das Konvolut der Kirchendienerin förmlich aus der Hand, öffnete es hektisch und überflog die Eintragungen. Sie hatte eine Enkeltochter. Lina hieß sie. Aber die Spalte für den Nachnamen war leer. Caroline sah verwirrt zu ihrem Gegenüber hin. „Wieso heißt meine Enkelin nicht auch Glickstein. Die Mary ist ja offenbar nicht verheiratet.“ Die Nonne warf einen prüfenden Blick auf das Papier. „Warten S’, da ist ein Sternderl“, klärte sie Caroline auf, „siehe Seite 5.“ Die Nonne übernahm das Blättern. „Aha“, kam es dann überlaut aus ihrem Mund, „das kleine Bauxerl ist noch im Spital adoptiert worden.“ Caroline kam aus dem Staunen nicht heraus. „So was geht?“

„Na ja, wissen S’, das Kind, das ist ja offenbar“, dabei räusperte sich die Nonne demonstrativ, „in Sünde geboren. Aber der Vater hat offenbar so viel Anstand gehabt, sich als Vater zu seiner Verantwortung zu bekennen und hat dem Kind, wie hier geschrieben steht, seinen Namen gegeben.“ Caroline konnte nicht länger an sich halten. „Wie heißt der Vater?“, brüllte sie beinahe. Etwas pikiert über den Gefühlsausbruch, reagierte die Archivarin ein wenig spitz in ihrem Ton. „Arthur Strecha, steht hier.“ Gleich danach aber überkam sie eine Welle besorgten Mitgefühls. „Was ist Ihnen denn? Hallo! Nicht in Ohnmacht fallen! Wollen S’ ein Glaserl Wasser? Jessasmaria, so was auch noch! Klappt mir die da einfach z’samm, und ich hab die Scherereien. Das hat man von seiner Gutmütigkeit.“

Wenig später

Caroline erwachte in einem Spitalszimmer. Erschreckt fuhr sie hoch, sah sich um. „Was ist passiert?“, fragte sie die Krankenschwester, die eben an irgendeinem Tropf hantierte. „Sie sind uns einfach umgfallen wie ein Stückl Holz“, bilanzierte diese, „und der Herr Doktor hat gmeint, wir sollen Sie gleich stationär aufnehmen, damit wir herausfinden, was Ihnen fehlt.“

Jedenfalls fehlte ihr die Erinnerung nicht. Sofort stand alles wieder lebendig vor ihr. Ihre Tochter Mary hatte sie zur Großmutter gemacht. Und sich dabei ausgerechnet von einem Arthur Strecha schwängern lassen! Wie hoch war die Wahrscheinlichkeit, dass es diesen Namen ein zweites Mal gab? Vielleicht, so sprach sie sich Mut zu, hatte der bei einer anderen Gelegenheit einen gleichnamigen Sohn gezeugt. Doch viel realistischer war, dass jener Mann, der mit 50-prozentiger Sicherheit Marys Vater war, nun auch der Vater von Marys Tochter war. Am liebsten wäre sie gleich wieder in Ohnmacht gefallen.

Doch sie musste stark bleiben. „Kann ich den Arzt sprechen, bitte?“, fragte sie. Die Schwester nickte. „Er wird gleich da sein, es ist eh Visite.“ Dennoch dauerte es eine gute Weile, bis der Doktor endlich bei ihr eintraf. „Wir werden einige Tests machen müssen, gnä Frau, damit wir wissen, woran …“ Er kam nicht dazu, den Satz zu vollenden. „Glauben Sie mir, Herr Doktor, mir fehlt nichts. Wenn Sie wüssten, was mir eben passiert ist, dann wären Sie an meiner Stelle auch ohnmächtig geworden.“ Und sie erzählte ihm, was sie mit der Nonne herausgefunden hatte. Der Arzt kraulte sich am Kinn.

„Ich erinnere mich an die Gschicht. War vor ein paar Monaten erst, so um Weihnachten rum. Die Mutter ist uns abpascht, einfach so. Na ja“, er breitete entschuldigend die Arme aus, „denkst ja nicht an so was, gelt. Dass die Frau Mama einfach palessiert, ned wahr. Jedenfalls hamma ned gwusst, was wir jetzt machen sollen. Das Jugendamt einschalten oder so, gelt. Aber dann hat sich die Schwester Agnes erinnert, dass die junge Mutter ja von einem Herrn Strecha bei uns eingliefert worden ist, und den seine Adresse hamma ghabt, also haben wir den kontaktiert.“

„Haben Sie ihn gesehen, denn Herrn Strecha?“ Der Mediziner nickte. „Sicher. Stattliche Erscheinung für sein Alter. Ist ja schon an die 60, würd ich sagen.“ Carolines Finger krallten sich in das Bettzeug. Also war es wahr. Eine Geschichte wie in der griechischen Mythologie. „Kennen S' ihn denn leicht, den Herrn Strecha?“, wollte der Arzt wissen. „Ja, von früher“, gab sie matt zurück. „Hat sich sehr nobel verhalten, der Herr, das muss ich schon sagen.“

Nobel war nicht gerade das Wort, das ihr einfiel. Ein alter Sack hatte eine junge Frau, die ganz offenbar neben der Spur war, schamlos ausgenützt. „Hätt er ja nicht müssen, das Kind adoptieren, nicht? Hätt es ja auch in ein Waisenhaus geben lassen können. Aber nein, das wollt er partout nicht.“ Na auch schon was, dachte Caroline. „Na, so ist das, wenn die Kinder Blödsinn machen, gelt. Die Eltern müssen's dann ausbaden.“

„Die Mutter“, verbesserte ihn Caroline erschöpft. „Ich hab keinen Mann.“ Ihr Visavis war für einen Moment verwirrt, dann fiel der Groschen. „Ach so, ja, natürlich. Für Sie ist das auch ganz schön starker Tobak.“ Nun war Caroline irritiert. „Für mich? Für wen denn noch?“ Der

Mediziner war verwundert, dass dies für die Patientin nicht offensichtlich war. „Na für den Herrn Strecha. Der hat ja die Verantwortung für seinen Buben übernommen, weil der ja noch minderjährig ist, ned wahr?“ Caroline brauchte eine Weile, bis sie verstand. Ungläubig blickte sie den Mann an. „Das heißt, meine Mary hat das Kind mit dem … Kind vom Strecha?“ Er bestätigte ihre Annahme. „So ist es. Aber was ich weiß, ist der Kindesvater selbst ein wengerl …“, dabei hob er seine rechte Hand und vollführte eine Geste, als würde er ein über ihm befindliches Gewinde drehen, „daher haben seine Eltern das Kind in ihre Obhut gnommen. Wenn S' wollen, kann ich die Sekretärin anweisen, Ihnen die Adresse zukommen zu lassen.“ Caroline bat eindringlich darum.

„Gut, dann mach ma das so. Aber jetzt bleiben S' erst einmal über Nacht da und erholen sich. So einen Schrecken, den muss man ja erst einmal verdauen, gelt. Also Kopf hoch, alles wird gut.“ Er sah demonstrativ auf seine Armbanduhr und eilte dann aus dem Zimmer, eine konsternierte Caroline zurücklassend.

Am nächsten Morgen fuhr sie mit der Tramway in die Josefstadt, wo sie sich zu Fuß zur genannten Adresse aufmachte. Doch je näher sie Turls Wohnung kam, desto kleiner wurden ihre Schritte. Sie hatte keine Vorstellung, wie sie Turl oder gar dessen Frau, denn immerhin war ja von den Eltern die Rede gewesen, gegenübertreten sollte. Aber andererseits hatte sie eine Enkelin. Und um die zu sehen, war ein peinlicher Moment wohl das kleinste Opfer. Also nahm Caroline ihren ganzen Mut zusammen und trat in das betreffende Haus ein.

„Ja, bitte?“ Die Frau, die ihr da entgegenblickte, hatte etwas Strenges, Bestimmtes, Einschüchterndes. „Frau Strecha?“, blieb Caroline vage. „Ja. Sie wünschen?“ Caroline atmete tief durch. „Haben Sie ein Enkelkind namens Lina?“ Grete wurde allmählich zornig. „Wer will das wissen?“ Abermaliges tiefes Durchatmen. „Ich bin die … andere Großmutter.“

Grete war sprachlos. Endlich brachte sie eine vage Geste zustande, die Caroline signalisieren sollte, sie möge eintreten. Sie bot ihrem Gast einen Stuhl im Wohnzimmer an und fragte, ob sie Tee oder Kaffee wolle. Caroline entschied sich für Tee. Während Grete darauf wartete, dass das Wasser zu kochen begann, begab sie sich wieder ins Wohnzimmer und bedeutete Caroline, sie möge ihr folgen. Vor einer Tür legte sie den Zeigefinger über ihre Lippen, dann öffnete sie die Pforte einen Spaltbreit und gab Caroline dann die Sicht auf das dahinter befindliche Gitterbett frei. Sofort wollte Caroline zu ihrer Enkelin eilen, doch Grete hielt sie zurück. „Nicht jetzt. Später. Sie braucht ihren Schlaf. Und Sie werden genügend Zeit haben, sie auf dem Schoß zu halten und so weiter. Denn Sie bleiben natürlich zum Essen. Arthur wird sich freuen, Sie nach so langer Zeit wiederzusehen.“

Die Spanne, in der sie den Tee tranken, dehnte sich unangenehm aus. Keine der beiden wusste so recht, was sie sagen sollte. Grete wollte schließlich wissen, weshalb Caroline nach so langer Zeit wieder nach Österreich gekommen war, und die Glickstein erzählte von ihrer Suche nach ihrer Tochter, durch die sie erst dieser Tage erfahren habe, dass sie schon geraume Zeit Oma war. Grete war voll des Mitgefühls. „Ja, man hat es nicht einfach mit dem Nachwuchs. Unser Georg, also der Vater von Lina, der hat sich leider auch noch nicht so richtig zurechtgefunden im Leben. In der Schule war er eine ziemliche Null, aber er hat Talent im Fußball. Derzeit macht er zwar eine ziemliche Krise durch, aber mit ein bisserl Glück wird doch noch was aus ihm." Sie seufzte demonstrativ auf: „So ist das halt mit den Kindern, gell. Man kann nur versuchen, sie bestmöglich auf das Leben vorzubereiten, ihnen einen guten Start zu verschaffen, aber loslaufen müssen sie dann schon selber. Da ist man als Elternteil dann nur noch Zuschauer. Alles, was bleibt, ist die Hoffnung, dass am Ende alles gutgeht."

Carolines Blick hatte etwas Glasiges, Abwesendes. „Ich weiß nicht, was ich falsch gemacht hab bei der Mary. Sicher, ihre Jugend war alles andere als rosig, aber das war nicht meine Schuld. Erst die Flucht in die Schweiz, dann die Emigration in die Staaten, die Rückkehr in ein Land, wo uns niemand haben wollte, und schließlich die Übersiedlung nach Israel, da kann man ja als Kind keine Wurzeln schlagen." Sie sah Grete nun direkt an. „Aber verzeihen Sie. Zuerst dringe ich hier so unangekündigt ein, und dann langweile ich Sie noch mit meinen Geschichten. Es tut mir leid, ich bin ein hoffnungsloser Fall."

„Im Gegenteil, Frau Glickstein, es tut gut, einmal mit jemandem reden zu können, der ähnliche Probleme hat wie man selbst. Wissen S', ich komm mir auch ziemlich heimatlos vor, dabei hab ich mein halbes Leben hier in Wien verbracht. Aber das hat nur bewirkt, dass ich mich in der Steiermark nicht mehr zu Hause fühle, während ich hier immer noch nicht angekommen bin. Manchmal denke ich mir ja", dabei lachte sie kurz auf, „das Leben ist ein großer Ozean, und wir alle sind Schiffe. Wir haben vergessen, aus welchem Hafen wir ausgelaufen sind, wir wissen nicht, welchen wir anlaufen sollen, und so treiben wir auf der offenen See und studieren Seekarten in der wahnwitzigen Hoffnung, aus ihnen einen Kurs ableiten zu können."

Caroline begann zu lächeln. „Das haben S' jetzt aber schön gsagt." Ihr Gegenüber zuckte nur mit den Achseln. „Na ja, weil's wahr ist. Quasi." Und wieder dehnte sich eine Pause zwischen ihnen, die beide als unangenehm empfanden. „Normalerweise schläft die Lina nie so lange. Ich überleg mir schon, ob ich sie wecken soll?", beendete Grete die Stille. In diesem Augenblick läutete das Telefon. Sie sprang sofort auf. „Das wird der Turl sein. Na, der wird Augen machen." Sie war noch nicht bei dem schmalen Tischchen angekommen, auf dem der Apparat postiert war, als vom Kinderzimmer lautes Schreien zu hören war. „Jössas, jetzt ist s' doch munter worden. Ich kümmere mich schnell um die Kleine, können Sie das Telefon beantworten?" Und schon war Grete abgebogen.

Caroline blieb zunächst konsterniert zurück, ging dann aber doch vorsichtig zum Fernsprecher. „Hier bei Strecha?" Am anderen Ende der Leitung hörte sie ein „I bin's. Ich komm in einer halben Stund." Dann eine kurze Pause. „Wer spricht denn da?" Caroline gedachte nicht, noch einmal mit der Tür ins Haus zu fallen. „Eine Freundin von Grete. Die kümmert sich grad um die Lina." Turl gab sich mit der Antwort zufrieden und beendete das Gespräch. Caroline drehte sich um und sah Grete vor sich, die die kleine Lina im Arm hielt.

Caroline konnte gar nicht anders, als von dem Wonneproppen begeistert zu sein. Diese dunklen, ausdrucksstarken Augen, die niedlichen Bäckchen, die zierlichen Hände, die ins Nichts zu greifen schienen, all das ließ die Glickstein sofort in Liebe erstarren. Sie lächelte milde und führte ganz sachte ihre rechte Hand zu Lina, wobei sie ihren Zeigefinger abspreizte, den Lina so fassen konnte. Die Knopfaugen wurden eine Spur größer, und Caroline sah deutlich die Neugierde, mit der sie von Lina betrachtet wurde.

Ohne den Blick von ihr zu lassen, sagte sie zu Grete, Turl habe gesagt, er sei in einer halben Stunde da. „Dann muss ich mich schleunigst ums Essen kümmern." Sie hob Lina leicht an. „Ich denk mir, Sie wollen eh gern ein wenig mit Ihrer Enkelin sein, oder nicht?" Caroline bestätigte diese Vermutung umgehend. „Da. Nehmen Sie sie. Wenn was ist, ich bin gleich da drüben in der Küche." Sie war schon fast aus dem Zimmer, als sie sich noch einmal umdrehte. „Jössas, das hab ich jetzt ganz vergessen. Bei uns gibt's heute Schweinsbraten. Dürfen Sie den überhaupt …" Caroline lachte. „Keine Sorge, ich bin nicht gläubig. Schweinsbraten ist gut. Den hab ich ewig schon nicht mehr gegessen." Und während Grete an das Abendessen letzte Hand anlegte, saß Caroline in einem Fauteuil und beobachtete mit großer Faszination Linas Entdeckergeist.

Vor allem freute es sie, dass Lina ganz offensichtlich Vertrauen zu ihr gefasst hatte. Denn sie ließ sich nicht nur von ihr halten, sie spielte auch bereitwillig mit ihr, ganz so, als würde sie ihre zweite Oma seit einer Ewigkeit kennen. In diesem Lichte vergingen die folgenden Minuten in Windeseile, und ehe sie es sich versah, hörte sie einen Schlüssel im Schloss. Turl war heimgekehrt.

Es war ihm anzusehen, dass er eigentlich Grete in der Küche begrüßen wollte, doch die Fremde in seinem Wohnzimmer ließ ihn innehalten. „Ich glaube, wir hatten noch nicht das Vergnügen", sagte er, als er mit ausgestrecktem Arm auf Caroline zukam. Sie lächelte verschmitzt. „Doch, genau das hatten wir. Das Vergnügen nämlich. Allerdings vor ungefähr 33 Jahren." Turl wurde weiß wie die Wand.

„Ich scheiß mich an", entfuhr es ihm, „die Glickstein." Gleich danach hatte er sich wieder im Griff. „Ich meine natürlich, die Caroline. Na, das ist ein unerwartetes Wiedersehen. Ich muss gestehen, ich bin sprachlos." In ihrem Gesicht war immer noch das Lächeln eingekerbt. „Das verstehe ich. Geht mir ja in Wirklichkeit nicht anders. Aber ich habe den größten Schock schon hinter mir. Als ich nämlich erfahren habe, dass ich Großmutter bin. Und noch größer war die Überraschung, als ich gehört hab, wer der Vater meiner Enkelin ist." Turl nickte zustimmend. „Das kann ich mir sehr gut vorstellen. Wir waren damals auch baff. Und wie." Caroline erhob sich umständlich, um Lina dabei nicht zu beunruhigen. „Einen Moment lang haben die mich sogar glauben gemacht, du wärst der Vater von Lina." Turl fuhr entsetzt zurück. „Ja, weil du sie ja adoptieren musstest, da Georg noch minderjährig ist. Aber du verstehst, dass ich zu Anfang etwas völlig anderes glauben musste."

Turl grinste schief. „Na servas, das wär was gwesen." Ihm brannte die entscheidende Frage auf der Zunge, doch noch ehe er dazu kam, sie auch zu stellen, kam Grete ins Zimmer und trug den Schweinsbraten auf. Im Vorbeigehen hauchte sie ihm einen Kuss auf die Wange. „Holst du die Knödel und das Sauerkraut?" Turl blieb nichts anderes übrig, als der Bitte Folge zu leisten.

Caroline war überrascht, wie gut ihr das Essen schmeckte, und so sprach sie Grete ein überschwängliches Lob aus. Die war darüber ein wenig verlegen und daher froh, Lina füttern zu müssen, die quietschvergnügt mit einem Löffel auf den Tisch trommelte, was eine konzise Konversation nahezu verunmöglichte, worüber aber wohl niemand der Erwachsenen sonderlich unglücklich war.

Nachdem alle Teller restlos geleert waren, erklärte Grete, sie bringe Lina ins Bett. „Ihr zwei habt euch sicher so einiges zu erzählen, da lasse ich euch einmal alleine. Ich werde der Lina hier nur eine kleine Geschichte erzählen und stoße dann später wieder zu euch." Dabei kniff sie der Enkelin übermütig in die Wange. „Gell, du! Jetzt gibt's von der Oma wieder was Lustiges." Dabei lachte sie über das ganze Gesicht und freute sich, dass es ihr Lina gleichtat.

Tatsächlich hätte Turl Caroline so einiges fragen wollen. Er hatte aber keine Ahnung, wie er all die Gedanken, die ihm gleichzeitig durch den Kopf schossen, ordnen sollte. Gleichzeitig bekam er den Eindruck, dass Caroline keine Eile hatte, irgendetwas von sich preiszugeben, sodass er unsicher wurde, ob sie überhaupt von ihm befragt werden wollte. „Seit wann bist denn wieder in Österreich?", begann er schließlich unverfänglich.

„Ich bin ja eigentlich nur zu Besuch da. Weißt eh, die Mary. Die ist vor einiger Zeit aus Israel abgepascht, und jetzt hab ich's einfach nicht mehr ausgehalten ohne sie. Eigentlich wollte ich sie nur zur Heimkehr überreden, aber dann hat das alles seine eigene Dynamik bekommen." Turl ging zum Wandschrank und holte eine Flasche Weinbrand hervor. „Magst du auch ein Glas?" Caroline bejahte. „Der Wickerl und ich, wir sind immer noch gute Freunde", sagte er dann, während er einschenkte, „wir arbeiten beide in der Brauerei deines Vaters. Hat eine gewisse Ironie, meinst du nicht auch?"

„Vor 20 Jahren hätte ich das als Verrat empfunden, aber mittlerweile ist mir das alles rechtschaffen egal. Die Brauerei, die Villa, das ganze scheiß Österreich. Ich hab's hinter mir gelassen. Und das ist auch gut so, sage ich mir, sonst wär ich dran erstickt."

„Ich hab mir das seinerzeit auch alles anders vorgestellt. Aber irgendwie kommst deinem Schicksal einfach nicht aus." Er stellte Caroline das Glas vor die Nase und hielt sein eigenes hoch, auf dass sie mit ihm anstoße. „Du, wir haben ja jetzt seit eineinhalb Jahren eine linke Regierung. Vielleicht wär das eine Gelegenheit, die ganze Sache neu aufzurollen. Mit der Brauerei und so, meine ich."

„Ach lass nur", entgegnete sie, nachdem sie ihm zugeprostet hatte, „davon hätt ich ja doch nichts mehr. Obwohl", und wieder gingen ihre Mundwinkel nach oben, „vielleicht würden wir die Lina dadurch reich machen." Turl setzte sein Glas ab, „ja, das wär was." Er setzte sich wieder und sah Caroline lange an. „Du weißt, welche Frage ich dir ganz einfach stellen muss."

„Ich ahne es."

„Wie ist es mit der Mary?" Er spürte nachhaltiges Kratzen in seinem Hals. „Ich meine ..., der Georg und sie ... also, wie jetzt. ... War das ...?" Alles in ihm sträubte sich, den entscheidenden Satz auszusprechen. Und doch schien es ihm, als müsse er nun endlich Klarheit haben. War seine eigene Tochter von seinem eigenen Sohn schwanger geworden? Hatte sich im tiefsten Hernals eine griechische Tragödie wiederholt? „Du weißt schon ..., sind sie ...?" Er sah Caroline flehentlich an.

„Ich weiß es nicht", ließ sie endlich verlauten, „ich habe mich dieser Frage nie gestellt. Theoretisch kommt ihr beide dafür in Betracht. Obwohl, wenn ich ehrlich bin, ist die Wahrscheinlichkeit beim Wickerl doch ein bisserl größer als bei dir, ganz einfach, weil wir zwei nicht so oft haben wie der Wickerl und ich. Aber genau genommen sagt das auch nichts aus."

Turl rückte näher an Caroline heran. „Aber das muss dich doch auch beschäftigen. Jetzt, meine ich. Immerhin kann es sein, dass unsere kleine Lina da das Produkt einer Inzucht ist. Das ist ja nicht so ohne. Medizinisch gesehen." Und er setzte nach. „Es heißt doch immer, Frauen wissen so etwas instinktiv. Also, bin ich der Vater ... oder ist es der Wickerl?"

Caroline begann sich unwohl zu fühlen. „Es wär mir lieber, wir ließen dieses Thema. Es gibt doch so viele andere Sachen, über die wir reden können. Lassen wir doch diesen Aspekt der Vergangenheit ruhen. Ich meine, jetzt kann man es eh nicht mehr ändern, es ist geschehen. Wem nutzt es also, wenn die kleine Lina in Angst aufwächst, während wir uns von einem schlechten Gewissen peinigen lassen."

Turl gab sich nicht so schnell geschlagen. „Ich finde, sie hat ein Recht, das zu wissen. Und offen gesagt ich auch. Mich quält das, seit deine Mary da schwanger bei uns an der Tür aufgetaucht ist und uns gsagt hat, dass sie der Georg anbohrt hat." Er war so mit diesem Thema beschäftigt, dass ihm nicht auffiel, wie Caroline ihre Finger in die Sessellehne krampfte. „Du wirst keine Ruh geben, hab ich Recht?" Er schob sein Kinn vor. „Ich fürchte ja."

Sie nahm Schwung und erhob sich. „Ich muss darüber nachdenken. Ich kann jetzt nichts sagen, und ich will auch nicht. Ich denke, es ist besser, ich gehe jetzt." Er sprang erstaunlich flink auf, ergriff ihren Unterarm. „Die Wahrheit ist immer noch die beste Lösung. Für alle." Ihr begann zu schwindeln. Beißender Hustenreiz stieg in ihr auf, und sie empfand beunruhigende Atemnot. „Lass es gut sein, Turl. Weck nicht die Geister der Vergangenheit. Lass sie ruhen!" Sie machte ein, zwei Schritte auf das Vorzimmer zu, strauchelte dabei, wiederholte die letzten Worte. „Lass sie ruhen!" Dann wurde ihr Körper regelrecht durchgeschüttelt. Sie presste die Lippen ganz fest zusammen, versuchte, durch die Nase tief Luft zu holen, hielt sich noch schnell die Hand vor den Mund, dann aber konnte sie nicht länger Widerstand leisten. Belferndes Gebrüll entwich ihrem Mund, ging ihr durch jede Faser ihres Leibes, der vor Krämpfen zitterte. Mit der letzten Kraft, die sie noch besaß, stürzte sie ins Vorzimmer, sah sich hektisch nach dem Bad um. Und wieder durchfuhr sie eine brennende Hustenattacke.

Sie hielt sich an dem Garderobengestell an und sah dabei ihr kalkweißes Gesicht im Spiegel. Endlich bekam sie wieder Luft. Sie atmete tief ein, versuchte, zur Ruhe zu kommen, als aus dem Nichts die nächste Attacke über sie hereinbrach. Diesmal bekam sie ihre Hand nicht mehr rechtzeitig vor den Mund, und der ganze Husten verteilte sich ungehindert im Raum. Caroline schloss die Augen, versuchte, ihren Körper zur Ruhe zu zwingen, was nach einer schier unendlichen Phase konvulsivischer Zuckungen doch noch gelang. Sie wartete noch einen kleinen Moment, dann öffnete sie die Augen – und erschrak.

„Um Himmels willen, du spuckst ja Blut." Auch Turl waren die zahlreichen roten Spritzer auf seinem Spiegel nicht entgangen, und instinktiv trat er einen Schritt zurück. „Ich hab den Tuberer", flüsterte sie noch, ehe sie zusammenklappte.

Ein weiteres Mal binnen weniger Tage erwachte Caroline in einem Spitalsbett. Als sie die Augen öffnete, blickte ihr Turl entgegen. Als er erkannte, dass sie wach geworden war, drückte er ihr die Hand. „Es ist nicht so schlimm, wie's ausgschaut hat“, begann er umständlich. „Außerdem ist das heute keine so große Sache mehr. Mit der richtigen Behandlung und dem richtigen Klima wirst trotzdem 100.“ Dabei bemühte er sich um einen optimistischen Gesichtsausdruck. Caroline erwiderte seine Geste mit einem Lächeln und einem matten Nicken.

„Allerdings sagen die Ärzte, es wär besser, wenn du wieder nach Israel gehst, also sobald du dich hier ordentlich erholt hast.“ Caroline schickte ihm einen zweifelnden Blick. „Willst du mich loswerden?“ Turl lachte kurz auf. „Ganz und gar nicht. Du weißt ganz genau, wie viele Fragen ich an dich hätte, wie viel ich dir erzählen wollen würde und so weiter, aber Wien ist für deine Krankheit wirklich nicht das richtige Klima.“ Sie wusste, an dieser Stelle war ihm nicht zu widersprechen. „Allerdings habe ich noch eine Überraschung für dich. Warte einen Augenblick.“ Er war schnell aufgesprungen und auf den Gang geeilt. Gleich danach kam er aber wieder zurück und gab den Blick frei auf den Mann, der ihm gefolgt war. „Wickerl“, kam es überrascht.

Und so saßen die drei in Carolines Krankenzimmer zusammen und redeten, bis die Stationsschwester zum dritten Mal in den Raum kam und erklärte, sie müsse dieses Mal wirklich darauf bestehen, dass sie gingen, denn die Besuchszeit sei schon lange vorbei. Schon im Stehen drehte sich Wickerl noch einmal um: „Wir kommen wieder, versprochen. Was ich allerdings nicht versprechen kann, ist, ob wir dich nicht doch noch einmal danach fragen, wer von uns beiden jetzt …“ Sie hob abwehrend die Hand. „Selbst wenn ihr mich foltern würdet, könnte ich auch nichts sagen. Ich weiß es wirklich nicht, und ich will es auch nicht wissen.“ Ehe Wickerl noch einen weiteren Satz nachschieben konnte, war er schon von der Schwester auf den Gang bugsiert worden.

Nach zwei Wochen war Caroline stabil genug, um das Spital wieder zu verlassen. Allerdings galt ihre Erkrankung als Risiko, da die Gefahr einer Ansteckung anderer nicht völlig ausgeschlossen werden konnte. Daher wurde sie, ohne dass sie die Möglichkeit bekam, sich noch von ihrer Tochter, wo immer die sein mochte, oder ihrer Enkelin zu verabschieden, zum Flughafen gebracht, wo sie in einem speziell abgetrennten Bereich der ersten Klasse untergebracht wurde. Der Flieger hob ab und kreiste ein letztes Mal über Wien, ehe er in Richtung Israel abdüste. Und tief in ihrem Inneren wusste Caroline, dass sie nicht mehr in diese Stadt zurückkehren würde.

April 1986

Etwa ein halbes Jahr war alles gutgegangen. Martina und die anderen hatten ihr die Geschichte von der Beziehung mit Tommy abgekauft und sie darum offen beneidet. Doch immer öfter war die Aufforderung an sie herangetragen worden, den Tommy doch auch einmal mitzubringen. In den Mäckie oder wenigstens bei einem der privaten Feste. Stets hatte sie eine andere Ausrede parat gehabt. Dass er lernen müsse etwa, oder dass er bei seinen Eltern in der Steiermark sei. Dabei überlegte Lina immer wieder aufs Neue, ob sie es nicht doch riskieren konnte, ihn einmal dazu zu überreden, sie irgendwohin zu begleiten. Vielleicht ins Kino oder wenigstens auf eine Party, bei der man rasch wieder verschwinden konnte. Aber das Risiko, das war einfach zu groß. Und das gleich in doppelter Hinsicht. Zum einen bestand die Gefahr, dass Martina und Co. mitbekamen, dass Tommy und sie einfach nur Brüderlein und Schwesterlein waren, sich sexuell also rein gar nichts tat, zum anderen mochte es Tommy so sehr erschrecken, wenn er erst entdeckte, dass sie in Wirklichkeit gerade einmal 14 war, dass er jede Verbindung zu ihr abbrechen würde. Und daher blieb Tommy dauerhaft verhindert. Alles, was sie ihren Freundinnen bieten konnte, waren ab und an Fotos mit der Sofortbildkamera, die eine Intimität vortäuschten, die es real nicht gab.

Im Sommer brach dann das große Gewitter über sie herein. Sie hatte Tommy dazu überredet, mit ihr an die Alte Donau schwimmen zu gehen. Der bestand darauf, zur Dechantlacke zu ziehen, was Lina zunächst ein wenig in Panik versetzte, wusste sie doch, dass dies der Treffpunkt der Wiener Nudisten war. Andererseits, so sprach sie sich schließlich Mut zu, war dies vielleicht die Chance, Tommy davon zu überzeugen, dass ihr Körper trotz allem schon so einiges zu bieten hatte, nun, zumindest hoffte sie dies.

Sie hatten das kleine Waldstück zu dem teichartigen Gewässer kaum zurückgelegt, als Tommy sich schon seiner Kleidung entledigt hatte. Verstohlen blickte Lina auf seine privatesten Körperstellen und fand, er war wahrlich gut bestückt. „Was ist? Ziehst du dich nicht aus?“ Lina hielt den Atem an und streifte dann ihr Top ab. Während sie so tat, als würde sie nun auch ihre Hot Pants ablegen, linste sie verstohlen in Tommys Richtung. Sah er auf ihre Brüste? Wie bewertete er sie? Freute er sich über das, was er sah? Sie nahm keine erkennbare Reaktion wahr. Nun war sie gänzlich nackt und drehte demonstrativ ihre Körpermitte zu Tommy, der bereits auf der mitgebrachten Decke saß, hin. Auf diese Weise, so hatte sie berechnet, musste er direkt auf ihren Spalt sehen. Sie selbst warf noch einen kurzen kontrollierenden Blick nach unten, überprüfte, ob ihr Schamhaar nicht zu üppig, unfrisiert oder sonst irgendwie despektierlich aussah, dann wartete sie darauf, dass Tommy etwas sagen würde.

Doch der hatte sich schon niedergelegt und genoss mit geschlossenen Augen die Sonne. Na super, sagte Lina zu sich und ließ sich ebenfalls auf der Decke nieder, wobei sie sich in den Schneidersitz setzte, hoffend, er möge wenigstens an ihrem kleinen Busen Gefallen finden. Vorerst freilich blieb jedwede Aktivität Tommys aus.

So überredete sie ihn, ins Wasser zu springen. Dort schwammen sie ein wenig, blödelten dann herum, indem sie sich gegenseitig bespritzten. Linas Brustwarzen stellten sich erwartungsgemäß auf. Das konnte ihm doch nicht entgehen, hoffte sie. Doch wieder regierte nichts als kindliche Unschuld. War der Kerl überhaupt schon 20? Wusste er nicht, was eine Frau sich erwartete? Himmel! War er vielleicht, ohne dass sie es gemerkt hätte, schwul? War sie ein halbes Jahr lang einem Homo nachgelaufen? Ihre eben erst erwachte Lust implodierte förmlich in ihr. Träge stampfte sie wieder an Land, wo sie einen letzten Versuch unternahm, Tommy für sich zu begeistern, indem sie sich besonders hingebungsvoll abtrocknete.

„Weißt du, dass du süß bist?" Lina strahlte innerlich. Endlich. „Mit dir kann man Bäume ausreißen, das find ich super. Vor allem, weil du nicht auf das Eine aus bist." Wie war das eben? Wie kam er denn auf die Idee? „Wie bitte?" Tommy stützte seinen Oberkörper mit den Ellbogen ab. „Na ja, die Mädels in meinem Alter, mit denen kannst du einfach nicht befreundet sein. Entweder du hast Sex mit ihnen, oder sie wollen Sex von dir. Egal, es geht immer nur um Sex."

„Echt jetzt?" Lina gab sich erstaunt und war dabei über ihre Abgebrühtheit selbst überrascht. „Na ja, du weißt schon, was ich meine. Bei dir ist das was Anderes, und das find ich schön." Lina konnte diese Sichtweise nicht teilen. Seit einem halben Jahr sehnte sie sich danach, dass Tommy sie endlich als Frau wahrnahm, dass er sie nicht nur freundschaftlich in den Arm nahm und dabei die linke und rechte Wange küsste, und nun sagte er ihr geradeheraus, dass sie wohl auch in Zukunft vergeblich darauf warten würde, einmal von Tommy geliebt zu werden.

„Was schaust denn jetzt a so?" Tommy wirkte verwirrt. Lina aber ließ ihrer Enttäuschung freien Lauf. „Warum ich so schau?" Sie wiederholte den Satz um einige Phon lauter.

„Du kapierst aber auch gar nichts!“ Wütend begann sie, ihre Kleidungsstücke zusammenzusuchen. „Jetzt wart einmal. Ich weiß gar nicht, was du hast?“ Der Depp weiß es wirklich nicht, schoss es ihr durch den Kopf. „Also wenn du das nicht schnallst, dann kann ich dir auch nicht helfen.“ Sie zog ihren Slip an und kämpfte sich danach in ihre Jeans, was unfreiwillig komisch aussah, da ihre Haut immer noch feucht war und dem Stoff Widerstand leistete.

„Du … nein, sag nicht, dass du …“ Endlich konnte Lina ihre Jeans zuknöpfen. „Aber das geht doch nicht!“ Sie wirbelte herum. „So? Und warum sollte das nicht gehen? Ha?“ Sie stemmte ihre Fäuste in die Hüften. „Hab ich dir zu kleine Titten? Oder ist dir mein Arsch zu fett? Meine Schenkel? Was???“ Das letzte Wort hatte sie dermaßen gebrüllt, dass Tommy richtig erschrak. „Lina“, hielt er sanft entgegen, „ich weiß, wie alt du bist. Ich hab deinen Schülerausweis gesehen. Du bist noch ein Kind.“

Lina heulte auf wie ein angeschossenes Tier. Das war ja noch schlimmer, als wenn er an ihrem Körper herumgemäkelt hätte. Ein Kind! Wie konnte er das sagen, nach allem, was sie gemeinsam schon erlebt hatten. Sie schlüpfte schnellstmöglich in ihre Espadrilles und griff sich, schon im Flüchten, ihr Top. Mit nacktem Oberkörper rannte sie davon, versuchte erst nach einigen Metern, auch diesen wieder zu bedecken.

„Jetzt wart doch!“ Tommy hatte einen lahmen Versuch unternommen, sie zum Bleiben zu bewegen, unterließ es aber, ihr nachzulaufen. Sie erreichte das kleine Wäldchen, bog seitwärts ab, lief noch ein paar Meter, ehe sie sich hinter einem Gebüsch zusammenkauerte, um ihren Tränen freien Lauf zu lassen.

Nach den Ferien erklärte sie ihren Freundinnen, sie hätte mit Tommy Schluss gemacht, weil der für sie einfach zu alt war. „Wisst ihr, mit dem konnte man nach Mitternacht einfach nichts mehr anfangen. Und wenn wir miteinander gebumst haben, dann hat er immer ewig lang gebraucht, bis er wieder gekonnt hat. Das war mir auf Dauer zu fad." Die Freundinnen machten erneut große Augen und zeigten sich beeindruckt, wie cool Lina war. Und wie erfahren. Vor allem Letzteres gefiel ihr ausnehmend, auch wenn es keineswegs der Wahrheit entsprach.

Allerdings musste schnell Ersatz für Tommy her. In der Schule gab es niemanden, den sie interessant gefunden hätte. Außerdem war eine solche Beziehung viel zu riskant. Wenn der jeweilige Knabe herausfand, dass sie in Wirklichkeit von Sex keine Ahnung hatte, dann wussten das spätestens zehn Minuten später alle ihre Freundinnen, und ihr Ruf war dahin. Nein, sie musste sich anderweitig umsehen.

Nach einiger Zeit des Überlegens kam Lina zu dem Schluss, dass sie Politik letztlich doch interessant fand. Die Aktionen in der Hainburger Au hatten bewiesen, dass man sehr wohl etwas bewegen konnte, und so suchte sie nach einem brauchbaren Betätigungsfeld. Naheliegenderweise begab sie sich angesichts ihrer Familiengeschichte eines Abends in die Kalvarienberggasse, wo, wie sie von Onkel Wickerl erfahren hatte, die Sozialistische Jugend ihr Quartier haben sollte. Natürlich ging sie nicht einfach so hin. Sie hatte sich vorab informiert und erfahren, dass an jenem Tag ein antifaschistischer Film gezeigt werden sollte. Auf diese Weise stellte sie sich nicht selbst in die Auslage, sondern besuchte gleichsam eine Kinovorstellung.

Zunächst war sie erschrocken, wie wenige Menschen sich da eingefunden hatten. Das exponierte sie weit mehr, als sie es sich gewünscht hätte. Vor allem ärgerte sie sich darüber, dass sie wieder einmal niemanden gefunden hatte, der bereit gewesen wäre, sie zu begleiten, und so versuchte sie, sich so klein wie möglich zu machen, um sich unbemerkt auf einem Sessel niederzulassen.

Zwei Stunden später gingen die Lichter wieder an, und der Obmann, der, wie Lina später erfuhr, auf den Namen Gerhard hörte, begann mit einigen politischen Erklärungen. Lina vermochte nicht, sich auf die Ausführungen zu konzentrieren. Stattdessen sah sie sich um. Die Magere mit den gelockten dunkelblonden Haaren, die den Redner anschmachtete, war sicher dessen Freundin, dachte sie sich. Auch sonst schienen mehr oder weniger alle Anwesenden jeweils mit ihrem jeweiligen Partner gekommen zu sein. Außer ihr war nur der Knabe mit dem kindhaften Gesicht allein, der sich eben zu Wort meldete, was Lina Gelegenheit bot, in Erfahrung zu bringen, dass dieser Peter hieß. Eigentlich, so fand sie, wirkte der ganz süß. Doch so, wie er sich benahm, war der sicher schwul. Aber gut, sie war ja nicht zur SJ gegangen, um dort einen Freund zu finden. Nicht nur, gestand sie sich schließlich zu.

Was sie eigentlich suchte, fand sie allerdings auch nicht. Die Gruppe hatte irgendwie etwas Schrulliges an sich. War man unter sich, dann erging man sich in Verbalradikalismen, betonte die Notwendigkeit einer Revolution und ließ Lenin oder wenigstens Marx und Engels hochleben. Doch wenn einer von der Partei auftauchte, dann waren ganz plötzlich alle handzahm und gerierten sich wie die enthusiastischsten Jünger der SPÖ-Spitze.

Lina sah sich das ein halbes Jahr lang an, fuhr sogar einmal mit den anderen auf ein Seminar, das von der SJ Wien ausgerichtet worden war, doch auch dort kam die politische Debatte nicht wirklich in die Gänge. Stattdessen wurde sehr viel geraucht, noch mehr getrunken und nach Mitternacht eifrig nach einem Sexualpartner gesucht. Lina kam zu dem Schluss, bei den Jusos fehl am Platz zu sein, und hörte sich nach Alternativen um.

Tatsächlich gab es im Bezirk auch eine kleine Gruppe ehemaliger Au-Besetzer, die sich regelmäßig im *Lercherl von Hernals* traf. Lina kannte einen dieser Aktivisten vom Sehen und sprach ihn an. Der zögerte nicht lange und nahm sie kurzerhand zum nächsten Treffen mit. Dort ging es, wie sie schnell herausfand, um die Kandidatur eines ehemaligen Nazis bei den kommenden Bundespräsidentschaftswahlen. Dies dürfe man keinesfalls hinnehmen, erklärte der Älteste am Tisch, denn der Verfassungsgerichtshof habe eben erst in einem eigenen Erkenntnis solche Kandidaturen für verfassungswidrig erklärt. „Und daher müssen wir was tun", verkündete er, „demonstrieren, Eingaben machen, auf die verantwortlichen Politiker Druck ausüben. Und wenn jetzt jemand sagt, das nützt ja eh nichts, dann sag ich euch, wir sind in diesem Kampf ja schließlich nicht alleine. In ganz Wien und in etlichen Bundesländern formiert sich Widerstand. Ihr werdet sehen, das wird eine ganz große Sache."

Eine Sache, von der Lina sich rasch überzeugen ließ. Mit Daniel, dem ihr aus Hainburg Bekannten, erklärte sie sich dazu bereit, den Text für ein Flugblatt zu erarbeiten. Erst zu Hause ertappte sie sich bei der bangen Frage, worauf sie sich da eingelassen hatte. Doch Daniel war ebenfalls bereits Student, der würde sicher wissen, was zu tun war, tröstete sie sich. Und wartete darauf, dass er sie zu sich beorderte, um das besagte Pamphlet zu verfassen.

Schließlich landeten sie in seinem WG-Zimmer, wo er Lina Satz um Satz in die Schreibmaschine diktierte, während er hinter ihr auf und ab lief wie ein Tiger im Käfig. Als sie ihn darauf hinwies, dass sie mittlerweile volle zwei Seiten beschrieben hatte, ließ er sich das Werk aushändigen, sah es sich durch und war zufrieden. Er drückte ihr überschwänglich einen Kuss auf die Lippen und meinte, sie sei ein Schatz. Ja klar. Ein Schatz, aber eben viel zu jung.

„Und was machen wir jetzt?" Die Frage war unerwartet gekommen. „Ich weiß nicht", antwortete sie ausweichend, „willst was trinken gehen?" Daniel winkte ab. „Zu trinken haben wir hier auch. Und falls jetzt der Vorschlag kommt, Kino, sag ich, wir haben Fernsehen." Lina hob die Hände. „Dann hab ich keine Ahnung." Daniel machte eine dramatische Pause.

„Wir könnten ficken!"

„Wie bitte?" Lina meinte, sich verhört zu haben. So direkt war noch nie jemand gewesen. „Na, bist du nicht auch geil? Ich bin immer geil!" Das, so fand Lina, sprach nicht gerade für ihn. Und sie gestand sich ein, dass Daniel ihr ja eigentlich von Anfang an nicht sonderlich gefallen hatte. Sie war lediglich so verzeifelt auf der Suche nach Liebe gewesen, dass sie sich eben auch auf ihn eingelassen hätte. Wenn er es eben richtig anstellte. Doch das war sichtlich nicht der Fall. Vor allem, weil er auch noch nachsetzte. „Na, komm, ein Quickie. So was entspannt. Ich bin immer so rattenscharf, wenn ich was Geniales zu Papier gebracht habe."

„Zu Papier gebracht habe es ja wohl eher ich", insistierte sie. „Wurscht! Hauptsache pudern."

Warum musste sie immer an Idioten geraten? Was zu viel war, war zu viel. Sie stand auf. „Das wirst du wohl alleine machen müssen. Ich geh jetzt nämlich. Wir sehen uns am Mittwoch." Daniel maulte noch ein wenig herum, nannte sie dann aber eine verklemmte Zicke, drängte sie aus seinem Zimmer und knallte die Tür hinter ihr zu.

Sie war drauf und dran, die Politik wieder sein zu lassen. Dies vor allem auch deshalb, weil niemand über den Nazi, gegen den sie angetreten waren, schrieb. Dafür waren alle Blätter voll von dem ehemaligen UN-Generalsekretär, der offenbar auch eine Nazivergangenheit besaß. Es hieß, in der Innenstadt habe sich eine Aktivistengruppe mit dem Ziel gebildet, eben diesen Mann als Bundespräsidenten zu verhindern. Die konnte man sich ja einmal anschauen, befand sie.

Auch dort stieß sie auf zahlreiche Au-Besetzer, und nicht wenige von denen sprachen davon, bei den nächsten Wahlen eine eigene, eine grüne Liste aufstellen zu wollen. Ob sie nicht bei dieser Aufgabe mithelfen wolle. Lina fühlte sich geschmeichelt und sagte zu. Und so verging der zweite Sommer mit Aktivitäten gegen einen Präsidentschaftskandidaten und Vorbereitungsarbeiten für Parlamentswahlen, die, wie sich zeigte, um einiges vorverlegt wurden, nachdem beim kleinen Koalitionspartner ein Putsch stattgefunden hatte.

Und so saß sie wenige Tage nach Wiederbeginn der Schule in einem stickigen Raum im siebenten Bezirk, wo die Wortführer des grünen Haufens um eine Kandidatenliste rangen. Einige wollten die alte Rote als Spitzenkandidatin, andere redeten von Basisdemokratie und votierten für eine junge Wissenschaftlerin, die den Medien freilich weitgehend unbekannt war, wie die Verfechter der alten Dame betonten. Genau darin sahen die anderen aber den Vorteil, denn man wolle sich ja vom bisherigen System abheben, hieß es. Dass Lina an der Seite der Wissenschaftlerin landete, war Zufall gewesen, aber durch deren Niederlage endete auch ihr Engagement bei den Grünen recht rasch. Die Gegenliste, die man schließlich eingereicht hatte, kam nur auf ein paar hundert Stimmen, während die „Auschützer" mit acht Mandaten ins Hohe Haus einzogen. Und Lina meinte an ihrem 16. Geburtstag, das mit der Politik, das ließ sie besser bleiben.

Vor allem war sie immer noch Jungfrau. Dieser Zustand war unhaltbar. Ob sie Gretes Vorschlag, in eine Tanzschule zu gehen, vielleicht doch in Erwägung zog? Aber dort liefen sicher nur Schnösel herum. Wollte sie sich wirklich von irgendeinem eitlen Gecken entjungfern lassen? Und überhaupt, wie kam es, dass sie niemandem von sich aus auffiel. War sie wirklich so potthässlich? Das Leben war ein Gräuel.

Sie saß in der *Wunderbar* und las Hesses „Siddhartha", ein Buch, das ihr Tante Klara empfohlen hatte. Mit diesem wollte sie die Zeit totschlagen, bis sie sich mit Martina und den anderen im Mäckie am Schwedenplatz treffen konnte. Dabei nuckelte sie ab und zu an einem Cola-Rot. „Hab ich dich nicht bei den demokratischen Grünen gesehen?" Lina blickte in die Richtung, aus der die Stimme gekommen war. Ein schlaksiger Jüngling, vielleicht ein, zwei Jahre älter als sie, musterte sie aufmunternd. „Kann schon sein", gab sie abwartend zurück. Er hielt ihr die Hand hin. „Ich bin der Frenkie. Darf ich mich zu dir setzen?" Seine offene Art gefiel ihr. Außerdem war er wesentlich hübscher als Daniel, wenn er auch nicht an Tommy heranreichte. „Ist ein freies Land, sagt man", entgegnete sie achselzuckend.

„Machst du noch was bei denen?“, erkundigte sich Frenkie, nachdem er Platz genommen hatte. Sie tat, als lese sie noch einen Absatz, ehe sie das Buch zuklappte und ihm ihr Gesicht zuwandte. „Ziemlich lascher Haufen, was?“, mutmaßte er. „Da haben sie eine Wahlniederlage erlitten und glauben, jetzt ist die Welt verloren, was?“ Zu ihrer eigenen Überraschung pflichtete sie ihm bei. „Könnte man so sagen.“ Er beugte sich zu ihr hin und kam dabei näher, als ihr eigentlich lieb war. „Weißt du, das Problem von solchen Gruppen ist, dass sie nur die Symptome sehen, aber die Krankheit dennoch nicht erkennen können.“

„Aha. Und was ist die Krankheit?“ Er breitete die Arme aus, als ob er gleich das Natürlichste auf der Welt in Worte fassen würde. „Na der Kapitalismus natürlich. Das System von Ausbeutung und Unterdrückung. Das ist an allem schuld. Hunger in der Dritten Welt, Öko-Katastrophen, Arbeitslosigkeit im Westen. Egal, welches Problem du untersuchst, seine Ursache ist immer dieselbe. Das kapitalistische Wirtschaftssystem.“ Sie gönnte ihm ein Lächeln. „So reden s’ bei mir zu Hause auch“, ergänzte sie. „Ach, du bist aus einem kommunistischen Umfeld?“ „Sozialisten“, korrigierte sie. Frenkie zog die Mundwinkel nach unten. „Ujegerl. Maulhelden. Mit denen ist leider nichts anzufangen. Die reden immer nur, aber verändern tun sie genau gar nichts.“

„Na ja, was der Kreisky so alles z’sammenbracht hat, das war auch nicht gerade wenig“, erinnerte sie. „Ja, gut“, gestand ihr Frenkie zu, „aber du siehst ja, dass diese Reformen im Kapitalismus keinen Bestand haben. Überall werden sie zurückgenommen. Jetzt sind es ausgerechnet die Sozis, die die Kinderbeihilfe, die sie selbst eingeführt haben, teilweise wieder abschaffen. Und wirst sehen, da wird es noch mehr Sozialabbau geben. Ganz einfach, weil die Sozis nicht bereit sind, das System als solches in Frage zu stellen. Ganz zu schweigen davon, dass sie es herausfordern würden."

„Und du forderst es heraus, das System?" Lina war belustigt, was Frenkie aber ignorierte. „Die Kommunisten fordern es heraus. Ja. Und sie sind auf dem richtigen Weg. Sieh es dir nur selbst an. Vor 70 Jahren, da haben die Bolschewiki in Russland Revolution gemacht. Und heute ist ein Drittel des Erdkreises sozialistisch. Kuba, China, der ganze RGW", zählte er auf. „Und du glaubst, das ginge bei uns auch?" Frenkie signalisierte energisch Zustimmung. „Und ob! Die Zeichen stehen günstig. Immer mehr Menschen erkennen, dass dieses System für sie keine Perspektive mehr bietet. Und darum muss man sich den Kommunisten anschließen, die für eine bessere Welt kämpfen und diese, wo sie erst einmal die Macht haben, auch schaffen."

Lina bezweifelte, dass Frenkie mit seinen Ausführungen richtig lag, doch irgendwie fand sie ihn in seinem Eifer süß. „Das heißt, du bist bei der KPÖ?"

„Bei der KJÖ", verbesserte er sie, „für die Partei bin ich noch ein wenig zu jung, fürchte ich. Ich bin ja grade erst 17 geworden." Lina merkte auf: „Wann?" Seine Antwort machte ihr bewusst, dass er gerade einmal elf Monate älter war als sie. „Und was macht ihr so bei der KJÖ?" Frenkie strahlte: „Jedenfalls viel politischere Sachen als bei den laschen Jusos oder den bürgerlichen Grünen. Schau es dir doch einmal an. Ich würde mich echt freuen."

„Warum? Gibt es eine Werbeprämie, wenn ich vorbeikomme?" Frenkies Blick überzog etwas Sanftes. „Weil ich dich gerne in meiner Nähe hätte."

Lina ging auf Abstand. „Was soll das denn heißen?“ Frenkie stellte die ursprüngliche Distanz wieder her. „Ich kenne dich ganz gut, Lina. Ich beobachte dich schon lange aus der Ferne.“ Sie erinnerte sich nicht daran, ihm ihren Namen genannt zu haben. „Weißt du, zuerst bist du mir bei den Demos gegen den Waldheim aufgefallen. Und dann im Amerlinghaus. Immer habe ich mir überlegt, wie ich es einfädeln könnte, dass ich dich einmal ansprech. Aber dann habe ich mich nie getraut, weil du so cool bist. Und so schön.“ Die letzten drei Worte waren kaum noch hörbar gewesen. Aber dennoch hatte Lina sie verstanden. Hatte er sie da eben wirklich „schön“ genannt? Das hatte noch nie jemand zu ihr gesagt. Sie trank ihr Cola-Rot aus und stand auf. „Erzähl mir mehr von der KJÖ“, sagte sie dann. „Aber woanders.“

November 1987

In den folgenden Monaten beteiligte sich Lina immer aktiver an den Treffen der KJÖ. Sie gestaltete Flugblätter, ging mit Frenkie des Nächtens plakatieren und diskutierte eifrig über die aktuellen Fragen mit. Nach einem feuchtfröhlichen Zusammensein aus Anlass des traditionellen Maiaufmarschs war sie dann auch formell Mitglied der Organisation geworden. Das entfremdete sie zwar endgültig von Martina und den anderen, doch Frenkie machte das alles mehr als wett. Noch nie hatte sie jemanden erlebt, der so aufmerksam war, so behutsam mit ihr umging und ihr permanent das Gefühl gab, sie sei etwas Besonderes. Dementsprechend schwer traf sie die zweimonatige Trennung im Sommer, als Frenkie für einen ganzen Monat in die DDR ging, während sie just unmittelbar nach seiner Rückkehr mit ihren Großeltern nach Jugoslawien auf Urlaub fahren musste.

Gerade rechtzeitig zum „Volksstimmefest" war sie wieder im Land, und sie musste einbekennen, zutiefst von dieser Veranstaltung beeindruckt zu sein. Das ganze Jahr über sah und hörte man ja recht wenig von den paar österreichischen Kommunisten, aber an diesem einen Wochenende im Prater, da mochte man nur zu gerne glauben, dass dem Kommunismus die Zukunft gehörte. An Frenkies Seite lernte sie zahlreiche Genossinnen und Genossen aus den unterschiedlichsten Ländern kennen, und alle gingen freundlich auf sie zu, wie sie es weder bei den Sozis noch danach bei den Grünen je erlebt hatte. Und Frenkie schien stets zu erahnen, wonach ihr der Sinn stand, denn er machte den entsprechenden Vorschlag, noch ehe sie selbst ihr Bedürfnis aussprechen konnte. Vor allem aber ließ sich nicht leugnen, dass sich auch privat etwas anbahnte. Extrem langsam und vorsichtig zwar, aber trotzdem unverkennbar. Wenn sie bei einer Diskussion nebeneinander saßen, dann streichelte er ihr sanft den Arm, den Oberschenkel oder den Rücken, wenn sie an den Ständen vorbeimarschierten, dann hielt er ihre Hand, und wenn sie gerade kurz getrennt waren, dann winkte er ihr zu und strahlte übers ganze Gesicht, wenn sie wieder vereint waren.

Lina fühlte sich an seiner Seite nicht nur sicher, sie fühlte sich vor allem unendlich wohl. Zwar entsprach er so gar nicht dem Bild, das sie sich von ihrem Traummann gemacht hatte, aber ihr wurde mit jedem neuen Tag immer klarer, dass er der Richtige wäre, um endlich das Projekt Defloration ins Werk zu setzen. Die Frage war nur noch, wie sie ihn dazu bringen konnte.

Nicht, dass er nicht gewollt hätte. Das sah sie ihm überdeutlich an der Nasenspitze an. Aber deshalb konnte sie nicht einfach „Fick mich" sagen. Nein, die Initiative musste von ihm kommen. Sie konnte lediglich weiterhin ermutigende Signale aussenden und hoffen, dass er endlich seinen Mut zusammennahm und die Dinge ins Rollen brachte.

Dabei waren sie schon einige Male knapp davor gewesen. Wenn seine Eltern gerade einmal in ihrem Schrebergarten waren, dann hatten sie sich auf sein Bett gekuschelt und, wie es so schön hieß, heftig geknutscht. Er war schon mehrmals mit seiner Hand unter ihrem T-Shirt gewesen und hatte ihre Brust liebkost, während ihr nicht entgangen war, dass er dabei immer eine mächtige Erektion in seiner Hose hatte. Doch irgendetwas hatte immer zum letzten Schritt gefehlt. Lina war sich sicher, dass es mittlerweile alle ihre ehemaligen Freundinnen schon getan hatten, und sie kam nicht einmal zu einem flüchtigen Petting. Wenn Frenkie doch nur ein klein wenig mehr Courage besäße!

Schließlich lud er sie ein, sich gemeinsam die Parade aus Anlass des 70. Jahrestags der Großen Sozialistischen Oktoberrevolution mit ihm anzusehen, die als so wichtig erachtet wurde, dass sie sogar der ORF übertrug. Und so lümmelten sie zu zweit auf seinem Bett, sahen in den kleinen Portable und hörten, wie der Ansager dort im fernen Moskau „Oktjabrski Revolucii Chura" brüllte.

„Es gibt nur eines, was noch schöner ist als eine sozialistische Revolution", sagte Frenkie.

„So? Was denn?"

„Du." Er drückte ihr einen Kuss auf die Stirn und hielt sie ganz fest. „Der wird sich nie trauen", funkte ihr Hirn an ihr Herz. „Du musst es selbst in die Hand nehmen." Und so griff sie mit beiden Händen an sein Gesicht und begann ihn intensiv zu küssen.

Auf dem Bildschirm defilierte eine Kompanie Infanterie zum Gepränge eines Militärmarschs über den Roten Platz. Sogar aus ihrer weiten Entfernung konnte die Kamera die blitzenden Knöpfe einfangen. Lina hatte jene von Frenkies Hemd zu öffnen begonnen. Als ein einsamer ZIL mit einem stehenden Offizier darin dem Bataillon folgte, trug Frenkie bereits nur noch seine Hosen. Die streifte sie ihm ab, als eine weitere Einheit an Lenins Grab vorbeidefilierte. Aus weiter Ferne war ein dumpfes Dröhnen zu hören, auf das freilich weder Lina noch Frenkie achteten, die sich gegenseitig mit Küssen überhäuften. Lina hatte sich selbst ihrer Kleidung entledigt und war nun vollkommen nackt, während sie Frenkies Unterhose nach unten zog. Darunter kam sein Glied genau in dem Moment zum Vorschein, da auf dem Bildschirm schwere Lastwagen auftauchten, die Raketen geladen hatten. Synchron stellten sich die SS 20 und der Penis von Frenkie jeweils vor ihrem Publikum auf. Lina aber sank der Länge nach auf das Bett und drückte Frenkies Körper auf den ihren.

Als sich auf der Tribüne des Lenin-Mausoleums Generalsekretär Gorbatschow anschickte, seine Festrede zu halten, da hielten sich Lina und Frenkie, immer noch ein wenig außer Atem, glücklich an den Händen und versicherten sich wechselseitig, wie schön es gewesen war. Lina ergänzte, sie sei froh, dass er der Erste gewesen sei, Frenkie entgegnete, auch ihn mache es glücklich, dass sie seine Erste war. Was Gorbatschow weiter sagte, das interessierte sie in etwa so sehr wie die vielen Sowjetmenschen, für die der Mann mit dem markanten Feuermal nur ein weiterer Apparatschik mit kruden Ideen war.

Für Lina aber begann in jenem November eine Phase intensivster Aktivität. In der Schule tat sie nur noch das absolute Minimum, um nicht doch noch eine Klasse wiederholen zu müssen, und eilte sofort nach Schulschluss zu Frenkie, mit dem sie die Nachmittage verbrachte, ehe es dann am Abend zu irgendeiner kommunistischen Veranstaltung ging. Gorbatschows Popularität im Westen schien auch auf die österreichischen Kommunisten ein wenig abzufärben. Bei den Wiener Gemeinderatswahlen, für die Lina fleißig Werbung betrieben hatte, erreichte die KPÖ mit knapp zwei Prozent ihr bestes Ergebnis seit rund 20 Jahren, und als im darauf folgenden Frühjahr die „Prawda" auch in einer deutschen Ausgabe erschien, da begann sie den Optimismus Frenkies, dass die Zukunft des Planeten rot war, zu teilen.

Allerdings kamen ihr dabei Zweifel an ihrer eigenen Intelligenz. Sie las jede „Prawda“, die sie in die Finger bekam, doch fühlte sie sich durch die Artikel nur unendlich gelangweilt. Vielleicht verstand sie einfach den tieferen Sinn nicht, vielleicht war sie einfach blöde, denn auch Lenins Texte wollten sich partout nicht in ihrem Hirn entfalten. Pausenlos musste sie Frenkie fragen, wer denn nun „Versöhnler“ waren und wer die „Otsowisten“, was dieser wortkarg beantwortete, womit er ihr das Gefühl gab, tatsächlich so dämlich zu sein, wie sie sich vorkam.

Im Sommer jenes Jahres fuhr Frenkie wieder ins sozialistische Ausland und wirkte dort als Erntehelfer in Bulgarien, wo er als Lohn dann noch zwei Wochen an einem Schwarzmeerstrand abhängen durfte, während Lina, wie ihr Grete versicherte, ein allerletztes Mal mit den Großeltern nach Jugoslawien musste. „Wenn du einmal die Matura hast, dann darfst du machen, was du willst, aber heuer kommst noch einmal mit uns mit.“ Und so fügte sie sich.

Frenkie kam begeistert aus dem Osten zurück. Die XIX. Parteikonferenz der KPdSU habe wichtige Reformen in die Wege geleitet, mit denen die Schlagkraft des Sozialismus weiter erhöht werde. Dass es zur selben Zeit in Polen und in Ungarn nicht so rosig aussah, tat Frenkie ab. „Das sind so vorübergehende Schwierigkeiten, die gab es immer wieder einmal. 1956, 1968 und so weiter. Aber deswegen ist der Generalkurs trotzdem richtig. Vergiss nicht, der Kapitalismus hat auch 300 Jahre gebraucht, bis er sich weltweit durchsetzte.“ Und Lina glaubte ihm.

Zu Hause gab es deswegen öfter einmal schlechte Stimmung. Wenn Turl sie mit einer Broschüre von Lenin oder der deutschen „Prawda“ antraf, dann konnte er nicht anders, als einen beißenden Kommentar abzusondern. „In der Prawda keine Nachrichten, in den Nachrichten keine Wahrheit." Lina verstand nur Bahnhof, was Turl dazu nutzte, ihr seine intellektuelle Überlegenheit zu demonstrieren, indem er darauf verwies, dass die beiden wichtigsten sowjetischen Presseerzeugnisse die „Prawda", auf Deutsch Wahrheit, und die „Istvestija", auf Deutsch Nachrichten, waren. Lina zog sich dann immer auf die Position zurück, sie werde sich, so bald als möglich selbst ein Bild machen. Aus erster Hand. „Ich fahr mit dem Frenkie in die Sowjetunion. Mit dem Jugendzug. Gleich nach der Matura. Das ist ausgemacht", erklärte sie mit Bestemm in der Stimme. „Meinen Segen hast du", entgegnete Turl augenzwinkernd, „weil das immerhin heißt, dass du die Schule geschafft hast, was ja leider immer noch keine ausgemachte Sache ist."

Grete nahm die Enkelin in Schutz. „Es ist halt nicht ein jeder so ein Blitzgneißer wie du. Denk an unseren Buben. Dagegen ist die Lina super." An dieser Stelle war auch Turl mit seinem Latein am Ende. „Na ja", bemühte er sich dann um das letzte Wort, „ex oriente lux. Vielleicht erleuchtet sie der Kommunismus ja wenigstens in Physik und Chemie." Lina blies gepresst Luft aus und versuchte sich wieder auf ihre Lektüre zu konzentrieren.

Ein halbes Jahr vor der Matura gab es das Semesterzeugnis der achten Klasse. Lina fand darin in Mathematik, Chemie, Physik und Französisch ein Nicht genügend vor, was Turl damit kommentierte, als Frau brauche sie ja kein technisches Genie zu sein, doch sei ihr Frenkie sicher enttäuscht darüber, dass ihr Französisch so grottenschlecht war. Lina schnappte nach Luft, doch kam ihr Grete zuvor, indem sie Turl eine Tachtel am Hinterkopf verabreichte. „So alt und immer noch so deppert", tadelte sie ihn. Dann, an Lina gewandt: „Kannst du mir sagen, warum ich den Saubärn da gheiratet hab." Turl zog seinen Kopf aus der Schlinge, indem er die nötigen Gelder für die Nachhilfe bewilligte. Tatsächlich gelang es Lina, im Abschlusszeugnis der achten Klasse in allen Fächern zumindest auf Genügend zu stehen, sodass sie mit allen anderen im Mai zur Matura antreten konnte.

Latein, Deutsch und Englisch waren ein Freispiel für sie. Und doch freute sie sich, in allen drei Fächern ein „Sehr gut" erzielt zu haben. Mathe ging sich dank tatkräftiger Mithilfe des Lateinprofessors, der die ganze Klasse nach allen Regeln der Kunst schummeln ließ, auch irgendwie aus, und so stand nur noch die mündliche Matura zwischen ihr und der Reise in die Sowjetunion.

Schon Tage vor dem tatsächlichen Beginn der Fahrt befand sie sich in einer Art Ausnahmezustand. Immer wieder malte sie sich aus, wie es wohl sein würde, da drüben. Und sie studierte ein weiteres Mal die Unterlagen, die sie von der ÖSG, der Österreichisch-Sowjetischen Gesellschaft, erhalten hatte. Zwar ertappte sie sich zwischendurch bei der Frage, weshalb ausgerechnet für eine Gruppe ausländischer Kommunisten derart viele zaristische Sehenswürdigkeiten auf dem Programm standen, während etwa das Revolutionsmuseum ebenso fehlte wie die Allunionsausstellung, doch, so sagte sie sich, die Teamleiter würden schon einen Weg finden, das vor Ort zu korrigieren.

Und endlich war es so weit. Gegen 22 Uhr an einem Freitag im Juli rollte der Zug gemächlich aus dem Ostbahnhof und passierte schon eine gute Stunde später die ungarische Grenze. Lina war mit Frenkie in einem Viererabteil untergekommen, das sie sich mit einem Pärchen aus Graz teilten.

Es gab also genügend Gesprächsstoff, und erst gegen 3 Uhr früh waren alle, auch Lina, eingeschlummert.

Sie erwachte durch ein merkwürdiges Schaukeln und nachhaltiges Quietschen. Eilig kletterte sie aus ihrer Koje und ging ans Fenster. Ihr Waggon baumelte buchstäblich in der Luft. „Fuck“, fauchte sie, „was ist denn da los?“ Frenkie im Bett ober ihr drehte sich schmatzend um, murmelte nur „Wir sind in Cop, da wird umgespurt.“ Lina verstand wieder einmal gar nichts. „Was wird?“ Frenkie stöhnte, wollte erkennbar weiterschlafen. „In der UdSSR haben sie eine andere Spurweite als wir im Westen, daher müssen die Waggons auf neue Räder gestellt werden. Keine große Sache. Gleich geht's weiter. Und jetzt schlaf. Bitte.“ Das letzte Wort war ein klein wenig artikulierter gewesen als der vorangegangene Vortrag. Lina leistete Frenkies Aufforderung Folge, doch fand sie keinen Schlaf mehr.

Vielmehr begab sie sich nach draußen und bediente sich an dem großen Samowar, der am Beginn des Waggons aufgestellt war. Der Tee schmeckte ziemlich süß und tat ihr sichtlich gut. Aufmerksam verfolgte sie das Tun der sowjetischen Arbeiter und spürte auch das leichte Rumpeln, als der Zug den neuen Bedingungen angepasst war. Wenig später setzte er sich auch wieder in Bewegung, und Lina war fasziniert von den endlos scheinenden Feldern, die nur gelegentlich von Birkenwäldern abgelöst wurden.

Irgendwann kam wieder Leben in die Abteile, und zur Mittagsstunde erfreute man sich im Speisewagen an Borschtsch mit Schwarzbrot und ergötzte sich danach an ein paar Pelmeni. Die Zeit ging unmerklich dahin, und umso mehr überraschte es die Gruppe, dass es immer noch eine ganze Nacht dauern würde, ehe sie endlich in Kiew, der ersten

Station der Reise, eintreffen würden. Für Lina freilich gab es wenig Schlaf, denn Frenkie hatte sich zu ihr gekuschelt, was das Schlafwagenbett doch mehr als eng wirken ließ.

So war sie ein klein wenig verkatert, als sie gegen 7 Uhr früh im Bahnhof von Kiew aus dem Zug kletterten. Eine Eisenbahner-Kapelle spielte ihnen zu Ehren einen Marsch, gleich danach kamen mehrere Ansprachen von Offiziellen, die sie im Stehen ertragen mussten, was Linas Laune nicht gerade hob. Endlich verfrachtete man sie in einen Bus, fuhr sie auf den Chreschtschatyk, wo sie wohl von den hohen Gebäuden beeindruckt sein sollten. Doch sie kamen gar nicht erst dazu, groß zu staunen, denn nach einer Pause von zwei, drei Minuten für Fotos, wie der Guide erklärt hatte, ging es weiter zur Andreaskirche, die in gebührender Ausführlichkeit besichtigt wurde. Lina wollte nur noch schlafen. Kirchen gab es auch zu Hause, dafür brauchte sie nicht in die Sowjetunion zu fahren. Frenkie, dem sie diesen Gedanken anvertraute, gab ihr zu verstehen, er sei auch gerade ein wenig verwirrt. Eine Empfindung, die sich steigerte, als sie anschließend zum Lawra-Höhlenkloster gebracht wurden, wo sie die mumifizierte Leiche des Mönches Nestor bestaunen durften. Auf Frenkies Frage, ob sie denn auch Rodina Mat sehen würden, reagierte der Guide irritiert. Gleich darauf aber hatte er sich wieder gefangen und spulte weiter sein theologisches Programm ab.

Beim Mittagessen kam Lina nicht umhin, den bisherigen Verlauf des Besuchs als enttäuschend zu qualifizieren. Frenkie war gleich ihr missmutig, meinte aber, das liege sicher an den Ukrainern. Die seien eben immer schon ein wenig seltsam gewesen. In Moskau werde sich das sicher bessern. Lina hoffte, er würde Recht behalten.

Tatsächlich ging es am Nachmittag noch zu einer kitschigen Ausstellung ukrainischer Folklore, und alle waren froh, endlich wieder zum Zug gebracht zu werden, wo sie eine weitere Nacht verbringen sollten, ehe sie endlich das Herz der UdSSR zu Gesicht bekommen würden.

Doch auch in der Hauptstadt war das Bild, das die Gastgeber vermittelten, kein wesentlich anderes. Weder gab es das Marx-Museum noch das Lenin-Museum, ja nicht einmal das Revolutionsmuseum zu sehen. Dafür elendslange Touren durch den Kreml und seine Kirchen. Sogar die Basilius-Kathedrale wurde ausgiebig zelebriert. Als Frenkie und Lina danach erschöpft im Hotel Rossija landeten, ließ Lina ihrem Unmut freien Lauf. „Ich versteh das nicht! Die wissen doch, wer wir sind. Wieso schicken uns die die ganze Zeit herum, als wären wir irgendwelche Neckermann-Touristen?“ Frenkie zeigte sich ratlos. „Ich meine, das ist ja fast, als würden sie sich ihres Kommunismus schämen.“

„Vielleicht tun sie das ja.“ Lina schickte ihm einen strengen Blick. „Das ist nicht lustig.“ Schon am nächsten Tag offenbarte sich ihr, was sonst noch so alles nicht lustig war im Vaterland aller Werktätigen. In den Geschäften gab es alles, was es im Westen auch gab, Bananen, Melonen, Zitrusfrüchte, doch eine flüchtige Kontrolle der Preisschilder überzeugte Lina rasch davon, dass die Waren für die normale Bevölkerung unerschwinglich waren. „Bist du deppert“, entfuhr es ihr, „zwei Rubel für eine Melone. Das sind fast 50 Schilling.“ Frenkie staunte desgleichen. „Es heißt, unterm Breschnew habe es solche Sachen nicht gegeben. Und weil es sie nicht gab, hat sie auch niemand vermisst. Aber wenn du die Dinger vor der Nase hast, sie dir aber einfach nicht leisten kannst, dann steigert das nicht gerade dein Wohlgefühl.“

Sie sprachen den Guide darauf an. Der reagierte erneut ausweichend, meinte, das sei nur jetzt so teuer, weil keine Saison sei. Lina wollte das nicht gelten lassen. Gerade im Sommer sei die Zeit der Melonen, immerhin habe man ja nicht Winter. Der Guide erblasste kurz und murmelte dann etwas in die Richtung, er werde ganz dringend woanders gebraucht.

Letztlich retteten ein paar schöne Tage in Leningrad den Trip, auch fand Lina den Rückflug nach Wien mit einer schnittigen Aeroflot-Maschine aufregend, doch ihre Begeisterung für den Kommunismus war durch die Reise eher abgekühlt als gefestigt worden. Kaum wieder in Wien, wurde sie mit einer Menge an Nachrichten bombardiert, die sich mit dem Phänomen befassten, dass wahre Massen aus der DDR flüchteten. Die Ungarn, so erfuhr sie, würden sie dabei auch noch unterstützen, da sie den Eisernen Vorhang beseitigt hätten. Irgendwas lief da gröber schief, und sie suchte bei den Altvorderen der KPÖ nach Antworten. Die aber waren sichtlich so ratlos wie sie.

Ende September war sie dann ganz damit beschäftigt, ein geeignetes Studium für sich zu finden, und naheliegenderweise entschied sie sich für Philosophie und Geschichte. Und während sie sich in die diversen Einführungsvorlesungen quetschte, brach im Osten eine Partei nach der anderen zusammen. Zuerst die Polen und die Ungarn, dann die DDRler und die Tschechoslowaken, schließlich auch die Bulgaren. Ceauşescu, der sich bis Weihnachten hielt, wurde gar von den Demokraten gekillt. Als Lina mit Frenkie das Jahr 1990 willkommen hieß, da war der real existierende Sozialismus real nicht mehr existierend.

In diesem Lichte machten auch die Treffen in KJÖ und KPÖ bald keinen Spaß mehr. Woche für Woche setzten sich mehr Leute ab, und die, die blieben, stritten pausenlos um Grundsatzfragen, von denen Lina kein Wort verstand. Noch weniger verstand sie Frenkie, der auf einmal auftrat, als sei die ganze Geschichte des Kommunismus ein einziger furchtbarer Fehler gewesen. Er kritisierte lautstark die stalinistischen Verbrechen, die in Wirklichkeit systemimmanent gewesen seien. Insofern sei die Idee des Kommunismus für immer diskreditiert, man müsse mit dem Marxismus-Leninismus entschieden brechen. Lina wollte sich nicht schon wieder von einem politischen Engagement binnen kürzester Zeit lossagen, und dementsprechend herrschte zwischen den beiden bald Eiszeit.

Und irgendwann im Frühjahr 1990 musste Lina eine Entscheidung treffen. Genau genommen, Frenkie musste eine Entscheidung treffen. Entweder, er hörte auf, alles, woran sie in den letzten Jahren geglaubt hatten, zu verteufeln, oder sie müsse sich von ihm trennen. Frenkie nannte sie eine verbohrte Stalinistin und rannte davon. Lina wusste, sie war mit sofortiger Wirkung wieder solo.

Frühjahr 1970

Wenn Georg eines gelernt hatte, dann, dass Politik ein schmutziges Geschäft war. Sein Vater hatte sich schon als zukünftiger Minister gesehen, als für ihn plötzlich die Handschellen klickten. Georg erinnerte sich noch genau an jenen Tag vor einigen Jahren. Er war aus der Schule nach Hause gekommen und hatte die Mutter vollkommen aufgelöst vorgefunden. Sie heulte und versuchte immer wieder, irgendwen am Telefon zu erreichen. Und was für ein seltsames, kaum zu beschreibendes Gefühl war es gewesen, an der Hand der Mutter ins Gefängnis zu gehen. Georg schien es, als durchlebte er diese Szene immer wieder aufs Neue. Die strengen Blicke der Beamten, das entwürdigende Wühlen in der Handtasche seiner Mutter, die darauf spitz mit „Glauben S', ich hab eine Feile da drinnen oder was" reagierte, woraufhin einer der Schließer ihr ein sonores „Ned pampfert werden" entgegenbelferte. Georg fühlte sich, als wäre er eben erst dem Kindergarten entronnen, und bemühte sich, hinter seiner Mutter zu verschwinden. Vergeblich. Einer der Uniformierten strich ihm über den Kopf, was ihn unwillkürlich zurückzucken ließ. „Armes Hascherl. Hast einen Häfenbruder als Vater", hörte er, und ein „Na hoffen wir, dass du ned aa einmal unser Gast wirst." Und Georg merkte, wie er Atemnot bekam.

Man führte sie durch einen finsteren Korridor. An der hohen Decke hing alle heiligen Zeiten eine erbärmliche Funsel, die den Raum gerade so sehr erleuchtete, dass Georg sich nur noch mehr schreckte. Eine schwere Metalltür wurde quietschend geöffnet, und im nächsten Augenblick saßen er und seine Mutter auf unbequemen Stühlen und starrten auf eine weitere Tür, aus der, so ahnten sie, der Vater kommen würde.

Als er diesen dann in Begleitung zweier Uniformierter auf sich zukommen sah, da überkam ihn panische Angst. Sein Vater, der unüberwindliche Held, dem nichts unmöglich war, er wirkte mit einem Mal viel kleiner – und beinahe so verletzlich wie er selbst. Georg trachtete danach, sich nun wirklich hinter der Mutter zu verstecken, doch dann erinnerte er sich daran, was ihm der Vater immer wieder gesagt hatte: niemals klein beigeben, immer hoch das Kinn. Und so bemühte er sich, den mitleidigen Blicken der Justizwachebeamten trotzig standzuhalten.

Was die Eltern genau besprachen, das ging über seinen Horizont, er hörte nur immer wieder die Worte seines Vaters, er müsse nun besonders tapfer sein. Er sei nun der Herr im Haus und müsse die Mutter beschützen, solange er hier festsitze. Dann kam auch schon ein schnarrendes „Die Besuchszeit ist zu Ende“, und er musste an der Seite seiner Mutter vom Vater Abschied nehmen. Auf der Straße bekam die Mutter einen Heulkrampf. An all dem sei nur die Scheißpolitik schuld, klärte sie Georg auf. „Versprich mir, dass du nie anstreifst an die Scheißpolitik, an die Parteien und den ganzen Zinnober. Aus dir wird einmal etwas Anständiges, versprich mir das!“ Georg erfasste die Worte nicht so ganz, doch wusste er, was von ihm erwartet wurde. Und so streckte er sich und sah seiner Mutter fest in die Augen: „Ich verspreche es, Mama.“ Sie strich ihm sanft über die Wange. „Bist ein guter Bub“, sagte sie dann, während sie sich darum bemühte, nicht länger den Tränen freien Lauf zu lassen.

Die folgenden Tage waren freilich ein einziger Spießrutenlauf. Egal, wo er hinkam, überall wurde er auf den tiefen Fall seines Vaters angesprochen. Und selbst dort, wo die Angelegenheit nicht zur Sprache kam, sagten die Blicke allein schon alles. Egal ob in der Schule, im Konsum oder selbst in der Trafik, überall wurde ihm eine Aufmerksamkeit zuteil, auf die er nur zu gern verzichtet hätte.

Trotz seiner Jugend wusste Georg, er musste flüchten. Und da er dies nicht buchstäblich ins Werk setzen konnte, brauchte es einen Umweg. Und nach diesem brauchte er nicht lange zu suchen. Wenn es etwas gab, das Halbwüchsige in Begeisterung versetzte, dann war es Fußball. Und für einen Hernalser konnte das nur eines bedeuten: Wiener Sportclub.

Georg erinnerte sich dunkel daran, wie er als Dreikäsehoch, eben erst in die erste Klasse der Volksschule aufgenommen, an der Seite seines Vaters, der wiederum nicht von der Seite seines allmächtigen Gewerkschaftsbosses wich, zum ersten Mal das altehrwürdige Stadion an der Alszeile hatte betreten dürfen. Man schrieb den 4. Oktober 1959, und der Sportclub empfing als amtierender Meister die Equipe von Rapid Wien. Georgs Herz raste, als ihm der Vater am Vortag erklärte, morgen gehe man aufs Match. Der Sportclubplatz war dem Sechsjährigen so etwas wie ein mystischer Ort. So viel hatte er schon darüber gehört, dass er sich lebhaft ausmalte, wie es dort wohl aussehen mochte. Doch dann ging es gar nicht hinaus nach Dornbach. Da es sich um das Spitzenspiel der Saison handelte, war die Partie ins Praterstadion verlegt worden.

Georg hatte Mühe, seinen Atem unter Kontrolle zu halten, als ihn sein Vater in den Fond des riesigen Wagens bugsierte, in dem Olah wie eine Mischung aus Gottvater und Krampus thronte und dem Jüngling aus zu Schlitzen verengten Augen einen abschätzenden Blick zuwarf, der Georg nackte Todesangst bescherte. „Der wird aber eh ned rehren, oder?“, knurrte Olah, der sofort von Turl begütigt wurde. „Sicher ned. Der is froh, dass er dabei sein darf.“

Vor dem Stadion schälte sich Olah aus dem Wagen, Turl folgte ihm auf dem Fuß. Georg fühlte sich noch mehr eingeschüchtert, als ihm bewusst wurde, dass sein Vater im Begriff war, ihn im Auto zu vergessen. „He, Meister, hamma ned was vergessen?“, kam es grinsend aus dem Mund des Fahrers. Turl schlug sich mit der flachen Hand auf die Stirn und griff dann nach Georgs kleiner Hand. Der Knabe hatte Mühe, mit dem Vater Schritt zu halten, dem das Bemühen deutlich anzusehen war, schnellstmöglich wieder zu Olah aufzuschließen.

Die Menschenmassen verursachten Georg Panik. Später sollte er erfahren, dass an jenem Tag über 50.000 Menschen dem Spiel beiwohnten. Und noch später würde Georg erkennen, dass er an jenem Nachmittag so etwas wie Platzangst – im doppelten Sinn des Wortes – empfunden hatte. Doch für den Präsidenten war natürlich ein exklusiver Bereich vorbereitet, sodass Georg bald wieder normal atmen konnte. Irgendjemand hatte Olah ein Informationsblatt in die Hand gedrückt, das dieser beiläufig an Turl weiterreichte, der es nicht minder gedankenverloren seinem Sohn aufdrängte. Auf Georg wirkte das Papier wie der Stein von Rosette, und er setzte sich schüchtern auf den ihm zugewiesenen Platz, wo er sofort die Schriftzeichen zu untersuchen begann. Nach einer kleinen Weile hatte er das Wort „Mannschaftsaufstellungen“ entziffert.

Beinahe ehrfürchtig formten seine Lippen Wort für Wort, stellten die Buchstaben zu Ausdrücken zusammen, die ihm naturgemäß nichts sagten, da es sich um keine Begriffe, sondern um die Namen der Spieler handelte. S-z-a-n-w…ald lautete das Resultat seines ersten Versuchs. Den Namen kannte er, denn Rudi Szanwald war der legendäre Keeper der Dornbacher Meistermannschaft. Andere Namen kamen ihm merkwürdig vor. Wie konnte jemand Hasenkopf heißen? Oder Büllwatsch?

Georg kam nicht dazu, sich weiter darüber Gedanken zu machen, denn die Teams waren aufs Feld gelaufen, und nur wenig später begann das Spiel.

Mit glühenden Wangen verfolgte Georg jeden Spielzug. Turl lächelte milde, als ihm auffiel, wie sein Sohn sogar die Bewegungen der diversen Körpertäuschungen beim Dribbling gleichsam mitmachte. Und dass der Sportclub schon nach 12 Minuten in Rückstand geriet, brachte das Blut des Sprösslings erst recht in Wallung. Beinahe schien es, als wollte Georg nun selbst aufs Feld stürmen, um Horak, Hof und Co. beizustehen. Und Turl fand, es tat seiner Würde keinen Abbruch, den Sohnemann väterlich zu umarmen, als diesem nach dem 0:2 die Tränen in die Augen schossen. „Wirst schon sehen, Schurli, die Buben geben nicht auf. Es geht ja noch fast eine Stunde."

Nur notdürftig konnte sich Georg bei einem Himbeerkracherl und einer Brezel in der Halbzeit ein wenig beruhigen. Der Sportclub, der war doch der Meister. Wieso geriet er dann gegen diese Rapidler so in Rückstand? Doch der Vater sollte Recht behalten. In der zweiten Hälfte kamen die Dornbacher auf, und Erich Hof, die Ikone des Klubs, sorgte schließlich mit zwei Treffern noch für den Ausgleich. Und Georg war, als hätte er mit diesem Match seinen Ritterschlag erhalten.

Der dritte Titel in Folge war dem Sportclub in jenem Jahr freilich nicht gelungen. Aber immerhin landete man direkt hinter Rapid auf Rang zwei. Vizemeister. Und auch in den folgenden Jahren spielte der Verein stets um die Meisterschaft mit, wenngleich es nie für die ersten beiden Plätze reichen sollte. Turl hatte, als Georg darüber wieder einmal schier zu Tode betrübt war, gemeint, damit der Sportclub wieder Meister werden könne, müsse Georg selbst die Fußballschuhe anziehen, und diese Idee ließ Georg nicht mehr los. Wochenlang lag er den Eltern mit dieser Idee in den Ohren, bis die Mutter schließlich Turl auftrug, mit dem Sohn auf den Platz zu einem Vorstellungsgespräch zu gehen. „Weil sonst gibt der nie eine Ruh."

Damals freilich hatte es lediglich geheißen, Georg sei zu jung für die Jugendmannschaft. Aber er solle sich fit halten und noch einmal kommen, wenn er einmal 16 sei. Dann werde man weitersehen.

Und genau daran erinnerte sich Georg angesichts der familiären Malaise. Bis zu seinem 16. Geburtstag war es zwar noch eine gute Weile hin, aber er war für sein Alter durchaus groß und auch recht athletisch, vielleicht mochte es also angehen, dass er sich auch schon etwas früher der Herausforderung stellte.

Er versäumte kein Match „seines" Klubs, stand Woche für Woche auf der Stehplatztribüne oder pilgerte hinaus nach Döbling, Hütteldorf oder Favoriten, wenn es zu den Auswärtsspielen gegen die Vienna, Rapid oder die Austria ging. Lediglich die Matches in der Provinz musste er auslassen, weil ihm der Vater schlicht untersagte, allein mit der Bahn zu fahren. An solchen Tagen hielt er sich dann mit Sondertraining fit.

Und natürlich war der Vereinsführung nicht entgangen, dass der Strecha Schurli Talent und vor allem Hingabe besaß. Bald schon durfte er bei der A-Jugend mitmachen, und hie und da erhielt er die Gelegenheit, bei Juxmatches mitzuspielen.

Dort freilich hinterließ er immer wieder seine Visitenkarte. So lange, bis der Trainer der Kampfmannschaft, welcher der Jugend konstant auf die Beine sah, am Ende einer solchen Partie zu ihm meinte, er solle doch einmal seinen Vater im Klubsekretariat vorbeischicken, es gebe etwas zu besprechen. Dementsprechend nervös war er gewesen, und die Zeit, bis Vater Strecha endlich nach Hause kam, schien einfach nicht zu enden. Als der dann doch nach Hause kam, verhielt er sich so, dass Georg beinahe den Verstand verloren hätte. Der Vater kümmerte sich um alles Mögliche, ignorierte aber den fragenden Blick seines Filius vollkommen. So konsequent, dass Georg zu dem Schluss kam, der Trainer habe dem Vater mitgeteilt, Georg müsse ein weiteres Jahr warten.

So saßen sie zu dritt beim Abendessen, als Turl ein paar Worte an Grete richtete. „Heute ist was Witziges passiert, übrigens." Grete sah ihn an: „So? Was denn?" Turl ließ sich Zeit, kaute genüsslich an einem Stück Fleisch. „Ach, der Trainer vom Sportclub hat mir gsagt, dass der Georg ab sofort dem Kader der Jugendmannschaft angehört." Grete war beinahe so sprachlos wie Georg, der sich fast an einer Kartoffel verschluckt hätte. Und obwohl der Winter vor der Tür stand, gab es für Georg keine Witterung, die ihn davon abgehalten hätte, dem Ball hinterherzujagen. Die Verantwortlichen attestierten ihm, sich für den Sport zu zerreißen, und sagten ihm eine große Zukunft voraus.

Die schneller kam, als er es erwartet hätte. Der 12. April 1969. Wieder hieß der Gegner Rapid, und bei den Dornbachern herrschte Alarmstimmung. Einige Spieler hatten dienstlich nicht freibekommen, andere waren erkrankt, der Kader damit erschreckend ausgedünnt. So sehr, dass der Trainer am Vorabend bei Georg angerufen hatte, um ihm aufzutragen, er möge sich darauf einstellen, am nächsten Tag mit der Kampfmannschaft zum Stadion zu kommen.

Natürlich war sich Georg sicher gewesen, nicht wirklich zum Zug zu kommen. Aber allein schon der Umstand, zum ersten Mal in seinem Leben ein Match von der Ersatzbank aus mitverfolgen zu können, löste in ihm eine ungeahnte Euphorie aus. Es war die 88. Minute gewesen. Der Sportclub, zweimal in Führung gegangen, hatte zweimal den Ausgleich hinnehmen müssen. Nun hing die Mannschaft in den Seilen. Rapid drängte mit aller Vehemenz auf den Siegestreffer. „Strecha! Schnell! Komm her!" Die nächsten Momente hatte Georg wie in Trance erlebt. Für die letzten beiden Minuten warf ihn der Trainer aufs Feld, um auf diese Weise Zeit zu gewinnen. Georg hatte kaum ein, zwei Ballkontakte, ehe der Schlusspfiff ein weiteres 2:2 fixierte, doch für immer und ewig stand nun festgeschrieben, dass Georg Strecha, Spieler des Wiener Sportclub, in der höchsten Spielklasse des österreichischen Fußballs aktiv gewesen war.

Alles ordnete sich neu. Die Schule war für Georg ohnehin immer ein Gräuel gewesen. Mit Mühe hatte er sich durch die Unterstufe gequält, und die Matura schien für ihn unerreichbarer als ein österreichisches Cupfinale. Da traf es sich gut, dass Erich Hof mit der neuen Saison das Zepter als Cheftrainer der Dornbacher übernahm. Er verschaffte Georg einen recht gut dotierten Job bei der Post, wo er sich nicht anstrengen musste und jederzeit für das Training und die Spiele freibekam. Zwar kam er über die Rolle des

Edelreservisten kaum hinaus, aber innerhalb der Sportclub-Familie fühlte er sich wesentlich wohler als in seiner eigenen, die zudem mehr und mehr zerfiel. Seit sein Großvater das Zeitliche gesegnet hatte, ging es auch der Oma immer schlechter, und sein Vater war nach der Zeit im Gefängnis verschlossen und einsilbig. In der elterlichen Wohnung hörte man kaum einmal ein Lachen, während es nach den Trainings immer hoch herging.

Auf dem Spielfeld freilich orientierte er sich an den Größen der Mannschaft. Beinahe ehrfürchtig blickte er auf die Internationalen Kaipel, Schmidradner oder Kaltenbrunner, vor allem aber auf den wortkargen dänischen Legionär Finn Laudrup, dessen Frau von allen liebevoll auf der Tribüne umsorgt wurde, nachdem Laudrup kurz zuvor Vater geworden war. Der kleine Brian galt in der Mannschaft als Maskottchen, und Hof versicherte Finn, sein Sohn werde einstens Europameister werden.

Georg ärgerte sich ein wenig, dass der Sportclub in jenem Jahr sowohl das Cupfinale verlor als auch in der Meisterschaft nur Rang zwei belegte, doch am Ende der Saison fiel ihm auf, dass er buchstäblich in jedem Bundesland einmal gespielt hatte, was bei insgesamt zehn Einsätzen eine bemerkenswerte Leistung war. Und dass er gegen den GAK mit seinem allerersten Bundesligator das Unentschieden gerettet hatte, trug ihm den Respekt der Mannschaftskollegen ein. Auch Hof schenkte ihm ein anerkennendes Schulterklopfen, und so durfte er im Messestädte-Cup gegen Braunschweig und die Grasshoppers aus Zürich auflaufen.

In seiner zweiten Saison war er schon ein fixer Bestandteil des Kaders. Natürlich galt er nach wie vor als Reservist, aber er fuhr zu jedem Match im Mannschaftsbus mit, und in der Regel kam er in der zweiten Halbzeit auch zum Zug. Der Trainer erklärte ihm, er sei ja erst 17, da müsse man ihn noch schonen, damit man ihn nicht vor der Zeit verheize, aber ohne Frage werde seine Zeit kommen. Und so wie man von der Ära Hof spreche, werde man vielleicht auch einmal von der Ära Strecha reden.

„Wennst immer brav trainierst und so engagiert weiterspielst, dann bist bei uns Stammspieler. Und wer weiß, vielleicht engagiert dich dann irgendein großer Verein im Ausland. Der HSV vielleicht oder Nürnberg. Wirst sehen, es wird sich auszahlen, wennst dich jetzt so richtig schindest." Und Georg arbeitete nur noch härter.

In Graz lief er gegen Sturm auf und erzielte den für den Klub so wichtigen Ausgleich. Da dies sein zweites Bundesligator gewesen war, das er ebenfalls in der grünen Mark erzielt hatte, bekam er seinen ersten Spitznamen weg. Er war ab sofort der Steirer-Schurli. Und doch sah der das gesamte Spiel gegen den LASK nur von der Bank aus, weil Hala, Laudrup und Kaltenbrunner wieder fit waren. Und angesichts einer komfortablen Führung gab es keinen Grund zu irgendwelchen Wechseln. Umso schöner war wenig später der Sieg gegen Rapid, bei dem Georg mit dem Rest jener, die auf dem Platz gestanden waren, die Ovationen der Fans entgegennehmen durfte.

Und als er einige Runden später gegen die Vienna das 4:1 erzielte, da sagte Hof vor versammelter Mannschaft: „Schauts euch den Strecha an, der kann ja auch in Wien treffen." Ein Wiener-Schurli wurde er trotzdem nicht. Dennoch vertraute ihm Hof gegen den GAK, dies wohl in der Hoffnung, dem Jungspund würde hier sein viertes Ligator gelingen. Doch einmal mehr musste der Paradesturm die

Kastanien aus dem Feuer holen, und Georg saß gegen Eisenstadt wieder auf der Bank, was ihn umso mehr schmerzte, als der Sieg dort mit 5:0 mehr als deutlich ausfiel.

In der Rückrunde feierte er gegen die Elf von Wacker Wien ein kleines Jubiläum. Sein 25. Bundesligaspiel. Und er belohnte sich selbst mit dem 3. Saisontreffer, sodass er in Sachen Goals sogar mit dem großen Laudrup mithielt. Vier Runden waren noch ausständig, und der Sportclub war drauf und dran, ein weiteres Mal Vizemeister zu werden. Dementsprechend gut war die Stimmung im Team.

Der Abwehrrecke Marijan Kovačević, der stets die Auffassung vertrat, der Spaß dürfe nicht zu kurz kommen, überredete einige Mannschaftskollegen, den hohen Sieg gegen Wacker entsprechend zu feiern. Man zog in ein Innenstadt-Lokal, wo in den Gläsern nicht nur Bier und Wein waren. Georg wollte natürlich gegen die gestandenen Männer nicht abfallen, und so trank er eifrig mit. Bald fühlte er einen ziemlichen Dusel in seinem Oberstübchen, und er musste kurz nach draußen gehen, um in der kühlen Abendluft wieder einen klaren Kopf zu bekommen.

Schon beim Verlassen des Lokals war ihm eine ältere Frau aufgefallen, die, gelinde gesagt, sehr gewagt gewandet war. Deutlich konnte er im Vorübergehen durch den dünnen Stoff ihre Brustwarzen sehen, was ihn mehr erregte, als ihm lieb war. Und mutig, wie man nur angesichts einer Alkoholisierung sein konnte, bildete er sich tatsächlich ein, die Frau habe ihm nachgesehen. Draußen freilich rückte sich die Welt wieder zurecht. Die herbe Schönheit war sicher schon über 30, er war ein Dreikäsehoch. So ein Luxusweib, das hätte höchstens Augen für ein echtes Mannsbild und würde jemanden wie ihn bestenfalls als

Jungspritzer abqualifizieren. Na ja, vielleicht hatte der Coach ja Recht, und seine Zeit würde noch kommen. Dann durfte er sich vielleicht wirklich einmal in der Aufmerksamkeit schöner Frauen sonnen. Er seufzte tief, richtete sich die Frisur und ging wieder in das Lokal, um sich den Mannschaftskollegen anzuschließen.

„Hast du Feuer?" Die Schönheit hatte ihn tatsächlich angesprochen. Hektisch suchte er seine Taschen ab und fand dann schließlich gerade noch rechtzeitig eine Streichholzschachtel, die er der Frau darbot. Die zündete sich ihre Zigarette an und blies ihm dann gelassen den Rauch ins Gesicht. „Was ist denn das für eine Truppe da hinten?", erkundigte sie sich. „Wir sind …", warum versagte ihm gerade jetzt die Stimme? Er räusperte sich. „Vom Wiener Sportclub. Wir haben", wieder war ein Klären der Luftröhre nötig, „heute gerade die von Wacker wegputzt. Und das wird … gefeiert." Die Lady schenkte ihm einen wohlwollend taxierenden Blick. „Da schau her, ein Kicker! Na, muss man dich kennen?" Georg meinte Schweiß auf seiner Stirn wahrzunehmen. „Noch nicht", erklärte er dann einschränkend, „aber ich habe immerhin auch schon 25 Partien in der obersten Liga gespielt und dabei fünf Tore erzielt." Fünf, so dachte er, klang besser als vier, und sie würde es ja ohnehin nicht überprüfen können. „Na, da sollte ich mir vielleicht ein Autogramm geben lassen", entgegnete sie mit einem sphingenhaften Lächeln. „Möglicherweise ist das in ein, zwei Jahren ein Vermögen wert." Sie streckte ihm ihre Rechte entgegen. „Ich bin die Mary. Und du bist?" Abermals kämpfte Georg gegen den Frosch in seinem Hals. „Georg. Aber alle nennen mich Schurli." Sie lachte. „Schurli. Das klingt wie das englische surely. Schurli, bist du was Besonderes, oder?!"

Georg war verwirrt. Was sollte er darauf antworten. Am besten nichts. Die Vernunft gebot ihm, sich schleunigst wieder zu den anderen zu begeben, bevor die Sache hier aus dem Ruder lief und er sich unendlich blamierte. Er deutete zaghaft in die Richtung seiner Klubkollegen. „Ich sollte dann … mal wieder …“ Mary legte den Kopf schief. „Sind dir die dort echt lieber als ich?“ Dabei streckte sie sich, sodass Georg gar nicht anders konnte, als auf ihren Busen zu starren, der mehr als deutlich unter dem dünnen Stoff zu sehen war. Der Frosch hatte endgültig gewonnen. Sie beugte sich vor und berührte sanft seinen Oberarm. „Mit Frauen hast jetzt ned so die großen Erfahrungen, gelt?“ Seine Wangen begannen zu glühen. Eilig legte er eine Hand auf den Tresen, da es ihm schwindelte. Die Knie waren weich, und seine Beine drohten ihm wegzusacken. „Ich …“, krächzte er. „Sag bloß, du hast noch nie?“ Mary brauchte den Satz nicht zu vervollständigen. Natürlich hatte er noch nie. Wie auch? Bei der Post wie beim Verein gab es praktisch nur Männer, wie sollte er da je zu einer Freundin kommen.

Gut, bislang war das auch nicht sonderlich wichtig gewesen. Wenn sein Körper einmal merkwürdige Signale absonderte, dann ging er schnell unter die Dusche, wo er eiskaltes Wasser auf seinen Leib perlen ließ, und er machte ersatzweise einige Kniebeugen, dann war die ganze Angelegenheit rasch wieder vom Tisch. Aber hier schien es weder die eine noch die andere Option zu geben, und er spürte, wie sich sein Glied verhärtete. Was seinen Kopf wohl noch röter werden ließ.

„Meiner Seel, du bist ja echt noch unberührt, was?“ Mary legte ihre Handfläche auf Georgs Wange. „Du glühst ja richtig, Bub. Na kein Wunder! Da unten warten Millionen von Kameraden, endlich marschieren zu dürfen, und du lässt sie nicht. Das geht ja nicht.“ Georg bekam nun wirklich Angst. „Ich weiß nicht …“, stammelte er. „Aber ich“, erklärte Mary bestimmt. Ohne auf die anderen Gäste des Lokals auch nur eine Sekunde zu achten, griff sie Georg in den Schritt. „Na bitte“, urteilte sie, „hart wie Kruppstahl. Den willst doch nicht verschwenden, oder?“ Unwillkürlich drückte Georg seine Körpermitte nach hinten, um sich Marys Griff zu entwinden. Doch Mary wusste, der Fisch war an der Angel. Sie schnappte seine Hand und schleppte ihn, der ihr gegen seinen Willen doch widerstandslos folgte, zu den Toiletten. „Aber das ist doch für … Damen“, kam es stoßweise aus ihm, ehe er sich auch schon in eine der beiden Kabinen gedrängt sah. Mit ihrem rechten Fuß beförderte Mary den Deckel auf die Muschel, während ihre Hände erst Georgs Hose öffneten, um sie gleich danach hinunterzuziehen, was sich als gar nicht so leicht erwies, da Georgs Erektion die Textilien nachhaltig daran hinderte, den Weg nach unten anzutreten. Doch schließlich war Mary erfolgreich. Anerkennend musterte sie Georgs Gerät, während sie unter ihren Rock fasste, um offensichtlich ihre eigene Gewandtung zu justieren. Mit der Linken drückte sie Georg auf die Muschel, sodass sein Penis nun gerade nach oben zeigte. Ehe er noch irgendetwas sagen konnte, hatte sie dessen Schaft auch schon geschnappt und ihn sich eingeführt. Georg wusste nicht, wie ihm geschah. Er wurde von Gefühlen übermannt, die er, selbst wenn er sie gekannt hätte, nicht zu beschreiben in der Lage gewesen wäre. Seinen ganzen Körper durchströmte eine einzige warme Welle, und er öffnete den Mund, um ein aus den Tiefen seiner

Eingeweide aufsteigendes „Ah“ von sich zu geben. Er registrierte, wie Mary an seinem Stift auf und ab glitt. Beinahe mechanisch, so kam es ihm vor, und irgendetwas sagte ihm, das sollte eigentlich ganz anders ablaufen. Sollte sie ihn nicht festhalten, ihn küssen, wollüstig stöhnen? Georg sah ihr ins Gesicht. Sie hatte Mund und Augen geschlossen, konzentrierte sich ganz auf die rhythmischen Bewegungen. Dann packte sie ihn an der Schulter. Ganz fest. So, dass es fast schmerzte. Sie erinnerte ihn nun an den Kolben einer Dampflokomotive, der immer schneller auf und ab glitt, je mehr die Lok an Geschwindigkeit gewann. Und es entging ihm nicht, dass sein Penis pulste und pochte. „Ja“, hauchte sie, „halt es nicht zurück. Jetzt!“ Georg wusste, was sie meinte, und er war auch nicht mehr in der Lage, den Prozess aufzuhalten. Während er sich in sie ergoss, keuchte er wie nach einem Sprint über das ganze Feld und fühlte sich einer Ohnmacht nahe. Für einen Moment schloss er die Augen und glaubte, Zeit und Raum seien zu einem Stillstand gekommen. Erst nach einer kleinen Weile fiel ihm auf, dass der Druck nachließ. Lag es daran, dass sein Ding wieder auf Normalgröße geschrumpft war? Er öffnete die Augen wieder. Nein. Sie war aufgestanden, seine Männlichkeit hing, immer noch ein wenig zuckend, im Freien. Mary beugte sich zu ihm hinunter, tätschelte ihm aufmunternd die Wange – und ging.

Georg blieb verdattert zurück. Das konnte doch nicht wahr sein. Sie hatten eben Liebe gemacht, und sie verabschiedete sich ohne jedes Wort! Eilig stand er auf, unterdrückte das Schwindelgefühl und zog sich die Hosen hoch. Dann stürzte er aus der Toilette zurück ins Lokal und sah sich nach Mary um. Endlich erspähte er sie. Sie war eben im Begriff, die Bar zu verlassen. Er sprintete ihr nach. „Du kannst doch nicht …“ Sie drehte sich nicht einmal um, machte nur eine abwehrende Geste. „Und wie ich kann“, knurrte sie. „Bitte“, flehte er. „Das kann doch nicht alles gewesen sein.“ Abrupt blieb sie stehen, wendete sich zu ihm um. Funkelte böse. „Was willst du?“, kam es unwirsch zwischen ihren Zähnen hervor.

„Dich kennenlernen. Du bist mir sofort aufgefallen. Ich hatte keine Ahnung, was da passieren würde, aber ich wusste, ich will mehr von dir wissen.“ So unerwartet wie ihr Zornesausbruch gekommen war, wechselte erneut ihre Stimmung. „Du bist ja wirklich süß, Bub!“ Er bemühte sich um einen sympathieheischenden Gesichtsausdruck. „Na gut, übermorgen ist eine Vernissage im Atlantis. Wenn du nicht nur flink, sondern auch clever bist, findest du heraus, wo das ist. Ich werde von sieben bis neun dort sein.“ Ohne ein weiteres Wort setzte sie sich wieder in Bewegung und verschwand alsbald in der Nacht.

Sommer 1970

Die nächsten Wochen konnte sich Georg auf nichts anderes konzentrieren als auf das jeweils nächste Treffen mit Mary. Sie verriet ihm stets nur den Ort des jeweils nächsten Treffens und ließ dabei offen, ob sie ihn sehen würde oder nicht. Er begab sich auf gut Glück an den genannten Ort, doch bei weitem nicht immer fand er sie dort dann auch tatsächlich vor. Und selbst wenn sie wirklich anwesend war, dann changierte die Art ihrer Kommunikation mit ihm von totalem Ignorieren bis zu einem Quickie hinter einer Schiebetür. Georg wusste einfach nie, woran er bei ihr war, und das zehrte an seinen Nerven. Zu seinem Glück wirkte sich das auf den Rest der Saison nicht dramatisch aus. Im Gegenteil. Beflügelt von Marys Liebeskunst, lieferte er in den restlichen vier Partien jeweils eine ansprechende Leistung, erzielte gegen den GAK, gegen die Austria aus Klagenfurt und gegen Dornbirn sogar noch je ein Tor, womit er maßgeblich zum neuerlichen Vizemeistertitel beitrug und mit sechs Saisontreffern sogar der fünftbeste Schütze der Mannschaft war. Auch der Trainer meinte, sieben Tore in 28 Partien seien ein mehr als achtbarer Schnitt für jemanden, der eben erst auf die 18 zuging. Und Georg schwebte auf der berühmten Wolke 7.

Vor allem der Sommer hatte es in sich. Mary traf ihn nun sogar privat, ohne irgendeine künstlerische Camouflage. Sie schwammen gemeinsam in der Alten Donau, wobei Mary darauf bestanden hatte, dass sie aufs FKK-Gelände gingen. Wenig später holte sie ihn plötzlich vom Training ab, was den Mannschaftskollegen natürlich nicht entging. Georg war nun auch im Team so etwas wie ein Held.

Und dann, sie hatten eben 3:2 gegen Norrköping im Intertoto-Cup gewonnen, versetzte sie ihn auf einmal. Was ihn gleich doppelt aus dem Gleis warf, weil dadurch auch kein Termin für ein nächstes Treffen festgelegt werden konnte. Er machte sich sofort auf die Suche nach ihr, ging systematisch alle Plätze ab, an denen sie gemeinsam gewesen waren. Und je größer die Kreise wurden, die er zog, desto miserabler war seine Leistung beim Training und auf dem Platz. Durch ein Blackout von ihm verloren sie gegen die Grasshoppers aus Zürich, und auch gegen Braunschweig machte er keine gute Figur. Hof ließ ihn dunsten, setzte ihn bei den Rückspielen nicht ein, hoffend, das würde seinen jungen Adler den Ernst der Lage ins Bewusstsein bringen. Doch der ließ sich nur noch mehr gehen und verbrachte jede freie Minute damit, nach Mary zu fahnden.

Nachdem er gegen Rapid und Salzburg ziemlich schlechte Leistungen geboten hatte, blieb er gegen die Vienna auf der Bank. Und das änderte sich auch nicht in den folgenden Wochen. Irgendwann bekam Grete einen Anruf von Erich Hof persönlich, der unumwunden erklärte, er mache sich um den Jüngling ernste Sorgen. Wenn das so weitergehe, dann habe der Herr Sohn auf dem Platz keine Zukunft mehr. Ob sie einen Weg wisse, Georg aus seiner Lethargie zu lösen.

„Ja mei, unglücklich verliebt ist er halt", verteidigte die Mutter ihren Sproß. „Da ist er sicher nicht der Erste. Und ganz ehrlich, liebe Frau, darüber muss man hinwegkommen. Oder man ist weg." Natürlich versuchte sie daraufhin, mit Georg zu reden. Doch der wurde nur immer launischer, und sein Nervenkostüm war mehr als dünn. Auf die leiseste Kritik reagierte er mit Ausrastern, sodass Erich

Hof schließlich die Notbremse zog und ihn aus dem Kader nahm. Georg schimpfte nur und meinte, es mache sowieso alles keinen Sinn, denn die Meisterschaft sei ohnehin schon verloren. Tatsächlich stand Hof selbst in der Kritik, da der Sportclub am unteren Tabellenende herumgrundelte. Georg meinte lapidar, so mache das Fußballspielen ohnehin keinen Spaß, und ließ nun auch die Trainings aus.

Kurz vor Weihnachten hatte er dann einen veritablen Zusammenbruch. Mary war endlich wieder aufgetaucht. Bei seinen Eltern. Schwanger. Er sei der Vater, hieß es. Turl stellte das energisch in Abrede, mit der Begründung, der Junge sei ja noch nicht einmal volljährig. Es war Grete, die die Relationen wieder herstellte. Auch ein Minderjähriger könne Kinder zeugen, klärte sie ihren Mann auf, um hinzuzufügen, jetzt gelte es, die Geburt des Enkelkindes bestmöglich vorzubereiten. Georg aber, mit diesen Wahrheiten konfrontiert, brach einfach zusammen, was dazu führte, dass er noch vor Mary im Spital landete.

Dass Mary unmittelbar nach der Geburt abtauchte und die kleine Lina bei seinen Eltern ließ, gab Georg den Rest. Er verfiel in eine Art katatonischen Schock, und der konsultierte Arzt diagnostizierte eine Gemütsschwere, die nur durch eine längere Kur gelindert werden könne. Turl hatte damals mit zwei bis drei Wochen gerechnet, doch wurde fast ein halbes Jahr daraus, bis Georg sich endlich wieder halbwegs erfangen hatte.

Doch für den Profisport taugte er nicht mehr. Auch seinen Posten bei der Post hatte er verloren, er stand quasi vor dem Nichts. Turl gelang es, die Leute vom Sportclub davon zu überzeugen, dass sie Georg nicht ganz fallenlassen konnten, und so stellten sie ihn mit Beginn der neuen Saison als Platzwart an. Nach anfänglichen Anlaufschwierigkeiten machte Georg dieser Job sogar Spaß, weil er ihn nicht sonderlich forderte und ihm dennoch die Gelegenheit bot, dem runden Leder weiter nahe zu sein.

Sein alter Schulfreund Günther Happich war Teil der Mannschaft geworden, und so gab es für Georg einen zusätzlichen Grund, den Dornbachern weiter die Treue zu halten, auch wenn die durch ein Tal der Tränen gingen. Man sackte immer weiter ab, und auch die deswegen geholten neuen Trainer konnten das Blatt nicht wenden. Und kurz nach Linas drittem Geburtstag gab es für Georg und seine Freunde einen Grund, sich besinnungslos zu besaufen. Die Liga hatte beschlossen, dass nur Rapid und Austria erstklassig sein durften, und verurteilte die Vienna und den Sportclub zum Zwangsabstieg.

Was für die Dornbacher eine Tragödie war, das erwies sich für Georg als Glücksfall. Die Stars verließen den Klub, der nun dringend neue Kaderspieler brauchte. Und so bot man schließlich dem Platzwart an, doch auch wieder mitzutrainieren, immerhin sei er doch erst 21 und damit im besten Fußballeralter. Sogar den alten Posten als Briefträger könne man ihm wieder besorgen, hieß es. Tatsächlich machte Georg wieder so manche Reise mit, wenngleich die zu erwartenden Gegner weit weniger glamourös als ehedem waren, hießen sie doch Bischofshofen oder Lienz. Doch Georg störte sich daran nicht. Er hatte seine Lektion gelernt und freute sich über jede einzelne Einsatzminute, die er bekam, wenn er gegen Ende einer Partie noch schnell eingewechselt wurde. Und als ihm ausgerechnet gegen die Vienna erstmals seit fast fünf Jahren wieder ein Tor gelang, da fand er, er war mit der Geschichte quitt. Und vielleicht auch wieder bereit für eine Beziehung, denn Mary war mittlerweile selbst in seinen Träumen mehr und mehr verblasst.

Dies schien auch mehr als geboten, denn Turls Appelle an seine, Georgs, Verantwortung wurden immer energischer. Schon unmittelbar nach Marys Verschwinden und Georgs Rückkehr aus der Reha hatte Turl mit seinem Sohn ein langes Gespräch geführt, das Georg lange in überaus lebendiger Erinnerung blieb. „Du bist Vater, du musst dich um deine Tochter kümmern", war er von Turl ermahnt worden. „Ich weiß nicht, wie ich das machen soll, ich hab doch von nix eine Ahnung", war seine lahme Rechtfertigung gewesen. „Dann musst du es eben lernen", kam es apodiktisch zurück. Für eine Weile bemühte sich Georg auch, den Anforderungen gerecht zu werden. Er besuchte die Eltern, wann immer es seine Zeit erlaubte, doch beschränkte er sich dann stets darauf, Grete dabei zuzusehen, wie sie der kleinen Lina Mutter war.

Kurz vor Linas zweitem Geburtstag wurde der Vater unwirscher. „Jetzt kommt dann bald die Zeit, die für Lina prägend sein wird. Die Kleine sieht nur Grete und mich. Wenn das so weitergeht, dann hält sie uns für ihre Eltern, und du, du bist nur ein Fremder, der ab und zu einmal vorbeischaut." Georg zuckte schuldbewusst mit den Achseln. „Was erwartest du von mir? Dass ich mit ihr Liliputbahn fahr oder was?" Turl presste die Zähne zusammen. „Such dir endlich ein liebes Mädel, das dir deine Blödheiten verzeiht, zieh mit ihm z'samm und nimm die Lina zu dir. Damit die Kleine in einem normalen Umfeld aufwächst und nicht unter alten Leuten."

Als ob das so leicht wäre. Während er auf dem Platz seine Linien zog und an den Spieltagen mit seinen Geräten Bereitschaft machte, da gab es Zeit genug, sich unter dem Publikum umzusehen. Die holde Weiblichkeit machte bestenfalls ein Fünftel der Anwesenden aus, von dem wiederum die Hälfte in festen Händen war. Und die paar wenigen jungen Mädchen, die sich ins Stadion verirrten, die hatten nur Augen für den feschen Welzl oder sogar für den Happich, aber sicher nicht für den Pfosten, der die Outfahnen in den Boden rammte.

Das änderte sich auch nicht, als er ab Anfang 1975 selber wieder ab und zu aufs Feld durfte. Das schöne Geschlecht machte einen gewissenhaften Bogen um ihn. Doch wenigstens gelang es ihm, doch so etwas wie ein Verhältnis zu seiner Tochter aufzubauen. Jeden Montag holte er die Kleine von seinen Eltern ab und unternahm dann etwas mit ihr. Sie ließen Drachen steigen, fuhren in den Prater oder gingen auf den Spielplatz, wo Georg mit ihr in der Sandkiste wühlte. Und es erfüllte ihn mit Stolz, dass die kleine Lina ihn wirklich ins Herz schloss und schon voller Ungeduld auf den nächsten Montag wartete, wie ihm Grete versicherte. Auch kämpfte sie jedes Mal um jede Minute, wenn es Zeit für den Abschied war. Sie klammerte sich dann ganz fest an ihn, und Georg fühlte sich dabei auf angenehme Weise seltsam, denn ganz offenbar gab es doch eine Frau, die ihn liebte. Sie war halt noch ein wenig jung.

Zwei Saisonen lang verpasste der Sportclub jeweils ganz knapp die Rückkehr in die höchste Spielklasse. Im ersten Jahr war es die unerwartete Niederlage gegen Stockerau gewesen, gemeinsam mit jener gegen den GAK, der dadurch den Titel errang. Im zweiten Jahr zog die Vienna frühzeitig uneinholbar davon, was Erich Hof, der als Trainer nach Dornbach zurückgekehrt war, immerhin die Gelegenheit gab, zu experimentieren und möglichst den ganzen Kader zum Einsatz zu bringen. So kam auch Georg auf einige Einsätze, und er platzte schier vor Stolz, als die kleine Lina vor dem Wohnhaus der Eltern Georg einem Passanten mit den Worten vorstellte, das sei ihr Papa, der Fußballer sei.

Das dritte Jahr der Zweitklassigkeit fing mit dem Cupmatch gegen Waidhofen an der Ybbs an, wo ihm ebenso der Siegestreffer gelang wie kurze Zeit später gegen Böhlerwerk. In der Liga dauerte es acht Runden, ehe man erstmals eine Niederlage hinnehmen musste, und alles deutete darauf hin, dass der Sportclub endlich wieder jenen Platz einnehmen konnte, der ihm zustand. Dementsprechend dockten vermehrt bekannte Spieler bei den Hernalsern an, unter denen die Teamspieler Hof und Starek hervorragten. Georg bemühte sich, so gut es ihm nur möglich war, durch besondere Leistungen im Training auf sich aufmerksam zu machen, aber je breiter der Kader wurde, umso mehr geriet er ins Hintertreffen. Bei manchen Partien saß er nicht einmal auf der Bank, gegen Villach oder Wolfsberg wurde er gar nicht erst mitgenommen.

Und wenn dann Lina mit großen Augen zu ihm sagte: „Spielst du am Sonntag wieder, Papa?“, dann hätte er heulen mögen. Er war mittlerweile 23 Jahre alt, trug halbtags Briefe aus, kümmerte sich nachmittags um die Vereinskantine und bewohnte eine Einraumwohnung in einer Bruchbude in der Kainzgasse. Wie sollte es unter diesen Umständen möglich sein, die Kleine nicht rundum zu enttäuschen? Langsam, beinahe unmerklich wurde Georg einer der besten Kunden der Hernalser Brauerei.

Im Frühjahr 1977 zeigte sich Hofs ganzes Genie. Die Mannschaft feierte zwölf Siege en suite, wurde Meister der zweiten Liga und drang bis ins Cupfinale vor. Georg platzte vor Stolz, dass er in beiden Endspielen im Kader stand und einmal sogar in der 88. Minute eingewechselt wurde. Das war etwas, das ihm nie wieder jemand wegnehmen konnte. Lina würde endlich mit Grund auf ihn stolz sein, und dass man den Cup doch nicht holte, war nebensächlich.

Das Team aber schwebte trotzdem im siebten Himmel. Der Wiederaufstieg in die höchste Spielklasse wurde entsprechend gefeiert. Die ganze Mannschaft begab sich in die Innenstadt, um dort, wie es so schön hieß, die Korken knallen zu lassen. Die Stimmung war entsprechend ausgelassen, doch Georg vermochte es nicht, sich von den anderen mitreißen zu lassen. Irgendetwas sagte ihm, dass er jetzt, wo es wieder gegen Rapid, die Austria, Sturm Graz oder Wacker Innsbruck gehen würde, erneut in die zweite Reihe würde zurücktreten müssen. Denn ohne Frage würde die Mannschaft entsprechend verstärkt werden, damit man tatsächlich gegen die Großen bestehen konnte. Er war 24, und die große Karriere war ausgeblieben. Der Posten bei der Post füllte ihn naturgemäß nicht aus, und als Fußballer würde er nie an das große Geld kommen. Wie auch? Selbst bei den Stars reichte es nach der aktiven Zeit bestenfalls für das Pachten einer Tankstelle oder eines kleinen Lokals. Und so sah er wieder einmal etwas zu tief ins Glas.

Ohne Frage hätte er sich den Sommer über mehr anstrengen können, doch Georg lebte in der Überzeugung, ohnehin keine Chance in diesem großen Kader zu haben. Und tatsächlich erklärte ihm Hof Ende August, dass er vorläufig auf ihn verzichten müsse, da die Kampfmannschaft und die Ergänzungsspieler bereits ausgewählt worden seien. Natürlich hielt ihn Hof mit wohltönenden Worten hin, des Inhalts, er dürfe natürlich weiter auf dem Platz trainieren, und wenn er sich nachhaltig empfehle, dann stünde auch einer Rückkehr in die Stammelf nichts im Wege. Doch in der Bundesliga würden eben andere Anforderungen an die Spieler gestellt werden als in den unteren Klassen, und da müsse Georg schon noch an Niveau gewinnen, um sich dieser neuen Aufgabe als gewachsen zu erweisen.

Vorerst bewies Georg nur, dass man sich eine Woche lang jeden Tag sinnlos besaufen konnte. Das wäre außer für ihn selbst mutmaßlich nicht tragisch gewesen, wenn er nicht darüber ausgerechnet Linas ersten Schultag versäumt hätte. Für die Kleine sei das die größte Tragödie ihres Lebens gewesen, hielt Turl dem Sprössling dieses Versagen danach vor. „Weißt du, wenn du uns enttäuschst, ist das eine Sache. Wir können damit umgehen. Wir wissen, dass du wieder einmal eine schwere Zeit durchmachst, weil du aus der Mannschaft geflogen bist und so weiter. Aber die Lina, die ist sechs. Die versteht das nicht. Die weiß nur, dass sie, herausgeputzt wie sonstwer und mit einer riesigen Schultüte in der Hand, auf den lieben Papa wartet, der nicht kommt. Weißt du eigentlich, was du da angerichtet hast?" Georg schämte sich. Und das einzige Mittel, das ihm einfiel, die Scham zu bekämpfen, war noch mehr Alkohol. Natürlich nahm er sich vor, bei Lina vorbeizuschauen und sich für sein Fernbleiben bei ihr zu entschuldigen. Er hatte sich sogar schon eine glaubwürdig klingende Ausrede zurechtgelegt. Doch dann trank er halt doch noch einen Abend und verschob das unausweichliche Treffen auf den nächsten Tag. Und dann auf den Tag danach. Und dann auf Weihnachten.

Grete fand ihn bewusstlos auf dem Boden seines Zimmers. Sie war eigentlich gekommen, um ihm eine Standpauke zu halten, wie sie der verzogene Fratz sein Lebtag noch nicht gehört hatte. Doch dann lag er da und schien dem Tod näher als dem Leben zu sein. Also vergaß Grete ihre Vorhaltungen und sah zu, dass sie irgendwo die Rettung alarmieren konnte.

Herbst 1980

Georg war wieder einmal ziemlich neben der Spur. Der erste Entzug vor nunmehr drei Jahren war eigentlich ziemlich gut gelaufen, und dass Erich Hof mit ein wenig Schuldbewusstsein dafür sorgte, dass Georg weiterhin für den Sportclub arbeiten durfte, garantierte ihm wenigstens ein bescheidenes Einkommen. Doch als der Sportclub 1979 mit Spielern wie Drabits, Pacult und Brauneder, die allesamt jünger waren als er, Vizemeister wurde, wodurch das Team auch für die internationalen Cup-Bewerbe qualifiziert war, da fing Georg wieder mit dem Trinken an. Dies umso mehr, als er seit der Geschichte mit Mary praktisch keinen Umgang mit dem weiblichen Geschlecht gehabt hatte, wofür er sich fast noch mehr genierte als für sein Versagen als Kicker. Anfänglich war er hie und da nachts auf den Gürtel gegangen, um dort mit irgendeiner Nutte eine schnelle Nummer zu schieben, doch je schmäler sein Geldbeutel wurde, desto öfter musste er auf solche Betätigungen verzichten. Wenn er es gar nicht mehr aushielt, dann ging er in eine der billigen Peepshows und holte sich eilig einen runter, während er durch eine Glasscheibe einer gelangweilten Frau zusah, die so tat, als fände sie es geil, bei ihren Verrenkungen beobachtet zu werden.

Als er schließlich kurz nach Saisonbeginn 1980 mitten auf dem Platz kollabierte, war allen Beteiligten klar, er musste wieder nach Kalksburg. Diesmal dauerte seine Auszeit schon ein wenig länger. Er verbrachte viel Zeit in Gesprächsrunden, sah das Schicksal anderer, die gleich ihm vom Leben gebeutelt waren, und fasste schließlich ein wenig Vertrauen zu der jungen Psychologin, die für die Einzelgespräche verantwortlich war.

Er fand sie eigentlich ganz süß. Ein sehr heller Teint, dazu strohblonde dünne Haare und immer ganz in Weiß gekleidet, sodass ihre Augen den einzigen farblichen Kontrast darstellten. Bei der dritten oder vierten Sitzung wagte er es endlich, sie zu fragen, wie alt sie war. 30, lautete die Antwort. Sein „Da sind S' ja älter als wie ich", kam für sie doch ein wenig überraschend, und ihr „Ach, ich dachte, Sie sind sicher schon über 40" überzeugte ihn wiederum davon, dass auch diese Frau unter Garantie nichts mit ihm anfangen würde.

Immerhin aber folgte er ihrem Rat und suchte endlich wieder Kontakt zu seiner Tochter. Er schrieb ihr Briefe aus Kalksburg, von denen er hoffte, sie würden für eine Zehnjährige verständlich sein. Kurz vor Weihnachten aber kam Grete ihn besuchen und ersuchte ihn, damit aufzuhören, da die Tochter darüber nur noch verwirrter wurde. „Weißt, sie versteht ohnehin nicht, warum sie weder Vater noch Mutter hat. Wenn dann der Vater von irgendwo schreibt, dann verunsichert sie das erst recht. Und vor allem, wenn dann in dem Brief steht, ich habe schon seit Tagen nichts mehr gesoffen. Was, bitte, soll ein kleines Mädchen damit anfangen?"

Georg sah auf: „Du hast den Brief glesen? Der war nur für das Linerl bestimmt." Grete schürzte die Lippen. „Die Lina hat mich gfragt, was gesoffen heißt. Sonst hätt ich es nicht mitbekommen." Dann rückte sie näher an den Sohn heran. „Musst du sie da mit hineinziehen. In diese deine grausliche Welt? Behalt das doch um Himmels willen für dich. Wenn du ihr schon partout schreiben willst, dann sprich übers Wetter, erkundig dich nach der Schule und frag, was sie gerne macht. Dann kann sie dir auch antworten und blickt nicht ratlos auf ein Geschreibsel, das, gelinde gesagt, ordinär ist."

„Das ist jetzt aber unfair. Ich will doch nur ehrlich sein." Grete hob den Zeigefinger. „Das ist ja recht ehrenwert, mein Sohn, aber bitte nicht gegenüber einem Kind von zehn Jahren. Da ist der Satz, ‚ich wünschert, ich hätte die Hur ned pudert', kaum sonderlich hilfreich, wenn du verstehst, was ich meine. Vor allem, wenn es selbst diesem naiven Gottesgeschöpf dämmern könnte, dass du damit ihre Mutter meinst. Was, wie auch du dir selbst hättest denken können, du Strafe für meine früheren Sünden, bei Lina zu der Erkenntnis führen könnte, du willst, dass sie gar nicht erst geboren worden wäre."

„Jössas, daran hab ich gar nicht denkt." Grete ließ ihre Augäpfel rollen. „Mit dem Denken hast du es leider nie so ghabt. Also, halt dich bitte strikt an das, was ich dir jetzt gsagt hab, und heb dir die Ehrlichkeit für die Vogeldoktoren hier auf." Ehe Georg etwas erwidern konnte, hatte sich Grete wieder erhoben und den Ort verlassen. Georg wartete noch eine kleine Weile, dann griff er sich einen neuen Bogen Briefpapier und malte mit kindlicher Begeisterung die Sätze „Hier ist heute ein schöner Tag. Der Himmel ist blau, es sind kaum Wolken zu sehen." darauf.

Zu Beginn des neuen Jahres kam die Psychologin zu dem Schluss, Georg werde nun bald so weit sein, es wieder mit dem Leben draußen aufnehmen zu können. Sie gab ihm eine Menge Adressen, an die er sich auch danach regelmäßig wenden sollte, und wünschte ihm alles Glück für die Zukunft.

Zum Sportclub konnte er nach diesem zweiten Sündenfall nicht zurück, doch das wollte er auch nicht. Er wusste, er würde viel zu sehr darunter leiden, den anderen bei ihren Erfolgen zuzusehen und sich dabei denken zu müssen, das könnte auch er sein auf dem Platz. Wenn es das Schicksal nicht anders gefügt hätte.

Nach einer Intervention seines Vaters kam er beim Konsum unter, wo er Waren in Regale schlichtete. Die Arbeit war stumpfsinnig und schlecht bezahlt, aber er hatte wenigstens seine Ruhe. Unmittelbar nach Dienstschluss ging er nach Hause in seine kleine Einraumwohnung und wedelte sich zu einem „Lui" oder einem „Penthouse" einen von der Palme, ehe er vor dem Fernseher saß, bis er einschlief.

Irgendwann konnte es aber nicht einmal mehr ihm entgehen, dass die dicke, fette Polin von der Fleischbudel ein Auge auf ihn geworfen hatte. Sie hatte einen unaussprechlichen Vornamen und war erst kurz zuvor mit ihrer Familie aus Polen geflüchtet, weil ihr Vater bei der Solidarność aktiv gewesen war. Nun schnitt sie Wiener Hausfrauen Beskiden und Krakauer auf, während sie immer wieder sehnsuchtsvoll zu dem grantigen Kerl hinüberlinste, der verzweifelt versuchte, Ordnung in die diversen Konservendosen zu bringen.

Endlich ergab es sich, dass sie beide zeitgleich mit der Arbeit fertig waren. Obwohl es überhaupt nicht ihre Richtung war, stellte sie sich an die Straßenbahnhaltestelle, die, so wusste sie aus Beobachtung, jene war, welche Georg brauchte, um nach Hause zu kommen. Artig stellte sie sich vor, als er neben ihr zu stehen kam. „Ich bin die Malgorzata", eröffnete sie ihm. Er grinste blöd. „Die Mali", statuierte er dann. „Für mi bist die Mali. Weil was Längeres kann i mir nimmer merken." Dabei deutete er mit dem Zeigefinger auf seinen Kopf. „Weißt eh", klärte er sie auf, „waachgsoffen, die Birn." Malgorzata war sich beileibe nicht sicher, verstanden zu haben, was Georg da von sich gegeben hatte, doch sie musste sich eingestehen, es klang nicht gerade ermutigend. Trotzdem fand sie, dass dieser alte, verwitterte, traurige Tropf etwas hatte, das ihn einnehmend machte. Mit ein wenig Disziplin und etwas Glück würde sie ihn schon erziehen. „Ich könnte einen Kaffee vertragen", hörte sie sich selbst sagen. Georg blieb stumm. „Ich habe immer geglaubt, die Wiener sind so charmant", blieb sie hartnäckig. „Du solltest mich jetzt einladen." Dabei bemühte sie sich, kokett dreinzuschauen. „Na, von mir aus." Gut, Begeisterung klang anders.

Als sie sich in der *Aida* am Elterleinplatz niedergelassen hatten, da nutzte Malgorzata den Moment, da Georg zwei Melange bestellte, dazu, ihre Bluse ein wenig weiter zu öffnen, als es eigentlich statthaft war. Es war Georg deutlich anzusehen, dass er versuchte, diese Tatsache zu ignorieren. Dann konnte er nicht länger gegen seine Begierde angehen: „Gut besucht, die Bluse", schmatzte er und klang dabei genauso schäbig, wie man es unter diesen Umständen erwarten musste. Malgorzata aber war wild entschlossen, auch das zu ignorieren. „Erzähl mir was von dir, du großer Schweiger."

Georg schien sich wieder im Griff zu haben. „Da gibt's nix zum Erzählen." Malgorzata war anderer Ansicht: „Seit einem halben Jahr schau ich dir jetzt zu. Immer räumst du nur Regale ein. Da muss mehr sein in deinem Leben. Bist du verheiratet?" Georg verneinte. „Hast du eine Freundin?" Er schüttelte den Kopf. „Willst du eine?"

Georg nahm die Polin noch einmal in den Blick. Sie hatte sicher 15 oder gar 20 Kilo zu viel auf den Rippen. Aber er war ja auch gerade kein Adonis. Durfte man in seiner Situation wählerisch sein? „Kommt darauf an?“, hörte er sich sagen. Sie trank den Kaffee mit einem großen Schluck aus, legte genug Geld für beide auf den Tisch und stand auf. „Komm!“, sagte sie nur.

Als Malgorzata zum zweiten Mal unter Georgs Dusche stand, zog sie eine durchwachsene Bilanz über die vergangenen zwei Stunden. Zuerst war sie partout nicht in Stimmung gekommen, weil Georg buchstäblich gar nichts tat und ihr alles, aber auch wirklich alles überließ. Sie zog ihn also Schicht für Schicht aus, verdrängte die Enttäuschung über den verlebten Leib und konnte doch dessen Gestank nicht ignorieren. So verfiel sie auf die Idee, ihn dazu zu überreden, es in der Dusche zu machen, weil das sexy sei. Georg wankte wie ein Pflegefall hinter ihr her, und sie schubste ihn in die Tasse, betätigte die Brause und seifte Georg ein. Besonders inbrünstig widmete sie sich dabei seinem Genital, das nach einer guten Weile erahnte, was sie von ihm erwartete. Nachdem aber der Versuch, ihn gleich in der Dusche zu konsumieren, an ihrer beider Ungelenkigkeit gescheitert war, zerrte sie ihn doch ins Bett, wo sie dann den wildesten Sex hatten, an den sich Malgorzata erinnern konnte – wobei sie geflissentlich die Tatsache beiseiteschob, dass sie bis zu diesem Zeitpunkt noch Jungfrau gewesen war. Ihre Enttäuschung, dass der Akt kaum drei Minuten gedauert hatte, gestand sie sich dann ein, als sie eben zum zweiten Mal in der Dusche stand. Doch schließlich beschloss sie, der Zuversicht, es werde besser werden, den Vorzug zu geben.

Ein guter Liebhaber wurde Georg auch in den folgenden Wochen nicht, doch gefiel es ihm, dass Malgorzata ihn umsorgte, als wäre er ihr Sohn. Sie kochte für ihn, sie wusch seine Wäsche, sie putzte seine heruntergekommene Wohnung, und sie machte ihm keine Vorhaltungen, wenn er zu früh kam oder gar nicht erst in der Lage war, zu kommen, weil er keine Erektion zuwege brachte. Ihm schien, als sei sie einfach glücklich darüber, nicht mehr allein zu sein, und wenn er die Dinge objektiv betrachtete, dann ging es ihm genauso.

Dennoch ließ er sich lange damit Zeit, die Beziehung als solche anzuerkennen. Erst nach einem guten halben Jahr stimmte er zu, einmal bei ihren Eltern vorbeizuschauen, und wieder etliche Monate später nahm er sie einmal zu seinen Eltern mit. Dabei lernte sie auch Lina kennen, die freilich von Malgorzata alles andere als angetan war. Doch auch dieser Umstand brachte Malgorzata nicht von ihren Plänen ab. Sie beredete Grete, dass diese auf Georg einwirke, um eine größere Wohnung einzukommen, was diese letzlich tatsächlich tat. Schließlich erhielten sie im Türkenritthof eine Zweizimmerwohnung mit Nebenräumen, die Malgorzatas ganzer Stolz war, besaßen sie nun doch eine Küche, in der man auch frühstücken konnte, ein Wohnzimmer und sogar ein Schlafzimmer. Letzteres sollte freilich nicht allzu lange für diesen Zweck genutzt werden, sagte sich Malgorzata, die davon ausging, es werde bald zum Kinderzimmer umfunktioniert werden.

Doch woran auch immer es lag, es stellte sich kein Nachwuchs ein. Was Georg, wie er immer wieder betonte, auch nicht weiter störte, denn er habe, wie er verlauten ließ, schon genug mit der missratenen Tochter zu tun, die, kaum dass sie in Hainburg auf Besetzerin gemacht hatte, nun auch gegen den gewählten Präsidenten protestierte und sich bei irgendwelchen dubiosen Vereinen herumtrieb. Für Malgorzata allerdings war diese Haltung Georgs inakzeptabel. Sie seien nun schon fünf Jahre zusammen, erinnerte sie Georg, und nun sei es Zeit, sie endlich zu einer ehrbaren Frau zu machen. Georg reagierte erst fassungslos, dann verärgert und endlich ablehnend.

Natürlich ging er zu den Eltern, weinte sich dort darüber aus, dass Malgorzata ihn verlassen habe. Turl überzeugte ihn davon, dass er zu ihr gehen und sie um Verzeihung bitten müsse. Was er dann auch tat. Mehrmals, denn der Streit um Ehe und Nachwuchs brach alle drei, vier Wochen erneut aus und endete immer öfter mit Malgorzatas Auszug. Und just, als die anderen sozialistischen Staaten dem Beispiel der Polen folgten und die KP-Regierungen aus dem Amt drängten, da eskalierte auch der Konflikt zwischen Georg und Malgorzata. Zum wer-weiß-wie-vielten Male zog sie aus, und Georg konnte sie nicht um Vergebung bitten, da sie, wie er tags darauf feststellen musste, auch ihren Job im Konsum gekündigt hatte. Als er nach einigen Tagen zu ihren Eltern pilgerte, wurde er rüde von Malgorzatas Vater zurechtgewiesen, ehe man ihm die Tür wies. Er machte noch ein paar halbherzige Versuche, mit Malgorzata doch noch Kontakt aufzunehmen, zog es dann aber vor, sich zu besaufen. Und zu Beginn des neuen Jahrzehnts befand er sich zum dritten Mal in Kalksburg, in seinen Taschen nur die Fristlose vom Konsum und eine zerknitterte Fotografie von Lina, als sie ungefähr fünf Jahre alt gewesen war.

November 1971

Lange hatte sich Ricky bei ihren persönlichen Bedürfnissen zurückgehalten, weil sie ihren Eltern nicht zu sehr auf der Tasche liegen wollte. Immerhin zahlten sie ihr das Studium und sorgten so dafür, dass sie nicht wie viele ihrer Freundinnen nebenher arbeiten musste. Da konnte man nicht auch noch verlangen, eine eigene Wohnung zu haben. Kurz hatte sie überlegt, irgendwo in eine der zuletzt zahlreich aus dem Boden sprießenden Wohngemeinschaften zu ziehen, doch wenn sie ehrlich war, dann hielt sie nicht viel davon, sich mit irgendwelchen Mitbewohnern darüber zu streiten, wer den Abwasch machte und wer den Einkauf besorgte. Und da Wickerl und Klara ihr bei jeder Gelegenheit versicherten, wie gerne sie sie um sich hätten, bestand keine Veranlassung, das elterliche Nest vorzeitig zu verlassen.

Sie hatte zwar seit einem guten Jahr einen festen Job, doch wer garantierte ihr, dass sie als Vertragsbedienstete im Ministerium bleiben durfte, wenn bei der nächsten Wahl die Mehrheit wieder eine andere war? Also verschuldete sie sich besser nicht vor der Zeit und nahm auch keinen Kredit auf, auch wenn derlei noch so attraktiv zu sein schien. Sie legte ihr Geld lieber auf ein Sparbuch, denn da bekam es dicke Zinsen, und sie konnte ihrem kleinen Vermögen Monat für Monat dabei zusehen, wie es wuchs.

Dann verlegte Kreisky die Schienen in Richtung vorzeitige Neuwahlen. Mit den Blauen hatte er eine Wahlrechtsreform beschlossen, durch welche die Wahlkreise endlich fair eingeteilt waren, sodass die ÖVP nicht länger von ihren alten Tricks profitieren konnte. In der Folge erhielt die SPÖ erstmals die so lange von ihr ersehnte absolute Mehrheit und konnte die nächsten vier Jahre alle ihre Ziele Punkt für Punkt umsetzen.

Für Ricky bedeutete das, dass ihr Posten nun gesichert war. In der neuen Gesetzgebungsperiode würde sie allein schon durch den üblichen Fristenlauf definitiv gestellt und damit unkündbar werden. Endlich konnte sie also darangehen, sich eigene vier Wände zuzulegen.

Noch im Oktober begann sie, Wohnungsanzeigen zu studieren. Irgendwie schwebte ihr der achte Bezirk vor, denn der lag genau in der Mitte zwischen dem heimatlichen Hernals und ihrer Arbeitsstätte am Minoritenplatz. Zuerst fand sie ein Objekt am Uhlplatz, das bei der ersten Besichtigung einen recht properen Eindruck machte. Ein geräumiges Vorzimmer, in dem man fraglos ein paar Bücherregale würde unterbringen können, eine fix und fertig eingerichtete Küche, was Geld und Mühen sparte, ein großes Wohnzimmer und dazu noch ein Kabinett, aus dem man ein Schlafzimmer machen konnte. Das alles, der Makler sprach von 60 Quadratmetern, um einen überaus wohlfeilen Preis. Sie öffnete die Fenster, um solcherart festzustellen, wie viel Lärm vom Gürtel in die Wohnung drang, doch das schien sich in erträglichen Grenzen zu halten. Trotzdem sagte sie, auch wenn der Makler mehrmals darauf hinwies, dass es noch andere Interessenten gebe, wobei er einem davon praktisch schon im Wort sei, nicht sofort zu. Sie meinte, sie müsse es sich überlegen, da auch sie weitere Optionen habe – bluffen, so dachte sie, könne sie auch –, weshalb sie sich melden werde.

Zwei Tage später kam sie mit Wickerl zu einem zweiten Besichtigungstermin. Der blickte skeptisch bald hierhin, bald dahin, erkundigte sich nach den elektrischen Leitungen, beäugte sorgenvoll den Küchenherd und klopfte die Wand zum Badezimmer ab. Er wiegte den Kopf und trat ans Fenster. Dabei blickte er lange auf seine Armbanduhr, als wartete er auf etwas Bestimmtes. Tatsächlich öffnete er plötzlich blitzschnell die Fensterflügel und ließ dabei die Uhr nicht aus den Augen. Er hob den rechten Zeigefinger und bedeutete Ricky, genau aufzupassen. Tatsächlich begann ein infernalisches Gebimmel, das von den Glocken der gegenüberliegenden Kirche stammte. Er legte sich einen „Hab ich es doch gewusst"-Blick zu und meinte resümierend zu seiner Tochter, sie finde ohne Zweifel ein besseres Objekt, denn derlei Gotteshäuser läuteten zur Morgen-, zur Mittags- und zur Abendmesse, was dementsprechend lästig sei.

Als Nächstes fand sie eine Zweizimmerwohnung in der unteren Lederergasse, nahe der Laudongasse. Doch die war ihr zu dunkel und letztlich auch zu teuer. Ein Objekt in der Josefstädter Straße wiederum hatte den Nachteil, dass es sich um eine komplette Bruchbude handelte. Ricky aber war weder handwerklich begabt, noch kannte sie Leute, die ihr an dieser Stelle helfen konnten. Und als sich schließlich ein Angebot in der Strozzigasse als bereits vergeben herausstellte, da war sie knapp davor, aufzugeben.

Am Allerheiligentag aber schob ihr Wickerl beim Frühstück einen Zeitungsausschnitt über den Tisch. „Das könnt was sein für dich", fügte er hinzu, und Ricky begann zu lesen. „70 Quadratmeter in der Schlösselgasse", hieß es da, „zwei Zimmer, Küche, Bad, WC, großzügiger Abstellraum." Wickerl räusperte sich: „Das ist gleich neben dem Schlesinger-Hof", erläuterte er. Ricky sah auf: „Woher weißt du das?" Ihr Vater grinste: „Weil ich es mir gestern angeschaut hab. Schaut gut aus. Alles frisch renoviert, du brauchst gar nichts machen lassen. Die Leitungen sind okay, die Heizung passt, Bad und Klo sind auch tipptopp. Du brauchst dir nur Möbel zu besorgen, und schon kannst du einziehen.“

Nach einer ausführlichen Begutachtung kam sie zu dem Schluss, dass Wickerl kaum zu widersprechen war. Zur Monatsmitte unterzeichnete sie den Mietvertrag und erhielt sofort die Schlüssel, sodass sie damit beginnen konnte, ihre erste eigene Bleibe nach ihren Vorstellungen einzurichten.

Bis kurz vor Weihnachten verbrachte sie viel Zeit in verschiedenen Möbelhäusern. In einem Geschäft auf der Hernalser Hauptstraße ließ sie sich eine Dan-Küche zeigen, die ihr ziemlich gut gefiel. „Aber passt die auch in meine Küche?“, wollte sie wissen. Der Verkäufer lächelte breit: „Gnädigste, das sind Bausätze, wie sie sehen. Die kann man ganz nach Belieben zusammenstellen, also passen sie praktisch in jede räumliche Vorgabe.“ Die Lieferzeit von sechs Wochen schreckte sie zwar ein wenig, aber sie hatte ohnehin nicht vorgehabt, noch vor Weihnachten von zu Hause auszuziehen.

In Ottakring fand sie eine passende Wohnlandschaft für ihr künftiges Wohnzimmer. Der Wandverbau erinnerte sie ein wenig an jenen bei den Eltern, doch war er in einem helleren Ton gehalten und wirkte daher nicht so wuchtig und erdrückend. Genau in der Mitte hatte er eine große freie Fläche, wo man, wie man ihr erklärte, einen Fernseher hinstellen konnte. An der Basis waren mehrere Türen, die sich zur Seite öffnen ließen und die so Stauraum für allerlei Kram verdeckten. Darüber gab es links und rechts vom potentiellen Fernseher je zwei Regale, die dafür vorgesehen waren, sie mit Büchern zu füllen. Darüber gab es linker Hand ein Kästchen von etwa einem halben Meter im Quadrat. Öffnete man die dortigen Türen, so sah man ein gläsernes Regal und einen Mechanismus, der eine kleine Lampe zum Leuchten brachte. Ricky kannte das von zu Hause. Unzählige Familien besaßen so ein Möbelstück, von dem erwartet wurde, dass man darin die Zimmerbar verstaute. Das war auch bei ihren Eltern nicht anders, die in diesem Bereich Eierlikör, Cinzano, Campari und ein paar Obstler stehen hatten, für den unwahrscheinlichen Fall, dass einmal jemand zu Besuch kam, dem es nach solchen Getränken gelüstete. Ricky wusste noch nicht, was sie dort unterbringen würde, aber derlei Fragen musste man ja nicht sofort beantworten. Auf der rechten Seite ging es weiter mit einem offenen Platz für Bücher, ganz oben, quasi als Rahmen, gab es wieder eine Reihe von Kästchen, die durch Türen abgeschlossen waren, sodass man sicher sein konnte, hier genügend Hausrat unterzubringen, ohne die ganze Wohnung damit vollstellen zu müssen.

Da der Verbau in einem hellen Braun gehalten war, entschloss sich Ricky dazu, die große Couch, die sie an der gegenüberliegenden Wand zu positionieren gedachte, in einem satten Grün zu bestellen. Dazu gab es auch zwei passende Fauteuils und einen kleinen Couchtisch, den sie gegen einen geringen Aufpreis in der Farbe des Wandschranks orderte. Nun brauchte sie nur noch ein paar Möbel für das Schlafzimmer, vor allem Kleiderkästen, und schon konnte sie ihr neues Heim in vollen Zügen genießen.

Die Wohnzimmereinrichtung kam fast gleichzeitig mit der Küche, wobei sie darauf geachtet hatte, dass in Letzterer auch noch genügend Platz für einen kleinen Tisch mit zwei Sesseln blieb. Sie würde nicht viele Gäste haben, dachte sie sich, schon gar nicht zum Essen, und für sie alleine reichte der schmale Küchentisch allemal aus. Ins Schlafzimmer ließ sie sich eine Kastenzeile liefern, die, wie sie sich danach eingestand, genügend Platz für die Gewandung eines ganzen Stammes bot, doch besaß sie genügend Bücher und Papiere, um stattdessen eben diese dort unterzubringen. Ironischerweise war es am Ende das Bett, das allein noch fehlte. Zur Not, so sagte sich Ricky, würde sie eben ein paar Nächte auf der Couch zubringen, denn sie hatte mittlerweile den felsenfesten Entschluss gefasst, das neue Jahr bereits in der Josefstadt zu erwarten.

Die Weihnachtsfeiertage nutzten sie und Klara dazu, die Küche und das Wohnzimmer bezugsfertig zu machen, wobei Wickerl nach Kräften half, indem er eifrig Bücher in die Regale schlichtete. Ricky vertraute ihrem Vater in dieser Sache blind, denn er wusste am besten, welche Werke thematisch zusammenpassten. Die paar Bücher, die ihr persönlich besonders wichtig waren, hatte sie ohnehin schon ins Schlafzimmer gebracht, wo sich unter dem Fenster ein kleines Gestell befand, das sie neckisch als ihre Handbibliothek bezeichnete.

Wenn Ricky auch viel selbst neu gekauft hatte, so gab es dennoch einiges, was sie, quasi als Mitgift, von ihren Eltern, aber auch von Freunden und Bekannten extra für die neue Wohnung geschenkt bekam. Da waren die bauchigen Teegläser, die allesamt eine farbige Plastikummantelung hatten, damit man sich nicht an dem Heißgetränk die Finger verbrannte. Rot, Grün und Gelb fand sie ja ganz brauchbar, Braun und Blau erweckten weniger ihre Sympathie, doch Orange stieß völlig auf ihre Ablehnung. Dies wahrscheinlich deshalb, weil man allerorten darauf hingewiesen wurde, dass dies neben Braun die absolute Modefarbe sei.

Von Tante Grete hatte sie einen Satz Trinkgläser erhalten, die jeweils irgendwelche geometrische Figuren in verschiedenen Farben aufgemalt hatten. Auch diese wären nicht unbedingt ihre persönliche Wahl gewesen, aber sie gefielen ihr immerhin besser als die Blumenmotive, die in der elterlichen Wohnung zu finden waren. Den floralen Mustern entging sie freilich dennoch nicht, denn eben solche zierten die Suppen- und Fleischteller aus dem Bestand von Hertha Firnbergs Sekretärin. Die Ministerin selbst hatte es sich übrigens nicht nehmen lassen, gleichfalls etwas zur Hausstandsgründung beizusteuern, ein Kaffeeservice aus weißem Porzellan, das sicher ebenso teuer wie spießig war. Aber sie trank ja ohnehin selten Kaffee. Und wenn, dann aus einer großen Schale, von denen es gleichfalls genügend gab.

Schließlich stellte sich noch ihr Vater mit einer geschnitzten Holzkiste und einem wuchtigen Aschenbecher aus Rauchglas ein. „Weißt eh“, statuierte er, „das ghört sich so, dass das am Tisch steht. Falls Besuch kommt. Und drum“, er griff nach den Plastiksackerln, die er zuvor auf den Boden gestellt hatte, „hamma dir auch eine Basisausstattung für die Bar mitgebracht.“ Neben der obligaten Trias Cinzano, Campari und Eierlikör förderte er auch eine Flasche Chivas Regal, einen Bailoni und einen Cointreau zutage. „Den Underberg kriegst dann, wenn du anfängst, dich über deinen Job zu beklagen“, ergänzte er lachend. Auch Ricky gluckste vergnügt und begann sofort, die einzelnen Flaschen in der Bar zu verstauen. Dann drehte sie sich zu den Eltern um: „Was davon kann ich euch anbieten?“ Klara und Wickerl sahen erst sich, dann ihre Tochter an: „Wasser“, sagten sie dann wie aus einem Mund.

Silvester 2000

Ich weiß nicht, warum Oma mir dieses Tagebuch zu Weihnachten geschenkt hat. Vielleicht, weil ich irgendwann in diesem ablaufenden Jahr angedeutet habe, mich als Schriftstellerin versuchen zu wollen. Jetzt, da sich alle anderen Optionen als Sackgassen herausgestellt haben. Aber gut, wenn ich nun schon einmal so ein Büchlein bekommen habe, dann kann ich es genauso gut auch wirklich verwenden. Also nicht, um diverse literarische Versuche auszuprobieren, dazu fühle ich mich noch bei weitem nicht in der Lage, aber für exakt jenen Zweck, für den es gedacht ist. Und da wir heute Silvester haben, fange ich vielleicht am besten damit an, eine kleine Rückschau auf dieses merkwürdige Jahr 2000 zu machen.

Also! Hmmm, gar nicht so leicht, wenn ich ehrlich bin. Wo anfangen?

Das mit dem Studium hat ja nicht wirklich geklappt, muss man sagen. Also, das Studium schon, aber die daraus resultierende Karriere blieb aus. Ich weiß noch, wie Oma und Opa stolz waren auf meinen Magistertitel. Sie meinten damals, ich sei nach der Ricky erst die zweite Akademikerin in der Familie. Was mich damals schmunzeln machte („mich schmunzeln machen“, eine gute Formulierung. Vielleicht sollte ich ein eigenes Heft führen, in dem ich Wendungen und Satzfolgen festhalte, die ich später einmal verwenden kann, falls ich wirklich Literatur produziere), war die Tatsache, dass Opa Ricky tatsächlich zur Familie rechnete. Aber gut, dass man die Bielohlaweks und die Strechas nicht mehr trennen kann, das scheint mittlerweile ein Faktum zu sein. Jedenfalls saßen Oma und Opa ganz selig in der ersten Reihe des Festsaals, und das will wirklich etwas heißen, weil der Opa, der damals ja gerade 80 geworden war, kaum noch gehen konnte. Sogar der Georg hat sich irgendwann zur Sponsion hinverirrt, nur Mama ist natürlich nicht gekommen. Aber damit war ja auch nicht zu rechnen gewesen.

Jedenfalls bin ich dann mit meinem Titel zu allen möglichen potentiellen Arbeitgebern und erhielt überall Absagen. Dank der Michi kam ich Teilzeit im Archiv des ORF unter, und ich brauchte fast ein Jahr, bis mir bewusst wurde, dass ich dort gar nicht angestellt, sondern bloß freie Mitarbeiterin war. Und ich glaube, ich hätte es auch dann noch nicht gemerkt, wenn sie mich nicht wegen, wie sie es nannten, Überkapazitäten, gefeuert hätten. Ich musste also Anfang 97 aufs Arbeitsamt pilgern, nur, um dort zu erfahren, dass ich wegen der Art meines Beschäftigungsverhältnisses keinen Anspruch auf Arbeitslosengeld hatte. Es war mir echt voll peinlich, Oma um Geld angehen zu müssen. Das umso mehr, als es ihr damals ja auch nicht gerade gut ging, weil ja der Opa damals. – Aber na ja, für uns Strechas waren die Zeiten wohl nie leicht, glaube ich.

Und da ich diese Zeilen schreibe, frage ich mich, ob es mir wirklich guttut, so zurückzublicken. Mir fallen all diese erniedrigenden Erfahrungen ein, die ich bei den diversen Bewerbungen machte. Bei der Apothekerzeitung habe ich mich beworben, bei CARE, sogar bei der Landwirtschaftskammer. Überall wurde ich abgelehnt. Die einzige Abwechslung bestand in der Begründung. Mal war ich unter-, mal überqualifiziert, mal passte das Alter, dann wieder das Geschlecht nicht, kurz, die Herren Personalchefs – ja, ich kann mich nicht erinnern, dass auch nur eine einzige Frau darunter gewesen wäre – waren recht erfinderisch, wenn es darum ging, mich zurückzuweisen. Und wenn ich mir auch hundertmal sagte, das richte sich nicht gegen mich persönlich, die seien eben so, es verging doch kein solcher Tag, an dem ich nicht weinend im Bett gelandet wäre.

Dann gab es da, ich denke, es war vor knapp zwei Jahren, eine öffentliche Ausschreibung für einen Job im Parlament. Irgendwas mit Pressestelle oder so. Da mussten wir einen zweitägigen Aufnahmetest machen, bei dem wir, ich erinnere mich genau, sogar wissen mussten, wie der amtierende Regierungschef von Liechtenstein heißt. Natürlich habe ich das auch nicht geschafft, und so lebe ich weiter von der Hand in den Mund. Zum Glück habe ich mittlerweile ein paar Bekannte, die mir Artikel abnehmen. Eine Buchrezension fürs „Album" im „Standard", ein paar Lifestyle-Zeilen für den „Falter", eine Reportage für die „Wiener Zeitung". Das bringt für sich genommen nicht viel, aber insgesamt läppert es sich zusammen, und ich komme über die Runden. Zumindest, solange ich nicht aus der Gemeindewohnung beim Sportclub-Platz ausziehe.

„Wiener Zeitung" ist übrigens ein gutes Stichwort. Im Zuge meiner Bewerbung für das Parlament lernte ich einen Redakteur kennen, der an der Parlamentsbeilage der „Wiener Zeitung" mitarbeitet. Ich glaube, der stand damals ein bisserl auf mich. Na gut, vielleicht bilde ich mir das auch nur ein, weil wer mag schon so eine fette, dumme Kuh wie mich, aber er war ja auch nicht gerade ein Adonis und außerdem schon viel älter als ich. Na wurscht (darf ich „wurscht" schreiben? Warum nicht, es ist ja mein Tagebuch, da darf ich hineinschreiben, was ich will, tralala *#$§+), jedenfalls treffen wir uns irgendwann vor ziemlich genau einem

Jahr in so einem Nobelschuppen in der Zieglergasse, und er erzählt mir von einer befremdlichen Begegnung, die er mit einer frisch gebackenen Abgeordneten aus irgendeinem Kaff im Weinviertel, Hadres oder Hardegg oder Großharras, was weiß ich, gehabt habe. Die sei nämlich wegen seines Namens, den er mit einem Krösus bei der Raika teilt, davon ausgegangen, er sei ein Schwarzer und habe ihm brühwarm mitgeteilt, wie Schüssel den Klima auflaufen lassen wolle, um selbst Kanzler zu werden. Wir haben damals beide sehr über die Naivität der ÖVPler, die ernsthaft glaubten, sie könnten als kleinste der drei Parteien die Poleposition bekommen, gelacht. Doch das Lachen ist uns heuer vergangen.

Sicher, die Ausgangslage nach den Wahlen vorigen Oktober war für die Sozis nicht rosig gewesen. Sie hatten es mit dem Klima als Spitzenkandidaten auf gerade einmal 33 Prozent gebracht. Ich glaube, so schlecht haben die Roten nicht einmal in der Monarchie abgeschnitten. Aber weil der Schüssel noch viel mehr verlor und sogar von den Blauen überholt worden war, glaubten alle, auch ich, dass Rot und Schwarz gar nichts anderes übrigblieb, als sich noch einmal zusammenzuraufen. Natürlich gab es da viel Drama-Getue und Diven-Verhalten. Der Schüssel erklärte trotzig, er gehe in Opposition, der Klestil erteilte gar keinen Regierungsbildungsauftrag (heißt das so? Sollte ich vielleicht nachschauen. Na, später, zu faul jetzt), ließ also Klima herumzappeln, und mit jedem Tag, der verging, schien es, als würden wir nie eine neue Regierung bekommen.

In den Medien geisterten komische Ansagen herum. So, dass die Roten wie seinerzeit unter dem Kreisky eine Minderheitsregierung bilden würden. Doch das war selbst mir klar, dass das Blödsinn war (keine gute Formulierung, soll ich sie durchstreichen? Nein, besser nicht, auch aus schlechten Beispielen lernt man), denn wer hätte die 65 Roten im Parlament denn unterstützen sollen? Die hätten keinen einzigen Gesetzesvorschlag durchgebracht, so viel steht einmal fest.

Na ja, und heuer im Jänner dann, da ging es dann anscheinend doch wieder zurück zur großen Koalition. Täglich hörte man im Fernsehen, dass die Verhandler Fortschritte machten. Es spieße sich nur noch an Details, hieß es. Ein so ein „Detail" war das Finanzministerium, das die ÖVP haben wollte. Der Edlinger, der damals dieses Amt bekleidete, erklärte launig, und daran erinnere ich mich noch genau, er lasse lieber einen Hund auf seine Wurst aufpassen als die ÖVP aufs Budget. Na ja, jedenfalls, um es kurz zu machen, hat der Schüssel einfach jeden Tag eine neue unerfüllbare Forderung gestellt, solange, bis die Roten die Nerven weggeschmissen haben. Ich hab den Klima immer noch bildlich vor Augen, wie der fast geweint hat wegen dem Scheitern der Verhandlungen.

Da waren dann alle ratlos. Also wir, die Kommentatoren, und die Roten sowieso. Nicht aber, wie sich zeigte, Schwarz und Blau. Die hatten nämlich schon die ganze Zeit über Parallelverhandlungen geführt, und so konnten sie sich in Windeseile auf eine Bürgerblock-Regierung einigen. Und noch ehe der Klestil „Nein" sagen konnte, war das Kabinett Schüssel Faktum.

Es muss der 2. oder 3. Februar gewesen sein. Ich bin gerade von der „Wiener Zeitung" zurück nach Hause gekommen, schalte den Fernseher für die Nachrichten ein und sehe die Gfrieser vom Schüssel und seinem Ex-Goiserer, wie sie ihre Einigung verkünden. Ich frag mich noch, ob schon der 1. April ist, aber nein, das war kein Scherz. Ausgerechnet die zwei Sitzriesen wollen Österreich übernehmen. Ich war erst ganz baff. Und dann wütend.

Nicht, dass mich Schüssels Agieren jetzt so sonderlich überrascht hätte. Aber die Art und Weise, wie diese neue Regierung zustande kam, und vor allem, wer ihr vermutlich angehören würde, das war ganz eindeutig eine absolute Schande für Österreich. Ich weiß noch ganz genau, den Rest jenes Abends verbrachte ich am Telefon. Und so erfuhr ich auch irgendwann, dass einige Leute direkt auf dem Ballhausplatz eine Protestaktion planten. Normalerweise gingen neue Kabinette ja vom Bundeskanzleramt zu Fuß hinüber in die Hofburg, um sich dort angeloben zu lassen. Die 100 oder 200 Schritte nutzen Kanzler in der Regel, um sich von zufällig anwesenden Passanten Glück wünschen zu lassen, und genau diesen Umstand gedachten wir auszunutzen. Irgendwer hatte die Idee ausgeheckt, Schüssel und seine Leute dort ganz kräftig auszubuhen, damit ihr Weg zum Bundespräsidenten quasi ein Spießrutenlauf wird.

Ich hatte ohnehin nichts Besseres zu tun, und so fuhr ich am späten Morgen mit dem 43er zum Schottentor, um von dort mit einer Ringlinie bis zu den Museen weiterzufahren. Den Rest des Weges wollte ich zu Fuß gehen. Doch das erwies sich als gar nicht so leicht. Die Idee, gegen die neue Regierung zu demonstrieren, hatten offenbar viele gehabt. Sehr viele. Schon bei den beiden Reiterstandbildern gab es praktisch kein Weiterkommen mehr. Es mussten Tausende sein, die sich da eingefunden hatten. Sie hielten Schilder in die Höhe, auf denen ein durchgestrichenes Mascherl zu sehen war, das Alleinstellungsmerkmal Schüssels. Also abgesehen von seiner geringen Körpergröße jetzt. So gesehen wären Bilder von ihm und Dollfuß auch passend gewesen, sind die beiden doch Brüder im Geiste. Aber egal jetzt. Ich spürte, wie ich mich angesichts der großen Masse zu freuen begann. Endlich einmal, so sagte ich mir, war Antifaschismus kein Minderheitenprogramm mehr. Es gab doch mehr anständige Österreicherinnen und Österreicher. Und ich begann zu lächeln. Mich störte nicht einmal mehr die Tatsache, dass ich für diesen Tag wohl alleine bleiben würde, denn in diesem Gewühl war es unmöglich, irgendjemanden zu finden. Ich ließ mich treiben und gelangte so immer mehr in Richtung Ballhausplatz, der freilich vorsorglich von der Polizei abgesperrt worden war. Der Lärm war beinahe nicht mehr auszuhalten. Einige Übereifrige warfen Farbbeutel von hinten nach vorne, und so war ich zur Abwechslung einmal dankbar für meine Statur, denn die Gefahr, von einem solchen Teil getroffen zu werden, war dadurch geringer.

Wir vertrieben uns die Wartezeit mit dem Skandieren von Parolen, die aber langsam abebbten, als die Regierung nicht und nicht aus dem Kanzleramt kam. Die Stimmung kippte schließlich, als irgendjemand in Erfahrung brachte, dass Schüssel einen unterirdischen Gang benutzt hatte. Die Angelobung, so erfuhren wir, hatte bereits stattgefunden. Und damit kam wieder die Wut. Unser Protest war vergeblich gewesen. Wieder einmal.

Da schlug einer vor, man solle ein konkretes Zeichen setzen und ein Ministerium besetzen. Mir taten vom vielen Stehen ohnehin schon die Beine weh, und so schloss ich mich einfach der Gruppe an, die den Ring abwärts marschierte. Ich kannte dort niemanden und überlegte, ob ich einfach dem neben mir gehenden Menschen meine Hand reichen und mich ihm vorstellen sollte. Aber dann traute ich mich doch nicht.

Es war erstaunlich, wie leicht wir in das große Gebäude am Stubenring eindringen konnten. Wir marschierten einfach an dem völlig verdatterten Portier vorbei und die Stufen hinauf in den ersten Stock. Dort erst trat die Ratlosigkeit ein. Was sollten wir jetzt machen? Irgendeiner rief, das Sozialministerium sei jetzt besetzt, und einige, die über Handys verfügten, sollten die Nachricht an die Medien weiterleiten. Es überraschte mich nicht, dass die Zeitungsleute schneller im Regierungsgebäude waren als die Polizei. Irgendwelche Wichtigtuer bauten sich vor den Journalisten auf und gaben hochtrabende Erklärungen ab, ich nutzte die Zeit, um mich ein wenig umzusehen. Eigentlich, so fand ich, sah ein Ministerium ziemlich trostlos aus. Aber die Stimmung unter den Besetzern war gut, und davon ließ ich mich gerne anstecken. Wir riefen wieder einige Losungen, dazwischen wurde gesungen, und ab und zu machte jemand einen guten politischen Witz, über den dann herzlich gelacht wurde.

Zumindest, bis die Polizei kam. Da kroch dann doch ein bisschen die Angst in mir hoch. Die Uniformierten zogen sofort einen Kordon um die Eingänge, sodass wir gleichsam eingesperrt waren. Ich verspürte wenig Lust, mich polizeilich erfassen zu lassen, denn dann, das war mir klar, würde ich endgültig keinen echten Job mehr bekommen. Ein so großes Haus, sagte ich mir, musste eine ganze Menge Ausgänge haben. Vielleicht war einer davon noch nicht von den Bullen abgeriegelt, also sah ich besser zu, dass ich Land gewann, bevor man mich mit den anderen in eine Zelle steckte.

Doch das war dann gar nicht nötig. Die Polizei bot uns freien Abzug an, und da ohnehin alles gesagt schien, gingen wir in den frühen Abendstunden einfach wieder, ganz so, als ob wir einfach nur an einer Exkursion teilgenommen hätten. Die Proteste freilich waren damit noch lange nicht an ihr Ende gekommen.

Gerne erinnere ich mich an die große Demonstration Mitte Februar. Saukalt war's – ich denke mir ja, die Herrschenden machen ihre größten Sauereien partout immer im Winter, weil sie ganz genau wissen, was sie uns damit antun –, aber der Heldenplatz platzte (haha, gutes Wortspiel, muss ich mir merken! Notiz an mich selbst) aus allen Nähten. 300.000 waren es, die an diesem Samstag dort protestierten. Und sie wussten sich eines Sinnes mit der ganzen Europäischen Union, die mit unserer Schandregierung absolut nichts zu tun haben wollte und jeden diplomatischen Kontakt abgebrochen hatte.

Es ging nicht nur länger um eine Regierung, die unserer Meinung nach auf undemokratische Weise zustande gekommen war, es ging darum, weiteren Sozialabbau zu verhindern und gegen jede Form von Rassismus und Fremdenfeindlichkeit anzugehen. Und dazu marschierten wir. Jeden Donnerstag. Ob es stürmte, regnete oder schneite, wir waren unterwegs. Das Training tat mir gut. Auch wenn ich manchmal elendiglich fror, so merkte ich, dass ich fitter wurde, ja, dass ich Gewicht verlor, dass ich ein viel besseres Körpergefühl bekam. Und ich fühlte mich eins mit den anderen Demonstranten. Teil einer Gemeinschaft, wenn man so will, und dieses Gefühl hatte ich schon seit zehn Jahren nicht mehr gehabt, als ich damals meine Mitarbeit bei der KPÖ beendet hatte.

Die Kälte freilich war nicht zu unterschätzen. Immer wieder verkühlte ich mich, lag dann ausgerechnet am Wochenende krank auf der Couch und verbrauchte Unmengen an Taschentüchern und Tee. Aber ich hatte ja ohnehin nichts anderes vor. Niemand, der sich mit mir privat treffen wollte, keinen, den ich hätte besuchen können. Mein einziger Freundeskreis, das waren die anderen Demonstranten. Und so sah ich zu, bis zum nächsten Donnerstag wieder auskuriert zu sein, damit ich nur ja keine Demo versäumte. Dort sah ich dann Susi und Manu, Vickie und Nadine – und warf ein schüchternes Auge auf Nadines Bruder Alex, der wahrscheinlich heute noch nicht weiß, dass es mich überhaupt gibt. Und immer noch Schnee und Eis und Finsternis.

Just, als es endlich, endlich Frühling wurde, da ebbte die Protestwelle plötzlich ab. Wahrscheinlich hat das etwas mit dem Gewöhnungseffekt zu tun. Immer mehr Menschen kamen zu dem Schluss, dass es nicht gelingen würde, die Regierung zu stürzen, und zogen sich zurück. Anderen wurde es schlicht zu langweilig, immer „Widerstand, Widerstand" zu rufen, und wieder anderen war es zu mühsam, andauernd durch Wien zu stiefeln. Auch für mich wurde es langsam eintönig, denn ich hatte den Eindruck, nach drei, vier Monaten des Protests buchstäblich durch jeden Wiener Bezirk wenigstens einmal gegangen zu sein. Zudem fielen nun auch Vickie und Manu immer öfter aus, irgendwann kam auch Susi nicht mehr vorbei, und als Nadine dann meinte, der Alex gehe auf Interrail, da wusste ich, für mich war die Zeit des Aktivismus auch vorbei.

Nach dem Sommer versuchten die Organisatoren der Demo, die Sache mit neuem Programm noch einmal zu befeuern. Sie heuerten Promis an, die uns weise Ratschläge geben sollten. Doch davon fühlte ich mich erst recht abgestoßen. So Wichtigtuer, die von den öffentlichen Geldern mehr als gut leben, gerierten sich in unserer Mitte als Rebellen und Widerständler. Ich fand das einfach nur widerlich, und da es ohnehin wieder kälter wurde, hat mich seit drei Monaten keine Donnerstagdemo mehr gesehen. Obwohl es sie angeblich immer noch gibt. Aber wahrscheinlich gehen da jetzt kaum mehr als ein paar hundert Leute mit.

Die widerliche Regierung gibt es auf jeden Fall noch. Und sie steht besser da denn je, denn irgendwie ist es ihr gelungen, die Sanktionen, die ja eigentlich nur gegen sie gerichtet gewesen waren, als eine Bestrafung der ganzen Nation darzustellen, sodass sich nicht wenige, anfänglich neutrale Bürger mit ihr zu solidarisieren begannen. Schon im Sommer begann die EU daher, zurückzurudern. Irgendwelche Oldies erstellten einen Bericht, und schon Anfang September war Schüssel in Brüssel wieder „Everybody's Darling".

„Everybody's Darling" wäre ich auch gerne. Doch da tut sich überhaupt nichts. Kein Wunder übrigens, wenn ich mir meinen Body so ansehe. Meine Brüste hängen an mir wie zwei welke Auberginen. Oder, genauer, wie Christbaumkugeln, die jemand in Strümpfe gesteckt hat. Unter diesem trostlosen Stillleben wölbt sich mein Bauch wieder so sehr wie vor einem Jahr, was es mir wenigstens erspart, meine eigene Scham sehen zu müssen. Ich habe es aufgegeben, sie zu rasieren. Erstens wachsen die Dinger immer viel zu schnell nach, und zweitens gibt es ohnehin niemanden, der diesen traurigen Ort betrachten würde. Was mich übrigens daran erinnert, mir endlich eine neue Gynäkologin zu suchen, denn auch wenn ich erst 30 bin, ein wenig medizinische Kontrolle ist wahrscheinlich keine schlechte Idee.

Der 30er! Eine Wegmarke, heißt es. Pfuh! Ich weiß nicht, ob ich die Kraft habe, darüber zu schreiben. Vielleicht mache ich besser erst einmal eine Pause.

Na ja, hat ja doch keinen Sinn. Also bringen wir es hinter uns. Ich hatte genau drei Anrufe. Vickie, Nadine (natürlich nicht ihr Bruder) und Susi. Manu kam kurz vorbei und trank mit mir einen Tee. Dazu brachte sie mir ein Buch mit – kein Wunder, sie arbeitet ja in einer Buchhandlung auf der Landstraße. Ingeborg Bachmanns „Das dreißigste Jahr". Es liegt bei mir auf dem Nachtkastel ... Nachtkästchen. Wer weiß, vielleicht lese ich es wirklich einmal. Dann ging ich zu Oma und leerte auf dem Weg dorthin meinen Postkasten. Martina hatte mir eine Karte geschickt. Ich gebe zu, das freute mich echt, denn von ihr habe ich, glaube ich, seit zehn Jahren nichts mehr gehört. Und dann waren natürlich noch Billets von den Bielohlaweks und von Ricky dabei. Georg hatte mir einen Brief geschrieben – was für ihn halt ein Brief ist, nicht wahr –, doch der kam erst gestern an. Typisch für den Loser. Von meiner Mutter – natürlich – nichts!

Jedenfalls fuhr ich dann zu Oma, die mich mit Kaffee und Torte umsorgte. Außerdem bekam ich einen ganzen Berg an Geschenken. Ich bin halt doch ihr Liebling, und das wird sich wohl auch nicht mehr ändern, egal, wie viel Scheiße ich noch bauen sollte in der Zukunft. Am meisten freute ich mich über den Reisegutschein. Da musste sie echt einiges auf sich genommen haben, denn der war vom Uni-Reisebüro und galt für jede Fernreise. Preis war keiner vermerkt, aber Oma musste dieses Geschenk ein Vermögen gekostet haben. Ich blieb zum Abendessen – etwas Besseres hatte ich ohnehin nicht vor –, und weil im Fernsehen wieder einmal gar nichts lief, spielten wir „Mensch ärgere

Dich nicht". Ich bin mir sicher, sie hat mich aus gegebenem Anlass gewinnen lassen.

Als ich dann gegen 22 Uhr wieder zu Hause war, hätte ich trotzdem heulen wollen. Ich war 30, und ich hatte niemanden auf der Welt. Wenn ich mich jetzt umbrachte, dann würde es Tage dauern, bis irgendjemand meinen verwesenden Leib findet. Wenigstens würden mich dann die Vorwürfe, ich stinke, kalt lassen.

Aber ich will nicht zu sehr jammern. Immerhin erreichte mich gestern ein Anruf von Nadine, die mich zu einer Silvesterfeier in der *Kulisse*, keine drei Stationen von hier, einlud. Vielleicht ist ihr Bruder ja auch dort. Dem Vernehmen nach soll er wieder solo sein. Wunder wär es keines, denn die Moni ist ja wirklich eine echte Schlampe. Die war nichts für ihn, weil sie es mit jedem treibt – vorausgesetzt, sie ist betrunken genug. Und das ist sie oft. Ich weiß nicht, wie Alex sich mit so einer abgeben konnte. Wahrscheinlich hat sie ihn mit Nacktfotos von sich bombardiert. Na ja, damit könnte ich nicht punkten. Will ich auch nicht.

Wer mich mag, der soll mich so mögen, wie ich bin. Und weil ich bin, wie ich bin, mag mich eben auch keiner. Ich mich auch nicht. Aber für den Moment vergesse ich das einmal. Ich werde jetzt in die *Kulisse* fahren und mich dort so schnell wie möglich besaufen. Mit etwas Glück bin ich dann so blau, dass ich den Jahreswechsel gar nicht mehr mitbekomme. Weil eines, seien wir ehrlich, muss an dieser Stelle gesagt werden: 2001 bringt entweder in meinem verkorksten Leben die grundlegende Wende – oder ich setze dem Ganzen ein Ende. Und jetzt: Goodbye 2000, geh scheißen!

PS: Wann bin ich nur so dick geworden?

Sommer 1985

Eigentlich hatte es Ricky aufgegeben, nach einer passenden Partnerin zu suchen. Das Glück, das konnte man eben nicht erzwingen. Aber irgendwie hatte sie sich an das merkwürdige Ambiente im *Willendorf* gewöhnt. Sie genoss es regelrecht, dort Zeit zu verbringen und die anderen Gäste zu beobachten. Da waren eine ganze Menge dabei, die von vielen wohl als schräge Vögel bezeichnet worden wären, mit denen man aber vielleicht gerade deswegen jede Menge Spaß haben konnte. Viel mehr jedenfalls als mit den staubtrockenen Beamten im Ministerium. Mit der Zeit lernte sie mehr und mehr Besucher des *Willendorfs* kennen, und auch sie war für die Übrigen keine Unbekannte mehr. Ein Umstand, der ihr guttat, wie sie gerne einräumte.

So war sie nach einer besonders langweiligen Sitzung wieder hinaus zur Pilgrambrücke gepilgert und gönnte sich dort einen Schirmchendrink, als Sonja und Vera die Örtlichkeit betraten. Ricky kannte die beiden seit einem halben Jahr, als Vera sie um Feuer gefragt hatte. Mittlerweile wusste sie, dass Vera als Volksschullehrerin und ihre Lebensgefährtin Sonja als Sozialarbeiterin ihr Brot verdienten. Wie immer begrüßten sie Ricky neckisch mit „Frau Hofrat“, ein Scherz unter Bezugnahme auf ihren Beruf, der den beiden offenkundig nicht langweilig wurde.

Diesmal aber war es anders. Sie sagten unisono „Hi, Ricky“. Vielleicht, weil sie nicht alleine waren. Bei ihnen befand sich eine dunkelhaarige Schönheit um die 30, die recht feminin gekleidet war. Wahrscheinlich, sagte sich Ricky, eine Hetero-Freundin, die einmal etwas verruchte Luft schnuppern wollte. „Das ist Maggie“, wurde sie ihr von Vera vorgestellt, „eine Freundin aus Griechenland, die kürzlich hierhergezogen ist." Ricky nickte ihr zu, Maggie aber gab ihr artig die Hand. „Sie ist wie wir vom anderen Ufer", fügte Sonja mit einem Zwinkern hinzu. Ganz so, als wisse sie, dass Ricky immer noch auf der Suche war. „Und solo", gab Sonja einen weiteren Wink. Ricky versuchte, sich nichts anmerken zu lassen, und doch begannen ihre Augen eine eingehendere Exkursion durch die Landschaften von Maggies Körper. Maggie aber sah fragend nach links und nach rechts. „Andere Ufer, was bedeutet das? Mein Deutsch, es ist noch nicht so gut." Vera gab ihr wortlos einen Kuss, bei dem sie langsam die Lippen öffnete, was von Maggie alsbald erwidert wurde. Unmittelbar nach dem Zungenkuss zog sich Vera wieder zurück. „Das", sagte sie grinsend, „bedeutet anderes Ufer." Maggie verstand und lächelte vergnügt.

Ricky ertappte sich dabei, wie sie gedanklich Maggies Kurven abtastete. Sie fing bei ihren Ohren an, die kaum sichtbar aus dem nussbraunen Haar herausragten. Dann folgte sie der Linie ihres schlanken Halses, stolperte gleichsam über den dünnen Träger, der Maggies Oberteil am Leib hielt, um dann die nackte Schulter hinab abwärtszurutschen, bis sie bei Maggies Fingerspitzen anlangte, die um den Stiel eines Weinglases gekrümmt waren. Dann wanderte ihr Blick wieder hinauf zu Maggies Gesicht. Sofort fiel ihr ein niedlicher kleiner Leberfleck auf der linken Wange auf, der zu tanzen schien, wenn Maggie lachte. Dann verengten sich auch ihre Augen beinahe zu Schlitzen, die in Ricky gleichwohl die Assoziation mit Mandeln hervorriefen. Vor allem aber hatten es ihr die dunklen, beinahe schwarzen Pupillen angetan, die für Ricky geheimnisvoll und lockend wirkten.

Neidvoll registrierte sie schließlich die vollen, roten Lippen, die, so war sie sich sicher, besonders gut küssen konnten.

Vera und Sonja feixten herum und gaben eine Schnurre nach der anderen zum Besten, was Ricky pflichtschuldigst zu einem hellen Lachen an den richtigen Stellen veranlasste. Doch war sie froh, dass die Freundinnen nicht in sie drangen, denn sie hätte kaum eine der erzählten Geschichten wiedergeben können. Stattdessen konzentrierte sie sich auf die filigrane silberne Kette, die um Maggies Hals lag. An dieser war eine kleine kretische Doppelaxt angebracht, von der Ricky wusste, dass sie als Symbol des Matriarchats galt. Das Schmuckstück hing freilich ziemlich tief, sodass Ricky nicht umhinkam, auch Maggies Busen in den Blick zu nehmen.

Eilig riss sie sich los und fixierte Vera, die gerade am Erzählen war. Doch im Augenwinkel glaubte sie wahrzunehmen, dass Maggie sie ebenfalls musterte. Und so nahm Ricky all ihren Mut zusammen. In einer kurzen Gesprächspause wandte sie sich Maggie direkt zu. „Und was führt dich nach Österreich?“ Maggie sprach von ihrem Vater, der lange Jahre in Wien quasi als Gastarbeiter gelebt hatte. Ein kleines Lokal habe er besessen, in dem er die Wienerinnen und Wiener mit Suvlaki und Keftedes versorgt hatte, nach denen sie sich verzehrten, wenn Sonne, Strand und Meer wieder für einen langen, düsteren Winter in weite Ferne gerückt waren. Doch das Heimweh habe ihn frühzeitig wieder zurückgeführt, da er nicht ewig von Frau und Kind habe getrennt sein wollen.

„Er ist zu früh gekommen mit seinem Lokal. Vor zehn Jahren. Da sind noch nicht so viele Österreicher nach Griechenland gefahren. Darum war das Lokal immer … wie sagt man … fast in der Pleite. Und so hat er dann das Angebot seines … wie nennt man den Sohn des Bruders?“

„Cousin.“ Maggie nickte. „Cousins angenommen und arbeitet jetzt zu Hause im Restaurant von Familie. Ich aber wollte sehen, wie er hier gelebt hat, und darum bin ich … habe ich … Time-out genommen nach Universität. Bevor Beruf anfängt, denke ich, will ich noch etwas sehen von der Welt. Und Wien ist kein schlechter Beginn.“

„Wenn du willst“, beeilte sich Ricky, das eben erst begonnene Zwiegespräch fortzusetzen, „kann ich dir einige Sachen in Wien zeigen, die sehr schön sind. Ich kenne mich ein wenig aus in meiner Stadt.“ Maggie beschied, dass dies eine wunderbare Idee wäre. Vera und Sonja kicherten. „Na, funkt ja schon.“

Ricky fühlte sich ertappt. „Ihr seid's mir zwei Komikerinnen. Was ist denn so verkehrt daran, jemandem die Stadt zu zeigen? Das würde ich auch für einen Mann machen.“ Plötzlich spürte sie Maggies Hand auf der ihren: „Ich hoffe, für mich machst du es aber lieber.“ Vielleicht war das mit dem Funken gar nicht einmal so falsch.

„Hast du morgen schon etwas vor?“ Ricky war selbst darüber erstaunt, wie mutig sie war. Maggie verneinte. „Gut, dann treffen wir uns um vier am Ballhausplatz. Kennst du den?“ Maggie lächelte verschmitzt. „Ich werde ihn finden.“

Zu ihrer beider Glück war der folgende Tag wolkenlos, aber nicht zu heiß. Ricky schleppte Maggie über den Heldenplatz, zeigte ihr die beiden Museen, das Parlament und das Rathaus, hielt dann auf das Burgtheater zu und führte die Griechin so auch noch auf den Kohlmarkt, den Graben und schließlich den Stephansplatz. Dort stärkten sie sich in der lokalen *Aida*-Filiale, ehe Maggie einen kritischen Blick auf ihre Armbanduhr warf. „Die Zeit vergeht sehr schnell mit dir. Das ist schön auf einer Seite, aber auch schade. Bald musst du sicher gehen." Ricky schüttelte eilig den Kopf. „Ich hab überhaupt nichts vor." Maggie erkundigte sich nach einigen Innenstadt-Bars, die ein besonderes Flair besäßen. Und so landeten sie wenig später im Apostelkeller, wo sie sich in der untersten Etage auf Rickys Vorschlag hin eine Brettljause bestellten. Dazu nahmen sie Wiener Wein. Maggie meinte zwar, der griechische schmecke ihr besser, aber sie langte dessen ungeachtet kräftig zu, sodass sie nach einiger Zeit mit einem leicht glasigen Blick konstatierte, sie sei ein wenig betrunken. Dabei entging Ricky nicht, dass ihr Maggie tief in die Augen sah. Konnte es sein, dass Maggies Gesicht dem ihren näherkam. Sehr viel näher? Ricky zwang ihre Mundwinkel nach oben, während sich ihre Finger ineinander verkrampften. Es war keine Täuschung. Maggies Lippen waren höchstens noch ein paar Zentimeter von den ihren entfernt.

„Tu das nicht", flüsterte Ricky, „sonst verliebe ich mich in dich." Sie presste ihre Kiefer zusammen und schalt sich eine Idiotin, diesen ihren Gedanken auch noch offen ausgesprochen zu haben. Und schon registrierte sie den Mund der Griechin an dem ihren. Lippen rieben sich an Lippen, hoben diese leicht an, sodass eine Zunge die Zähne der anderen fand. Diese öffneten sich bereitwillig, und wenig später tanzten zwei Zungen einen Zifteteli, der Ricky ewig zu dauern schien, ehe Maggie wieder von ihr abließ. „Genau das war die Absicht", hauchte diese dann.

„Wenn ich dich fragen würde, ob du jetzt noch zu mir ..." Maggies Augen glänzten. „... würde ich ja sagen." Rickys rechte Hand schnellte in die Höhe. „Zahlen“, rief sie aus Leibeskräften.

Was in Rickys Bett folgte, begann und endete mit Sades „Diamond Life“. Zunächst hatte Ricky „Smooth Operator“ auf den Plattenteller gelegt, zu dem beide mit langsamen Bewegungen tanzten, wobei ihre Hände immer wieder Körperteile der jeweils anderen suchten. Bei „Hang on to Your Love“ drehten sie sich schon eng umschlungen im Kreis, und bei „Your Love Is King“ ging es bereits in der Horizontalen weiter.

Es dauerte ungefähr ein halbes Jahr, bis Ricky endlich den Mut fand, Maggie zu fragen, ob sie nicht bei ihr einziehen wolle. „Meinst du das im Ernst?“ Ricky antwortete mit einem heftigen Kopfnicken. „Dir ist aber schon klar, dass ich nicht weiß, wie lange ich in Wien bleibe. Ich kann schon nächstes Jahr wieder woanders hinwollen.“

„Darauf lasse ich es ankommen.“ In Rickys Stimme schwang entschlossene Bestimmtheit mit. „Du bist mir mittlerweile so wichtig geworden, dass ich dich immer um mich haben will.“ Sie atmete kurz durch: „Also, sooft es halt geht, meine ich“, schränkte sie dann ein. Maggie fühlte sich geschmeichelt und legte ihren Kopf leicht schief. „Das ist ja echt … süß.“ Sie drückte Ricky einen Kuss auf die Stirn. „Ist das ein Ja?“, fragte diese nach.

Maggie machte eine relativierende Geste mit der rechten Hand. „Also, wenn ich auch hier wohnen soll, dann muss sich aber an der Einrichtung echt was ändern.“ Ricky konnte ihre Überraschung nicht verbergen. „Was stimmt denn mit der nicht?“ Maggie zeigte ein mitleidiges Lächeln. „Komm schon, das sieht doch alles extrem altmodisch aus.

Außerdem sind die Möbel viel zu dunkel. Da wird man doch depressiv, wenn man die dauernd ansieht." Ricky sah sich prüfend um. „Na ja, da könnte etwas Wahres dransein." Sie fasste wieder Maggie in den Blick: „Woran hast du gedacht?"

Maggie deutete auf den großen Wandverbau. „Der ist tiefste 70er Jahre. Das haben nicht einmal mehr die Leute in Athen. Da brauchen wir was Neues." Ihr Gesicht hellte sich spontan auf: „IKEA!", rief sie laut, um gleich danach vorzuschlagen, gleich am kommenden Samstag nach Vösendorf zu fahren, um dort die nötigen Einkäufe zu tätigen.

„An einem Samstag? Bist du noch bei Trost? Da wälzt sich ganz Wien durch die Shopping City. Wenn schon, dann irgendwann unter der Woche, und zwar am Vormittag. Da hast du noch am ehesten die Chance, nicht von irgendwelchen Massen überrannt zu werden." Maggie hielt beide Daumen hoch. „Gut. Dann gleich morgen."

Ricky leistete noch eine kleine Weile hinhaltenden Widerstand, erklärte sich dann aber bereit, sich den übernächsten Tag freizunehmen, damit sie in Ruhe eine neue Einrichtung erwerben konnten. Maggie organisierte zwei Freundinnen, die einen Kleinbus besaßen, und schon 48 Stunden später waren Ricky und Maggie am Zusammensetzen und Schrauben. Die alten Möbel hatten Freunde von Wickerl, die er noch aus der Brauerei kannte, mit einem Lieferwagen abgeholt, sodass Maggie und Ricky sofort damit beginnen konnten, ihre Billy-Regale aufzubauen. In die Mitte des Raums kam ein blütenweißer Tisch, sehr auf das Wesentliche reduziert, mit vier Stühlen, deren Lehnen einem Gartenzaun zu ähneln schienen. Für die Fernsehecke hatten sie eine ebenso weiße Ledercouch bestellt, die allerdings erst in einiger

Zeit geliefert werden sollte. Dennoch kam Ricky das viele Weiß nicht mehr ganz so geheuer vor. „Meinst du nicht, das braucht einen farblichen Kontrapunkt?“ Maggie winkte ab. „Sieh dir nur an, um wie viel der Raum jetzt größer wirkt.“ Ricky musste zugeben, dass Maggie damit nicht so falsch lag.

Im Schlafzimmer änderten sie hingegen kaum etwas. Zwar hatte Ricky die Befürchtung geäußert, auf Dauer werde ihrer Freundin vielleicht das Bett zu schmal, doch Maggie hatte sie diesbezüglich sofort beruhigt. „So ist es doch viel kuscheliger.“ Weil sie nun schon dabei waren, die gemeinsame Bleibe auf Vordermann zu bringen, strichen sie auch gleich Fenster und Türen neu, was für eine Zeitlang ein ziemlich irritierendes Aroma in der Wohnung hinterließ und beiden zur Erkenntnis verhalf, dies hätten sie wohl besser im Sommer gemacht. Dennoch waren sie am Ende ihres Tuns rundum mit dem Ergebnis zufrieden. Und am Morgen, nachdem Maggie ganz offiziell eingezogen war, meinte sie, nun werde es Zeit, dass Ricky sie ihren Eltern vorstelle. Ricky hatte zunächst gelacht, da sie dies für einen Witz gehalten hatte, doch als Maggies Mund unbewegt blieb, wurde Ricky bewusst, dass Maggie es ernst meinte. „Klar“, sagte sie daher, „wir laden sie zur Einweihung der neu renovierten Wohnung ein, und da sagen wir es ihnen dann.“

Wickerl hatte Derartiges ja schon geahnt, als seine ehemaligen Kollegen zur Entrümpelung abkommandiert worden waren. Er freute sich einfach nur, dass Ricky endlich jemanden gefunden hatte, mit dem sie ihr Leben teilen konnte, denn immerhin ging die Tochter rasant auf die 40 zu. Klara musste ein wenig schlucken, als sie endlich begriff, was ihre Tochter ihr eben offenbart hatte, doch schließlich fügte sie sich ins Unvermeidliche und wünschte den beiden viel Glück. „Schade nur, dass ich jetzt nicht Oma werden kann", fügte sie dann tonlos hinzu.

„Ach, wir können immer noch ein Baby adoptieren", versuchte Ricky ihre Mutter zu trösten. „Oder wir tragen eines aus", ergänzte Maggie. Ricky sah entsetzt zu ihr hinüber. „Nein, nicht, was du jetzt denkst. Ich lasse keinen Mann über diesen Körper." Dabei fuhr sie mit ihren Händen von ihren Brüsten abwärts bis zum Gesäß. „Nein, Samenspender. Das ist jetzt voll im Trend. Das machen jetzt alle. Sogar Heteros, die keine Zeit für die Partnersuche haben." Ricky rang um Fassung, sagte aber nichts. „Na ja, immer eins nach dem anderen", bemühte sich Wickerl, die Unterhaltung wieder in sichere Gewässer zu bekommen, „jetzt seid ihr erst einmal hier zusammen, und dann sieht man ja, wie sich die Dinge weiterentwickeln." Er ergriff sein Glas: „Und darauf stoßen wir an. Auf uns!" Maggie hatte ebenfalls schnell ihr Glas in die Hand genommen und ließ es laut gegen jenes von Wickerl krachen. „Auf unsere Frauen. Auf dass sie niemals Witwen werden." Dabei lachte sie laut. Die drei Bielohlaweks sahen sich verwirrt an, und Maggie bereitete es ein riesiges Vergnügen, genüsslich zu beobachten, wie bei einem nach dem anderen der Groschen fiel.

Juni 1978

Es war der Fußball, der Turl dazu brachte, wieder viel Zeit mit seinem Sohn zu verbringen. Österreich hatte sich zum ersten Mal seit Hanappis und Happels Tagen wieder für eine Fußball-Weltmeisterschaft qualifiziert. Bei Georg sorgte das für gemischte Gefühle, denn er fragte sich, ob er, wenn er sein Leben nicht so grundlegend ruiniert hätte, nicht an der Seite seines Klubkollegen Happich nach Argentinien geflogen wäre. Doch derlei Grübeleien waren müßig, vorbei war vorbei. Und außerdem würden die Österreicher jenseits des Atlantiks ohnehin keine Bäume ausreißen. Die Gruppengegner waren allesamt mehrere Nummern zu groß. Brasilien etwa galt als einer der Turnierfavoriten, die Spanier wurden zu Recht als Fußball-Großmacht gesehen, stützten sie sich doch auf die Kader der europäischen Spitzenmannschaften Real Madrid und FC Barcelona. Na, und die Schweden hatten nicht zuletzt in Gelsenkirchen gezeigt, dass sie den Österreichern überlegen waren. „Wahrscheinlich", so hatte Turl beiläufig zu Grete gemeint, „verlieren die dreimal und fahren mit hängenden Köpfen wieder heim."

Trotzdem ließ es sich Turl nicht nehmen, das Eröffnungsmatch der Österreicher im Fernsehen mitzuverfolgen. Warum auch nicht. Das Match begann kurz vor 18 Uhr, die beste Fernsehzeit mithin. Und dass er Georg in die Wohnung eingeladen hatte, freute auch Grete, die den Sohn ohnehin viel zu selten sah. Auf dem niedrigen Couchtisch stand ein halbes Kaffeeservice, Kelly's Chips, ein schwerer gläserner Aschenbecher für Georg und ein paar Kekse für Lina, die aber ohnehin bald in ihr Zimmer abrauschte, weil sie sich für Fußball in etwa so interessierte wie ihr Erzeuger für Barbie-Puppen.

Und während auf dem Bildschirm noch wild gequatscht wurde, ergingen sich die beiden Männer in Mutmaßungen, wen Trainer Senekowitsch auf den Platz schicken würde. Georg gab sich fachmännisch. „Der Koncilia ist gsetzt, das Trio Sara, Obermayer und Pezzey auch. Im Mittelfeld müssen der Kreuz, der Jara und der Krieger spielen, na und ...“

„Vergiss den Hickersberger nicht“, unterbrach ihn Turl. Sein Sohn sah ihn kurz irritiert an: „Der ist doch viel zu alt, was willst denn noch mit dem?“ Turl lehnte sich zurück: „Der hat die Übersicht und die Erfahrung. Genau das brauchst gegen die Spanier. Die sind ja auch nicht gerade Pfeifenstierer und Seifensieder.“

Georg wollte eben dagegenhalten, als der Kommentator die tatsächliche Aufstellung bekanntgab. Überraschenderweise hatte Senekowitsch auf den starken belgischen Legionär Edi Krieger verzichtet und stattdessen den jungen Prohaska von der Wiener Austria aufgeboten. In der Außenverteidigung lief Gerhard Breitenberger auf, der bei der Linzer Werkself unter Vertrag stand. Als der Name Hickersberger genannt wurde, grinste Turl breit, was Georg dazu veranlasste, an den fußballerischen Kenntnissen Senekowitschs laut Zweifel anzumelden. Im Sturm standen wie allgemein erwartet Hans Krankl, der Bomber der Nation, und der blutjunge Walter Schachner, der sogar noch in der zweiten Liga kickte, sich aber durch eine satte Zahl an Toren für dieses Match aufgedrängt hatte.

In der Tat war es auch der Steirer, der Österreich bereits nach wenigen Minuten – Georg hatte eben erst seine erste Stuyvesant ausgedämpft – in Führung brachte. Er war an der Außenseite beinahe quer über das ganze Feld gesprintet und hatte dann aus schier unmöglichem Winkel eingenetzt.

Turl und Georg sahen sich erstaunt an. „Na, die bringen ja doch was z'samm", kam es dann anerkennend vom Vater. Zwar glichen die Spanier nach einigen Minuten aus, doch die österreichische Elf hielt sich überaus wacker. Mit dem 1:1 ging es in die Pause.

Turl und Georg waren mittlerweile vom Kaffee auf Bier umgestiegen. Der Berichterstatter verlautbarte, dass es auch im Parallelspiel zwischen Brasilien und Schweden 1:1 stand. Die Österreicher besaßen damit eine gute Chance, sich nicht schon zu Beginn des Turniers zu blamieren.

In der zweiten Hälfte flachte die Partie ein wenig ab, Turl und Georg gaben es auf, einander jeden Spielzug zu kommentieren, starrten nur noch gelangweilt auf den Bildschirm, was Grete, die ab und zu aus der Distanz ein Auge auf die beiden warf, zu einem Kopfschütteln veranlasste. Wenn's ums Spielen ging, dann blieben Männer wohl ewig Kinder. In diesem Sinn sah sie nach Lina, die eifrig mit dem Puzzle beschäftigt war, das ihr Vater ihr vor dem Spiel mitgebracht hatte. Doch das war vielleicht ein wenig zu kompliziert für ein Mädchen von sieben Jahren, obwohl es nur 500 Teile hatte. Lina wirkte sichtlich überfordert und war knapp daran, Geduld und Interesse zu verlieren. „Darf ich mitmachen?", fragte Grete vorsichtig. Lina strahlte und nickte kräftig. Grete aber freute sich, dass sie den richtigen Ton getroffen hatte. Auf diese Weise konnte Lina glauben, die Oma helfe nicht ihr, sondern sie helfe der Oma, sich die Zeit zu vertreiben.

Grete warf einen Blick auf die Vorlage. Wenn alle Teile ineinandergefügt waren, dann sollte das Ganze die Gloriette ergeben. Na, dann suchte man einmal nach Säulenteilen. Das Puzzle war etwa zu einem Viertel fertig, als vom

Wohnzimmer laute Schreie kamen. Grete musste nicht Nachschau halten, sie wusste auch so, was geschehen war. Ein Spieler, offenbar der „Hansee, Hansee“, wie Turl und Georg mehrmals skandierten, hatte Österreich wieder in Führung gebracht. Lina aber sah erschrocken hoch, wurde jedoch von Grete sofort beruhigt. „Die Buben spielen nur, weißt“, sagte sie. Lina gab sich mit der Erklärung zufrieden und suchte nach einem Stück vom Himmel.

In eben diesem wähnten sich die beiden Strechas, als der ungarische Schiri endlich abpfiff. Österreich hatte sein Auftaktmatch gewonnen und ging damit als Gruppenleader aus der ersten Runde hervor, da es den Brasilianern nicht gelungen war, die Schweden zu biegen. „Jetzt müssen wir nur noch Rache für Gelsenkirchen nehmen, und wir sind eine Runde weiter“, fasste Georg die Lage zusammen.

Erst beim Abendessen gelang es Grete, ein Machtwort zu sprechen. „Ihr habts euch das Gspielettl angschaut, habts es elendslang diskutiert, und jetzt ist einmal eine Ruh. Es gibt auch noch andere Themen.“

„Stimmt“, sagte Turl spitzbübisch, „was glaubst du, wie ma gegen die Schweden spielen werden?“ Grete funkelte ihn böse an, hielt die grimmige Miene allerdings ob seines Grinsens nicht durch. „Ihr seids solche Trotteln“, verlautbarte sie schließlich resigniert, während die Lina noch ein paar Pommes frites auf den Teller schaufelte.

Dass Senekowitsch einige Tage später ausgerechnet den quirligen Schachner durch Krieger, der nun doch zum Zug kam, ersetzte, leuchtete Turl nicht so ganz ein, doch sein Sohn erklärte ihm, der heimische Coach setze wohl auf eine defensivere Taktik als gegen Spanien. „Weißt, die Schweden müssen gwinnen, wenn sie noch eine Chance haben wollen. Uns aber genügt ein Unentschieden. Deswegen die Aufstellung."

Tatsächlich taten die Skandinavier anfangs mehr für das Spiel, doch genau das machte sie anfällig für Konter. Und als Krankl kurz vor der Pause einen Elfer in die Maschen drosch, da waren sich die Strechas sicher, nicht als Einzige in ein Delirium der Euphorie zu sinken. Eine gute Stunde später war die Revanche für Gelsenkirchen geglückt, und Österreich hatte sich für die Runde der letzten acht qualifiziert. Dass das rotweißrote Team das letzte, nun bedeutungslose Vorrundenmatch verlor, regte weiter niemanden auf. Man hatte sich für Phase 2 geschont. Nur Georg gab es einen kleinen Stich, als in der 84. Minute Günther Happich eingewechselt wurde. Das hätte ich sein können, sagte er sich, und Turl spürte, wie der Auftritt des Dornbachers seinen Sohn schmerzte, weshalb er elegant den weiteren Verlauf der Weltmeisterschaft zur Sprache brachte. „Jetzt wird's dann richtig zäh. Bis jetzt haben die anderen uns unterschätzt, das wird jetzt nicht mehr passieren, fürchte ich." Georg war nur mit Mühe von seinen Gedanken abzubringen und beschränkte sich auf ein müdes Nicken.

In den Zeitungen wurden die Spieler schon nach der Vorrunde als Helden gefeiert, und einige Blätter stellten sogar Gedanken darüber an, ob das Team nicht ähnlich erfolgreich sein werde wie die legendäre Mannschaft von 1954, die damals Dritte geworden war. Doch schon das nächste Spiel rückte die Proportionen zurecht. Die vom „54er" Ernst Happel gecoachten Niederländer fegten mit einem blendend gelaunten Johnny Rep die Österreicher 5:1 vom Platz. Turl übte sich in Durchhalteparolen, erklärte, das Spiel um Platz 3 sei immer noch möglich. Wozu man allerdings

Italien und Deutschland schlagen musste. Einige Tage später freilich war auch für den alten Strecha klar, es ging nur noch um die Ehre. „Die Piefke, die hamma seit einem halben Jahrhundert nimmer gschlagen. Wenn wir das gwinnen, dann sind die auch draußen. Wenigstens was!"

Georg, der nach der Niederlage gegen die Holländer eigentlich gar nicht mehr zuschauen wollte, war durch diese Sichtweise doch noch davon zu überzeugen gewesen, dem Vater Gesellschaft zu leisten, und so fand er sich am Nachmittag des 21. Juni wieder in der elterlichen Wohnung ein.

Turl hatte extra einige Hernalser kalt gestellt und konnte es kaum erwarten. Die Deutschen hatten immer noch eine Chance auf das Endspiel, dementsprechend traten sie in stärkster Besetzung an. Bei den Österreichern fehlte Jara, und Heini Strasser ersetzte Breitenberger in der Verteidigung. Und schon pfiff Schiedsrichter Klein das Match an.

Es verging eine Viertelstunde, dann gingen die Deutschen in Führung. Rummenigge und Müller spielten die österreichische Verteidigung schwindlig, und Ersterer schob den Ball unter Keeper Koncilia ins Netz. Turl sprang auf, seine Stimme überschlug sich: „Hast des gsehen?" Hektisch fuchtelte er mit dem Zeigefinger Richtung Bildschirm. „Der Pezzey, der lasst sich überspielen wie ein Hydrant." Georg schüttelte den Kopf: „Das gibt's ja ned. Hat der Valium eingworfen oder was?" Turl stand noch einige Sekunden mitten im Wohnzimmer, dann sank er langsam wieder in seinen Sessel und spülte den Schmerz mit einem großen Schluck Hernalser hinunter.

Bald danach wurde die Partie eigentlich ziemlich langweilig. Die Deutschen wollten, die Österreicher konnten nicht mehr für das Spiel tun. Turl fühlte sich bemüßigt, den Sohn nach den letzten Neuigkeiten beim Sportclub auszufragen, der in seiner Aufstiegssaison relativ knapp dem sofortigen Wiederabstieg entgangen war. Georg antwortete äußerst widerwillig, wollte aber andererseits seinen Vater auch nicht vor den Kopf stoßen, weshalb er ausweichend ein wenig über geplante Verstärkungen philosophierte, ehe sie der Pausenpfiff von jeder weiteren Unterhaltung erlöste. Sie gingen in die Küche, wo Turl sich nach dem Essen erkundigte, während Georg Lina beim Basteln zusah.

Auch in der zweiten Halbzeit sah es nicht danach aus, als würde man sich dieses Match merken müssen. Turl und Georg waren sich, ohne es laut auszusprechen, sicher, die heimische Elf würde die dritte Niederlage im dritten Spiel kassieren und damit sang- und klanglos Letzter werden.

Doch dann hatte ausgerechnet Berti Vogts ein Blackout. Durch sein Eigentor stand es wieder unentschieden. Turl und Georg waren noch gar nicht mit ihrem Jubel fertig, da erzielte Krankl sogar den österreichischen Führungstreffer. Er hatte sich eine weite Flanke mit der Brust heruntergeholt und dann das Leder im Fallen ins Kreuzeck versenkt. Die Deutschen waren fassungslos, die österreichischen Fans waren es auch. Georg war so begeistert, dass er sogar laut „Mama, Mama, wir führen“ in die Küche brüllte.

Doch allzu lange bestand kein Grund zur Freude. Fast postwendend glichen die Deutschen wieder aus, nun stand es 2:2. „Sag ich ja“, maulte Turl sauer, „am End gwinnen immer die Piefke. Die werden heuer wieder Weltmeister. Wie vor vier Jahren, wirst sehen.“ „Ja“, pflichtete ihm der Sohn bei, „weil die auch immer so eine Masen haben.“

Allerdings konnten die beiden ihren Blick doch nicht vom Fernseher abwenden. Immerhin bestand ja noch die Chance auf einen Punktgewinn. Jede Aktion wurde von den beiden immer lauter kommentiert. Grete hörte sie selbst in der Küche. „Weg mit der Wuchtel!“, schrie der eine. „Um Himmels willen, decken, decken!“, der andere. Und Grete spürte ein seltsames Kribbeln in sich. Irgendwie steckte sie die Nervosität ihrer Männer an. Lina war nach wie vor mit ihren Lego-Steinen beschäftigt, sonst gab es weiter nichts zu tun, da der Braten in der Röhre und die Beilagen fertig waren. Sie schlich auf leisen Sohlen zur Kredenz und drehte das Radio auf. Lange musste sie nicht suchen, bis sie den richtigen Sender fand. Edi Fingers Stimme war unverkennbar. Und der arme Mann schien einem Herzinfarkt nahe, so sehr nahm ihn die Partie mit. Atemlos kommentierte er, was auf dem Feld vor sich ging.

„Und jetzt kann Sara sich noch einen aussichtslos scheinenden Ball einholen, Pass nach links herüber, es gibt Beifall für ihn, da kommt Krankl, vorbei diesmal an seinem Bewacher, ist im Strafraum – Schuss ... Tooor, Tooor, Tooor, Tooor, Tooor, Tooor! I wer narrisch! Krankl schießt ein – 3:2 für Österreich! Meine Damen und Herren, wir fallen uns um den Hals; der Kollege Riepl, der Diplomingenieur Posch – wir busseln uns ab. 3:2 für Österreich durch ein großartiges Tor unseres Krankl. Er hat olles überspielt, meine Damen und Herren. Und warten S’ noch a bisserl, warten S’ no a bisserl; dann können wir uns vielleicht ein Viertel genehmigen. Also das, das musst miterlebt haben.“

Finger hatte dermaßen gebrüllt, dass es ihr in den Ohren klingelte, obwohl sie auf die allerkleinste Lautstärke gestellt hatte. Sie lauschte in Richtung Wohnzimmer, ob die Männer etwas mitbekommen hatten, doch die waren völlig aus dem Häuschen, dass Österreich wieder führte. Sie konnte sich also weiter auf die Übertragung konzentrieren. Edi

Finger übernahm wieder die Regie: „Die Deutschen ham alles nach vorn beordert. Eine Möglichkeit der Deutschen! Und!? Daneeeeben! Also der Abraaaamczik – obbusseln möcht i den Abramczik dafür. Jetzt hat er uns ghooolfn. Allein vor dem Tor stehend. Der braaave Abramczik hot danebengschossn. Der Orme wird si ärgern. Noch 30 Sekunden. 3:2 für Österreich. Nach 47 Jahren, meine Damen und Herren, liegt eine österreichische Nationalmannschaft, aber wos für ane, eine Weltklassemannschaft, die da heute spielt, gegen die Bundesrepublik mit 3:2 in Führung. Und jetzt trau i mi scho gar ned mehr hinschauen. Außigschossen ins Out. Schiedsrichter Klein aus Israel, ein ganz hervorragender Schiedsrichter, er hat es nicht leicht heut ghabt, aber hat bis jetzt klass gepfiffen. 45. Minute, noch einmal Deutschland am Ball und Prohaska haut den Ball ins Out."

Grete staunte über sich selbst. Obwohl ihr eigener Sohn ein begeisterter Ballesterer gewesen war, hatte sie sich nie für dieses, wie sie meinte, rohe Spiel begeistern können. Doch nun hing sie dem Finger Edi förmlich an den Lippen und betete um den Abpfiff.

Und da war er. Eilig schaltete sie den Apparat ab, sodass nur das frenetische Geschrei ihrer Männer zu hören war. Gleich danach torkelten die beiden freudetrunken in die Küche. Turl hatte einen seligen und gerade deshalb leicht debilen Gesichtsausdruck und nuschelte „Greterl, ich glaub, heut sauf ich mich an."

Grete setzte eine gestrenge Miene auf: „Untersteh dich!" Und nach einer kurzen Pause: „Na gut, Georg, hol den Saurüssel aus dem Abstellkammerl. Heut hamma was zu feiern."

Dezember 1975

Seit Wochen hatte sich Klara vorgenommen, den nagelneuen Christkindlmarkt vor dem Wiener Rathaus zu besuchen. Alle Zeitungen waren voll von der neuen Sensation gewesen, das ganze Areal vor dem ehrwürdigen Gebäude sollte der Verbreitung weihnachtlicher Stimmung dienen. Und Klara dachte an den Duft gebratener Äpfel, an heiße Maroni und an liebliche Musik. Bei einer solchen Premiere, so fand sie, musste man einfach dabei sein.

Und doch brauchte sie fast einen Monat, bis sie es endlich einrichten konnte, mit der Straßenbahn zur Universität zu fahren. Von dort gedachte sie dann die wenigen Meter zu Fuß zu gehen, um sich dann in das dort sicher vorhandene Gewühl zu stürzen. Wer weiß, sagte sie sich, vielleicht fand sie ja ein paar nette Kleinigkeiten, die sie für Wickerl und Ricky noch unter den Baum legen konnte.

Sie war eben am Universitätsgebäude angelangt, als ihr das schrillen Tönen von Polizeisirenen in den Ohren gellte. Erschreckt sah sie sich um. Auf der gegenüberliegenden Straßenseite scheuchte ein aufgeregter Polizist eilig Passanten weg. Zwei VW-Käfer kamen direkt vor dem wuchtigen Haus zu stehen. Vier Uniformierte sprangen aus den Automobilen und hatten dabei, wie Klara deutlich sehen konnte, ihre Pistolen im Anschlag. Dann aber hörte sie etwas knattern. Sie beobachtete, wie die Beamten die Köpfe einzogen, und es schien ihr, als ginge die Scheibe der Fahrertür des Einsatzwagens eben zu Bruch. Staunend folgte Klara dem Lärm und hielt sich entsetzt die Hand vor den Mund. Im Fenster des ersten Stocks stand ein Mann und schoss ohne erkennbare Unterbrechung auf die Polizisten.

Endlich erwiderte einer von der Exekutive das Feuer. Gleich darauf aber beschrieb er eine Drehung um die eigene Achse, ehe er in sich zusammensackte. „Jessas“, schrie eine dicke Frau neben ihr, „die haben den Kieberer meia gmacht.“ Tatsächlich hatte es den Anschein, dass der Schütze aus dem ersten Stock den Ordnungshüter getroffen hatte. Doch auch den Bösewicht schien es erwischt zu haben, denn er taumelte ein wenig im Fensterrahmen, ehe er sich zurückzog. Eine andere Person, von der Klara nur die Hand sah, schloss das Fenster.

Gleich danach jedoch ging unmittelbar daneben ein anderes Fenster auf, und irgendjemand warf etwas auf die Straße. Klara war nicht in der Lage, wegzusehen. Der Blitz und der laute Knall aber gingen ihr durch Mark und Bein. Ein anderer Kiebitz, von denen es mittlerweile eine ganze Menge gab, kommentierte fachmännisch, dort drüben sei eben eine Handgranate hochgegangen.

Das Chaos war beachtlich. Es fuhren immer noch die Straßenbahnen, die Autos passierten den Tatort, selbst Fußgänger tauchten allenthalben im kritischen Bereich auf. Niemand schien die passende Antwort auf die Situation zu haben, zumal die wenigen Polizisten vor Ort genug damit zu tun hatten, ihr eigenes Leben zu schützen. Erst nach und nach trafen weitere Einheiten ein, und endlich war wenigstens die eine Ringseite abgeriegelt. Wer da auch immer mit der Schießerei begonnen hatte, er saß nun fest.

Klara hatte ganz vergessen, weshalb sie überhaupt ihre Wohnung verlassen hatte. Sie konzentrierte sich nur noch auf das Geschehen auf der anderen Straßenseite. Und so entging ihr nicht, dass eine Frau das Gebäude verließ und auf die Polizisten zuging. Natürlich konnte Klara von ihrer

Position aus nicht verstehen, was da gesprochen wurde, aber dennoch war der Ernst der Lage evident. Dies erkannten auch jene, die Klara mittlerweile in Trauben umringten. „A Radio! Wir braucherten a Radio!“, rief einer.

Tatsächlich hatte eine flotte Mitdreißigerin ein Kofferradio in ihrer Handtasche. „Des will i dem Willi zu Weihnachten schenken“, klärte sie die Umstehenden auf. „Na, dann können wir gleich testen, ob der Willi eine Freud haben wird“, griff jener, der nach dem Radio gerufen hatte, den Satz auf. Er drehte am vorgesehenen Knopf, doch nichts tat sich. Als er schon fluchen wollte, kam ein „Batterien sind noch nicht drinnen“, und in seinem Blickfeld tauchte die Hand der Frau auf, in der sich das Erforderliche befand. Nach einer kurzen Operation begann es endlich zu knistern. Klara hörte deutlich die Worte „OPEC“, „Geiselnahme“ und „Terroristen“. Und ihr Herz schlug eine Nuance schneller.

Mehr freilich war in dem allgemeinen Lärm kaum zu verstehen. Der Mann mit dem Radio presste sein Ohr ganz fest an den Lautsprecher und übersetzte quasi für die Anderen, was er dem Knarzen und Krachen entnehmen konnte. „Die Erdölminister von die Araber, die sind da drüben in Geiselhaft.“ Er zeigte in jene Richtung, die ohnehin allen Anwesenden bekannt war. „Und sie sagen, es ist eine Feuerpause vereinbart, weil beide Seiten Verletzte haben.“

Tatsächlich kamen in exakt jenem Augenblick zwei Krankenwagen mit mörderischem Tempo angebraust. Irgendetwas sagte Klara, dass sie endlich weitergehen sollte, ihre Faszination für die Ereignisse auf der anderen Straßenseite hatten etwas Voyeuristisches, etwas, was nicht gerade für sie sprach. Und doch blieb sie wie angewurzelt stehen, um nur wenig später mitzuverfolgen, wie einer der Terroristen auf einer Bahre in das Rettungsauto geschoben wurde, das unmittelbar danach mit lauten Sirenen davonbrauste.

Dann freilich tat sich lange nichts mehr. Aus dem OPEC-Quartier drang nicht der geringste Laut, und die Polizisten draußen hatten endlich alles im Griff. Klara konnte sich nun doch loseisen, verließ die Gruppe der Zaungäste, wobei sie sich einzureden versuchte, sie tue dies, weil ihre Schaulust eigentlich nicht akzeptabel war. Doch tief im Inneren wusste sie, dass sie lediglich deshalb gegangen war, weil es eben nichts mehr zu sehen gab.

Sie ging den Rathauspark entlang und betrat nun doch endlich das Gelände des Christkindl-Markts. Irgendwie hatte sie sich den ganz anders vorgestellt. Es gab ein paar Stände mit billigem Ramsch, zumeist Elektrowaren, dazwischen aber doch auch heimelige Verkaufsbuden mit Holzspielzeug oder selbst gezogenen Kerzen, und immer wieder Plätze mit kulinarischem Angebot. Klara verspürte tatsächlich Hunger und kaufte sich einen Langos, den sie gedankenverloren aufaß, während sie bald hierhin, bald dahin schlenderte, ohne etwas zu finden, dass ihr Interesse gerechtfertigt hätte. Aber vielleicht war es auch nicht länger möglich, auf sie Eindruck zu machen, denn sie ertappte sich dabei, wie sie immer wieder über die Schulter sah, ob sich dort am Lueger-Ring nicht doch noch etwas tat. Schließlich zog sie für sich selbst die Reißleine und ging über die Zweierlinie zurück zur Straßenbahn, um nach Hause zu fahren, ohne auf dem ersten Rathaus-Christkindlmarkt etwas gekauft zu haben.

Klara hatte kaum die Wohnung betreten, als ihr Wickerl schon ein „Hast schon ghört" entgegenschmetterte, „bei der OPEC geht's rund." Sie stellte ihre Tasche ab und betrat das Wohnzimmer. „Ich hab's nicht nur ghört, ich war dabei.“ Um dann dem staunenden Wickerl alles haarklein zu berichten. Der ORF war mittlerweile voll auf die Affäre konzentriert. In sicherer Entfernung vom Zentrum der Ereignisse rapportierten seine Mitarbeiter, was sich zwischenzeitlich zugetragen hatte. Offenbar waren seitens der Kidnapper konkrete Forderungen erhoben worden, die von einer der Geiseln der Polizei übermittelt worden waren. Mit einem gerüttelt Maß an Pathos trug der Reporter die Bedingungen der Geiselnehmer vor. Demnach dürfe Israel von keinem arabischen Staat anerkannt werden, solle der Iran als Agent des US-Imperialismus gebrandmarkt und das Erdöl im ganzen Nahen Osten verstaatlicht werden. Am Ende des Kommuniqués entschuldigten sich die Terroristen für die Unannehmlichkeiten, die sie dem friedliebenden österreichischen Volk bereitet hätten, was den ORF-Mann doch einigermaßen ins Schlingern brachte. Er blickte ratlos in die Kamera, ehe die Regie ins Studio zurückgab, wo sich Experten in Mutmaßungen ergingen, wer denn nun für die ganze Aktion verantwortlich zeichne. Vertraten die einen die Behauptung, die RAF stecke dahinter, sahen andere das Libyen Ghaddafis als Drahtzieher, während dritte die Täter in den Reihen der Palästinenser vermuteten. Schließlich drang die Information zu dem eben erst errichteten ORF-Zentrum am Küniglberg, dass es offenbar intensive Verhandlungen zwischen der österreichischen Regierung und den Tätern gegeben hatte. Rechtzeitig zu den Hauptnachrichten trat der Bundeskanzler vor die Kameras. In seinem bekannt getragenen Ton erklärte er, das oberste Gebot sei, Menschenleben zu retten. „Es ist schon genug Unglück geschehen, und da wir wissen, dass die Drohungen sehr, sehr ernst zu nehmen sind, bestimmt das nicht zuletzt unser Handeln.“ Die tiefen Sorgenfalten auf

Kreiskys Gesicht überzeugten auch Wickerl davon, dass die ganze Angelegenheit ziemlich schwerwiegend sein musste.

„So sehr simma dann doch keine Insel der Seligen, was", eröffnete Wickerl die Unterhaltung, nachdem die Berichterstattung zu einem vorläufigen Ende gekommen war. „Du, ich muss dir sagen, ich bin echt schockiert", erwiderte Klara. „Das kommt jetzt erst so langsam in mir hoch. Mir wird direkt ein bisserl schlecht." Wickerl stand auf und strich seiner Frau behutsam über den Oberarm. „Das ist die Aufregung, Schatzerl. Magst einen Kamillentee?" Sie schüttelte matt den Kopf. „Ich glaub, ich mach mir einen Baldriantee und leg mich dann hin."

Tatsächlich war Klara recht bald eingeschlafen, während Wickerl noch bis zum Sendeschluss vor dem Fernseher kleben blieb, weil er darauf wartete, dass noch irgendwelche Nachrichten zur Geiselnahme verlautbart werden würden. Schließlich siegte aber auch bei ihm die Müdigkeit.

Am nächsten Morgen, dem vorletzten Tag vor Weihnachten, war er direkt ein wenig enttäuscht, dass die „AZ" keine Neuigkeiten in der Angelegenheit zu berichten wusste. Das Fernsehen befand sich trotz der markanten Ausnahmesituation im Tiefschlaf, sodass Wickerl auf das Radio angewiesen war. Angespannt wartete er auf die stündlichen Nachrichten, denen er schließlich entnahm, dass die Kidnapper mit etwa 30 Geiseln in einem Postautobus nach Schwechat gebracht worden waren, wo ein Flieger der AUA auf sie gewartet habe. Wie es den Anschein hatte, war die Sache für Österreich zu einem Ende gekommen.

Gerne hätte sich Wickerl mit jemandem über die Ereignisse unterhalten, doch wollte er Klara nicht unnötig aufregen, also blieb er mit sich und grübelte vor sich hin. Was, so fragte er sich, war das für eine Welt, in der solche Verbrechen geschehen mussten. Gerade in der sogenannten Dritten Welt lagen viele Dinge im Argen, und obwohl der Westen immer reicher wurde, dachte er nicht im Traum daran, das Elend Afrikas, Südamerikas oder Asiens zu mildern. So gesehen waren solche Aktionen die logische Konsequenz einer Politik, die den Profit vor das Allgemeinwohl stellte. Und Wickerl fragte sich, ob er sich nicht doch wieder mehr engagieren sollte, um wenigstens auf die herrschende Ungerechtigkeit hinzuweisen.

„Die Ricky kommt übermorgen zu uns", eröffnete ihm Klara, während er schnell das Radio ausschaltete. „Jetzt, wo das alles vorbei ist, haben wir hoffentlich ein stilles und friedliches Weihnachten." Wickerl presste die Lippen zusammen. Wir schon, dachte er sich, aber so viele andere nicht. Und er gab seiner Frau einen Kuss auf die Stirn, während ihm die Frage durch den Kopf ging, wann die Menschheit endlich aus Erfahrung klüger würde.

„Haaß is“, hielt Turl die Fakten fest. Grete vermochte ihm nicht zu widersprechen. „Was haltst davon, wenn wir baden fahren?“ Auch hier gab es keinen Grund zu Opposition. „Ja. Gute Idee. Ich panier uns schnell die Schnitzel, die nehm man dann im Tuppergschirr mit.“ Turl schmatzte genießerisch. „Ja, und kannst einen Rahmgurkensalat auch machen? Weißt eh, den mag ich so gern.“ Grete lächelte. „Bitte schön, kommt sofort.“ Und schon war sie in der Küche verschwunden.

Für Turl stand außer Zweifel, dass er sich an einem brennend heißen Augusttag sicher nicht in eines der öffentlichen Bäder zwängen würde. Dort bekam man an einem solchen Sonntag unter Garantie Platzangst. Die Hernalser Brauerei hatte in ihren guten Tagen ein kleines Betriebssportbad nahe Kaisermühlen errichtet, das er auch als Pensionist noch nutzen durfte. Die Zahl jener, die dort Abkühlung suchten, war überschaubar, zumal die Örtlichkeit öffentlich nicht gerade leicht zu erreichen war. Doch auch das brauchte Turl nicht zu bekümmern, denn sie hatten ja ihren Opel, der sie problemlos ans Ziel bringen würde.

Es war wohl kurz nach acht, als Grete alles fertig in zwei großen Taschen verstaut hatte. Turl nahm ihr diese aus der Hand und trug sie flink aus dem Haus, um sie lässig auf der Rückbank zu deponieren. Dann hielt er Grete galant die Beifahrertür auf, um sich gleich danach selbst hinter das Lenkrad zu positionieren. Er steuerte die Zweierlinie an, querte dann die Brücke bei der Urania und gelangte so durch die Praterstraße zum Praterstern, wo er die Ausfahrt zur Reichsbrücke nahm.

Dabei stellte er verwundert fest, dass es sich nachhaltig staute, was für die frühe Uhrzeit an einem Sonntag doch ein wenig überraschend war. Normalerweise blieb man keine fünf Minuten auf der Lassallestraße, ehe man auch schon auf der Brücke war. Doch diesmal musste es weiter vorne einen Unfall oder etwas dergleichen gegeben haben, denn die Wagen vor ihm standen und beschränkten sich darauf, ab und zu wild zu hupen.

Turl zögerte nicht lange. Er scherte rechts aus, schredderte ein wenig über den Bürgersteig und bog dann in die Venediger Au ein, von wo er links in die Ybbsstraße gelangte. Dann wechselte er in die Ennsgasse und gelangte so verhältnismäßig unbehelligt zum Handelskai. Als er in diesen einbog, trat er abrupt auf die Bremse, sodass Grete um ein Haar mit der Windschutzscheibe kollidiert wäre. „Bist damisch", entfuhr es ihr entsetzt. Als sie jedoch Turls entgeisterten Ausdruck wahrnahm, da folgte sie seiner Blickrichtung, und ihr Kinn klappte nach unten. Wo die Reichsbrücke sein sollte, da war – nichts.

Endlich formten sich in Turls Mund Worte, die, wie es schien, in unendlicher Langsamkeit an Gretes Ohr drangen: „I maan, i traam!" Und als wäre erst durch diesen Satz wieder Leben in ihn gekommen, stellte er den Motor ab, öffnete die Fahrertür und stieg aus. Dabei ließ er die Szenerie an der Donau nicht aus den Augen. Der Strom wirkte erstaunlich blau und trieb träge in Richtung Osten. Turl erkannte den Beginn der Brücke am anderen Ufer, doch endete diese exakt bei dem im Wasser befindlichen Betonsockel. Dann war nur noch sehr viel Wasser. Doch halt, da blitzte etwas Rotes aus den Fluten. Turl brauchte eine Weile, ehe er sich sicher war. „Schau, hörst, da ist ein Bus. Siehst ihn? Mitten in der Donau!" Das Gefährt schien förmlich auf der Donau zu schwimmen. Doch Grete schenkte ihm keine Beachtung. „Du stehst im Wasser, rief sie durch die geöffnete Seitenscheibe." Jetzt erst blickte Turl nach unten und erkannte, dass sich am Handelskai ein kleiner See gebildet hatte, der rasch größer zu werden schien. Ihn erfasste Panik. Nicht länger stand ihm der Sinn nach Kiebitzen, er sah zu, dass er zurück in den Wagen kam, und brachte diesen erst nach mehreren Versuchen zum Starten, da er in seiner Hektik die Koordination von Zündschlüssel und Kupplung nicht exakt beherrschte. „Wir müssen da weg", kam es nervös aus ihm heraus. Endlich war der Motor am Laufen, Turl legte den Retourgang ein, um schnellstmöglich wenden zu können. Zu seinem Glück sah er doch noch in den Rückspiegel und erkannte mehrere Feuerwehren, die sich in einem ziemlichen Tempo auf ihn zubewegten. Schnell wechselte er in den ersten Gang und lenkte sein Fahrzeug auf den Gehsteig, um Platz für die Einsatzkräfte zu machen. Erst, als diese ihn passiert hatten, drehte er nun wirklich um und fuhr mit, wie er sich eingestehen musste, weichen Knien Richtung Simmering, wobei er das Gefühl nicht loswurde, auf einer Wasserfläche dahinzugleiten. Erst als sie die Praterbrücke erreichten, hatte sein Atem wieder eine normale Frequenz.

„Bist du deppert", entfuhr es ihm, „so was hab i no ned erlebt. Die ganze Bruckn afoch weg." Er sah Grete direkt ins Gesicht. „I hab echt glaubt, wir dersaufen dort." Auch Grete stand der Schrecken immer noch ins Gesicht geschrieben. Turl fuhr rechts ran und fischte mit zittrigen Fingern eine Packung Stuyvesant aus seiner Hemdtasche. Er klemmte eine Zigarette zwischen die Lippen und drückte dann den

Anzünder hinein. Nach einer Weile zog er ihn wieder heraus und steckte damit die Zigarette an. Erst dann fragte er Grete, ob sie auch eine brauche. „Unter den Umständen … ja, gib mir eine." Er hielt ihr erst das Päckchen, dann seine Zigarette hin, an deren Glut Grete die ihre entfachte. Beide bliesen den Rauch gegen die Windschutzscheibe. „Was das war, ha?", sprach Turl aus, was beide dachten.

Für einige Minuten saßen sie einfach nur da und rauchten. Dann erst meldete sich Turl ein weiteres Mal zu Wort: „Sollen wir auf das hinauf überhaupt noch baden fahren?" Grete meinte nur, es sei ihr die Lust darauf eigentlich vergangen. Turl gestand gerne ein, dass es ihm ähnlich ging.

Er schlängelte sich durch die Schlachthausgasse zum Gürtel, fuhr den dann eine halbe Ewigkeit entlang, ehe er in die Jörgerstraße einbiegen konnte, von wo aus sie nach erstaunlich langer Fahrzeit wieder die eigene Wohnung erreichten. Erschöpft ließ sich Turl in seinen Sessel fallen und stellte das Radio an.

Wie von ihm erwartet, gab es Sondermeldungen zur Lage. Um 5 Uhr früh habe sich die Brücke ganz plötzlich gehoben, um dann krachend auf gesamter Länge abzusacken. Zum Zeitpunkt des Unglücks hätten sich nur zwei Fahrzeuge auf der Brücke befunden, ein Bus der Wiener Stadtwerke und ein Kleinbus. Turl erinnerte sich sofort an das Fahrzeug, das er im Wasser gesehen hatte. Der Fahrer des Busses, so lautete die Berichterstattung weiter, sei verletzt, konnte aber mittlerweile geborgen werden. Nach dem Fahrer des anderen Gefährts werde noch gesucht.

„Mittlerweile sind Feuerwehr, Rettung, Polizei und sogar Einheiten des Bundesheeres im Einsatz", hörten Turl und Grete, die mittlerweile ebenfalls ins Zimmer gekommen und dabei wie selbstverständlich die Schnitzelbrote und den Gurkensalat auf den Tisch gestellt hatte. „Die auf der Brücke befindlichen Wasserleitungen zur Versorgung der Gebiete in Floridsdorf und der Donaustadt mit Trinkwasser sind geborsten, es kommt daher vor allem im Bereich des Handelskais zu Überschwemmungen." Turl und Grete sahen sich an. Ja, das konnte man so sagen.

„Derzeit sind weite Teile des 21. und 22. Bezirks ohne Gas, Wasser und Strom, doch die Gemeinde arbeitet bereits fieberhaft daran, die Versorgung wiederherzustellen." Turl schüttelte ungläubig den Kopf. „Das ist ja wie im Krieg, hörst."

Noch eine gute Weile lauschten beide den Ausführungen aus dem Radio, doch irgendwann registrierten sie, dass keine wirklichen Neuigkeiten mehr verlautbart wurden. Sie wandten sich den Schnitzeln zu, während das Unglück an der Donau allmählich seine Faszination verlor. Und doch ergingen sie sich in Mutmaßungen, was denn nun die Brücke tatsächlich zum Einsturz gebracht hatte.

„Vielleicht haben sie die von der PLO in die Luft gjagt", schlug Grete vor. „Um fünf in der Früh? Na, sicher ned. Außerdem entführen die lieber Flieger", hielt dem Turl entgegen.

„Von allein wird's aber auch nicht ins Wasser gfallen sein", insistierte wiederum seine Gattin. „Was weiß man! Die ist damals von den Austrofaschisten baut worden. Die haben sicher beim Bau gschlampt. So wie überall", brachte Turl seine Einschätzung vor. Um, als er Gretes fragende Miene sah, zu präzisieren. „Das Material, das war ja alles minderwertig damals. So wie das Regime auch. Weißt schon, Sand statt Beton, Eisen statt Stahl, die haben sich ja nix gschissen damals." Und nach einer kleinen Pause. „Warum auch? Hat ja niemanden gegeben, der sie hätt kritisieren dürfen. So gsehen ist's wahrscheinlich ein Wunder, dass das Werkl überhaupt so lang gstanden ist."

„Dreh noch einmal lauter", forderte ihn Grete auf, „vielleicht sagen s' ja im Radio, was es war." Turl lachte glucksend. „Du glaubst doch ned, dass die jetzt schon Behauptungen aufstellen. Nein, da wird's sicher eine eigene Kommission geben, die wird dann elendslang tagen, und irgendwann gibt's dann einen tausendseitigen Bericht, wo so viel drinnen steht, dass d' am End so gscheit bist wie vorher."

Turl wuchtete seinen Körper in die Höhe. „Haaß ist's immer noch. Ich glaub, ich hau mich ein wengerl aufs Ohr." Er gab Grete ein nachlässiges Zeichen mit der rechten Hand und verschwand im Schlafzimmer. Grete blätterte eine Weile lustlos in der Sonntagszeitung, dann sagte sie halblaut „ach was" und folgte dem Gatten ins Bett.

Turl hatte keine Ahnung, wie lange er geschlafen hatte, doch offenbar war er nicht nur eingenickt, denn er brauchte einige Zeit, ehe er das Schrillen des Telefons als solches wahrnahm. „Wer kann denn das sein?", fragte er Grete, die neben ihm gleichfalls hochgefahren war. Umständlich schälte sich Turl aus dem Bett und schlurfte wie er war ins Vorzimmer. „Ja, ja", maulte er das immer noch läutende Telefon an, ehe er endlich den Hörer zu fassen bekam. „Strecha", bellte er verärgert.

„Habt's schon ghört?" Das war Georg, der erst zwei Tage zuvor seinen Urlaub in einem ÖGB-Heim an einem Kärntner See angetreten hatte.

„Was heißt ghört! Gsehn hab ich's. Wir waren quasi dabei."

„Red keinen Topfen! Wie willst denn dabei gwesen sein, wennst jetzt zu Hause bist?“ Turl verstand die Frage nicht: „Na so weit ist's von der Donau daher auch wieder nicht ...“

„Donau? Was redst du da von Donau? Der Niki! Am Nürburgring. Feuerhölle. Ganz fürchterlich“, platzte es aus Georg im Telegrammstil heraus.

„Niki? Welcher Niki? Wovon redest du?“ Turl verstand buchstäblich kein Wort. Georg reagierte unwirsch: „Der Lauda, hörst! Heute beim Grand Prix. Feuerunfall. Man weiß nicht, ob er überhaupt durchkommt.“

Turl brauchte einen Augenblick, um diese Information zu verarbeiten. In Wien war die wichtigste aller Brücken eingestürzt, und der Sohnemann sorgte sich um irgendeinen Sportler, der im Kreis herumfuhr. Gut, schön, ja, der Lauda hatte ähnlich wie vor ein paar Monaten der Klammer für ein wenig Nationalstolz gesorgt, doch deswegen brauchte man ihn doch nicht gleich zu adoptieren. Aber ihm war bewusst, dass Georg als begeisterter Sportfan die Dinge natürlich anders sah. Der würde auf den Hinweis, die Reichsbrücke gebe es nicht mehr, höchstens anmerken, es sei ohnehin besser, wenn keine Verbindung nach Transdanubien existierte.

Mittlerweile war auch Grete ins Vorzimmer gekommen. Sie schnürte eben ihren Bademantel zu und fragte, was denn los sei. „Der Lauda hat einen Unfall ghabt“, klärte er sie über die Schulter auf. „Jössas, der arme Niki“, kam es zu seiner Überraschung postwendend. „Und erst die Marlene!“ Turls Augen weiteten sich. Waren jetzt mit einem Mal alle in seiner Familie verrückt. „Schnell“, winkte ihn Grete herbei, „vielleicht zeigen s' was im Fernsehen.“

Turl war nahe daran, die Fassung zu verlieren. In Wien herrschte Ausnahmezustand, und die Lieben zu Hause und im Urlaub sorgten sich um den Lauda. „Du weißt aber schon, was heute in Wien passiert ist“, sagte er, nachdem er seiner Frau kopfschüttelnd nachgeschaut hatte, wieder in den Hörer. Georg erwies sich als ahnungslos. Der Umstand, dass es in Wien nun eine Donauquerung weniger gab, schien ihn gleichwohl weit weniger zu berühren als die Möglichkeit, dass Österreich vielleicht einen Rennfahrer weniger besaß.

Turl verstand die Welt nicht mehr. Während er hörte, wie Grete im Wohnzimmer immer wieder zwischen den beiden Kanälen hin und her schaltete, zog er sich grummelnd ins Schlafzimmer zurück, wo er aus seinem Nachkästchen einen Heftroman hervorzauberte. „Lofotfischer“ lautete der prosaische Titel aus der Serie „Landser“. Turl war sich selbst nicht ganz im Klaren darüber, warum er diese Hefte immer wieder einmal kaufte, denn deren Autoren hatten eine recht eindeutige Sicht auf den Zweiten Weltkrieg. Sie verherrlichten den deutschen Soldaten und zeichneten das Bild einer makellosen Wehrmacht, die von korrupten Politikern und deren speichelleckenden Offizieren um ihren verdienten Erfolg betrogen worden war. Turl hielt diesen Lesestoff vor seinem Umfeld geheim – geheimer noch als die diversen „Playboy“- und „Lui“-Magazine, die er sich ab und an gönnte, um auch im vorgerückten Alter noch das eine oder andere Paar straffer Brüste bewundern zu können –, da er sich nur allzu leicht vorstellen konnte, wie etwa die Bielohlaweks auf diese Lektüre reagieren würden. Dazu kam freilich der Umstand, dass er sich eigentlich selbst pausenlos über das Geschriebene ärgerte, denn er hatte genug vom Krieg miterlebt, um zu wissen, dass sich alles ganz anders zugetragen hatte, als es im „Landser“ geschildert wurde. An diesen

Kämpfen – zumindest an jenen, an denen er teilgenommen hatte – war nichts Glorreiches, nichts Ruhmvolles gewesen. Nur Dreck, Blut und sehr viel Tod.

Und da er dies nun genau bedacht hatte, legte er das Heft wieder in die Schublade. Er sah kurz aus dem Bett auf, lauschte, ob seine Frau vielleicht auf dem Weg zurück zu ihm war, und griff dann schnell in den anderen Teil des Kästchens, wo ihm eine leicht geschürzte Dame mit einer amerikanischen Fahne in der Hand entgegengrinste, die Amerika zum Geburtstag gratulierte. Nun ja, er hatte ja immer schon wissen wollen, was Kris Kristofferson so abseits der Bühne zu sagen hatte.

Irgendwann schien er dann wieder eingenickt zu sein, denn es war Grete, die ihn wachrüttelte. „Du, das Österreich-Bild fangt gleich an. Da werden s' sicher was berichten. Und über die Brücke wahrscheinlich auch." Ihr Interesse galt also immer noch Niki Nazionale. Na wenigstens nicht seinem Sexheft, das, wie er mit Schrecken feststellte, aufgeschlagen neben ihm lag und das sie glücklicherweise vollkommen ignoriert hatte. „Was zu essen gibt's auch", kam es derweilen aus dem Vorzimmer. Turl verräumte sein Magazin wieder ganz hinten im Schrank und folgte dann dem Duft frisch zubereiteten Essens.

Sommer 1990

Der Ausflug in die Tschechoslowakei, vor allem aber der Umstand, dass beide 75 geworden waren, brachte Wickerl und Turl dazu, auch den Sommerurlaub gemeinsam zu verbringen. Klara schwärmte Turl und Grete so lange von Jugoslawien vor, bis die beiden nachgaben. Grete war es letztlich gleichgültig gewesen, wohin die Reise gehen sollte, sie wäre selbst mit dem Plattensee zufrieden gewesen, doch Turl hätte sich wohl in Italien besser aufgehoben gefühlt. Doch schließlich überwand Wickerl seinen Widerstand, indem er darauf hinwies, dass Turl ja noch nie dort gewesen sei, er also auch keine nachteiligen Argumente für den Ort ins Treffen führen könne. Und so gab sich Turl geschlagen.

Für Wickerl und Klara freilich hatte der gemeinschaftliche Urlaub den Vorteil, dass sie nicht wie all die Jahre zuvor umständlich mit der Bahn anreisen mussten. Turl verstaute sie samt Gepäck in seinen Opel, und schon zwei Stunden später standen sie in Spielfeld an der Grenze. Wie üblich gingen die Formalitäten rasch über die Bühne, und Turl hielt via Maribor auf Zagreb zu. „Wenn wir einmal auf der Dalmatinska sind, dann geht's ruckzuck, ihr werdet sehen." Wickerl äußerte Zweifel. „Wenn ich mich richtig erinnere, dann kommen wir am Weg nach Pirovac gar nicht auf die Küstenstraße. Wir fahren von Zagreb auf der Autobahn nach Karlovac, und von dort dann quasi grad runter." Turl sah ihn von der Seite an. „Das gfallt mir. Keinen Führerschein, aber sich auskennen." Wickerl meinte, sich verteidigen zu müssen, als er das lachende Gesicht neben sich sah, was ihn wieder beruhigte. Grete aber, die hinter ihrem Mann saß und sich nicht sicher war, ob da eben ein Streit zwischen den beiden ausbrach, beugte sich nach vorn, um sich zu erkundigen, wie lange die Reise denn noch dauern werde. „Von Zagreb aus noch drei, vier Stunden." Grete war sich nicht sicher, ob sie sich das richtige Urlaubsziel ausgesucht hatten, doch andererseits war die Strecke nach Jesolo oder Bibione auch nicht viel kürzer gewesen. Sie lehnte sich wieder zurück und versuchte, die Landschaft zu genießen.

Klara neben ihr empfand, als sie Zagreb umfuhren, eine beginnende Nervosität in sich aufsteigen. Die Nachrichten, die seit Beginn des Jahres aus Jugoslawien nach Wien gelangten, gaben, so fand sie, Anlass zur Sorge. In Slowenien und in Kroatien herrschte offenbar eine allgemeine „Los von Belgrad"-Stimmung, die vor allem von politischen Kräften angeheizt wurde, die ganz weit rechts standen. Insbesondere der neue kroatische Heilsbringer, Franjo Tuđman, irritierte Klara nachhaltig. Er ließ sich von seinen Anhängern als Führer bejubeln, sparte in seinen Reden nicht mit markigen Sprüchen und verwendete ungeniert Symbole, die auf die Ustaschi zurückgingen, die im Zweiten Weltkrieg die engsten Verbündeten der Nazis gewesen waren. Umso entsetzter hatte Klara dann in der „AZ" gelesen, dass die Bewegung Tuđmans bei den Wahlen vor knapp zwei Monaten über 40 Prozent der Stimmen, und damit eine solide absolute Mehrheit im kroatischen Landesparlament, erhalten hatte. Und so war Klara mit einer gewissen Bangigkeit in diesen Urlaub gestartet. Nicht nur, weil sie alle nicht mehr die jüngsten waren und es zunehmend riskanter wurde, so weit von Wien wegzufahren, doch vor allem wegen ihrer Befürchtung, Jugoslawien wäre nicht mehr so, wie sie es all die Jahre in Erinnerung hatte.

Wobei, genau betrachtet, war es mit ihrem Urlaubsland ja schon vor einigen Jahren bergab gegangen. Die wahnwitzige Inflation damals hatte dazu geführt, dass ein Kaffee am Strand buchstäblich am Nachmittag teurer war als am Vormittag. Das zehrte erkennbar an den Nerven aller, und die freundliche Lässigkeit, die Wickerl und Klara in den ersten Urlauben in Jugoslawien so beeindruckt hatte, die schien für immer verschwunden zu sein. Zudem hatte sie in den letzten beiden Sommern auch einen kulinarischen Wandel registriert. Ein gutes Jahrzehnt gab es für sie Urlaub für Urlaub Ćevapčići, Pljeskavica und Slibowitz. Aber in der zweiten Hälfte der 80er Jahre bemerkten sie, dass es schwieriger wurde, die betreffenden Lokale am Strand auszumachen. Wo schnurrbärtige serbische Kellner zur Musik von „Jugoslavija" flink und gelenkig das Gewünschte gebracht hatten, standen nun auf einmal kahlköpfige Kroaten im Lokal, spielten „Azzurro" und trugen in gemächlicher Langsamkeit Spaghetti auf. Bei einer dieser Gelegenheiten, als Wickerl seine Ćevapčići schon schmerzhaft vermisste, erklärte er, die Kroaten seien schizophren. Serbisch wollten sie nicht mehr sein, kroatisch trauten sie sich nicht zu sein, also gaben sie sich italienisch. „Wirst sehen, bald heißen die Lokale da wieder Zara, Spalato oder Ragusa – so wie vor dem Krieg. Am Ende gewinnen ja doch immer die Faschisten."

Klara verstand nur zu gut, was Wickerl bewegte. Wenn er auch sehr bald seine Illusionen in den Sowjetblock verloren hatte, so war ihm der doch als ein wichtiges Korrektiv zur kapitalistischen Gier des Westens erschienen. Außerdem war es die Rote Armee gewesen, die Europa vom Nationalsozialismus befreit und anschließend die ganzen Adeligen,

Großgrundbesitzer und Industriekapitäne zum Teufel gejagt hatte. Die freilich saßen daraufhin im Westen und sannen auf Rache. Die nun gekommen zu sein schien.

Von allen sozialistischen Staaten war Wickerl naturgemäß Jugoslawien am sympathischsten gewesen, weil es dort eben ziemlich entspannt zuging. Die Leute konnten nach Belieben aus- und wieder einreisen, konnten lesen, was sie wollten, ansehen, was sie wollten, und leben, wie sie wollten. Nur der Parteienpluralismus im Parlament fehlte, wobei Wickerl lange den Eindruck hatte, dass er niemandem abging. Nun aber hatten die Slowenen und die Kroaten ihre eigenen Parteien, und damit ging die gute Stimmung endgültig verloren.

Turl hatte den Opel durch den gebirgigen Teil Kroatiens gesteuert, und alle meinten, das Meer schon fast riechen zu können. Dennoch senkte sich bereits die Dämmerung über das Land, als sie endlich wirklich die Küste und ihr Hotel nahe dem Ortszentrum von Pirovac erreichten. Nach den Formalitäten schlenderten sie nach draußen und ließen den Blick über die kleine Marina schweifen. Wickerl sah seine düsteren Vorahnungen bestätigt. Nirgendwo eine jugoslawische Flagge, überall das Schachbrettmuster des Ante Pavelić. Er drehte sich um. Hinter sich wusste er die Parteizentrale der Kommunisten, doch die war offensichtlich dauerhaft geschlossen. Irgendwelche Heißsporne hatten ein Hakenkreuz an die Wand gemalt, dazu war die Hinweistafel, welche die Verkehrsfläche als „Platz der Opfer des Faschismus“ auswies, mit Farbe überschmiert worden, während jemand mit dickem Pinsel „Trg Franja Tuđmana“ hinzugefügt hatte. Klara nahm ihn an der Hand und ging mit ihm in das kleine Café neben dem Jachthafen. Als der

Kellner dort aber den Preis in D-Mark angab, drückte das ihre Stimmung weiter.

Es war Grete, die versuchte, aus der gegebenen Lage das Beste zu machen. „Schauts, das Meer. Wie schön klar es ist. Und der Himmel so blau. Super Wetter. Was wollen wir mehr. Genießen wir's einfach und denken nicht an Zwist und Hader. Den hätten wir zu Hause auch, da hätten wir nicht 600 Kilometer in den Süden fahren müssen." Für eine gute Weile funktionierte Gretes Appell. Man suchte ein schattiges Lokal, in dem man essen konnte, danach zogen sich Klara und Grete ins Hotel zurück, während die beiden Männer noch einen Verdauungsschnaps zu sich nahmen. Grappa. Da Slibowitz nicht zu bekommen war. Selbst Turl entging die seltsam bedrohliche Szenerie nicht, auch wenn er zum ersten Mal an diesen Ort gekommen war.

„Irgendwie wirkt das da auf mich ziemlich unheilschwanger, wennst mich fragst." Wickerl zog die Mundwinkel nach unten. „Das kannst laut sagen. Ich weiß auch nicht, was in die da gefahren ist. Das hättest vor zehn, fünfzehn Jahren erleben müssen. Da war das alles die pure Lebensfreude. Und jetzt?"

Turl nahm einen Schluck Grappa. „Na ja, wenn der Nationalismus überhandnimmt, dann braucht man sich nicht zu wundern." Wickerl nickte eifrig. „Genau das ist das Problem. Und zwar nicht nur hier. Überall in Europa. Die Leute wollen an was glauben, und wenn es nicht der Sozialismus ist, dann muss es eben Volk und Heimat sein."

Wieder führte Turl sein Glas an den Mund. „Das hätten sich die Herren Sozis auch nicht gedacht, dass der Untergang des Kommunismus auch ihr eigener wird." Wickerl hob sofort abwehrend die Hände. „Na, das ist jetzt aber ein bisserl vorschnell kombiniert, meinst nicht?" Turl aber bestand auf seiner Sichtweise. „Bitte, erinnere dich, was die vor einem knappen Jahr prophezeit haben! Wenn einmal der Kommunismus gefallen ist, dann werden die arbeitenden Massen den Sozis folgen. Und? Ist das vielleicht irgendwo passiert?" Wickerl grübelte, suchte nach einer passenden Antwort. Turl hingegen ließ ihm keine Zeit zum Nachdenken. „Schau dir die DDR an. Was hat die SPD dort gekriegt? 21 Prozent. Und die Schwarzen? 40 Prozent. In der Tschechoslowakei sind's nicht einmal ins Parlament kommen. Na, und in Ungarn war's noch ärger."

„Das kannst jetzt mit dem Westen nicht vergleichen", wich Wickerl schließlich aus, „das sind zum Teil Länder, wo es keine klassische sozialdemokratische Tradition gab …" „Eisenach", unterbrach ihn Turl. „Außerdem, wirst sehen, die Sozis werden überall abschmieren. Und weißt auch, warum? Weil die Erfolge der Sozis allein der Existenz des Kommunismus geschuldet waren." Wickerl hob die Augenbrauen. „Das musst du mir jetzt aber einmal erklären, wie der Bruno, der Brandt und der Palme, wie die ihre Erfolge wegen der Sowjetunion errungen haben."

„Ganz einfach", kam es von Turl zurück. „Die Bürgerlichen, die haben sich so davor gefürchtet, dass ihnen bei uns das passiert, was den Junkern in Ostdeutschland passiert ist, dass sie den Sozis bereitwillig Erfolge gelassen haben. Doch jetzt? Wovor sollen die sich noch fürchten?" Wickerl tat, als sei er nicht überzeugt. „Na schau dir doch an, überall fahren sie die Sozialleistungen zurück, egal, ob die Roten am Ruder sind oder die Schwarzen. Überall heißt es auf einmal, zu viele Schulden, die Zukunft steht auf dem Spiel, bla bla bla. Und die Sozis machen mit. Schnüren Konsolidierungspakete und tun alles, was die Industriekapitäne wollen, nur, damit sie weiter auf ihren Regierungssesseln lümmeln dürfen."

„Gut, das kann sein. Aber was hat das mit den Kommunisten zu tun? Die hat weder bei uns noch in der BRD je wer gwählt." Turl hob sein Glas und signalisierte dem Ober, dass Nachschub gefragt war. Dann wandte er sich wieder Wickerl zu. „Wenn ich eines glernt hab in meiner Zeit in der Gwerkschaft, dann, dass du entweder wirklich stark sein musst, oder aber, dass dich dein Gegner für stark hält. Auf Dauer kannst ned bluffen, da muss schon irgendwo eine Substanz da sein. Und nach dem Zweiten Weltkrieg war diese Substanz der Kommunismus." Er rückte näher an Wickerl heran. „Das hast ja auch in der Dritten Welt gsehen. Wenn da irgendwo ein Häuptling unabhängig worden ist, dann hat er den Amis gsagt, gebts mir ein Geld oder ich geh nach Moskau. Und das war für die Yankees mitunter unpraktisch. Also haben s' zahlt. Na ja", er machte eine ausladende Geste, „am besten hat dieses Spiel der Tito verstanden. Der hat sich von beide Seiten gholt, was er braucht und was er wollen hat. Und jetzt, wo es die andere Seite nimmer gibt, kommt von der einen Seite auch nix mehr. Und drum schaut's da jetzt auch so aus, wie's ausschaut."

Wickerl ahnte, dass Turl auf gewisse Weise Recht hatte, doch wollte er diesem den Triumph nicht so vorbehaltlos gönnen. Daher entschloss er sich zu einem breiten Grinsen. „Turl. Du kennst dich ja wirklich aus. Du hättest in die Politik gehen sollen." Turl war froh, dass gerade eine weitere Ration Grappa auf dem Tisch gelandet war. „Trottel", maulte er, ehe er das Stamperl auf einen Zug leerte.

Wickerl meinte, sich ein wenig konzilianter geben zu müssen. „Wie geht's euch eigentlich mit dem Schurli", fragte er mitfühlend. Turl sah ihn mit bitterer Miene an. „Weil wir grad bei Untergängen sind oder wie?" Wickerl signalisierte, er habe sich ehrlich nur erkundigen wollen. „Ich weiß nicht", seufzte Turl schließlich, „was mit dem Buben nicht stimmt. Aber auf einen grünen Zweig kommt der in diesem Leben nimmermehr."

„So schlimm?" Wickerls Stirn legte sich in Sorgenfalten.

„Was heißt! Der Dolm ist schon wieder abgestürzt. Zum dritten Mal mittlerweile. Ich hab praktisch auf Knien rutschen müssen, damit s' ihn in Kalksburg überhaupt noch einmal gnommen haben. Na, und den Job ist er jetzt auch los."

„Ma, das tut mir aber wirklich leid." Wickerl wusste nicht, was er sonst hätte sagen sollen.

„Weißt, manchmal denk ich mir echt, es wird alles zu viel. Die Lina spinnt auch schon die ganze Zeit herum. Weißt eh, z'erst das mit Hainburg, dann bei den Grünen, und ausgerechnet voriges Jahr geht die zu den Kummerln. Die hat wirklich den richtigen Riecher." Turl verspürte das dringende Bedürfnis, sich zu besaufen. „Und der Vollkoffer von Sohn baut einen Kapitalschaden nach dem anderen. Ich weiß nicht, wie die Grete das alles wegsteckt. Ich möcht manchmal echt nur noch davonlaufen."

„Und wie geht's der Lina mit dem Schurli", erkundigte sich Wickerl nach einer Anstandspause. „Na ja, das Verhältnis zwischen den beiden ist schon lange ziemlich abgekühlt. Seit die Lina auf politisch macht, ist der Papa ohnehin nur der Loser, der nichts auf die Reihe kriegt. Und weißt was? Ich seh das ja genauso, ich kann ihr da gar keinen Vorwurf machen." Wickerl orderte eine weitere Runde Schnaps, meinte, diese wäre angesichts des Themas angezeigt. „Man hat's nicht immer leicht mit dem Nachwuchs", statuierte er dann. Turl sah ihm direkt in die Augen. „Du brauchst reden. Die Ricky ist das absolute Traumkind. Fesch, gscheit, erfolgreich. Was willst du mehr, bitte. Da würd ich mir alle zehn Finger abschlecken für so eine Tochter." Wickerl aber machte eine vage Geste mit der rechten Hand. „Aber sie wird uns nie Enkerl schenken. Die Bielohlaweks sterben aus mit ihr. Sie ist der Uncas, ich bin der Chingachgook."

Nun war es an Turl, Empathie an den Tag zu legen. „Siehst, so hab ich das noch gar nicht gesehen. Stimmt." Ihm fiel nichts ein, was er hätte noch sagen können. Auf keinen Fall wollte er den Freund darauf hinweisen, dass Uncas vor dem Vater gestorben war, was Wickerls Gemütslage wohl den Rest gegeben hätte, und so fiel er in Wickerls Schweigen ein. Da saßen sie, zwei alte Männer von 75 Jahren, gebeutelt von den Stürmen der Zeit, und wenn sie ihr Leben Revue passieren ließen, dann blieb erschreckend wenig, worauf sie mit Freude zurückblicken konnten.

„Jetzt wird's aber echt Zeit, dass wir ins Hotel zurückkehren. Sonst stellen uns unsere Frauen auch noch einen Baum auf." Wickerl war der leidvollen Debatte müde und sehnte sich nach traumlosen Schlaf, den er angesichts der Ladung Alkohol, die sie getankt hatten, sicher haben würde. Turl wäre gerne noch ein wenig sitzen geblieben, einfach nur, um auf das Meer zu schauen, doch angesichts des tiefschwarzen Nachthimmels war auch dieses Unterfangen kaum mehr zu bewerkstelligen. Sie bezahlten also ihre Konsumation und gingen dann mit unsicheren Schritten zum Hauptplatz zurück, wo sie endlich in ihre Zimmer fanden.

Jänner 1995

Bis zu seinem 75er hatte er sich eigentlich ziemlich gut gehalten. Trotz der schrecklichen Jahre im KZ war seine Gesundheit lange Zeit vorbildlich gewesen. Bei seinem letzten Jugoslawien-Urlaub vor dem dortigen Krieg war er noch eifrig in den Wellen geschwommen und hatte sich auch sonst rundum wohl gefühlt.

Dann aber war das Jahr 1991 gekommen. Klara weigerte sich, noch einmal in den Süden zu fahren, nachdem dort Kämpfe ausgebrochen waren, die nur notdürftig wieder unter Kontrolle gebracht worden waren. „Ich will mich erholen und nicht Kugeln ausweichen müssen", erklärte sie apodiktisch. Wickerl gab nach, er hatte in der Tat andere Sorgen. Überall zwickte und zwackte es in seinem Körper, doch wollte er partout nicht zum Arzt gehen. „Die sind alle nur Kurpfuscher. Du gehst mit einem Schnupfen hin und kommst auf dem Sterbebett wieder zurück." Also warf er Schmerztabletten ein und versuchte, die Wehwehchen so gut wie möglich zu ignorieren.

Dank Klara waren sie dann quasi last minute nach Venedig gefahren, doch Wickerl konnte nicht behaupten, sich dort sonderlich wohl gefühlt zu haben. Es waren ihm zu viele Leute, die Preise erschienen ihm auch zu hoch, und die überlaufenen Sehenswürdigkeiten berührten ihn gleichfalls nicht sonderlich. Vor allem aber vermisste er den Strand, und so nahm er Klara das Versprechen ab, im nächsten Jahr wieder nach Jugoslawien zu fahren, falls sich dort die Lage beruhigt hätte.

Doch 1992 beruhigte sich überhaupt nichts. Deutschland und Österreich anerkannten Slowenien und Kroatien als souveräne Staaten, Jugoslawien waren nur noch Serbien und Montenegro. Rund um Dubrovnik brachen heftige Kämpfe aus, bald gab es einen veritablen Bürgerkrieg, dem Wickerl fassungslos zusehen musste. Zu den physischen Schmerzen, die er mittlerweile praktisch permanent hatte, kam nun auch noch seelische Pein hinzu, da er mehr denn je das Gefühl hatte, die Geschichte wiederhole sich.

„Weißt", sagte er zu Klara, „mir ist schon klar, dass wir Sommer 1992 schreiben. Aber ich komm mir vor wie im Sommer 1939." Seine Frau versuchte, ihn zu begütigen. So schlimm werde es schon nicht kommen, wüssten doch alle Beteiligten, was auf dem Spiel stehe. „Das ist es ja", stöhnte Wickerl, „schau dir die Tschechoslowakei an. Die Tschechen und die Slowaken wollen sich auch trennen, genauso wie da unten in Jugoslawien. Wer sagt uns denn, dass das friedlich abgeht? Und jetzt, wo die Sowjetunion in ihre Bestandteile zerfallen ist, wer kann da wissen, ob es nicht auch dort jede Menge Kriege um Territorien, Städte, Einflusszonen geben wird. Vor allem dort, wo das Land reich an Rohstoffen ist."

„Ja. Sicher. So etwas kann passieren. Aber nicht hier. Nicht in Europa. Schau, die EG, die setzt auf die Vereinigung unseres Kontinents, und wir werden da auch bald dabei sein. Die EG, das ist ein Friedensprojekt, wirst sehen." Wickerl wünschte sich noch Klaras Wort in Gottes Ohr, dann legte er sich wieder nieder, da seine Schmerzen ein weiteres Mal überhandnahmen. Klara beneidete Grete, deren Turl immer noch eine Konstitution wie ein Büffel hatte.

Doch mit Turl ging es auch bergab. Anfang 1993 fiel er eine Treppe abwärts und brach sich nicht nur den Oberschenkelhals, sondern auch ein paar Rippen, und danach war er nicht mehr derselbe. Klara und Grete kamen zu dem Schluss, sie mussten den Freunden eine Freude machen, und so fuhren sie sie regelmäßig in die Schwarzenbergallee, wo sie sich auf einer Bank niederlassen und ihren Gedanken nachhängen konnten.

„Glaubst, wird das was mit diesem Europa?", wollte Wickerl bei einer solchen Gelegenheit von Turl wissen. „Kann sein, kann aber auch nicht sein. Vor allem aber kann's uns wurscht sein. Weil bis Österreich da dabei is, sind wir zwei schon längst unter der Erd." Wickerl sah das anders. „Das könnt viel schneller gehen, als du glaubst. Die Ricky sagt, es könnten schon nächstes Jahr die Beitrittsverhandlungen abgeschlossen sein. Dann gebert's halt eine Volksabstimmung, und wenn die positiv ausfällt, dann sind wir zu unserem 80er Europäer."

„Ah scho wos", maulte Turl. „Erinner dich, was die im Laufe unseres Lebens alles für Organisationen erfunden haben. Den Völkerbund, die Entente, die kleine Entente und, und, und. Alles ist den Bach runtergegangen, und der EG wird's nicht anders ergehen."

„Ich versteh deinen Zweckpessimismus. Aber wenn das schiefgeht, dann haben wir den Dritten Weltkrieg. Und danach hamma nix mehr." Turl sah Wickerl von der Seite an. „Übertreib einmal nicht. Weltkriege wird es keine mehr geben. Dafür viele, viele kleine Kriege. Genauso schmutzig wie der Zweite, von genau solchen Fanatikern ausgefochten. Und merk dir meine Worte: Die Amis hören erst mit dem Kriegführen auf, wenn sie die ganze Welt beherrschen." Wickerl verbarg seine Überraschung nicht. „Oho. Das ausgerechnet aus deinem Mund? Du warst ja fast noch antikommunistischer als dein Chef damals. Und jetzt so etwas? Ich bin erstaunt."

„Ich kann die Russen immer noch nicht leiden. Aber die sind jetzt einmal eine Weile mit sich selbst beschäftigt. Daher muss man sich vor den Amis mehr fürchten. Die werden jetzt nämlich versuchen, alle Länder, die bisher unter dem kommunistischen Radar waren, in ihre eigene Einflusszone zu bekommen. Und da kann es heftig krachen, sage ich einmal."

„Na ja, aber genau dagegen kann die Union doch ein wichtiges Bollwerk sein", schlug Wickerl vor. „Ich weiß nicht, mir gfallt das ned. Ich glaub, ich will lieber als Österreicher sterben, und ned als Europäer." Wickerl verzichtete darauf, Turl auf seinen Widerspruch hinzuweisen, und erklärte nur einschränkend. „Vom Sterben reden wir einmal prinzipiell gar nicht. Wir werden 100, dass das einmal klar ist." Dabei stupste er den Freund in der Seite an. „Ned, wenn wir da sitzen bleiben", prognostizierte Turl angesichts der ersten Regenwolken am Himmel.

Klara und Grete bedauerten, dass ihre beiden Wohnungen doch recht weit voneinander entfernt waren, denn sie hätten es ihren Männern gewünscht, mehr Zeit zusammen verbringen zu können. So aber mussten sie sich im Winter nach einer Alternative umsehen, die sie schließlich abwechselnd im *Café Hummel* bzw. im *Café Defizit* fanden, sodass quasi immer einer der älteren Herren ein Heimspiel hatte.

Immer öfter verloren sie sich dabei in Betrachtungen der eigenen Vergangenheit. Auch wenn es beiden, jedem auf seine Art, gelungen war, sie für eine gute Weile ihres Lebens auszublenden, so stellte sich im Alter heraus, dass sie ihnen all die Jahre stets auf den Fersen geblieben war. Und so erinnerten sie sich bald besser an ihre Jugend als an die

Schlagzeilen der jeweils letzten Woche. Und das war auch kein Wunder. Die eigene Kindheit und Jugend, sie wird einem wie eine zähe, breiige Masse über den Kopf gestülpt und rinnt dann das gesamte restliche Leben an einem herunter. Den Geruch der Herkunft, den wird man nicht los, und wenn man sich hundertmal zu tarnen versucht. Und je weiter die Ereignisse zurückliegen, desto prägender sind sie für das Kommende.

Lange Zeit hatten Wickerl und Turl versucht, gewisse Aspekte der Vergangenheit voreinander unausgesprochen zu lassen. Doch da sie sich nun ihrem 80er näherten, da mussten auch die letzten Fragen irgendwie geklärt werden.

„Was sagst du? Waren wir damals wirklich Trotteln?“ Turl dachte lange über Wickerls Frage nach, ehe er antwortete. „Wir waren halt Idealisten. Wir wollten beide nicht hinnehmen, dass die Errungenschaften von 1918 Stück für Stück demontiert werden. Dazu kann ich heute noch stehen. Allerdings war's rückblickend naiv, zu glauben, man kann gegen die Herrschenden was ausrichten. Und zwar“, dabei richtete er sich ein wenig auf, „egal, was für ein System da herrscht. Monarchie, Diktatur, Demokratie. Gegen die Macht kommst du nicht an. Der Unterschied ist nur, ob du in den Häfn gehst oder ob sie dich halt reden lassen und zum Spinner erklären.“

Wickerl hätte an dieser Stelle gern Widerspruch eingelegt. Doch das gelang ihm nicht. Ihm fielen die Versatzstücke seines eigenen Lebens wieder ein. Das Martyrium im KZ hatte er eigentlich nur überlebt, weil er geglaubt hatte, die Menschheit werde aus diesem Wahnsinn klüger werden und es besser machen. Doch dann waren hüben wie drüben dieselben Leute wieder am Ruder, und ehrliche, aufrichtige Antifaschisten wurden diffamiert, an den Rand gedrängt und sogar in den Selbstmord getrieben. So gesehen waren Menschen wie er zweimal Opfer geworden, einmal durch die Nazis und ein zweites Mal durch jene sogenannten Demokraten, die sich nach 1945 friedlich mit den Nazis die Macht teilten.

An dieser Stelle fiel ihm ein, dass es bei Turl sogar umgekehrt gewesen war. Der war nur in der Demokratie im Gefängnis gewesen. „Wieso bist du eigentlich 38 dageblieben?"

Für Turl kam die Frage überraschend. Er brauchte eine Weile, um eine Antwort zu finden. „Für dich, Wickerl, war das alles leicht. Du hast in Spanien die Zukunft gesehen und hast dich dorthin durchgeschlagen. Ich aber war durch und durch Wiener. Ich wär dort eingegangen wie eine Rose in der Sahara. Und eigentlich hat's am Anfang so ausgschaut, als könnt ma das auch irgendwie überstehen."

„Was? Die Nazis?"

„Ja. Wenn s' dich nicht gleich kassiert haben, also im März damals, dann haben s' dich irgendwie in Ruh glassen. Gut, du hast keine freien Zeitungen ghabt, hast eine Einheitsliste wählen und scharf aufpassen müssen, dass d' nicht an der falschen Stelle das Falsche sagst. Aber dafür hat's Arbeit geben, die gut bezahlt worden ist, ich hab eine schöne Wohnung kriegt, und ich bin mit denen zum ersten Mal in meinem Leben auf Urlaub gfahren."

Wickerl hustete. „Dir ist schon klar, dass d' dich jetzt anhörst wie ein Altnazi."

„Ich bin ned stolz drauf. Aber nach all dem, was wir die Jahre davor durchgmacht haben, war's direkt eine Erholung. Weißt, endlich einmal zu Fuß von a nach b gehen, ohne dass d' dauernd über die Schulter schauen musst, ob dich gleich wer arretiert. Das war einmal was Neues."

„Aber dir muss doch klar gewesen sein, was da alles links und rechts von dir passiert ist. Die zahllosen Verhaftungen, die Enteignungen, die Vertreibungen und das alles. Das hast doch nicht einfach schlucken können."

Turl zuckte mit den Achseln. „Weißt eh, ich war eben nicht du. Ich hab' mir denkt, es ist schon recht, wenn ich auch einmal ein bisserl eine schöne Zeit hab. Und weißt, das ist auch alles so schnell gangen. Da war der Sommer, wir bei der KdF dabei, dann war der Betrieb, die Weihnachtsfeier vom Winterhilfswerk, die Theateraufführung vom Reichsarbeitsdienst, die Spendenmatinee für die Auslandsdeutschen, na, und auf einmal war wieder Sommer. Wir wieder KdF, wieder Ostsee, herrlich, sag ich dir. Na, und ich war kaum zurück vom Urlaub, hab ich schon die Einberufung ghabt. Und den Rest kennst ja."

Wickerl schnaubte. „Jetzt weiß ich nicht. Soll ich sauer auf dich sein, weil du so blöd warst damals, oder beeindruckt, weil du jetzt so ehrlich warst."

Turl sah resigniert zu Boden. „Es is, wie's is. Daran kannst nix mehr ändern, und wenn du's noch so sehr willst. Alles, was du machen kannst, ist dir irgendwann die Wahrheit einzugestehen und auf diese Weise Frieden mit deinem Leben zu machen. Alles andere ist nur ein sinnloser Selbstbetrug."

Wickerl hätte Turl gerne widersprochen. Doch selbst, wenn sie viel, viel jünger gewesen wären, so hätten sie am Vergangenen doch nichts mehr ändern können. Beide hatten, jeder auf seine Weise, versucht, dem Leben das Bestmögliche abzuringen. Und beide waren sie dabei mehr oder weniger gescheitert. Als Frage blieb somit nur, ob sie bereuen mussten, was und wie sie es getan hatten. Und da brauchte sich Wickerl nichts vorzuwerfen. Er hatte Widerstand geleistet, solange seine Kraft ausgereicht hatte. Dass er dann sein kleines Glück genossen und den Stab quasi an seine Tochter weitergegeben hatte, war verständlich. Und er war sich sicher, dass auch Turl ehrlich glauben durfte, aus seiner Sicht das Richtige getan zu haben. Der einzelne Mensch, er handelt wahrscheinlich instinktiv immer richtig, sagte sich Wickerl, es ist die Gesellschaft, die den Menschen dazu bringt, das Falsche zu tun. Weil die Gesellschaft eben an sich falsch war. Und das würde sich so schnell auch nicht ändern. Wickerl seufzte, dann sah er Turl an: „Spät is worden. Jetzt suchen wir erst unsere Hüte und dann das Weite."

Doch ohne, dass es die beiden bemerkt hätten, saß immer öfter ein dritter Gast bei ihren Treffen dabei. Vorerst beschränkte er sich darauf, zuzuhören. Er hatte es nicht eilig, selbst in Aktion zu treten, wenngleich er ab und an auf sein Stundenglas sah, wo der Sand unerbittlich nach unten rann.

Tatsächlich sprachen Turl und Wickerl weitaus öfter über ihre Leiden als über Politik. Der eine litt unter unaussprechlichen Gliederschmerzen, der andere spürte angesichts des winterlichen Frosts jeden seiner Knochenbrüche. Und der grausame Gast rückte wieder ein Stückchen näher zu ihnen. „Irgendwie ist es schwer, sich dem Tag zu stellen", keuchte Wickerl wenige Tage vor der geplanten Volksabstimmung über Österreichs EU-Beitritt, „wenn man bei Nacht vor Schmerzen nicht schlafen und sich bei Tag auch kaum rühren kann." Turl wusste nur zu gut, wovon der Freund sprach. Ihn selbst zwickte der Bauch, zudem bekam er, zumal an kalten Tagen, kaum Luft. Es war erschütternd, wie deutlich erkennbar die Kräfte schwanden. Manchmal dachte er darüber nach, sich selbst das Leben zu nehmen, ehe irgendeine schleichende Krankheit ihn lange leiden ließ.

Ihrer beider Überraschung war groß, als sie das Ergebnis der Volksabstimmung hörten. Mit so einem eindeutigen Votum hatten nicht einmal die Europa-Befürworter gerechnet. Schon ein halbes Jahr später würde Österreich also Teil der „Europäischen Union" sein. „Siehst", sagte Wickerl daher, „auf d' Welt kommen simma als Bürger der Donaumonarchie, dann waren wir, technisch gsehen, Deutsche, dann Österreicher, und jetzt werden wir doch noch Europäer." Turl starrte vor sich hin. „Ich hab dir schon vor Jahren gsagt, ich will eigentlich gar kein Europäer sein. Aber wer weiß, ob ich's überhaupt werde." Wickerl sah den Freund sofort besorgt an, dieser nickte matt. „Ja, so ein deppertes Geschwür haben s' gfunden." Er seufzte. „Weit hammas bracht, was? Aber nutzt ja nix. Man muss weitermachen, darf sich nicht bedauern. Selbstmitleid besitzt keine Heilkraft. Und was gschehen muss, das wird auch gschehen. So oder so."

Wickerl ergriff die Hand des Freundes. „Hörst, hör auf so zu reden. Du machst mir Angst." Turl winkte ab. „Acht Jahrzehnte, das war eigentlich eh lang genug. Obwohl", schränkte er dann ein, „den 80er, den tät ich schon noch gern derpacken." Wickerl versprach ihm sofort, eine ganz große Feier auszurichten, wenn er bis dahin nur brav durchhalte. Der unsichtbare dritte Gast hatte so seine Zweifel, der Sand war beinahe vollständig durch die enge Öffnung gerieselt.

Doch das Schicksal meinte es gut mit Turl. Auch wenn er praktisch jeden Tag darüber klagte, dass sein Befinden miserabel sei, so überstand er doch den Advent, dann Weihnachten und schließlich sogar Silvester. Wenig später kamen alle Bielohlaweks und Strechas beim *Finken* zusammen, um den 80er von Wickerl und Turl zu feiern. Als schäumte alle Jugendkraft noch einmal in Turl auf, war er an jenem Abend in allerbester Stimmung. Er prostete allen zu, hatte für jeden ein gutes Wort und für alle den einen oder anderen Witz, und die gesamte Schar der Gratulanten war sich dahingehend einig, dass es schon lange kein so schönes Fest mehr gegeben hatte wie dieses. Turl war immer noch blendender Laune, als er einen Gast erblickte, den außer ihm niemand zu sehen schien. Turl fand ihn ein wenig seltsam, mit seiner befremdlichen Gewandung, seiner tief ins Gesicht gezogenen Kapuze und der lächerlichen Sanduhr in der Hand, doch an einem solchen Feiertag, da wollte er niemanden ob seiner Erscheinung schelten. Im Gegenteil. Turl widmete sich dem Fremden besonders hingebungsvoll und begleitete diesen auf seine Bitte hin nach nebenan, sichtlich interessiert daran, was ihm der Gast dort offenbaren wolle.

Es war Grete, der Turls Fehlen als Erste auffiel. „Wo ist denn der Turl?“, fragte sie Wickerl. Der war ahnungslos. „Kurz nach Mitternacht habe ich ihn noch gsehen. Weil da hamma noch geblödelt und gsagt, jetzt sind wir im 81. Lebensjahr.“ Klara meldete sich zu Wort: „Der ist vor einiger Zeit aufs Klo gangen.“

„Vor einiger Zeit schon?“ Grete wurde unruhig. Sie nahm Wickerl am Arm: „Kannst du bitte einmal nachschauen?“ Wickerl nickte nur und ging dann in den Sanitärbereich.

Turl saß angezogen auf einer Klomuschel, starrte in Richtung der Kabinentür und wirkte dabei seelenruhig und friedlich. Eigentlich, so fand Wickerl, hatte er den Freund selten so entspannt und zufrieden gesehen wie in diesem Augenblick, da er ihn für immer verlassen hatte. Wickerl verspürte das dringende Bedürfnis, ihm augenblicklich zu folgen, doch plötzlich kam aus der zweiten Kabine eine seltsame Erscheinung, die eine Sanduhr in Händen trug. Sie glitt leise, beinahe unmerklich, an Wickerl vorbei, schüttelte dabei den Kopf und war verschwunden, ehe ihr Wickerl noch richtig nachsehen konnte. Endlich gelang es ihm, sich wieder in Bewegung zu setzen. Er fand draußen Ricky, der er mit dürren Worten berichtete, was eben geschehen war, um sie anschließend zu bitten, alles Weitere zu veranlassen, denn das gehe entschieden über seine Kräfte. Dann sank er langsam auf einen Sessel und gleich danach in eine tiefe Ohnmacht.

Mai 1995

Rund drei Monate nach Turls Tod traf Wickerl ein Verlust, der womöglich noch schwerer wog als das Hinscheiden des Freundes. Er saß mit Klara im Wohnzimmer und wartete darauf, dass Ricky mit ihrer Maggie zum Abendessen kommen würde, so wie sie es angekündigt hatte. Seit einigen Tagen war er ein wenig in Sorge um sie, da ihre oberste Chefin, die Ministerin Johanna Dohnal, gemeinsam mit einigen anderen SP-Granden wie Ferdinand Lacina oder Franz Löschnak aus der Regierung ausgeschieden war, und es erschien ihm fraglich, ob Ricky bei der neuen Ministerin gut ankommen würde. Natürlich würde er diese Gedanken vor seiner Tochter verschließen, aber ihm war nicht wohl bei der ganzen Sache.

Als die beiden eintrafen, hatten sie, wie er fand, ein merkwürdiges Strahlen in ihren Gesichtern. Unwillkürlich ging er, während Klara die Suppe auftrug, alle Optionen durch, die ihm einfielen. Hatten sie sich doch zu einem Kind entschieden? War eine der beiden vielleicht sogar mittels einer dieser neumodischen Methoden schwanger geworden? Er brannte auf Antworten, wagte aber gleichwohl nicht, die dazu erforderlichen Fragen zu stellen.

Während der Suppe regierte der Small Talk. Man unterhielt sich über das Wetter, erwähnte, dass Grete sich unter den gegebenen Umständen großartig hielt, und vergaß dabei nicht, die Suppe wortreich zu loben. Klara fühlte sich geschmeichelt und holte dann den Stefaniebraten aus der Küche.

Wickerl nutzte die Gelegenheit, um Ricky nach den jüngsten politischen Entwicklungen auszufragen. Die verhehlte nicht, von diesen überrascht worden zu sein. „Ich mein, jetzt sind wir gerade einmal in Europa angekommen, da wäre es meines Erachtens nach kein Fehler gewesen, noch eine Weile mit dem erfahrenen Personal weiterzumachen. Zumal wir ja erst vor kurzem gewählt haben." Wickerl hätte gerne nachgesetzt, doch Klaras Rückkehr stoppte fürs Erste den politischen Diskurs.

Und Klara nützte auch gleich die entstandene Stille, um sich bei der Tochter und deren Freundin danach zu erkundigen, ob sie schon Urlaubspläne gewälzt hätten. „Geht's wieder nach Griechenland", fragte sie, „so wie letztes Jahr? Ich mein, unterm Papandreou liegt das ja fast auf der Hand." Dann sah sie Wickerl an. „Ich mein, der Mitsotakis, der war ja eine echte Zumutung, ich bin froh, dass der Andreas wieder am Ruder ist." Ihr Blick wechselte zu Maggie: „Habe ich nicht Recht?" Maggie beschränkte sich auf ein Nicken und stocherte sofort wieder im Faschierten herum. „Also", hielt Klara das Thema am Köcheln, „was wird's heuer? Euböa? Oder irgendeine andere Insel? Kreta?"

„Das wissen wir noch nicht, Mama. Vor allem, weil wir nicht wissen, ob wir heuer überhaupt auf Urlaub fahren." Wickerl ließ die Gabel auf den Teller fallen. Er hatte es ja geahnt. Irgendwas war da im Busch. „Ist eine von euch schwanger?" Er griff sich instinktiv auf den Mund, nachdem er begriffen hatte, dass dieser Satz tatsächlich ausgesprochen worden war. Ricky und Maggie sahen ihn völlig überrumpelt an, dann lachten sie synchron los. „Was du wieder denkst, Papa!"

Als sie sich wieder gefangen hatten, wurde Ricky ernst. „Aber ich fürchte, ich habe eine Nachricht für euch, die euch nicht unbedingt gefallen wird." Sie zögerte ein wenig, was Maggie zum Anlass nahm, ihr demonstrativ die Hand zu halten. „Wie ihr ja wisst, wurde Johanna vor drei Wochen pensioniert, und so sehe ich für mich im Ministerium eigentlich keine Perspektive mehr. Und Maggie", dabei schickte sie der Freundin einen verliebten Blick, „will ohnehin schon länger einen Ortswechsel, weil sie meint, zehn Jahre sind genug. Und daher", sie holte tief Luft, „habe ich mich vor zwei Wochen in Brüssel beworben, wo ja Österreich eine ganze Menge Stellen zugewiesen bekommt. Mein Lebenslauf hat sie offenbar beeindruckt, und so hatte ich gestern ein Vorstellungsgespräch bei der frauenpolitischen Abteilung der Kommission. Und die haben mir danach informell gesagt, dass ich den Job bekomme." Wieder atmete sie langsam aus und ein. „Wenn die Formalien erledigt sind, dann fange ich im Sommer in Brüssel an."

Klara sah entsetzt zu Wickerl. Der brachte endlich ein „Und Maggie?" heraus. Die Griechin strahlte. „Das ist ja das Witzige daran, die brauchen dort eine Übersetzerin für Griechisch. Ich komme mit Ricky mit und habe dort also auch einen Job. Besser geht's gar nicht."

„Ja, stellt euch vor, für EU-Beamte gibt's sogar eine eigene Wohnung. Wir brauchen uns um nichts zu kümmern." Rickys Eltern waren immer noch sprachlos.

„Aber Brüssel ist doch unendlich weit weg", fasste sich Klara endlich ein wenig. „Na ja, Mama, heutzutage geht das mit dem Flieger ruckzuck. Wir sind sicher oft da. Du wirst mich also sicher nicht seltener sehen als jetzt." Dabei lächelte sie liebevoll. „Wirst sehen, Mama, mich wirst nicht los."

Als Klara mit dem Nachtisch kam, war es Wickerl, als hätte sie in der Küche geweint. Doch er vermied es, sie danach zu fragen. Stattdessen griff er unter dem Tisch nach ihrer Hand und drückte sie. Was Ricky alles über die belgische Hauptstadt zu erzählen wusste, perlte ebenso an ihm ab wie ihre Mutmaßungen über den neuen Job. All das erlebte er wie durch einen Schleier, auf dem in Balkenlettern „Meine Tochter verlässt mich“ geschrieben stand.

Es würde also noch einsamer um ihn werden. Außer Klara blieb ihm nichts. Sicher, er hatte gehört, dass Georg, sein Freund aus der Schulzeit, angeblich wieder in Wien war. Er hatte, wie man ihm sagte, zuletzt sogar einige Bücher verfasst, doch nach beinahe 60 Jahren, in denen man keinen Kontakt gehabt hatte, mochte es ein wenig aufdringlich sein, auf einmal den Kontakt zu ihm zu suchen. Dabei war Georg die letzte Verbindung zu einer Zeit, die ihm praktisch schon vollkommen entschwunden war. Er erinnerte sich, wie er mit Turl vor nunmehr fünf Jahren überlegt hatte, zu Sepps Begräbnis zu gehen. Der hatte sich nach dem Krieg mit Haut und Haaren der SPÖ verschrieben, was ihm aber auch nichts eingebracht hatte, außer dass er bei den Jusos als eine Art Ikone galt. Wenigstens war er Anfang 1990 in dem Glauben gestorben, nach dem Fall des Kommunismus werde die Sozialdemokratie unbegrenzt und allüberall herrschen. Dass er sich dramatisch geirrt hatte, das musste er nicht mehr erleben.

Auch musste Wickerl in dieser Stunde, da Ricky vom neuen Europa schwärmte, wieder einmal an Jugoslawien denken. Seit über drei Jahren gingen sie sich dort an die Gurgel, und ein Ende der Kämpfe schien nicht in Sicht. Mitten in diesem neuen Europa geschah eine Tragödie ungeahnten Ausmaßes, und niemand fühlte sich dazu berufen, etwas dagegen zu unternehmen. Doch auch in den anderen Ländern, die ehemals kommunistisch gewesen waren, sah es nicht gerade rosig aus. Überall war die Wirtschaft zusammengebrochen, waren die Menschen ins Elend gekommen. Wickerl wusste von ehemaligen Universitätslehrern oder Fabriksleitern, die trotz zerrütteter Gesundheit am frühen Morgen auf einem Markt standen, um dort mit ihrem selbst gezogenen Gemüse wenigstens ein paar Münzen zu verdienen, mit denen sie sich die unerschwinglichen Grundbedürfnisse wie Wohnen, Essen und Bekleiden leisten zu können erhofften. Von den Segnungen des Westens träumten sie nicht einmal, die waren nur etwas für Oligarchen und jene wenige, die durch kriminelle Machenschaften zur demokratischen Elite ihres jeweiligen Landes geworden waren.

Natürlich sagte er von diesen seinen Gedanken Ricky kein Wort. Es war ihr so überdeutlich anzusehen, wie sehr sie sich auf diesen neuen Abschnitt ihres Lebens freute, dass es schlicht gemein gewesen wäre, ihr diese Begeisterung mit bitteren Kommentaren auszutreiben. Für sich selbst aber nahm er sich vor, ehrlich genug zu bleiben, um diese massive Verelendung breitester Massen niemals zu ignorieren. Denn genau diese war schon einmal der Grund für Krieg und Verderben gewesen.

Vielleicht, so spann er seine Überlegungen weiter, sollte er seine Erinnerungen zu Papier bringen. Im Dokumentationsarchiv des österreichischen Widerstandes, so hatte man ihm hinterbracht, sammelten sie solche Aufzeichnungen. Und sie suchten dort auch immer wieder Personen, die diese gnadenlosen Jahre persönlich erlebt hatten. Zeitzeugen also. Die wurden in Schulen geschickt, und zu anderen Plätzen, wo sich Jugendliche trafen. Vielleicht konnte er ja so etwas von seinen Erfahrungen weitergeben und die neue

Generation dahingehend sensibilisieren, dass sie nicht dieselben Fehler machte, die einst seine eigene Generation begangen hatte.

„Freust du dich für mich, Papa?“ Ricky war offenbar zu dem Schluss gekommen, dass Wickerl ihre Euphorie nicht teilte. Er zwang sich zu einem Lächeln. „Natürlich freue ich mich für euch. Es ist halt nur so, ich vermisse dich jetzt schon, obwohl du immer noch da bist.“ Und Ricky antwortete ihm auf dieselbe Weise, auf die sie schon Klara beruhigt hatte.

In den folgenden Wochen bemühte sich Wickerl tatsächlich, das eine oder andere Erlebnis aus seiner Vergangenheit zu Papier zu bringen. Doch immer, wenn er zu den entscheidenden Passagen des jeweiligen Ereignisses kam, da spürte er körperliche Schmerzen, die ihn daran hinderten, auch nur ein einziges weiteres Wort aufzuschreiben. Also ließ er es schließlich bleiben und nahm sich stattdessen vor, all jene Werke in seiner Bibliothek zu lesen, zu denen er bis dahin aus welchen Gründen auch immer nicht gekommen war. Und dann, so sagte er sich, würde er jene Bücher wieder lesen, deren Lektüre schon eine Ewigkeit zurücklag. Auf diese Weise, so war er sich sicher, würde er die Zeit auch gut zubringen. Jene Zeit, die ihm noch blieb. Und die war, so war er überzeugt, ohnehin knapp bemessen.

Silvester 1999

Ein Jahrhundert neigte sich unwiderruflich seinem Ende zu. Als Wickerl sich schwerfällig aus dem Bett kämpfte, da fehlten nur noch 16 Stunden bis zum Jahr 2000. Grund genug, um wieder einmal über die Vergangenheit nachzugrübeln. Was war das für ein Jahrhundert gewesen? Er war sich durchaus bewusst, dass wohl jede Generation für sich in Anspruch nahm, ganz besondere Zeiten durchlebt zu haben, aber zwei Weltkriege, Atombomben, Aufstieg und Fall ganzer Systeme, das war wohl in der Geschichte in einer derartigen Häufigkeit nicht oft vorgekommen. Und betrachtete man die Hinterlassenschaft des 20. Jahrhunderts, dann konnte das 21. eigentlich nur besser werden. Aber andererseits sagte der Wiener Volksmund nicht umsonst, es kommt nichts Besseres nach.

Am meisten freilich überraschte Wickerl, dass er dieses 21. Jahrhundert tatsächlich erleben würde. Seine Konstitution war stets eher schwach gewesen, kein Vergleich jedenfalls mit Turl, der die meiste Zeit die Kraft eines Büffels besessen hatte, und doch war es nun er, der einen Blick in das neue Centenarium werfen würde.

Er hatte sich jedenfalls sehr gefreut, dass Klara eine große Silvesterfeier organisiert hatte, die noch einmal alle verfügbaren Bielohlaweks und Strechas zusammenbringen sollte. Ricky und Maggie kamen ohnehin, die waren schon seit Weihnachten auf Urlaub in Wien, Grete war froh, diesen Abend nicht alleine verbringen zu müssen, und sogar Lina, die mit ihren 29 das absolute Küken in der Runde war, hatte sich angesagt. Ob Georg kommen würde, war freilich fraglich, denn nicht einmal Grete wusste, wo er sich zurzeit wieder herumtrieb. Und Wickerl ertappte sich dabei, wie er über Mary und vor allem Caroline nachdachte. Ob die beiden noch in Israel waren?

Für Wickerl bestand nicht der geringste Zweifel, dass er Klara ehrlich und aufrichtig liebte, und das seit nunmehr über 50 Jahren, aber er konnte nicht umhin, an die Zeit mit Caroline zurückzudenken. Immer, wenn er Lina sah, fiel ihm naturgemäß auch deren Mutter Mary ein, und damit verbunden die ewig gleiche Frage, wer denn nun Marys Vater war.

Nicht, dass es nicht mehrere Versuche von ihm und Turl gegeben hätte, von Caroline eine diesbezügliche Aussage zu bekommen, aber die hatte sich stets geweigert, irgendwelche Auskünfte zu geben. Neuerdings freilich gab es Möglichkeiten, eine allfällige Verwandtschaft auch so herauszufinden, doch war sich Wickerl nicht sicher, ob er es jetzt, am Ende seiner Tage, noch so genau wissen wollte. Vielleicht war es ja besser, wenn dieses Geheimnis ungelüftet blieb.

Die kleine Lina, sie war praktisch das letzte Glied aus der Ahnreihe der drei Familien, das in das neue Jahrtausend hineinreichte. Die Generation nach ihm, Mary, Ricky, Georg, sie waren allesamt zwischen knapp 50 und über 60, da waren keine Sensationen mehr zu erwarten. Wenn also jemand das Erbe der Glicksteins, der Strechas oder eben der Bielohlaweks weitertragen sollte, dann war es sie.

Ob sie irgendwann bessere Bedingungen vorfinden würde? Wie hatte Marx seinerzeit prognostiziert? Das Reich der Freiheit beginnt erst dort, wo das Arbeiten, das durch Not und äußere Zweckmäßigkeit bestimmt ist, aufhört. Davon freilich war man wenige Stunden vor dem Jahr 2000 weiter entfernt denn je. Wickerl erinnerte sich noch gut an die

Debatten, die vor 20 Jahren geführt worden waren, wo man über eine Wochenarbeitszeit von 35, 30 oder sogar noch weniger Stunden nachgedacht hatte. Dann aber war der Kommunismus kollabiert, und sofort wollten die Unternehmer wieder mehr Arbeitszeit bei natürlich weniger Lohn. Er beneidete die Jugend nicht, auch wenn die ihr Leben noch vor sich hatte. Es konnte nämlich sein, dass deren Leben auch nicht viel besser wurde als seines.

Klara hatte ihm ein schönes Frühstück zubereitet, dass er in aller Langsamkeit zu sich nahm. Für einen Moment vermisste er, da er schon in der Vergangenheit schwelgte, die „AZ“ zur Buttersemmel, die ihn Jahrzehnte begleitet und zwischendurch sogar Brotherr gewesen war. Aber die „AZ“ gab es genauso nicht mehr wie den Konsum und wie so viele andere liebgewordene Aspekte der Arbeiterbewegung. Vranitzky, Klima und Co. hatten ganze Arbeit dabei geleistet, das Erbe seiner Väter zu verschleudern.

Um die Mittagszeit machte Klara mit ihm einen kleinen Spaziergang zur Schwarzenberg-Allee, und er entwickelte dabei den Ehrgeiz, es bis zum kleinen Ententeich zu schaffen, an dem der Gedenkstein für Bezirksvorsteher Panek stand. Die ersten Meter ging es ganz gut, doch dann begannen seine Beine mehr und mehr zu zittern, sodass er sich auf halbem Wege niedersetzen musste. Klara breitete sofort die mitgebrachte Decke über ihn und regte an, von dort aus wieder zurückzukehren, doch Wickerl hatte es sich in den Kopf gesetzt, das selbst gewählte Ziel auch zu erreichen. Und so kämpfte er sich hoch und marschierte wackelig, aber beständig, in Richtung Teich. Klara hielt ein paar Meter Abstand und war erkennbar voller Sorge. Schließlich aber kam der Stein endlich in Sicht. Wickerl las noch einmal die Inschrift, dann ließ er sich zum zweiten Mal auf eine Bank fallen.

„Dass dir das ja klar ist, du schaust jetzt, dass du schnurstracks wieder nach Hause kommst. Ich will nicht, dass du das neue Jahrtausend mit einer Lungenentzündung anfängst." Der Tadel in Klaras Stimme war unüberhörbar. Tatsächlich wurde ihm jeder Meter zur Qual, und er hielt sich aus reinem Trotz aufrecht. Klara zückte das neue Mobiltelefon, das sie von Ricky zu Weihnachten bekommen hatte, und rief damit die Taxi-Zentrale an. Man versicherte ihr, der Wagen werde an der Straße bereitstehen. Dennoch stand es eine Weile Spitz auf Knopf, ob Wickerl tatsächlich bis zum Auto kommen würde. Kein Wunder also, dass er, kaum dass sie wieder in der eigenen Wohnung waren, sofort das Schlafzimmer aufsuchte, wo er dann eine gute Weile ruhte, um sich von den Anstrengungen zu erholen.

Gegen 17 Uhr wurde er durch dunkles Gemurmel munter. Neugierig geworden, begab er sich ins Wohnzimmer und stellte zu seiner Freude fest, dass Grete bereits gekommen war. Er setzte sich zu ihr und erkundigte sich nach ihrem Befinden. Klara brachte Kaffee und etwas Kuchen, und als alle Neuigkeiten ausgetauscht waren, schlug sie vor, sich die Zeit bis zum Abendessen mit Kartenspiel zu vertreiben, was sie denn auch taten. In alter Familientradition nannte Wickerl das Spiel Preferanzen, und sie spielten es um zehn Groschen den Stich. Eine gute Stunde später konnte er konstatieren, er hatte das alte Jahrhundert mit einem satten Gewinn von drei Schilling 40 Groschen begangen, und das war mehr, als man von all den Jahren zuvor behaupten konnte.

Das Spiel war deswegen zu einem abrupten Ende gekommen, weil Ricky und Maggie ein wenig früher als erwartet eingetroffen waren. Und die beiden hatten kaum am Tisch Platz genommen, als die Klingel ein weiteres Mal ertönte. Diesmal war es Lina, das halbe Dutzend Strechas und Bielohlaweks war damit vollzählig. Klaras Braten war wohlgeraten, doch daran hatte für Wickerl ohnehin nie ein Zweifel bestanden. Dennoch lobte er die Kochkünste seiner Frau ein weiteres Mal wortreich, wobei ihm von allen Anwesenden beigepflichtet wurde.

Dann freilich wurde der Silvesterabend irgendwie zäh. Eine Erfahrung, die für Wickerl keinesfalls neu war. Man wartet vielleicht eine Spur mehr als sonst auf etwas, das gleichwohl genauso unsichtbar bleibt wie alles andere. Und obwohl man weiß, dass sich genau gar nichts ändert, fiebert man dieser vermeintlichen Zeitenwende mit großer Erwartung entgegen. Ein Silvesterabend war somit so etwas wie das Leben an sich, eingedampft in ein Stundenglas.

Des Redens müde nahm er Zuflucht zum Fernseher, wo es erst eine alte „Kottan"-, dann aber die Silvesterfolge von „Ein echter Wiener geht nicht unter" gab, was die Zeit bis zum tatsächlichen Jahreswechsel auf eine halbe Stunde verkürzte. Danach noch der Klassiker namens „Dinner for One", und schon konnte Klara damit beginnen, die Sektgläser zu füllen. Auf dem Bildschirm erschien eine elektrische Anzeige, die von einer Minute abwärts zählte. Endlich war sie bei Null angekommen, und das Bild schnitt um auf die Pummerin, die gleichsam das neue Jahr einläutete, ehe es wie jedes Jahr den Donauwalzer geben würde.

Alle prosteten sich zu und wünschten sich das Beste. Wickerl ging die Runde ab und blieb dann bei Lina stehen. „Danke, dass du so nett bist und deine Zeit mit uns Dinosauriern verbringst. Du hättest sicher bessere Optionen gehabt am heutigen Abend." Lina nahm noch einen Schluck Sekt. „Eigentlich nein", sagte sie dann tonlos, „Die Zeiten, wo ich gar nicht wusste, wohin zuerst, die sind irgendwie auch vorbei."

„Muss ich mir Sorgen machen?" Lina lachte auf. „Aber geh. Nein, gar nicht. Ich bin halt nur nicht mehr so gern unter unendlich vielen Leuten. Vor allem, wenn man die Hälfte davon gar nicht wirklich kennt. Da bin ich viel lieber bei euch." Wickerl hob sein Glas und prostete ihr erneut zu: „So etwas hört man gerne. Und ich freu mich echt, dass du heute bei uns bist. Du bist ja auch unser Stolz, auch wenn wir nicht verwandt sind miteinander."

In diesem Moment polterte etwas krachend an die Wohnungstür. „Jessas, hat's mich erschrocken", echauffierte sich Klara. „Na und mich erst", assistierte Grete. Da Wickerl zu fragil wirkte, um Nachschau zu halten, übernahm Maggie diese Aufgabe. Vorsichtig linste sie durch den Türspion, wo sie jedoch nichts entdecken konnte. Daher öffnete sie ganz langsam die Tür, hielt einen Moment inne, schüttelte dann demonstrativ den Kopf und meinte: „Das gibt's ja nicht."

Tatsächlich lag etwas auf der Türschwelle. Etwas, das ganz eindeutig ein Mensch war. Ein Mensch, den sie alle kannten. Georg. Und er war sturzbetrunken. Von dunkler Ahnung getrieben war nun auch Grete zur Tür gekommen und schlug die Hände vor dem Gesicht zusammen. Dann schickte sie sich an, Lina, die naturgemäß gleichfalls neugierig geworden war, abzufangen, bevor sie ihren Vater so sah.

Klar, für Georg war das abgelaufene Jahrzehnt ein einziges Martyrium gewesen. Zuerst hatte ihn Malgorzata, die sein einziger Halt in diesem verkorksten Leben gewesen war, für immer verlassen. Dann war er monatelang im Entzug gewesen, um diesen ohne Job und ohne Perspektive wieder zu verlassen. Turl hatte sich richtig geschämt für seinen Sohn, der nicht einmal noch 40 war und dennoch älter aussah als sein eigener Vater. Einmal noch war es Turl gelungen, alte Verbindungen spielen zu lassen, sodass Georg als Friedhofsgärtner Arbeit gefunden hatte. Doch er brachte das Kunststück zuwege, auch dort wegen Unzuverlässigkeit entlassen zu werden. Turl übernahm es, ihm die Miete im Türkenritthof zu zahlen, damit er nicht auch noch wohnungslos wurde, doch die Abwärtsspirale schien nicht mehr aufhaltbar. Und als Turl schließlich das Zeitliche segnete, da dauerte es kein halbes Jahr, bis Georg auf der Straße stand.

Und nun lag er da. Sturzbetrunken. Ein Sinnbild, so befand Wickerl, für das dahingegangene Jahrhundert, das mit so viel Vorschusslorbeeren bedacht gewesen war, zu so vielen Hoffnungen berechtigt hatte und das dennoch weit mehr Enttäuschungen als lichte Momente geboten hatte. Lina schossen, kaum dass sie ihren Vater gesehen hatte, die Tränen in die Augen, und ohne dass sie jemand aufhalten konnte, rannte sie das Treppenhaus abwärts, um danach eine ganze Weile ziellos durch die Straßen zu irren, ehe sie sich zu Hause verschanzte und dabei verzweifelt versuchte, das Bild ihres besoffenen Erzeugers aus dem Kopf zu bekommen.

Grete hingegen versuchte erst gar nicht, ihre Tränen vor den anderen zu verbergen. Sie sank gramgebeugt auf den Stuhl im Vorzimmer, der sonst Wickerl dazu diente, sein Schuhwerk anzulegen, und heulte ungebremst los. Sofort war Klara bei ihr, um sie irgendwie zu trösten, während Wickerl Ricky und Maggie bat, den Unglückswurm irgendwie aufzurichten. Sie schafften es im zweiten oder dritten Versuch, und unter großen Mühen schleppten sie ihn ins Badezimmer, wo sie ihn, so wie er war, in die Duschtasse verfrachteten, ehe sie die Brause anstellten.

Dadurch kam ein wenig Leben in den Mann. Er fluchte und fuchtelte dabei mit den Händen, ganz so, als könnte er dadurch den Wasserstrahl abwehren. Dann aber wurden seine Bewegungen fahriger, ehe sie ganz endeten. Und Ricky fragte Wickerl, ob es nicht doch klüger sei, die Rettung zu verständigen. Er besah sich die Szene, nickte dann und griff zum Telefon.

Zwei Tage später kam Grete, immer noch ziemlich aufgelöst, zu ihnen, um ihnen mitzuteilen, dass Georg gerade noch einmal mit dem Leben davongekommen sei. „Den Magen haben s' ihm auspumpen müssen." Ein Wunder sei es gewesen, dass er das in seiner Verfassung noch überstanden hat, habe der Arzt gemeint, und dass er ganz kurz davor ist, wirklich zu sterben, weil sein Organismus einfach überhaupt keine Abwehrkräfte mehr besitze. „Ich weiß nicht, was ich noch tun kann. Man müsste ihn einsperren, damit er nicht mehr in der Lage ist, sich selbst zu schaden." Grete, die von allen immer als so stark eingeschätzt worden war, schien nun endgültig zusammenzubrechen. „Ich hoff nur, ich sterbe vor ihm. Weil noch einen geliebten Menschen zu verlieren, das schaffe ich nicht." Wickerl dachte lange über Gretes Problem nach, doch eine Lösung fiel auch ihm nicht ein.

Sommer 2003

Natürlich unternahm Grete ihr Möglichstes, um den Buben noch irgendwie aufzufangen, versuchte ihn dazu zu überreden, zu ihr zu ziehen, was er in einem Moment der Schwäche, wie er es später nannte, auch tat. Doch mit dem personifizierten schlechten Gewissen im Nebenzimmer kam er erst recht nicht zur Ruhe. Er streunte durch die Nacht, soff sich an, versuchte sich als Nuttenpreller, was nur daran scheiterte, dass ihn nicht einmal mehr die illegalen Prostituierten in der Felberstraße an sich ranließen, und wachte dann meistens irgendwo unter freiem Himmel auf, sich mehr über die Tatsache wundernd, immer noch am Leben zu sein, als über die Örtlichkeit, an der er jeweils zu sich kam.

Am meisten freilich überraschte ihn, dass Wickerl versuchte, ihm so etwas wie ein Vater zu sein. Er suchte ihn in der Gruft, wo er zuletzt untergekommen war, auf und riet ihm dringend dazu, sich noch einmal in Therapie zu begeben. Er, Wickerl, habe genug Geld, um das zu bezahlen. Georg müsse wissen, dass er immer noch Verantwortung trage. „Vielleicht nicht mehr für die Lina, die ist jetzt schon fast 30, dafür aber für deine Mutter, die es einfach nicht erträgt, dass du dich so gehen lässt. Also tu es für sie. Du bist noch nicht einmal 50, da ist es immer noch nicht zu spät, sein Leben neu zu ordnen. Tu was! Werde endlich du."

Und es war nicht so, dass Georg sich nicht bemüht hätte. Ein viertes Mal in seinem verunglückten Leben versuchte er, in einer psychosozialen Einrichtung wieder auf die Beine zu kommen. Außerhalb der eigentlichen Behandlung kümmerte er sich um den Anstaltsgarten, was ihm sichtlich guttat. Auch freute ihn, dass ihn nicht nur Grete, Klara und Wickerl besuchten, sondern sogar Lina einmal vorbeischaute, wenngleich dieses Treffen für beide ziemlich enttäuschend verlief. Die Therapeuten attestierten ihm, gute Fortschritte zu machen, doch dieses Urteil ängstigte ihn. Er wollte eigentlich gar nicht mehr in die Welt zurückkehren, verkündete in einer der Sitzungen sogar, er würde gerne ins Kloster gehen, um den Versuchungen der Gesellschaft draußen zu entgehen. Vorerst verständigte man sich darauf, seinem Wunsch zu entsprechen und ihn länger als eigentlich nötig in der Anstalt zu lassen.

So wurde aus dem Frühjahr Sommer, aus dem Sommer Herbst, aus diesem Winter und aus dem Winter wieder Frühjahr. Georg kümmerte sich um die Büsche und die Beete, und dass draußen seine Tochter gegen eine neue Regierung demonstrierte, entging ihm ebenso wie der Anschlag auf New York. Selbst, als ihm Wickerl davon erzählte, fing er wenig mit dieser Information an. „Was da draußen passiert, das interessiert mich eigentlich gar nicht mehr. Ich bin mir jetzt sicher, dass ich genau hierhergehöre. Da bin ich, wenn überhaupt irgendwo, zufrieden. Fühle mich sicher, ja, in manchen Sekunden sogar wohl. Ich weiß, jemand wie ich wird niemals glücklich sein, aber hier gibt es Momente, in denen ich einem solchen Zustand zumindest nahe bin. Und darum hoffe ich, dass sie mich dabehalten, auch wenn sie irgendwann zu dem Schluss kommen sollten, ich sei geheilt. Denn eines weiß ich: Ich werde nie geheilt sein, egal, was die Doktoren glauben.“

Die nächsten Monate gab es im Garten nichts zu tun, denn er war von Schnee bedeckt. Doch dann taute die Erde wieder auf, das Grün durchbrach das Weiß, und Georg freute sich darauf, der Natur bei ihrer Entwicklung behilflich sein zu können. Er war eben im Begriff, eines der Beete umzugraben, um neue Saat dort einzusetzen, als er zum Klinikvorstand gerufen wurde.

„Herr Strecha, Sie haben es vielleicht schon gehört."

„Was gehört?"

„Herr Bielohlawek ist gestorben. Es ist ganz schnell gegangen. Einfach am Abend eingeschlafen und am Morgen nicht mehr aufgewacht. Nun ja, so etwas kann passieren mit 87." Und da Georg nur starr ins Leere blickte, fuhr der Arzt, die unangenehme Stille durchbrechen wollend, fort. „Ihre Tochter hat uns informiert. Wir hatten ein recht ausführliches Gespräch. Er war ein faszinierender Mann, der Herr Bielohlawek. Beeindruckend. Wie Ihre Tochter übrigens auch. Wir haben uns lange unterhalten. Dabei hat sie mich darauf hingewiesen, dass der Herr Bielohlawek auf den Tag genau so alt wurde wie sein Vater. Interessantes Detail, finden Sie nicht, Herr Strecha?"

Georg fuhr hoch. „Was? Wie? Was reden Sie da? Ich versteh Sie nicht. Warum … erzählen Sie mir das? Wollen Sie mich quälen?" Georg verspürte erstmals seit einer Ewigkeit wieder dieses Zittern, diesen Tremor. „Ich brauch einen Schnaps", keuchte er.

„Ich verstehe Sie gut, Herr Strecha. Aber tun Sie jetzt nichts Unüberlegtes. Wenn es Ihnen hilft, dann kann ich Ihnen ein Beruhigungsmittel geben. Das wäre vernünftiger, als wieder zur Flasche zu greifen, so schmerzlich der Verlust zweifelsfrei auch ist." Georg legte einfach nur alle Verachtung, zu der er fähig war, in den Blick, den er dem Arzt schickte, dann stand er auf und ging wieder zu seinen Beeten.

Sie ließen ihn gewähren. Vorerst. Nach einigen Tagen suchten sie ihn auf und teilten ihm mit, es sei der Tag von Wickerls Begräbnis. Ob er dem Mann nicht die letzte Ehre erweisen wolle. Er wollte nicht. Wieder ein paar Tage später kam der Klinikleiter zu ihm in den Garten und fragte ihn geradeheraus, ob er nicht meine, seine Mutter habe es verdient, dass er sich um sie kümmere. Immerhin habe sie immer sehr viel für ihn getan und sei jetzt ganz alleine. Er hielt inne und schenkte dem Mediziner immerhin eine fragende Miene.

„Sie haben das natürlich nicht mitbekommen, weil Sie sich so um Ihre Pflanzen kümmern. Aber die Frau Bielohlawek, die ist nach Brüssel zu ihrer Tochter gezogen. Nur allzu verständlich. Hier erinnert sie einfach viel zu viel an ihren Mann. Mit dem hat sie praktisch ihr ganzes bewusstes Leben verbracht, das steckt man nicht so einfach weg."

Georg signalisierte, dass er verstanden hatte, arbeitete aber dennoch weiter. Auch noch, als der Doktor schon lange wieder gegangen war. Doch der kam wieder. „Wir haben ein Problem, Herr Strecha. Die Kosten. Sie dürften ja wissen, dass Ihren Aufenthalt hier der Herr Bielohlawek bezahlt hat. Nun ja, der fällt ja nun weg. Und Ihre Mutter kann das nicht übernehmen, dazu fehlen ihr die Mittel. Erstmals erntete der Anstaltsleiter eine echte, ungefilterte Reaktion von Georg. „Sie müssen mich dableiben lassen. Ich arbeite ja ohnehin so viel, das muss doch für das kleine Zimmer, das ich hier bewohne, reichen."

„Es tut mir leid, wir können nichts mehr für Sie tun." Georg ließ sein Werkzeug fallen, robbte zu dem Mann hin und umfasste seine Beine. „Wenn ich hier weg muss, dann bin ich tot. Schneller, als Sie Ihren eigenen Namen sagen können."

„Jetzt übertreiben Sie aber, Herr Strecha."

„Ich meine es ernst. Wenn Sie mich rauswerfen, dann bringe ich mich um. Und dann hat meine Mutter endgültig niemanden mehr. Und Sie sind dann schuld.“ Der Therapeut räusperte sich vernehmlich. Mit einem „na, schauen wir einmal“ zog er sich schließlich zurück, nachdem Georg seine Beine freigegeben hatte.

Georg hatte Zeit gewonnen, aber nicht viel davon, wie sich zeigen sollte. Drei Wochen später kam der Leiter wieder zu ihm. Georg ging sofort in die Defensive. „Ich kann auch im Wartezimmer schlafen, wenn es das ist. Ich brauche gar keinen eigenen Raum. Und wenn ich meiner Mutter schreibe, dann schickt sie mir sicher etwas Geld, damit ich auch das Essen selber bezahlen kann.“

„Das ist es nicht, Herr Strecha, deswegen bin ich nicht hier. Wir haben ein ganz ein anderes Problem. Ich fürchte, Sie müssen ins Spital.“ Die Trauermiene des Mediziners ließ Georg erahnen, dass es um Grete ging. „Was ist passiert? Hatte sie einen Unfall?“ Der Doktor ging nicht auf Georgs Fragen ein.

Wie in Trance ließ sich Georg abführen, hinaus aus seinem geliebten Garten, auf die feindliche Straße, wo ein Wagen wartete, in den er sanft, aber bestimmt hineingeschoben wurde. Er besaß schon lange kein Zeitgefühl mehr, daher konnte er nicht sagen, wie lange die Fahrt gedauert hatte. Doch viel zu schnell für seinen Geschmack forderte ihn der Fahrer auf, auszusteigen, und Georg sah sich einem riesigen Turm gegenüber, und er wusste, es wurde von ihm erwartet, ebendiesen zu betreten. An der Rezeption beachtete ihn zunächst einmal niemand, erst nach einer ganzen Weile fiel er einer Krankenschwester auf, die ihn fragte, was er wolle. „Ich glaube, meine Mutter liegt bei Ihnen“, nuschelte er kaum hörbar, „Grete Strecha.“ Die Schwester ging an den PC, drückte ein paar Tasten, tippte etwas ein und sagte dann. „Ja, im 5. Stock. Aber gehen Sie zuerst zu Doktor Gerassimow. Es ist besser, wenn der Ihnen zuerst etwas erklärt.“

„Und wo find ich den, den Doktor Gerassimow.“ Die Schwester zeigte auf den Lift. „Eh auch im 5. Stock. Ganz am Ende des Flurs, im Ärztezimmer. Gehen S' nur hin, dort bekommen Sie sicher Auskunft.“ Georg schlurfte zum Aufzug, kroch wie ein alter Mann im richtigen Stockwerk wieder aus der Kabine und hielt auf den Aufenthaltsraum des medizinischen Personals zu. Dabei schmerzte ihn jeder einzelne Knochen im Leib. Seltsam, da wurde er in ein paar Wochen gerade einmal 50, und er fühlte sich wie 100. Doch dieses eine Mal, so gestand er sich ein, ging es nicht um ihn. Es ging um Grete. Und daher musste er wissen, was mit ihr war. Er klopfte an die entsprechende Tür.

So sehr sich Georg auch bemüht hatte, sich auf das Schlimmste einzustellen, die Informationen, die er von Doktor Gerassimow bekam, brachten ihn nachhaltig aus der Fassung. Grete habe eben viel zu lange die gefährlichen Symptome ignoriert, und jetzt sei sie daher in einem Zustand, in dem man kaum noch etwas machen könne. Nur dem verzweifelten Ausdruck Georgs war es geschuldet, dass Doktor Gerassimow noch ein paar Therapieansätze erläuterte, von denen er sich aber doch recht wenig versprach. „Wenn kein Wunder geschieht, dann …“ Er brauchte den Satz nicht zu vollenden, Georg hatte auch so verstanden.

Die nächsten Wochen campte Georg in Gretes Zimmer, was ihn wenigstens des Problems enthob, in der Klinik eigentlich nicht mehr erwünscht zu sein. Gerassimow und die Krankenschwestern attestierten ihm nach Gretes Heimgang, dass er sich vorbildlich um seine Mutter gekümmert habe, weshalb sie vermutlich doch wesentlich länger gelebt hatte als prognostiziert, doch Georg war dies kein Trost. Er heulte wie ein verwundetes Tier und rannte tagelang ziellos durch Wien, ehe er völlig erschöpft in der Gruft landete.

Dort stellte er für sich selbst fest, dass er jetzt endgültig ganz unten angekommen war. Tiefer konnte er nicht mehr fallen. Er war 50, hatte keine Wohnung, keine Familie, kein Geld, keine Arbeit, keine Zukunft. Und wenn er so weitermachte, dann würde das alles keine Rolle mehr spielen, denn dann würde er seinen 51. Geburtstag nicht mehr erleben.

Bald hatte er mit der Leitung der Gruft gravierende Probleme. Er wurde mehrmals dabei erwischt, wie er Alkohol in die Räumlichkeiten schmuggelte, sodass er zuerst eine Abmahnung und dann eine ernste Verwarnung erhielt. Doch so sehr er sich auch bemühte, es gelang ihm einfach nicht, ohne Alkohol auch nur einen einzigen Tag zu überstehen. Wenn er ihn also selbst nicht mitbringen durfte, dann musste er ihn anderswo bekommen.

In der kurzen Zeitspanne, in der er nicht mehr nüchtern, aber auch noch nicht volltrunken war, bilanzierte er immer und immer wieder sein verkorkstes Leben. Gerne hätte er dabei jemand anderem die Schuld für sein ganz persönliches Versagen gegeben. Doch seine Eltern hatten ihm selbst dann noch geholfen, als andere ihre Kinder schon längst aufgegeben hätten. Mary hatte ihm nie irgendetwas versprochen, er selbst war es gewesen, der sein Leben weggeworfen hatte, weil er nicht glauben wollte, dass Mary und er nicht füreinander bestimmt waren. Und es hatte ihm auch kein Fremder den Arbeitsplatz weggenommen. Er selbst war es gewesen, der es immer wieder verbockt hatte.

Unwillkürlich fiel ihm in solchen Momenten sein Großvater ein. Für den war es nie ein Problem gewesen, allen anderen die Verantwortung für sein Elend zu übereignen. Der hätte an seiner Stelle die Polen, die Ausländer im Allgemeinen und natürlich die Schwarzen und die Roten als die Urheber seines Unglücks ausgemacht. Doch letztlich war er damit auch nicht weitergekommen.

Obwohl er nur noch zitterte, von Geschwüren übersät war und kaum noch eine ruhige Minute erlebte, kam er vom Alkohol einfach nicht mehr los. Positiver Effekt stellte sich dabei schon lange keiner mehr ein, höchstens der, nach Unmengen von Hochprozentigem das Bewusstsein zu verlieren, sodass er wenigstens für eine kleine Weile seiner Sorgen und seiner Schmerzen enthoben war. Wenn er dann aber doch wieder aufwachte, was ihn erst verwunderte und gleich danach erboste, dann brauchte er sofort wieder Sprit, um erneut in diesen Dämmerzustand zu verfallen, der ihm sein Sein gerade noch erträglich machte.

Er schaffte es nicht mehr aus seiner Koje, lag da wie niedergestreckt, ein Kadaver unter Strom, der zuckte und zitterte, während seiner Kehle ein gurgelndes Keuchen entwich. Seine Augen, die kaum noch in der Lage waren, die Umgebung wahrzunehmen, erahnten in dem Rucksack, der neben dem Nachbarbett stand, eine Flasche. Unter Aufbietung seiner letzten Kräfte langte er danach, bekam sie tatsächlich in seine Finger und nahm einen gewaltigen Schluck. Und noch einen. Bis der Bettnachbar zurückkam und laut aufschrie. „Des is meiner." Georg registrierte, wie ihm der

Schnaps aus der Hand gerissen wurde. Instinktiv trat er aus, traf den Gegner in dessen Weichteile. Der verlor den Halt und fiel vornüber, das gläserne Behältnis unter sich begrabend. Ein kleiner durchsichtiger See breitete sich zwischen den beiden Betten aus, in den sich rote Schlieren mischten. Der andere Obdachlose gab keinen Mucks von sich, rührte sich nicht. Georg rang mit sich. Er sollte vielleicht um Hilfe rufen. Doch andererseits fühlte er sich so unendlich müde. Vielleicht war Schlaf die Antwort. Die Antwort auf alles.

„Nein! Aus! Basta! So geht das nicht! Du gehst jetzt einmal raus und denkst einmal nach." Georg nahm durch seinen Schleier wahr, wie er hochgerissen wurde, während sich zwei andere Betreuer um den Verletzten auf dem Boden kümmerten, der offenbar stark blutete. „Lasst mi aus, es Trotteln", fluchte er, „i wü schlofn." Die Betriebsamkeit neben seinem Bett wurde immer hektischer. „Wir verlieren ihn", schrie einer hysterisch. Georg sah sich in den Vorraum geschoben. „Leckts mi olle am Arsch", verkündete er mit glasigem Blick, während er sich verzweifelt darum bemühte, nicht umzufallen.

Dass die Rettung kam und seinen Kontrahenten abtransportierte, bekam er nur schemenhaft mit. Ebenso die Strafpredigt, die wenig später auf ihn herniederging. „Für dich ist hier kein Platz mehr", schien die Stimme, die zu ihm sprach, zu sagen. Georg schüttelte den Kopf und sank auf den Boden, bereit, dort einfach wieder einzuschlafen. Ein weiteres Mal wurde er hochgerissen, durch den Raum geschleift und schließlich vor die Tür gesetzt. Er maulte noch eine kleine Weile herum, ignorierte die beißende Kälte und setzte sich auf den Boden, sich dabei an der Wand anlehnend. Sein Blick fiel auf das Arme-Sünder-Kreuz vor der

Barnabitenkirche. Vor eben diesem Kruzifix hatten seinerzeit die zum Tode Verurteilten ihr letztes Gebet gesprochen. Das kam ihm passend vor. Er wünschte sich irgendeinen Fusel. Von dem würde er so viel trinken, wie er gerade noch hinunterbekam. Damit, so hoffte er, würde ihm das Sterben leichterfallen. Wenn er nur endlich, endlich ganz tot wäre. Mit diesem Gedanken verlor er ein weiteres Mal das Bewusstsein.

Irgendjemand in der Gruft bekam schließlich doch ein schlechtes Gewissen. Man wies niemanden ab, auch wenn der sich noch so danebenbenommen hatte. Als der andere abtransportiert worden war und sich die Lage wieder halbwegs im Lot befand, da schickte die Leiterin einen der freiwilligen Helfer nach oben, um Georg zu suchen. Er kam nach einer halben Stunde zurück und erklärte, von dem Mann sei weit und breit nichts zu sehen. Die Sorge der Leiterin wuchs. Obwohl es noch gar nicht Winter war, pfiff ein eisiger Wind durch die Straßen, während die Quecksilbersäule auf den Thermometern in gruselige Tiefen absank. Gegen 3 Uhr morgens hielt sie es nicht länger aus und kontaktierte die Polizei.

Die war nicht sonderlich begeistert davon, nach einem Sandler fahnden zu müssen, aber schließlich ließen sich die Beamten davon überzeugen, dass der Mann so sturzbetrunken war, dass er sicher erfrieren würde, zumal er nur seine Hosen und ein dreckiges T-Shirt am Leib getragen hatte. Georg lag derweilen, keine 100 Meter von der Gruft entfernt, im Hinterhof der Kirche und träumte von einem besseren Leben, bis seine Träume sich ebenso auflösten wie er selbst.

Epilog

Tel Aviv, 20. November 2019

Liebe Ricky!
Ich hoffe, dieser Brief erreicht dich (euch) bei guter Gesundheit. Ich weiß, es wird dich wundern, dass du nach so langer Zeit auf einmal von mir hörst – ja, ich hoffe, du erinnerst dich überhaupt noch an mich. Dies umso mehr, als du ja damals in Brüssel warst, als ich nach dem Tod meiner Großmutter und dem anschließenden Selbstmord meines Vaters quasi bei Nacht und Nebel aus Wien abgehauen bin. Aber ich habe diese Stadt einfach nicht mehr ausgehalten, nachdem ich praktisch die letzten Bindeglieder zu einem normalen Leben verloren hatte.

Ich weiß, es wird dir seltsam vorkommen, aber ich dachte mir damals, das Einzige, was ich jetzt noch tun kann, ist, nach meiner Mutter zu fahnden, da ich den Vater verloren habe. Alles, was ich von Oma Grete wusste, war, dass Mary – so hieß meine Mutter, falls du das nicht wissen solltest – irgendwann um 1980 nach Israel zurückkehrte. Oma Grete hatte noch die Adresse von Oma Caroline in Tel Aviv, und so habe ich auf gut Glück einen Flug mit der El Al genommen und bin in das gelobte Land aufgebrochen. Gute Güte, ich hoffe, ich langweile dich nicht mit diesen Zeilen, aber ehrlich gesagt fällt mir niemand in der alten Heimat ein, dem ich sie sonst zukommen lassen könnte.

Also, um es so kurz wie möglich zu machen, ich kam in Tel Aviv an, suchte die mir mitgegebene Adresse auf und fand dort niemanden vor. Immerhin aber gab es eine alte Dame in der Nachbarschaft, die sich meiner erbarmte und mir beim

Tee erzählte, dass Caroline immer schon sehr krank gewesen sei. Das hätte sich nur noch verschlechtert, als sie nach ihrem Aufenthalt in Österreich Anfang der 70er Jahre wieder zurückgekehrt war. Die alte Dame, eine Frau Feinstein oder Finkelstein oder so ähnlich, ich gebe zu, ich habe über die Jahre den genauen Namen vergessen, sagte mir jedenfalls, dass Caroline im Winter 1975 auf 1976 in ein Sanatorium musste, weil sie kaum noch Luft bekam. Von dort gelangte sie dann, soweit sich Frau Fein- oder Finkelstein erinnerte, in ein Pflegeheim für Holocaust-Opfer, wo sie wohl ihre letzten Tage zugebracht hätte, wenn nicht eines Tages doch meine Mutter, so wie eben über 20 Jahre später ich selbst, an der alten Adresse aufgetaucht und sich ausgerechnet bei ihr nach dem Verbleib meiner Oma erkundigt hätte.

Na, jedenfalls sah es Mutter Mary als ihre Verpflichtung an, sich um die kranke Caroline zu kümmern, denn zwischenzeitlich war ihr wohl auch selbst klar geworden, dass sie die ganze Zeit über mehr als ungerecht über ihre eigene Mutter geurteilt hatte. Und nach all den Eskapaden, die sie sich in Österreich geleistet hat – man denke nur, wie sie mit mir umgegangen ist, dagegen war Oma Caroline sicher eine vorbildliche Mutter –, beschloss sie, es wäre ihre Pflicht und Schuldigkeit, der eigenen Mutter den Lebensabend ein wenig erträglicher zu gestalten. Also holte sie sie aus dem Heim und nahm sie zu sich, wo sie sie bis zu ihrem Tod pflegte. Zu meinem Glück hatte die Frau Fein- oder Finkelstein die Adresse von Mutter Mary, und so kam es, dass ich an einem schwülen Herbstmorgen vor nunmehr 16 Jahren zum ersten Mal in meinem Leben meiner eigenen Mutter gegenüberstand.

Stell dir vor, Ricky, meine Mutter lebte vom Schmuckverkauf. Ja, sie hat irgendeinen glitzernden Klimmbimm zu-

sammengebaut und das dann teuer an irgendwelche Esoteriker verhökert. Damit konnte sie doch tatsächlich sich und Caroline ernähren. Und daher glaubte sie zunächst auch, ich wolle irgendein Armband oder eine Brosche erwerben und schickte mich weg, weil ich gefälligst in den Laden gehen sollte wie alle anderen auch. Als ich aber sagte, ich sei Lina, ihre Tochter, da schien es für einen Moment so, als fiele sie einfach in Ohnmacht. Jedenfalls brachte sie kein einziges Wort heraus, nicht einmal ein „Komm rein".

Das kam von Oma Caroline, die sich vor lauter Freude gar nicht mehr beruhigen konnte. Ich musste den ganzen Tag über an ihrem Bett sitzen, und mit ihren dürren, knochigen Armen hielt sie mich fest, so sehr, dass man glauben musste, sie wolle mich bis zu ihrem letzten Atemzug nicht mehr auslassen. Es war so offensichtlich, dass sie mir weiß Gott was alles erzählen wollte, doch ihre Atemnot gestattete ihr stets nur ein paar Silben, und die musste sie auch noch für ihre Gebete bereithalten, da sie nicht müde wurde, Gott, dem Herrn, dafür zu danken, dass er am Ende die Familie doch noch vereint habe.

Ich kann dir sagen, die folgenden Monate waren die seltsamsten, die ich je durchlebt habe, und wie du dir denken kannst, will das bei meinem Lebenslauf etwas heißen. Aber ich bin rundum glücklich, dass es mir noch vergönnt war, Oma Caroline zu erleben und schließlich doch noch sehr viel Zeit mit ihr zu verbringen, ehe sie drei Jahre später in die Ewigkeit einging.

Mit Mutter lagen die Dinge nicht so einfach. Sie war das personifizierte schlechte Gewissen und wich mir lange, sehr lange aus. Also nicht, dass sie nicht mit mir geredet oder für mich in der Eingewöhnungsphase gesorgt hätte. Aber es war ihr unmöglich, ein persönliches Wort an mich zu richten. Das fand ich schon ziemlich übel, muss ich sagen, und es war Oma Caroline, die mir immer wieder sagte, ich müsse ihr Zeit geben, schließlich wisse sie ganz genau, was sie an mir alles falsch gemacht habe, und dafür schäme sie sich so unendlich, dass sie mir eben einfach nicht unbefangen entgegentreten könne.

Irgendwie fanden wir doch einen Modus Vivendi. Ich saß tagsüber in ihrem Laden, wofür sie sehr dankbar war, da sie zwischenzeitlich ja auch schon fast 70 war, sodass es ihr zunehmend schwerfiel, den ganzen Tag über aktiv zu sein. Aber sie war immer noch eine begabte Schmuckdesignerin, und das blieb sie, bis es ihr vor zwei, drei Jahren ihre Finger einfach nicht mehr gestatteten, filigrane Arbeiten zu erledigen.

Nachdem Oma Caroline von uns gegangen war, kam endlich der Moment, an dem wir uns aussprachen. Wir hielten den Laden drei Wochen lang geschlossen, was jeder in der Umgebung verstand, da man davon ausging, diese Maßnahme sei der Trauer über den Tod der Großmutter geschuldet, und in diesen drei Wochen redeten wir praktisch ohne Pause über alles, was zwischen uns gestanden war. Wir redeten viel, wir weinten noch mehr, und wir hielten uns immer wieder in den Armen. Wir waren wie zwei Ertrinkende, die endlich durch ein glückliches Schicksal an ein rettendes Ufer geworfen worden waren. Ich war immer wieder einmal schockiert über die Dinge, die sie aus ihrer Wiener Zeit zu berichten wusste, und sie lachte herzlich über meine politischen Dummheiten. Wir aßen koschere Kost, gingen viel am Strand spazieren und lernten uns so richtig gut kennen.

Vor allem aber entstand in jenen Wochen eine Verbindung, die, und dafür bin ich so unendlich dankbar, all die Jahre, die folgten, nur noch tiefer und inniger wurde. Es mag dir kitschig vorkommen, aber wir holten auf diese Weise meine Kindheit nach. Und ich kann jetzt doch noch sagen, ich hatte eine schöne Kindheit.

Voriges Jahr hat Mary dann ihren 80. Geburtstag gefeiert. Wir sind raus nach Ramat Gan gefahren, wo wir im dortigen Zoo herumtobten, als wären wir kleine Kinder. Leider, so muss ich im Nachhinein feststellen, war dies einer der letzten guten Tage für Mary, die bald danach doch ernsthaft zu verfallen begann. Erst glaubten wir noch, es seien halt die üblichen Wehwehchen, die das Alter so mit sich bringt, und da sie nicht und nicht aufhörten, hofften wir, es möge im Frühjahr besser werden, doch heute muss ich sagen, sie war wohl damals schon dem Tode geweiht.

Liebe Ricky,
ich musste kurz innehalten, denn der Tod meiner Mutter hat mich wesentlich mehr mitgenommen, als ich jemals angenommen hätte. Es ist nun schon wieder fast ein halbes Jahr her, aber mir kommt es immer noch wie gestern vor, und wenn ich daran denke, schießen mir immer noch die Tränen in die Augen.

Sie wollte, dass ich hier in Tel Aviv ihr Schmuckgeschäft weiterführe. Doch ich habe kein Talent für diese Art von Produktion. Auch bin ich wohl keine gute Geschäftsfrau, und so habe ich mich darauf beschränkt, den Laden noch so lange offen zu halten, bis alle Schmuckstücke, die Mary noch angefertigt hat, verkauft waren.

Jetzt freilich stellt sich für mich die Frage, was ich hier noch soll. Ich lebe zwar seit über 15 Jahren hier, aber meine Heimat ist es eigentlich nie geworden. Und ich muss dir sagen, die politische Lage wird auch immer deprimierender. Nicht, dass das in Österreich so anders wäre, aber dort braucht man sich wenigstens nicht jeden Tag davor zu fürchten, Opfer eines Attentats zu werden.

Jedenfalls haben mich diese Tatsachen zu der Überlegung gebracht, ob ich nicht wieder einmal einen Ortswechsel vornehmen soll. Ich habe ein paar Ersparnisse, sodass Reisen kein Problem darstellen dürfte. Und naheliegenderweise denke ich daran, in Wien vorbeizuschauen. Denn irgendwie kommt man von der eigenen Jugendzeit ja doch nicht los. Der eigenen Vergangenheit, der kann man nicht davonlaufen. Es sind eben die Erfahrungen, die wir machen, während wir noch wachsen, die uns prägen und die uns dann nie wieder loslassen, ganz gleich, auf welche Weise wir sie abzuschütteln versuchen. Sie werden zu einer Art Dämonen, die uns in den unerwartetsten Momenten heimsuchen. Und so spricht vielleicht einiges für die Überlegung, dass man sich ihnen stellen muss. Immer wieder. Unausgesetzt.

Möglicherweise wachsen wir ja unser ganzes Leben. Zuerst rein körperlich, dann unter Umständen seelisch. Zuerst erkennen wir im besten Fall die Welt, dann mit etwas Glück unseren Platz in ihr und schließlich, wenn es uns gelingt, wirklich weise zu werden, uns selbst.

Na ja, du wirst jetzt da drüben den Kopf schütteln und dir denken, die kleine Lina, die hat auch nicht mehr alle Tassen im Schrank. Aber ich finde, das Leben geht manchmal sehr seltsame Wege, und so geschieht es dann, dass man durch eine Gasse in Tel Aviv geht, aber lauter Leute, Geschäfte und Gebäude sieht, die eigentlich in Hernals stehen. Es heißt zwar, Mose und sein Volk wanderten 40 Jahre durch die

Wüste, aber ich für meinen Teil habe nach 15 Jahren genug. Obwohl! Wenn ich mein Leben so rückblickend betrachte, dann spricht einiges dafür, dass ich seit fast 50 Jahren durch eine Wüste ziehe. Hie und da gab es Oasen, in denen zu verweilen durchaus schön war, die meiste Zeit aber verkam man tagsüber vor Hitze, um dann in den dunklen Nächten elendiglich zu frieren.

Ich will ja an dieser Stelle nicht anfangen, Psychoanalyse zu betreiben, aber ich fürchte doch, dass ich in Sachen Unglück ein überreiches Erbe mitbekommen habe. Du hast ja meinen Urgroßvater noch erlebt. Nach allem, was ich über ihn gehört habe, waren er und das Glück niemals zusammen im selben Raum. Na, und Opa Turl hat zwar das Beste aus seiner Lage gemacht, doch wirklich zufrieden mit seinem Leben war er wohl auch nicht. Die Geschichte mit meinem Vater kennst du ja, ich brauche sie also nicht noch einmal zu erwähnen.

Gleichzeitig bin ich mir sicher, dass ich auch von der Mutterseite her einiges an Tristesse mitbekommen habe. Meine Großmutter war zeitlebens einfach nur unglücklich, und das hat sie auch an meine Mutter weitergegeben. So gesehen ist es ja schon fast ein Wunder, dass ich verhältnismäßig selten wirklich trübsinnig bin. Aber ich weiß, ich würde es sehr schnell und sehr umfassend werden, wenn ich hier noch weiter bliebe.

Und daher dachte ich eben, ich komme einmal nach Wien und sehe, was sich dort seit 2004 getan hat. Was man hier in Israel über Österreich lesen kann, das ist zwar nicht gerade ermutigend, aber ich bin mir sicher, umgekehrt ist es nicht anders. Ich habe ein wenig Geld aus den letzten Verkäufen beiseitelegen können, mit dem sollte ich auch in Wien einige Zeit über die Runden kommen. Ich frage mich, ob es die kleine Pension – oder war es ein Hotel? – in der Hernalser Hauptstraße noch gibt. Da in der Nähe vom Türkenritt-Hof, wo mein Vater wohnte, ehe alles den Bach runterging. Dort würde ich gerne einmal mein Lager aufschlagen, um zu sehen, was für mich die nächsten Schritte sein könnten.

Wenn ich richtig rechne, wohnst du ja jetzt auch schon wieder zehn Jahre in Wien. Also denke ich, dass du dich gut eingelebt hast. Ich verhehle nicht, ich würde dich gerne besuchen kommen, wenn ich einmal dort angekommen bin. Wäre das für dich in Ordnung? Ich weiß, wir haben uns eine Ewigkeit nicht mehr gesehen, aber ich bin mir sicher, es wird uns vorkommen, als wären wir nie getrennt gewesen.

Ich hoffe also, du wirst mir nicht die Tür weisen, wenn ich an deine Pforte klopfe. Du bist, wenn du so willst, mein allerletztes Bindeglied zu den drei Familien, die auf so eigenartige Weise ein Jahrhundert lang ineinander verwoben waren. Wir zwei sind allein noch übrig von den Glicksteins, den Bielohlaweks und den Strechas. Und mir gefällt der Gedanke, dass wir sie alle wiederauferstehen lassen, indem wir über sie reden. Über deinen Opa Fritz, die Fini und die Fanny, den Wickerl, den Turl, die Caroline und auch den Georg. Denn der gehörte auch dazu. Ich kann natürlich jetzt noch nicht sagen, wie lange ich wirklich in Wien bleiben werde – ich denke an fünf bis sechs Wochen fürs Erste –, aber es wäre sehr schön, wenn wir ein wenig über unsere Ahnen reden könnten. Damit sie noch einmal in unserem Geiste auf Erden wandeln, ehe wir sie gemeinsam loslassen können, damit sie quasi für immer gen Himmel fahren. So wie dereinst wohl auch wir selbst.

Liebe Ricky,
ich hoffe, ich habe dich mit diesen Zeilen nicht zu sehr inkommodiert, aber ich musste mich ganz einfach an dich wenden, weil ich alleine die Geister der Vergangenheit nie werde bannen können. Vielleicht, so hoffe ich, geht es dir ja ähnlich, und dann könnten unsere Gespräche dazu beitragen, uns mit allem zu versöhnen, was uns in diesen Jahrzehnten widerfahren ist. Wer weiß, vielleicht ist es gerade dieses Aussöhnen mit dem eigenen Leben, was man Glück nennen sollte.

So schließe ich diesen Brief in der Hoffnung, bei Dir ein offenes Ohr gefunden zu haben. Es wäre mir lieb, wenn wir uns sehen und noch einmal über alles sprechen könnten. Gib mir bitte Bescheid, ob es für Dich in Ordnung ist, dass wir uns treffen. Bis dahin verbleibe ich innigst,
Deine Lina

PS: Ich habe lange überlegt, ob ich Dir das schon vorab mitteilen soll – irgendwie gefiel mir die Vorstellung, Dich damit zu überraschen –, aber ich bin nun zu dem Schluss gekommen, es könnte Dich vielleicht in der konkreten Situation überfordern, wenn Du mir nicht, wie wahrscheinlich von Dir erwartet, alleine gegenübertrittst. Ja, ich habe eine Tochter, und sie wird natürlich mitkommen.

Ich höre förmlich, wie es Dich jetzt vom Sessel haut, haha. Damit hätte ich auch nicht gerechnet, als ich damals aus Wien geflohen bin. Aber es ergab sich so. In Mamas Geschäft habe ich einen lieben Jungen kennengelernt, mit dem ich mich auch heute noch gut verstehe, obwohl sich unsere Wege recht bald wieder getrennt haben. Irgendwie waren wir dann doch zu verschieden. Aber das Ergebnis unserer gemeinsamen Zeit ist ein süßer, kleiner Fratz, den ich inniglichst liebe. Und, stell Dir vor, wir haben sie Victoria Thura genannt, eine Hommage an Deinen Vater und meinen Großvater. Aber nenn sie, wenn Du sie dann sehen wirst, bitte bloß nicht so. Das hasst sie. Sie will Vicky gerufen werden. Was ich sehr passend finde: Vicky und Ricky.

Jedenfalls ist Vicky mein Augenstern, meine Hoffnung, dass es doch für uns alle eine Zukunft gibt. Die Geschichte geht weiter, wenn auch ohne uns. Aber das Wissen, Teil des großen Ganzen zu sein, macht einen dann doch auch irgendwie stolz, will ich meinen. Und wenn auch über dem Weg der kommenden Generationen der Alp der vergangenen Geschlechter liegen mag, so mag es uns alle trösten, dass wir, jede Generation aufs Neue, das Böse überwinden und darüber hinwegschreiten können, um in eine Zukunft zu gelangen, die jedenfalls heller sein kann als es die Vergangenheit je war.

Was bleibt? Ich weiß es nicht. Aber ich bin mir sicher, dass wir Menschen immer dazu neigen werden, das Gute zu bewahren. Auch in den dunkelsten Zeiten. Das ist die Lehre, die ich aus den Leben von Fritz, Fanny, Fini, Wickerl, Turl, Caroline und den anderen gezogen habe. Sie gehen uns voran, wir folgen ihnen.

ENDE

Glossar

a, aa	auch
abpaschen	verschwinden
abstauben	stibitzen, stehlen
aufmascherln	sich herausputzen
Ballesterer	Fußballer
Bauxerl	kleines Kind, Schätzchen
Bestemm	Bestimmtheit
bipperln	trinken
Birn	Kopf
Blitzgneißer	jemand, der schnell von Begriff ist
Bua	Junge, Knabe
damisch	verrückt, verwirrt
deppert	geistig nicht ganz auf der Höhe
Dusel	leichter Rausch, Benommenheit
einen Topfen reden	einen Unsinn reden
fad	langweilig
Gell /gelt?	Nicht wahr?
Gemma	Gehen wir
Gfries	Gesicht
Gspielettl	kleines Spiel
Gspusi	Liebschaft
haaß	heiß
hackeln	arbeiten
Häfenbruder	Häftling; Gauner, Ganove
Häf(e)n	Gefängnis
Hallodri	Taugenichts, Luftikus
Hamma	Haben wir
Hascherl	bedauernd für kleines Kind;
Heast	Hör mal
Hirnhappler	nicht sehr intelligenter Mensch
i	ich
I maan, i traaam	ich meine, ich träume
Jessas/Jössas	Jesus
Jessasmaria	Jesus und Maria

Jössasmarandana	Jesus, Maria und Anna! Ausruf der Verwunderung oder des Entsetzens
Kalauer	wenig geistreicher Witz, meist in Form eines Wortspiels
Kampel	fescher Mann
Kieberer	Polizist
Kiebitz	Zuschauer
krawutisch	zornig
Kummerl	Kommunist
ma/mi	wir; man
(eine) Masen haben	großes Glück haben
(jm.) meia machen	(jm.) umbringen
Menetekel	unheilvolles Vorzeichen
Nebbich	Nichtigkeit
ned	nicht
Ofen	Haschzigarette
palessieren	flüchten, weglaufen
pampfert	hochtrabend, arrogant, provokativ
Pantscherl	Verhältnis, Affäre
Papperlapapp	Rede keinen Quatsch
Pejkeles	Pejes, Schläfenlocken der orthodoxen Juden
pempern/pudern	koitieren
petschiert	angeschmiert, ruiniert, blamiert, übel dran
Pfeifenstierer	Schimpfwort; untüchtiger Mensch; dünner, großgewachsener Mensch
einen Pick auf jm. haben	es auf jm. abgesehen haben
Pfosten	dummer Mensch
rausjauken	hinaushauen
rehren	weinen
Schas	Furz
Schlamassel	Verwirrung, Unheil
Schlawiner	Gauner, Spitzbube

(ein) Schnoferl ziehen	einen beleidigten Gesichtsausdruck zeigen
Seifensieder	schwacher, dümmlicher Mensch
seine sieben Zwetschgen packen	Pack zusammen, was du brauchst
Simma	Sind wir
stageln	schwänzen
Tachtel	Ohrfeige
Trottel	Dummkopf
Trum	Stück
Tschik	Zigarette
Tuberer	Husten, der von TBC (Tuberkulose) herrührt
(sich) tummeln	(sich) beeilen; wimmeln
Ujegerl	Oje
Vollkoffer	sehr dummer, unangenehmer Mensch
Watsche	Ohrfeige
(a) wengerl	ein bisschen
wurscht	egal
Wuchtel	hier: Fußball
Zottel	alter Mann